Le paysan de la Garonne

Les Degrés du Savoir. – Quatre Essais sur l'esprit dans sa condition charnelle. – Réflexions sur l'Intelligence et sur sa vie propre. – Le Songe de Descartes. – De la philosophie chrétienne. – Science et Sagesse.

Sept Leçons sur l'être. – La Philosophie de la Nature. – Court Traité de l'Existence et de l'Existant. – Dieu et la Permission du Mal. – Approches de Dieu. – Neuf Leçons sur les notions premières de la philosophie morale. – Pour une philosophie de l'histoire. – Pour une philosophie de l'éducation. – La Philosophie Morale.

Humanisme Intégral. – L'Homme et l'État. – Du Régime temporel et de la Liberté. – Religion et Culture. – Lettre sur l'Indépendance. – Questions de Conscience. – Le Mystère d'Israël et autres essais. – Le Crépuscule de la civilisation. – Raison et Raisons.

Art et Scolastique. – Frontières de la Poésie. – L'Intuition créatrice dans l'art et dans la poésie. – Quelques pages sur Léon Bloy. – Réponse à Jean Cocteau.

La Philosophie bergsonienne, études critiques. – Antimoderne. – Trois Réformateurs. – Primauté du Spirituel. – Le Docteur Angélique. – Introduction générale à la philosophie. – L'Ordre des Concepts (Petite Logique).

A travers le Désastre. – Les Droits de l'Homme et la Loi Naturelle. – Christianisme et Démocratie. – Messages. – La Pensée de saint Paul. – Confession de foi. – De Bergson à Thomas d'Aquin. – Principes d'une politique humaniste. – Pour la Justice. – Réflexions sur l'Amérique. – Le Philosophe dans la Cité. – La Personne et le bien commun. – La Signification de l'athéisme contemporain. – Carnet de Notes. – De la grâce et de l'humanité de Jésus.

EN COLLABORATION AVEC RAÏSSA MARITAIN

De la vie d'Oraison. – Situation de la Poésie. – Liturgie et Contemplation.

Jacques Maritain

Le paysan
de la Garonne

Un vieux laïc s'interroge à propos
du temps présent

*Ne prenez jamais la bêtise
trop au sérieux*

(Proverbe chinois)

DESCLÉE DE BROUWER

PARIS

10ᵉ édition – 75ᵉ mille

© Desclée De Brouwer 1966

Avant-propos

Le sous-titre de ce livre n'a pas besoin d'être expliqué. Je noterai seulement que dans l'expression « un vieux laïc » le mot vieux a une double signification : il veut dire que l'auteur est un octogénaire ; et il veut dire que l'auteur est un laïc invétéré.

Quant au titre, il s'explique par le fait qu'il n'y a pas de Danube en France, et que les Petits Frères de Jésus, chez lesquels j'habite, résident à Toulouse. En conséquence, et étant donné mon propos, j'ai considéré la Garonne comme un convenable équivalent du Danube. Un paysan du Danube (ou de la Garonne) est, comme on sait, un homme qui met les pieds dans le plat, ou qui appelle les choses par leur nom. C'est ce que, bien modestement, et non sans redouter d'être inégal à la tâche (moins aisée, certes, qu'on ne pourrait croire), je voudrais essayer de faire.

31 décembre 1965

Chapitre premier

A. D. 1966

Actions de grâces

Je me tourne d'abord vers la sainte Église visible (elle est invisible aussi, je le sais), l'Église Catholique Romaine, qui a clôturé le 8 décembre 1965 son deuxième Concile du Vatican. Où se trouve-t-elle en son universalité visiblement manifestée, cette sainte Église? Dans l'assemblée œcuménique qu'est le Concile, et dans la personne individuelle qu'est le Pape, le premier tenant son existence et sa pleine autorité du second, l'un et l'autre assistés de l'Esprit de Dieu, vêtus de la blancheur de la vérité, et auréolés de charismes qui portent sur cette pauvre terre un peu de la Lumière Incréée. Et en regardant l'Église, je plie les genoux (ça ne se fait plus beaucoup, mais tant pis) en profondes actions de grâces.

De tout ce que le Concile a décrété et accompli je rends grâces. D'autres choses encore j'aurais sans doute aimé rendre grâces, si le Concile les avait faites aussi. Mais à ces choses-là il n'était évidemment pas appelé : dès l'origine et par la volonté même de Jean XXIII, il a été pastoral plutôt que doctrinal (encore qu'il ait consacré deux de ses Constitutions à d'importants points de doctrine). Et il est clair que cela répondait à un dessein providentiel ; car la tâche historique, l'immense renouvellement qu'il devait mener à bien concernait le progrès dans la prise de conscience évangélique et dans l'attitude du cœur plutôt que les dogmes à définir.

Mon Dieu, n'étaient-ils pas définis, ces dogmes, et pour toujours ? (Car les nouvelles définitions dogmatiques qui surviennent avec le temps explicitent et complètent les anciennes, elles ne les changent en rien.) La doctrine de l'Église n'était-elle pas établie avec certitude, et sur des bases assez solides pour permettre de progresser sans fin, par tous les Conciles précédents et par un travail séculaire ? Quel homme ayant reçu la foi théologale pourrait être assez sot pour s'imaginer que des certitudes éternelles allaient se mettre à bouger, à se creuser de doutes et de points d'interrogation, à se liquéfier dans le flot du temps ?

Personne pourtant n'a besoin de chercher bien loin pour admirer les ressources de la sottise humaine, et comprendre qu'elle et la foi théologale peuvent certainement faire bon ménage dans un même cerveau, et y dialoguer entre elles comme tout le monde fait maintenant avec tout le monde, encore que le contact avec la première soit plutôt malsain pour la seconde.

Nous aurons à revenir là-dessus, car il faudra bien, quoique ça ne m'amuse guère, dire quelques mots du néo-modernisme qui fleurit aujourd'hui.

Pour le moment je voudrais continuer en paix mes actions de grâces.

*

On exulte de penser que la juste idée de la liberté, – de cette liberté à laquelle l'homme aspire du plus profond de son être, et qui est un des privilèges de l'esprit, – est désormais reconnue et mise à l'honneur parmi les grandes idées directrices de la sagesse chrétienne ; et de même la juste idée de la personne humaine, et de sa dignité et de ses droits.

On exulte de penser qu'a été maintenant proclamée la liberté religieuse, – ce qu'on appelle ainsi n'est pas la liberté que j'aurais de croire ou de ne pas croire selon mes dispositions du moment, et de me tailler une idole à mon bon plaisir, comme si je n'avais pas un devoir primordial envers la Vérité ; c'est la liberté qu'a chaque personne humaine, en face de l'État ou de n'importe quel pouvoir temporel, de veiller à sa destinée éternelle en cherchant la vérité de toute son âme et se conformant à elle telle qu'elle la connaît, et d'obéir selon sa conscience à ce qu'elle tient pour vrai concernant les choses religieuses (ma conscience n'est pas infaillible mais je n'ai jamais le droit d'agir contre elle). Et en même temps qu'il proclamait la liberté religieuse, le Concile a mis dans une lumière nouvelle, dont notre temps a particulièrement besoin, les trésors sacrés de la doctrine catholique concernant l'Église et la Révélation.

On exulte de penser que l'Église nous enjoint avec une vigueur accrue et un accent nouveau de traiter réellement en frères, – en frères que notre zèle pour leur salut ne nous demande pas, s'ils sont hérétiques, de convertir en cendres, mais en chacun desquels nous devons honorer la race humaine et voir le regard de Jésus sur eux et sur nous, et dont nous devons souhaiter l'amitié, – tous ceux que nous savons plus ou moins éloignés de la Vérité, qu'ils soient des chrétiens qui n'admettent pas le credo catholique, ou des fidèles d'une religion non chrétienne, ou des athées. Ce

sont de tels sentiments fraternels, le Concile l'a spécialement marqué, qui sont dus au peuple juif ; l'antisémitisme
est une aberration anti-chrétienne.

On exulte de penser que l'Église reconnaît et déclare
plus explicitement que jamais la valeur, la beauté, la dignité
propres de ce monde qu'elle voit pourtant « placé sous
l'empire du mauvais[1] » pour autant qu'il refuse d'être
racheté, – et de tous ces biens de la nature qui portent la
marque de la générosité du Créateur, et dont pourtant
beaucoup nous sont un jour ou l'autre ravis par la sainte
Croix, en vue d'autres biens qui invisiblement portent le
ciel sur la terre.

On exulte de penser que l'Église, qui comme telle n'est
occupée que du domaine spirituel, ou des choses *quae sunt
Dei,* affirme et bénit la mission temporelle du chrétien.

On exulte de penser que l'Église a maintenant décidément mis en lumière le statut de ses membres laïcs, que
sans doute on a toujours su appartenir au Corps mystique
du Christ, mais qu'on a cru longtemps voués aux folies du
siècle, et à un *état,* si je puis dire, normalement reconnu
d'*imperfection* chrétienne. Il est à présent clair pour tous
qu'en tant même que membres du Corps mystique ils sont
appelés, eux aussi, à la perfection de la charité et à la
sagesse du Saint-Esprit, et aux labeurs par où se fait
l'expansion du royaume de Dieu, – et que d'autre part, en
tant même que membres de la cité terrestre, c'est à eux,
qui travaillent directement, sous leurs responsabilités et
par leurs initiatives propres, au bien et au progrès de
l'ordre temporel, de faire normalement passer dans un tel
travail ce qui peut y passer de l'esprit de l'Évangile, et de

---

1. *I Joan.,* 5, 19.

l'intelligence et sagesse que sustentent ensemble la raison et la foi.

On exulte de penser que le Pape « ne veut ni ne doit désormais exercer d'autre pouvoir que celui de ses clés spirituelles [1] », et qu'au sommet des tours de l'Église il veille, en union avec le labeur des évêques du monde entier, à maintenir intact l'immense trésor de vérité dont l'Église du Christ a le dépôt, tout en mettant intégralement en œuvre les renouvellements d'incalculable portée déclenchés par le Concile.

En vérité tous les vestiges du Saint-Empire sont aujourd'hui liquidés ; nous sommes définitivement sortis de l'âge sacral et de l'âge baroque ; après seize siècles [2] qu'il serait honteux de calomnier ou de prétendre répudier, mais qui ont décidément achevé de mourir, et dont les graves défauts n'étaient pas contestables, un âge nouveau commence, où l'Église nous invite à mieux comprendre *la bonté et l'humanité* [3] de Dieu notre Père, et nous appelle à reconnaître en même temps toutes les dimensions de cet *hominem integrum* dont le Pape parlait dans son discours du 7 décembre 1965, en la dernière séance du Concile.

Voici accompli le grand renversement en vertu duquel ce ne sont plus les choses humaines qui prennent charge de défendre les choses divines, mais les choses divines qui

---

1. Paul VI, *Discours à la noblesse romaine*, 14 janvier 1964.

2. Je fais partir mon compte du siècle de Constantin (édit de Milan, 313). C'est une simplification que je crois licite.

3. *Benignitas et humanitas* (φιλανθρωπία) *Salvatoris nostri Dei.* Saint Paul, *Tit.*, 3, 4.

s'offrent à défendre les choses humaines (si celles-ci ne refusent pas l'aide offerte).

L'Église a brisé des liens qui prétendaient la soutenir, s'est délivrée de fardeaux par lesquels on la pensait mieux équipée pour l'œuvre du salut. Désormais libre de ces fardeaux et de ces liens, elle fait mieux voir en elle le vrai visage de Dieu, qui est l'Amour ; et pour elle-même elle ne réclame que la liberté[1]. Elle déploie ses ailes de lumière.

Est-ce pour protéger sous leur ombre nos villes et nos campagnes, si le monde, lui, se décide à la laisser libre en effet ? Est-ce pour fuir au désert si le monde se dresse contre elle pour l'asservir et l'enchaîner ? Ces choses-là ne sont pas prédéterminées dans l'histoire humaine, elles dépendent de nos imprévisibles choix.

Trois descriptions contradictoires

Un des axiomes fondamentaux d'une saine philosophie de l'histoire, je l'ai souvent noté, c'est que l'histoire du monde progresse *en même temps* dans la ligne du mal et dans celle du bien. A certaines époques, – la nôtre par exemple, – on voit les effets de ce double progrès simultané jaillir en une sorte d'explosion. Ça ne rend pas facile tout essai de description de ces moments-là de l'histoire des hommes. Car il faut alors proposer plusieurs descriptions contradictoires, et toutes vraies cependant. Encore les trois descriptions que je voudrais proposer ne touchent-elles qu'à certains aspects de notre temps (ses aspects d'ordre spirituel).

---

1. *Message de S. S. Paul VI aux Gouvernants*, 8 décembre 1965.

Ne nous tournons plus vers la sainte Église en son universalité visiblement manifestée, tournons-nous vers le monde occidental (je parle de lui parce que je le connais un peu moins mal que les autres), et pensons au travail qui se fait là dans les profondeurs. L'époque apparaît très grande. La vision rationaliste et la vision positiviste de l'univers semblent définitivement périmées, on les a en dégoût ; (oublions un instant qu'il y a pire). Une immense fermentation spirituelle, d'immenses aspirations religieuses sont à l'œuvre. Les âmes sont avides d'authenticité, de franchise, de dévouement à une tâche commune ; elles découvrent avec une sorte d'ivresse le mystère de l'être humain, les possibilités et les requêtes de l'amour fraternel. C'est comme une nostalgie de l'Évangile et de Jésus.

Et là où un appel plus prochain et plus urgent est entendu, – fût-ce en des secteurs plus restreints, quoique plus peuplés qu'on ne pense, fût-ce parfois en de tout petits troupeaux, mais dont les initiatives comptent plus que tout (nous commençons, pauvres contemporains de la bombe atomique, à savoir la puissance des micro-actions[1]), – c'est une foi ardente et purifiée, une passion de l'absolu, un pressentiment fervent de la liberté, de la largeur et de la variété des voies de Dieu, un désir éperdu de la perfection de la charité, qui cherchent et trouvent des manières nouvelles de donner sa vie pour porter témoignage à l'amour de Jésus pour tous les hommes et à la générosité de l'Esprit de Dieu.

★

---

1. Les saints ont toujours su cela, – ils avaient lu l'Évangile.

Voilà une première description. La seconde dit tout le contraire. Ayant en vue (il fallait bien que je touche à cela, j'en ai averti plus haut) la fièvre néo-moderniste[1] fort contagieuse, du moins dans les cercles dits « intellectuels », auprès de laquelle le modernisme du temps de Pie X n'était qu'un modeste rhume des foins, et qui trouve expression surtout chez les penseurs les plus avancés parmi nos frères protestants[2], mais est aussi active chez les penseurs catholiques également avancés, cette seconde description nous fait le tableau[3] d'une espèce d'apostasie « immanente » (j'entends décidée à rester chrétienne à tout prix) en préparation depuis bien des années et dont certains espoirs obscurs des parties basses de l'âme, soulevés çà et là à l'occasion du Concile, ont accéléré la manifestation, – mensongèrement imputée parfois à l'« esprit du Concile », voire à l'« esprit de Jean XXIII ». Ces mensonges-là, nous savons bien à qui (et tant mieux si par là l'homme s'en trouve un peu exonéré) il convient d'en faire remonter la paternité. Mais justement on ne croit plus au diable et aux

---

1. Le mot modernisme a vieilli, je n'en connais pourtant pas de meilleur ; et d'avoir vieilli le rend même particulièrement bon : car rien ne vieillit vite comme la mode, et les théories qui font de la vérité ou de ses formulations conceptuelles une fonction du temps. Le « perspectivisme » assure n'être pas moderniste, parce que selon lui c'est une même immuable vérité qui s'exprime par des formules conceptuelles incompatibles entre elles que le temps fait successivement surgir. Laissons-lui ses illusions.

2. Les divergences et les conflits d'idées sont aussi vastes chez les protestants que chez les catholiques, et il se pourrait que Taizé par exemple donne à ceux-ci d'utiles leçons.

3. Ce que j'ai rassemblé dans ce tableau, ce sont les vues, non d'honnêtes chercheurs, mais d'extrémistes dont les experts en la matière savent bien les noms, et aussi les opinions qui traînent dans les milieux influencés par eux, comme chez ces prêtres qui se vantent de ne plus plier le genou devant le tabernacle.

mauvais anges, ni aux bons, naturellement. Ils ne sont que les survivants éthérés d'une imagerie babylonienne.

A vrai dire le contenu objectif auquel la foi de nos ancêtres s'attachait, tout ça c'est des mythes, comme le péché originel par exemple (est-ce que notre grande affaire aujourd'hui n'est pas de balayer le complexe de culpabilité?) et comme l'Évangile de l'Enfance, et comme la résurrection des corps, et comme la création. Et comme le Christ de l'histoire, bien sûr. La méthode phénoménologique et l'école des formes ont tout changé. La distinction de la nature et de la grâce est une invention scolastique comme la transsubstantiation. L'enfer, pourquoi prendre la peine de le nier, il est plus simple de l'oublier, et c'est aussi probablement ce qu'il y a de mieux à faire avec l'Incarnation et avec la Trinité. Franchement, est-ce que la masse de nos chrétiens *pense* jamais à ces choses-là, ou à l'âme immortelle et à la vie future? La Croix et la Rédemption, ultime sublimation des anciens mythes et rites immolatoires, nous devons les regarder comme les grands et émouvants symboles, à jamais gravés dans notre imagination, de l'effort et des sacrifices collectifs nécessaires pour porter la nature et l'humanité au degré d'unification et de spiritualisation, – et de pouvoir sur la matière, – où elles seront enfin délivrées de toutes les vieilles servitudes et entreront dans une espèce de gloire. La mort sera-t-elle vaincue alors? La science trouvera peut-être le moyen (pourquoi pas? songeait déjà Descartes) de nous rendre immortels; pourtant ce n'est pas cela qui importe; ce qui importe c'est la pérennité du cosmos, et l'immortalité de l'humanité glorifiée en lui et avec lui.

Notre foi, ayant ainsi dûment évacué tout objet spécifique, peut devenir enfin ce qu'elle était réellement, une

17

simple aspiration sublimisante ; nous pouvons être aspirés en pleine euphorie par un puissant appel d'air, réciter avec une ferveur éclairée le Symbole des Apôtres (*symbole*, quel nom prédestiné!) et aimer, servir, adorer Jésus de tout notre cœur, le Jésus de la foi et du christianisme *intérieur*, véritablement viscéral.

Car avec tout ça on est plus chrétien que jamais. Tout ce monde-là a simplement cessé de croire à la Vérité, et croit seulement à des vraisemblances épinglées sur *des* vérités (c'est-à-dire des constatations ou vérifications du détail observable) qui vieillissent vite, du reste. La Vérité avec un grand V, qu'est-ce que cela veut dire? *Quid est Veritas*, nous devons reconnaître que ce procurateur voyait juste, et même était en pointe. Il faut mettre des minuscules partout. « Tout est relatif, voilà le seul principe absolu », disait déjà notre Père Auguste Comte. Car on en a fini avec le positivisme classique, c'est exact. Mais le fait est que nous vivons dans le monde d'Auguste Comte : la Science (côté raison) complétée par le Mythe (côté sentiment). Il a été un prophète de première grandeur.

J'ajoute qu'il était plus honnête que vous, studieux expurgateurs des vérités révélées : car les mythes de sa « Synthèse subjective », il les fabriquait carrément et franchement de toutes pièces, et non pas, comme vous, en ré-interprétant tout un héritage religieux auquel vous vous croyez plus fidèles que personne, et en tâchant de tromper la soif, et le cœur, de ceux dont vous vous imaginez partager la foi.

★

Cette deuxième description donne une idée plus complète de notre époque. Avec elle cependant nous sommes encore loin d'épuiser le sujet. Il faut en faire une troisième, qui va à son tour nous découvrir d'autres aspects. Nous savons bien en effet qu'on ne peut pas s'en tenir à ce que les gens profèrent dans l'univers de la logique, à ce qu'ils *sont* et *font* au témoignage des énoncés conceptuels qu'ils emploient ; il faut faire la part de ce qui occupe leur psychisme profond, ou de ce qu'ils *sont* et *font* dans le domaine tout singulier de l'irréductiblement subjectif et de l'irrationnel, voire parfois de ce qui échappe à leur propre conscience.

A ce point de vue on peut remarquer d'abord que parmi tous ceux qui parlent comme Pilate il y en a sûrement beaucoup qui pourtant n'ont pas délibérément refusé ce désir de la Vérité sans lequel on n'est pas un homme ; parmi tous les hommes de science (ou de pseudo-science) qui ont l'air uniquement soucieux d'inventer de nouvelles approches ou de nouvelles hypothèses il y en a sûrement beaucoup qui en réalité, et quoi qu'ils puissent dire, n'aiment pas mieux chercher que trouver, – mettraient-ils tant de soins et de fatigues à chercher des vérités ou vérifications d'un jour si dans les régions inconscientes ou supra-conscientes de leur esprit ils ne cherchaient et n'aimaient la Vérité sans le savoir eux-mêmes ?

Mais ce que, d'un autre côté, il importe surtout de remarquer, c'est que le modernisme effréné d'aujourd'hui est irrémédiablement ambivalent. Il tend de soi, quoiqu'il s'en défende, à ruiner la foi chrétienne, oui ; il s'emploie du mieux qu'il peut à la vider de tout contenu. Mais avec cela il y a chez bon nombre de ceux qui y adhèrent comme un effort pour rendre à cette foi une espèce de témoignage désespéré. Car c'est sincèrement, certes, et parfois dans la fièvre et l'angoisse d'une âme foncièrement religieuse, que les coryphées de notre néo-modernisme se déclarent chrétiens. N'oublions pas qu'ils sont victimes d'une certaine philosophie pré-admise, d'une Grande Sophistique *(on connaît l'être à condition de le mettre entre parenthèses ou de faire abstraction de lui)* dont j'aurai un mot à dire dans un autre chapitre[1], et qui permet de parler avec intelligence, et en émouvant les fibres de notre cœur, d'un tas de choses sur lesquelles le positivisme avait jeté l'interdit, mais qui réussit bien mieux que le positivisme à nous empêcher d'atteindre dans ces choses-là la moindre réalité extra-mentale, le moindre *ce qui est indépendamment de notre esprit*; il ne reste à l'intellect qu'à disserter sur des vraisemblances dont ce qui se passe dans la subjectivité humaine fait tous les frais. Affirmer l'existence d'un Dieu transcendant est dès lors un non-sens. La transcendance divine n'est que la projection mythique d'une certaine crainte collective éprouvée par l'homme à un moment donné de son histoire. Et en général, d'après la philosophie pré-admise à laquelle je fais allusion ici, tout ce qui se rapporte à un monde autre que le monde de l'homme ne peut relever que du Périmé s'il s'agit de l'« arrière-monde » de l'ancien réalisme philosophique, ou du Mythe s'il s'agit du monde surnaturel des religions.

Voilà le ciel intelligible, les *Denkmittel* acceptés comme allant de soi (c'est-à-dire comme exigés par l'époque) et les tabous auxquels nos théologiens et exégètes les plus avancés (c'est-à-dire les plus conformistes) ont soumis leur pensée : pauvres chrétiens *sophistiqués*, c'est de Socrate qu'ils auraient besoin.

---

1. Cf. plus loin, chap. v.

Il faut être bien naïf pour s'engager au service d'une telle philosophie si on a la foi chrétienne (qui n'est rien sans la Parole – infiniment indépendante de la subjectivité humaine – d'un Dieu révélant infiniment indépendant de notre esprit), et surtout si on appartient à la religion catholique, qui de toutes les religions est (avec la religion d'Israël, – *benedicite, omnia opera Domini, Domino*) la plus ferme à reconnaître et affirmer la réalité – irréductiblement, splendidement, généreusement *en soi* – des êtres que le Créateur a faits, et la transcendance de cet Autre, qui est la Vérité en personne et l'Être même subsistant par soi, dans lequel nous vivons, nous nous mouvons, nous sommes [1], Dieu vivant par la vertu duquel nous vivons [2], et qui nous aime et que nous aimons, – et aimer c'est donner ce qu'on est, son être même, au sens le plus absolu, le plus effrontément métaphysique, le moins phénoménalisable de ce mot. Mais tout cela aussi, il faut bien, n'est-ce pas, pour obéir à la nouvelle règle d'or, le mettre entre parenthèses. Et une fois qu'on a été bien pris en main, et enveloppé de partout par la philosophie à laquelle on a fait confiance, qu'est-ce qu'on peut devenir si on ne prend pas le parti de renier carrément le Christ? L'âme partagée entre le doute et une nostalgique obstination, – et une pitié pleine d'effroi pour le monde moderne dont une totale refonte de la religion lui paraît le dernier rempart contre l'athéisme, – il va falloir se mettre en quête de remèdes héroïques pour faire survivre la foi en Jésus-Christ à un régime mental essentiellement incompatible avec elle. Comment s'étonner que tant de modernistes croient avoir mission de sauver

---

1. *Act.*, 17, 28.
2. Saint Paul, *2 Cor.*, 13, 4.

pour le monde moderne un christianisme agonisant, – *leur* christianisme agonisant ? C'est à cette fin qu'ils se dévouent en bons soldats du Christ à un si épuisant travail d'évacuation herméneutique. Et leur fidéisme lui-même, si contraire qu'il soit à la foi chrétienne, est pourtant un témoignage sincère et déchiré rendu à cette foi.

Revêtus de la panoplie de Dieu, chaussés de zèle, armés de la cuirasse de la justice, du casque du salut, du bouclier de la foi et du glaive de l'esprit ? Cet équipement de saint Paul[1] n'est certes pas pour eux, il n'est qu'une pièce de musée. Je les vois plutôt suspendus par une main à l'échelle de Jacob, tandis qu'ils battent l'air de leurs pieds, et que de l'autre main ils se renvoient de l'un à l'autre les téléscripts des plus récentes hypothèses. C'est intrépide, mais gare à la crampe.

L'auteur de *Honest to God*[2] est un évêque anglican, inconsolable de l'indifférence religieuse de ses contemporains, qui s'efforce de les secourir en accommodant les choses divines de manière qu'elles leur deviennent acceptables et excitent enfin leur appétit. Lui aussi est un lutteur pour la foi. S'il nous propose un christianisme de chien crevé qui passe au fil de l'eau (son fameux « christianisme sans religion »), c'est parce qu'il est un bon Samaritain anxieux et impuissant qui veut tant sauver les drogués qu'il ouvre boutique afin de donner à tous la drogue pour rien,

---

1. *Ephes.*, 6, 13-17.
2. On sait que cet ouvrage a été publié en français par les soins d'une revue, un peu machiavélique en son orthodoxie, dans le dessein de détourner les gens du modernisme, en leur faisant voir l'aberration finale vers laquelle on les conduisait, d'abandon en abandon. A la surprise et au chagrin des éditeurs le livre s'est révélé un extraordinaire *best-seller*, tout le monde s'est jeté dessus avec enthousiasme.

dans des ampoules ou des sachets étiquetés « à l'Agneau divin ». Et l'homme est un si bizarre animal, – il se peut, après tout, qu'à l'heure de la mort un de ces drogués éprouve une douceur à penser que quelqu'un l'a aimé, et se souvienne du nom de Jésus.

A un tout autre point de vue on peut noter enfin que si l'action temporelle et les nécessaires transformations appelées par l'état présent du monde semblent fasciner pas mal de jeunes chrétiens, clercs et laïcs, à tel point que cela *seul* compte à leurs yeux, et qu'ils entreprennent avec passion de séculariser entièrement leur christianisme, – tout pour la terre désormais ! – le motif foncier, cependant, auquel ils donnent aveuglément une prévalence absolue est en réalité un désir ardent de faire passer dans l'histoire le témoignage de l'Évangile. Encore une bizarrerie de la nature humaine : c'est avec une foi tourmentée, et aussi mal éclairée que possible, mais une foi sincère en Jésus-Christ, qu'ils trahissent l'Évangile à force de vouloir le servir (à leur façon).

Les trois descriptions que j'ai proposées sont contradictoires entre elles, elles sont pareillement vraies cependant, parce qu'en prenant toutes trois dans leur champ, d'une certaine manière, la masse de nos contemporains, elles n'y visent pas les mêmes zones d'aimantation dans l'âme des gens. J'avoue en avoir assez de telles descriptions, mon objet n'étant nullement de faire un tableau sociologique ou clinique de mon temps. Je ne m'interroge pas sur lui, mais à propos de lui. Ce n'est pas lui qui me tracasse, ce sont les idées qu'on y rencontre à tous les coins de rue, et dont quelques-unes ont bien besoin d'être débarbouillées. Avant de me mettre à discuter des idées et des problèmes, je voudrais cependant faire encore deux remarques concernant les comportements collectifs qui se manifestent de nos jours.

13 janvier 1966

Chapitre II

Notre drôle de temps

Ce chapitre est la continuation du précédent, à la fin duquel j'indiquais mon dessein de faire encore deux remarques : chacune constituera une section du chapitre.

I

LE PRURIT AUX OREILLES

La chronolâtrie épistémologique

C'est la maladie annoncée par saint Paul pour un temps à venir *(erit enim tempus...)*, mais dont aucun temps ne semble s'être montré tout à fait indemne. Il est vrai que notre temps à nous paraît tenir brillamment le record.

Il est à noter que saint Paul fait jouer aux professeurs un rôle central dans la diffusion de cette maladie. Viendra un temps, nous dit-il[1], où les gens se mettront à la remor-

---

1. « Erit enim tempus, cum sanam doctrinam non sustinebunt, sed ad sua desideria coacervabunt sibi magistros, prurientes auri-

que d'une foison de *didaskaloi* parce que les oreilles leur démangeront. Autant dire que cette maladie, très contagieuse, à ce qu'il paraît, aura son foyer chez les experts ou les professeurs. Et le prurit aux oreilles deviendra si général qu'on ne pourra plus écouter la vérité, et qu'on se tournera vers les fables, *epi tous muthous*, écrit saint Paul, vers les mythes, – tiens, les voilà donc, ces chers mythes dont nous faisons une telle consommation? Bien sûr, mais non pas les grands mythes vénérables de la jeunesse de l'humanité ; nos démangeaisons ont affaire à des mythes de décrépitude, des mythes inféconds et fabriqués (par des professeurs), – en particulier les mythes de la démythisation.

Est-ce comme d'un remède à ces démangeaisons que le Père Ubu nous menaçait du « petit bâton dans les oreilles » ? Piètre remède assurément ; car c'est de la malnutrition et d'une grave carence en vitamines que provient la maladie.

Il y a lieu, me semble-t-il, d'en signaler brièvement deux grands symptômes. Le premier, dont je m'occupe en ce moment, est une fixation obsessionnelle sur le temps qui passe, la chronolâtrie épistémologique. Être *dépassé*, c'est le schéol. Est-ce qu'un auteur dépassé a pu dire quelque chose de vrai? Après tout, ce n'est pas inconcevable ; mais ça ne compte pas, parce que, étant dépassé, ce qu'il a dit n'existe plus.

Cette chronolâtrie entraîne de vastes sacrifices humains, en d'autres termes elle comporte une composante masochiste. Penser à l'admirable abnégation (non par modestie sans doute, mais volonté de disparaître) de ce qu'on appelle aujourd'hui un exégète donne le vertige. Il se tue de

---

bus. Et a veritate quidem auditum avertent, ad fabulas autem convertentur. » *2 Tim.*, 4, 3.

travail, il donne le sang de ses veines, pour se trouver dépassé dans deux ans. Et ça continuera toute sa vie. Et quand il mourra il sera définitivement dépassé. Son travail servira à d'autres à dépasser et se faire dépasser à leur tour. Mais de sa pensée à lui il ne restera absolument rien.

On ne trouve pas une telle abnégation masochiste chez les philosophes, parce que la mode pour eux dure davantage (vingt ans, trente ans peut-être, dans les cas les plus favorables). Ils ont le temps de se faire des illusions, ils peuvent espérer qu'au moins durant leur vie ils ne seront pas dépassés. Mais ce qui est surprenant, c'est la forme que revêt chez eux la chronolâtrie épistémologique. Chacun prend la suite en mettant en question, pour trouver du nouveau, ce qu'ont dit ses proches prédécesseurs (du coup, irrémédiablement dépassés), mais pour rien au monde il ne mettra en question l'œuvre accomplie jusqu'à eux par le Temps, du moins dans la lignée qui est la sienne ; les lignées philosophiques qui ont précédé la sienne, il s'en fiche (elles sont dépassées) ; mais ma lignée à moi, elle est là (en ce sens qu'elle continue d'engendrer), et c'est tout ce qu'il me faut ; je n'ai nul besoin de savoir si au départ elle a ou non manqué à la vérité[1] ; le point où la courbe est arrivée avant moi est la seule base dont je puisse partir, il est tabou.

---

1. Bien entendu, c'est toujours en découvrant de nouveaux horizons qu'un grand philosophe perd la tête. Autrement dit, si un manquement qui fera tout dévier s'est produit au départ de ma lignée, en même temps il y avait bien des gains virtuels qui demandaient (en vain) à s'actualiser dans une juste perspective. Et les sages qui auraient pu les intégrer à leurs trésors dormaient peut-être sur ceux-ci ; ou bien ils étaient occupés à faire des cours à des étudiants distraits, ou à se disputer entre eux. Mais tout cela est une autre histoire...

Sous une forme ou sous une autre, c'est toujours l'adoration de l'éphémère, soit pour être dévoré par lui, soit pour accepter les yeux fermés ce qu'il a engendré (dans ma lignée à moi) jusqu'à ce que j'entre en lice à mon tour.

En s'inquiétant de la vérité et en saisissant la vérité l'esprit transcende le temps. Faire passer les choses de l'esprit sous la loi de l'éphémère, qui est celle de la matière et du pur biologique, faire comme si l'esprit était soumis au dieu des mouches, voilà le premier signe, le premier symptôme majeur de la maladie dénoncée par saint Paul.

La logophobie

L'autre symptôme que je voudrais signaler, c'est la dégradation qui se produit dans la nature de l'*animal rationale* lorsqu'il se met à perdre confiance, non seulement dans le savoir philosophique, mais dans la préphilosophie spontanée qui est pour l'homme comme un don de nature inclus dans l'équipement de première nécessité qui s'appelle le sens commun, et masqué autant qu'exprimé par le langage commun. Méfions-nous quand nous entendons dénigrer, sous prétexte qu'elles sont des « catégories du langage », les notions premières que les gens seraient bien embarrassés de justifier parce qu'elles résultent d'intuitions primitives nées dans le préconscient de l'esprit, mais qui sont aux racines de la vie humaine (vraiment humaine) et de la communauté humaine (vraiment humaine). Quand tout le monde se met à faire fi de ces choses, obscurément perçues par l'instinct de l'esprit, qui sont le bien et le mal, l'obligation morale, la justice, le droit, ou encore l'être extra-mental, la vérité, la distinction entre substance et accident, le principe d'identité, c'est que tout le monde commence à perdre la tête.

Qu'on invoque tant qu'on voudra le slogan des catégories du langage. Ce n'est pas le langage qui fait les concepts, ce sont les concepts qui font le langage. Et le langage qui les exprime les trahit toujours plus ou moins. Il y a des langues primitives qui n'ont pas de mot pour l'idée d'être, cela ne signifie nullement que l'homme qui parle cette langue n'a pas cette idée dans l'esprit.

Et il n'y a jamais de mots pour ce qu'il nous importerait le plus de dire. N'est-ce pas à cause de cela qu'il nous faut des poètes et des musiciens ?

Et toutes les notions et intuitions primordiales dont je viens de parler, le langage les encrasse et les démonétise, – si elles sont théoriques, par l'usage pratique qu'il en fait dans les routines de la vie quotidienne ; si elles sont d'ordre moral, par l'usage social qu'il en fait dans les rites de la tribu, et qui leur surajoute des significations extrinsèques sans valeur pour l'esprit.

Le premier devoir des philosophes serait de décrasser soigneusement toutes ces notions pour découvrir la pureté de leur sens authentique, – diamant caché sous l'ordure, – qui est fonction de l'être, non de la pratique humaine. Mais en général[1] les philosophes se gardent bien de se fatiguer à un tel nettoyage ; et nos héritiers de Descartes préfèrent poursuivre leur travail plus facile et plus fructueux de destruction de la raison, avec leur Grande Sophistique, leur mise entre parenthèses de la réalité métaphysique, et leur Phénoménalisation de la connaissance philosophique elle-même, pour laquelle ils voudraient tant

---

1. Sauf quelques rares thomistes...

trouver une place dans le parc à attractions, boîtes de nuit et usines à rêve, du monde de la technique. Et en fin de compte, parce que les gens lisent les philosophes, les philosophes font grandir dans l'esprit des gens un doute corrosif sur la valeur de la préphilosophie dont les gens sont bien obligés de faire usage à chaque instant, mais à laquelle ils croient de moins en moins.

Par ailleurs, tandis que disparaît de notre univers de culture l'idée de la connaissance philosophique authentique, et que s'éclipse le régime de la *vérité* à contempler, l'éblouissant avènement de la science moderne avec son langage symbolique, – et de cette approche du réel qui a avec la magie ce trait commun de manier et maîtriser par des signes ce qui reste inconnu en soi, – et de cette mathématisation de l'observable (en physique surtout) qui a permis de prodigieuses réussites mais qui (en dépit des désirs profonds de l'intellect chez beaucoup de savants) place l'esprit sous le régime de la *vérification* à opérer, porte tout le monde, savants et ignorants (et même les infortunés philosophes), à croire que la science – la science des phénomènes – est absolument seule à pouvoir nous apporter une connaissance rationnelle certaine. Et tout cela fait aussi douter les gens de la valeur de la préphilosophie spontanée qui s'exprime par le langage du sens commun.

Résultat : cette préphilosophie tombe en poussière ; et en ce qui concerne les conditions primordiales posées par sa nature à l'exercice de sa raison, l'homme devient semblable à un animal qui aurait perdu son instinct, à une abeille qui n'aurait plus l'instinct de faire son miel, à des pingouins et des albatros qui n'auraient plus l'instinct de construire leurs nids.

Pourtant, si désorienté qu'on soit, il faut bien penser quand même. Alors, vite et à tout prix, n'importe quoi pour suppléer à l'effort dont on n'est plus capable : vite les fables! Voilà le second symptôme majeur que je désirais signaler, et la forme, certes maligne, de prurit aux oreilles qui affecte particulièrement notre temps.

★

Je sais bien que des formes plus ou moins comparables de la même maladie se sont manifestées en d'autres temps, en particulier au temps des Sophistes et de Socrate. A cette époque-là ce que la maladie en question menaçait, ce n'était pas la foi, c'était la raison, – non pas notre raison blasée d'aujourd'hui, mais la raison dans le printemps de sa grande découverte d'elle-même, de sa grande victoire culturelle dans l'histoire de l'humanité. Ne fallait-il pas que quelques centaines d'années avant l'Incarnation du Verbe les préparations nécessaires s'achevassent en Grèce[1] du côté de la Raison, comme en Israël[2] du côté de la Prophétie?

Il convient ici de s'arrêter un peu, pour penser à cette période étonnante par laquelle du début du sixième siècle à la fin du cinquième l'histoire humaine a passé. On dirait que dans les grandes régions du monde de la culture l'esprit humain a fait alors sa crise d'adolescence, opéré des choix décisifs à l'égard de l'avenir.

---

1. Héraclite, 576-480 ; Socrate, 470-399. Il est mort quand le 4ᵉ siècle commençait ; Platon, 427-348 ; Aristote, 384-322.

2. Jérémie, vers le début du 6ᵉ siècle ; le deuxième Isaïe et le Cantique des Cantiques, fin du 6ᵉ siècle ; Job, l'Ecclésiaste, 5ᵉ siècle ; construction du second Temple, 520-515 A. C.

Avec le Bouddha[1] l'Orient confirmait décidément l'option qu'il avait depuis longtemps faite pour les grandes sagesses *liées* où la raison, captive des traditions sacrées, restait unie au monde nocturne ou crépusculaire des mythes (et de la magie). A ce prix il entrait dans certains secrets cachés en les recès de l'univers et de l'être humain, il approfondissait les voies de la mystique naturelle, il atteignait (chez ceux du moins qui avaient la chance de parvenir au bout de la route initiatique) une haute paix de possession de soi purement humaine. Mais ces grandes sagesses recevaient tant de richesses du monde du rêve que la raison y refusait de sortir tout à fait de la nuit. Le domaine propre de la métaphysique, celui de la religion et de ses rites, celui de la vie spirituelle (voire celui des « pouvoirs », même quand on déclarait ne pas les rechercher) y restaient indifférenciés ; Dieu et le monde y étaient mêlés l'un à l'autre (parce que Dieu n'y était transcendant qu'à condition que le monde fût illusoire, et du même coup Dieu n'était plus transcendant). L'esprit humain vivait sous l'empire de l'indéfini[2]. Sa relation à l'être extra-mental demeurait ambiguë, celui-ci étant en définitive illusoire s'il s'agissait des choses, et inséparable du Soi humain s'il s'agissait du Soi divin. La possibilité d'une sagesse qui fût en même temps savoir purement rationnel ou « science » restait entièrement méconnue.

Vers la même époque la Grèce, au contraire, optait pour la sagesse *libre* où la raison passant à l'état

---

1. Le Bouddha, 563-483 ; Lao-tseu, vers le début du vi[e] siècle ; Confucius, 551-479. – (Si je parle ici de « l'Orient » en général, c'est en raison du fait que le bouddhisme, né de l'Inde, a passé en Chine.)

2. Cf. Louis GARDET, *L'affrontement des humanismes*, dans *Nova et Vetera*, oct.-déc. 1954, pp. 242-243.

« solaire[1] » décidait de courir jusqu'au bout l'aventure, en rompant une fois pour toutes avec les millénaires soumis au monde nocturne ou crépusculaire des mythes. (Ceux-ci hanteraient sans doute encore les temples et les sectes initiatiques, mais la pensée adulte n'y croirait plus.)

Au début tout avait failli mal tourner, avec l'ivresse intellectuelle des sophistes, et leur raison uniquement dédiée à la Vraisemblance. Mais Socrate avait sauvé à la fois la raison et l'avenir de la culture, et les droits du Vrai. Il en était mort, non sur la croix comme Dieu fait homme en Israël, mais par la ciguë, et en s'acquittant de sa dette envers Esculape, comme un bon païen d'Athènes.

Une suprême Sagesse de la raison, Sagesse qui était aussi Science ou Savoir, la Métaphysique était fondée ; et une Physique, une science du monde observable, – qui, confondant philosophie de la nature et science des phénomènes, se croyait encore, à l'égard de ceux-ci, (pour son malheur et pour le nôtre), en continuité avec la Métaphysique. La distinction entre savoir théorique et savoir pratique était reconnue, comme celle entre métaphysique et religion. La raison reconnaissait aussi l'existence d'un Dieu distinct du monde, mais dont la transcendance était méconnue et qui n'était que le Premier des dieux, car la grande faute de la raison grecque (providentiellement surcompensée par la Sagesse surnaturelle d'Israël, avec son Dieu infini et infiniment parfait) a été de confondre Finitude et Perfection, et de prétendre faire vivre l'esprit sous le régime du fini[2].

---

1. Cf. notre étude « Signe et Symbole » dans *Quatre Essais sur l'esprit dans sa condition charnelle*, Paris, Desclée De Brouwer, 1939 ; 2e éd., Paris, Alsatia, 1956, pp. 80-106.

2. Cf. Louis GARDET, *loc. cit.*

En revanche, et c'est en cela avant tout que Socrate a sauvé l'avenir de la culture, la raison grecque a su prendre conscience de cette gloire de l'esprit qu'est le Connaître, et de l'authentique relation entre l'esprit et l'être extra-mental des choses ; elle a eu, dans un élan trop vite arrêté, et à un moment passager (mais inoubliable), le sens de l'être, elle a su voir que l'intellect humain, en s'identifiant immatériellement, *intentionaliter*, avec l'être des choses, atteint en vérité cela même qui existe hors de notre esprit, et tout d'abord dans ce monde de la matière auquel, par nos sens, nous sommes naturellement ajustés.

*

La grande aventure dans laquelle l'option faite par la Grèce a jeté le monde a donc marqué un progrès décisif. Dès le départ, sans doute, elle entraînait des pertes ; dans la pensée hellénique et hellénistique elle-même elle s'accompagnait de graves manquements, auxquels les siècles chrétiens ont remédié à la lumière de la révélation reçue en Israël ; et sans doute, depuis quatre siècles environ, la culture occidentale, qui a en elle son point de départ, a-t-elle connu, dans l'ordre intellectuel, des crises de plus en plus graves, – avec Descartes, Kant, Hegel, et finalement ceux qui prétendent aujourd'hui nous placer sous l'empire du Phénomène. Il reste que dans le lieu commun (agaçant comme tous les lieux communs) du *miracle grec* il y a une vérité capitale, que nous avons le devoir de reconnaître.

Du même coup, et pour revenir à la préphilosophie du sens commun dont il a été question plus haut, il faut reconnaître également que cette préphilosophie, si elle est, comme je l'ai dit, un don de nature, pourtant ne dépend pas seulement de la nature, mais de la culture aussi ; autrement dit (et rien de plus conforme à notre nature, qui elle-même exige les développements de la culture), cette préphilosophie est un don de nature reçu par l'instrumentalité de la culture, et accordé aux caractéristiques des grandes étapes de celle-ci. Cela signifie que la préphilosophie qui est (ou était, j'ai noté qu'elle est en train de se défaire) un don de nature pour l'homme de notre culture occidentale dépend d'un double privilège dont cette culture a joui, et qu'elle a plus ou moins gaspillé : d'une part, elle a été vivifiée et surélevée par la tradition judéo-chrétienne (privilège surnaturel en son origine : la révélation), d'autre part (et c'est le privilège dont je parle maintenant), elle est née du « miracle grec », qui n'est pas un miracle du tout, mais un éveil normal de la *natura rationalis* à elle-même, le grand éveil dû au passage, pleinement et décidément consenti, de l'esprit humain sous le régime « solaire » du Logos[1].

Si gênant que cela soit pour le vocabulaire égalitaire qu'une certaine courtoisie diplomatique (bien fatigante à la longue) aimerait nous faire employer, il n'y a pas moyen d'ignorer que le développement de l'humanité et de la culture comporte naturellement une échelle des valeurs : chaque âge, fût-il le plus primitif, a sa valeur, oui, à laquelle il est impératif de rendre justice ; et si l'âge suivant est un âge supérieur, l'homme, en y passant, subit néanmoins des pertes : mais les gains sont plus grands. Il y a une échelle des valeurs, c'est impliqué dans la notion même de progrès. Il y a des âges plus ou moins fortunés, plus ou moins privilégiés. Il y a des mondes de civilisation, des groupes humains, des hommes individuels qui sont l'objet d'une cer-

---

1. Cf. *Quatre Essais sur l'Esprit, loc. cit.*

taine élection pour une œuvre donnée ou sous un rapport donné, je parle en ce moment d'une élection naturelle (ou des élus de l'Histoire, comme on dirait aujourd'hui). Les chrétiens, qui vivent sur l'idée d'une élection de grâce (le peuple élu, Abraham, Moïse, Jean-Baptiste, la Vierge Marie, et tous les saints du paradis) seraient bien mal inspirés de se scandaliser, parce qu'ils ont bon cœur et veulent être gentils avec tout le monde, de l'idée d'une telle élection ou vocation de nature, car Dieu est le Dieu de la nature aussi, et tout artiste choisit à son gré, pour créer et parfaire son œuvre.

Je m'excuse de tant de paroles. Je voulais seulement justifier cette assertion que, de même que la culture occidentale est à vrai dire, – ou était, – une culture privilégiée, de même la *préphilosophie du sens commun* propre à l'homme de cette culture est, – ou était, – une préphilosophie privilégiée, où les notions de sens commun (réellement communes à tous les hommes) se trouvent (ou se trouvaient) à un point d'élaboration remarquablement plus élevé. C'est cela qui s'en va sous nos yeux.

Je noterai, pour conclure, qu'en prenant leur place dans cette « civilisation moderne » à laquelle le monde entier est aujourd'hui convié bon gré mal gré, les peuples dont les civilisations s'étaient développées sous le signe des grandes sagesses initiatiques de l'Orient gardent au fond du cœur tendresse et vénération pour ces grandes sagesses (et puissent-ils en préserver, et nous en transmettre, bien des vérités qui méritent l'immortalité[1]), mais ne semblent point s'efforcer de les rajeunir et revigorer, – ils savent qu'elles appartiennent au passé dont eux-mêmes ils se détachent.

---

1. Cf. Louis GARDET, *Interpénétration des cultures, Nova et Vetera*, oct.-déc. 1956, p. 282.

Ils passent à l'âge technocratique et à la culture occidentale dans l'instant même, hélas, que celle-ci paraît dégéné-
rer, – ils rendent leur tribut à l'entreprise grecque d'affran-
chissement de la raison adulte dans l'instant que périclite
cette entreprise. Les voilà exposés à des pertes incalculables,
par nécessité, mais pour un gain problématique : car en
entrant dans la civilisation moderne ils quittent le régime
culturel de leurs propres sagesses d'autrefois, et le monde
où ils entrent se détourne lui-même de la haute sagesse
rationnelle (et supra-rationnelle) à laquelle il était appelé,
il n'a plus maintenant à leur offrir ni science-sagesse
théologique (sa culture prétend s'en passer), ni science-
sagesse métaphysique, ni philosophie digne de ce nom (ses
philosophes, pour le distraire après ses travaux, lui font
entendre la complainte d'un être qui n'est pas l'être et
d'un savoir qui n'est pas savoir). Ce qu'un tel monde est
capable d'offrir, c'est le magnifique ersatz qu'est la science
des phénomènes, et, avec elle, le pouvoir sur la matière, et
un rêve enivrant de parfaite domination des choses visibles
(voire invisibles), mais aussi l'abdication de l'esprit renonçant à la Vérité pour la Vérification, à la Réalité pour le
Signe.

On voudrait espérer que les nouveaux arrivants qui
viennent en foule de la terre entière prendre leur part
dans les progrès de la civilisation moderne puissent, – mais
rien n'est plus douteux, sauf peut-être pour les quelques-
uns d'entre eux qui se tourneraient vers la foi chrétienne
et les sagesses de raison qu'elle a nourries, – nous apporter
remède et secours contre le puissant Dégoût de la Raison,
la joyeuse (non, elle n'est pas joyeuse) *logophobie* qui foi-
sonne sous nos yeux.

2

Au temps de la Lettre sur l'Indépendance

Il paraît que l'œcuménisme nous demande de nous
« ouvrir » non pas seulement aux hommes, nos frères, à
leurs angoisses, à leurs problèmes, à leur besoin d'être
reconnus, mais aussi à tous les *courants contemporains*.
Cela, c'est plus difficile, car il y a de tout dans ces courants,
qu'on appelle parfois « courants de pensée » par euphé-
misme. Le néo-modernisme dont j'ai parlé dans le précédent chapitre et dans la première section de celui-ci est un
de nos courants contemporains les plus actifs. Et, au surplus, ces courants sont parfois, quelle tristesse, décidément
opposés les uns aux autres (c'est la nature et l'histoire qui
veulent ça), tels le courant dit « de gauche » et le courant
dit « de droite ». Ce sont ces deux courants que je voudrais
spécialement considérer dans cette seconde remarque.

Du mystérieux clivage ainsi désigné, et qui n'intéresse
pas seulement les bancs des parlementaires mais l'ensemble
des citoyens, j'ai déjà parlé dans un petit livre écrit il y a
bien longtemps[1]. J'y distinguais deux sens des mots
« droite » et « gauche », un sens physiologique et un sens
politique.

---

[1]. *Lettre sur l'Indépendance*, Paris, Desclée De Brouwer, 1935.
– Cf. Henry BARS, *La Politique selon Jacques Maritain*, Paris,
Éditions Ouvrières, 1961.

« Au premier sens on est 'de droite' ou 'de gauche' par une disposition de tempérament, comme l'être humain naît bilieux ou sanguin. Il est vain, en ce sens-là, de prétendre n'être ni de droite ni de gauche ; tout ce qu'on peut c'est corriger son tempérament, et l'amener à un équilibre qui approche plus ou moins du point d'éminence où les deux pentes se rejoignent ; car à l'extrême limite inférieure de ces pentes, c'est une sorte de monstruosité qui se dégage devant l'esprit, – à droite le pur cynisme, à gauche le pur irréalisme (ou idéalisme, au sens métaphysique de ce mot). Le pur homme de gauche déteste l'être, préférant toujours et par hypothèse, selon le mot de Jean-Jacques[1], *ce qui n'est pas* à *ce qui est ;* le pur homme de droite déteste la justice et la charité, préférant toujours, et par hypothèse, selon le mot de Gœthe (lui-même énigme, et masquant sa droite de sa gauche) l'*injustice* au *désordre.* Un noble et beau type d'homme de droite est Nietzsche ; un noble et beau type d'homme de gauche, Tolstoï[2]. »

Au second sens, « au sens politique, la gauche et la droite désignent des idéals, des énergies et des formations historiques où les hommes de ces deux tempéraments opposés sont normalement attirés à se rassembler. Et ici encore, à considérer les circonstances où se trouve à telle heure tel pays, il est impossible que chacun de ceux qui ont à cœur les réalités politiques ne s'oriente pas plutôt à droite ou plutôt à gauche. Les choses se brouillent toutefois en ceci que parfois des hommes de droite (au sens physiologique du mot) font une politique de gauche, et inversement. Je pense que Lénine est un bon exemple du premier cas. Il

---

1. « Il n'y a de beau que ce qui n'est pas », disait Jean-Jacques. Et Jean-Paul Sartre : « Le réel n'est jamais beau. »
2. *Lettre sur l'Indépendance,* pp. 42-43.

n'y a plus terribles révolutions que les révolutions de gauche faites par des tempéraments de droite ; il n'y a plus faibles gouvernements que les gouvernements de droite conduits par des tempéraments de gauche (Louis XVI).

« Mais où les choses se gâtent tout à fait, c'est quand, à certains moments de trouble profond, les formations politiques de droite et de gauche, au lieu d'être chacune un attelage plus ou moins fougueux tenu en main par une raison politique plus ou moins ferme, ne sont plus rien que complexes affectifs exaspérés, emportés par leur mythe idéal sans que l'intelligence politique puisse désormais autre chose que ruser au service de la passion. N'être ni de droite ni de gauche signifie alors qu'on entend garder sa raison [1]. »

C'est ce que, dès une époque où les choses étaient déjà sérieusement gâtées, je me suis appliqué à faire moi-même (« de gauche, de droite, à aucun je ne suis [2] », tout en étant par tempérament ce qu'on appelle un homme de gauche). Garder ainsi sa raison, je ne voulais pas dire par là se retrancher dans je ne sais quelle neutralité, je voulais dire préparer les voies à une activité politique « authentiquement et vitalement chrétienne », en d'autres termes, à une politique qui, tout en s'inspirant de l'esprit chrétien et des principes chrétiens, n'engagerait que les initiatives et les responsabilités des citoyens qui la feraient, sans qu'elle fût le moins du monde une politique dictée par l'Église ou engageant la responsabilité de celle-ci. Qu'on me permette d'ajouter aujourd'hui que jusqu'à présent, – et malgré (ou à cause de) l'entrée en scène, dans divers pays, de partis politiques dits « chrétiens » (la plupart étant surtout des

1. *Op. cit.*, pp. 43-44.
2. *Ibid.*, p. 9.

combinaisons d'intérêts électoraux), – l'espoir en l'avènement d'une *politique chrétienne* (répondant dans l'ordre
pratique à ce qu'est une *philosophie chrétienne* dans l'ordre
spéculatif) a été complètement frustré, – je ne connais
qu'un exemple de « révolution chrétienne » authentique,
c'est celle que le Président Eduardo Frei tente en ce moment au Chili, et il n'est pas sûr qu'elle réussisse. (C'est
vrai aussi que parmi mes contemporains encore en vie
tandis que j'écris ces lignes je ne vois guère dans les pays
d'Occident que trois révolutionnaires dignes de ce nom
– Eduardo Frei au Chili, Saul Alinsky en Amérique[1], et
moi en France, qui compte pour du beurre, puisque ma
vocation de philosophe a tout à fait obnubilé mes possibilités d'agitateur...)

Mais laissons cette digression. Il n'est peut-être pas
inutile de répéter maintenant ce que je disais à cette lointaine époque : « Toute la question revient ici à savoir si
l'on croit qu'une politique authentiquement et vitalement
chrétienne peut surgir dans l'histoire et se préparer invisiblement dès maintenant. Elle revient à savoir si le christianisme doit s'incarner jusque-là, si la mission temporelle
du chrétien doit aller jusque-là, si le témoignage de l'amour
doit descendre jusque-là, ou s'il faut abandonner au diable
le monde en ce qu'il a de plus connaturel : la vie civique ou
politique. Si l'on croit à la possibilité d'une politique
authentiquement et vitalement chrétienne, alors, dans

---

[1]. Saul Alinsky, qui est un de mes grands amis, est un
indomptable et redouté organisateur de « communautés popu-
laires » et leader anti-raciste, dont les méthodes sont aussi
efficaces que peu orthodoxes. – Cf. *Harper's Magazine*, juin et
juillet 1965, « The Professional Radical, Conversations with Saul
Alinsky ».

l'ordre des activités temporelles, le devoir le plus urgent est de travailler à l'installer.

« ... Une saine politique chrétienne (j'entends par là chrétiennement inspirée, mais appelant à elle tous les non-chrétiens qui la trouveraient juste et humaine) paraîtrait sans doute aller fort loin à gauche dans l'ordre de certaines solutions techniques, dans l'appréciation du mouvement concret de l'histoire et dans les exigences de transformation du présent régime économique, tout en ayant en réalité des positions absolument originales, et en procédant, dans l'ordre spirituel et moral, de principes très différents des conceptions du monde et de la vie, de la famille et de la cité en honneur dans les divers partis de gauche.

« ... Autant, dans l'ordre spirituel, qui est supra-politique, la liberté du chrétien exige de lui qu'il soit tout à tous, et qu'il porte partout son témoignage et sa parole, et qu'il noue partout ces liens d'amitié vraie, de bonté fraternelle, de vertus naturelles de fidélité, de dévouement, de douceur, sans lesquels nous ne pouvons pas nous aider réellement les uns les autres, et sans lesquels la charité surnaturelle, ou ce que nous prenons pour elle, risque de geler, ou de tourner à un prosélytisme de clan, – autant, dans l'ordre politique lui-même, il convient, en l'absence de l'organe approprié d'une politique vitalement chrétienne, de préserver avant tout le germe intérieur d'une telle politique contre tout ce qui risquerait de l'altérer.

« Plus ce germe est encore fragile, et caché, et contesté, plus d'intransigeance et de dureté il faut mettre à le garder pur... Car dès maintenant, et dans les conditions les plus ingrates, et avec la gaucherie des premiers commencements, le départ a été donné. Et quand même l'invisible flamme de la mission temporelle du chrétien, de cette politique

chrétienne que le monde n'a pas encore connue, ne brûle-
rait que dans quelques cœurs, parce qu'au dehors le bois
est trop vert, le témoignage porté ainsi serait du moins
maintenu, le dépôt transmis ; et parmi l'horreur croissante
d'un monde où la justice, la force, la liberté, l'ordre, la
révolution, la guerre, la paix, le travail, la pauvreté, tout
a été déshonoré, où la politique ne fait sa besogne qu'en
corrompant de mensonge l'âme des multitudes, et en la
rendant complice des crimes de l'histoire, où la dignité
de la personne humaine est bafouée sans fin, la revendication de cette dignité et de la justice, le primat politique des
valeurs humaines et morales qui sont la partie principale
du bien commun terrestre, continueraient d'être affirmés,
un peu d'espoir continuerait de luire pour les hommes
en une revanche temporelle de l'amour. Le principe du
moindre mal est souvent, et avec raison, invoqué en politique. Il n'y a pas là de plus grand mal que de laisser sans
témoignage, je dis dans l'ordre temporel lui-même, et par
rapport au bien temporel lui-même, la justice et la charité[1]. »

Aujourd'hui

Il y a trente ans que cette *Lettre sur l'Indépendance* (trop
longuement citée peut-être[2]) a été écrite. Depuis lors la
confusion des esprits, quand il est question de la « droite »
et de la « gauche », n'a fait qu'empirer chez nous. L'extrémisme de droite a été envahi par de cruelles frustrations et
d'amers ressentiments, dus tantôt à un souvenir nostal-

---

1. *Op. cit.*, pp. 45-53.
2. Mon excuse est que l'opuscule est épuisé depuis longtemps.

gique du vieux Maréchal, tantôt aux déceptions de la guerre d'Algérie ; sans parler du sentiment malsain qu'on est des vaincus cherchant quelque revanche. L'extrémisme de gauche a été envahi par une fièvre de surenchère démagogique et un conformisme agressif qui se défendent mal contre le beaucoup d'illusion et l'un petit peu de bassesse dont l'Idéalisme grégaire est inévitablement porteur ; et je ne parle pas du sentiment malsain qu'on est des vainqueurs et qu'on le fera bien voir.

Tout cela n'est pas très encourageant ni très éclairant. Mais le plus grave, c'est que les mots « droite » et « gauche » n'ont plus seulement un sens politique et social ; ils ont pris aussi et surtout, du moins dans le monde chrétien, un sens religieux. De là les pires embrouillages. Comment même trouver des noms pour désigner convenablement des formations sociologiques qui frappent le regard avant tout par une certaine attitude religieuse, mais dont une certaine attitude politico-sociale constitue le solide arrière-fond, comme si en signifiant une certaine attitude religieuse on signifiait nécessairement du même coup une certaine attitude politique, et inversement ? Des mots tels que « intégriste » et « moderniste » ne sauraient être employés là, car ils ne se rapportent qu'à un comportement religieux ; ni des mots tels que « conservateur » et « progressiste », qui ne se rapportent qu'à un comportement politico-social. Pour désigner deux vastes courants dont l'intelligibilité est si mal établie et implique une telle confusion d'aspects, on ne peut se tirer d'affaire qu'en construisant une sorte d'Archétype auquel on donnera un nom allégorique ou *mythique* (c'est le cas de le dire) : ce qui aura l'avantage de n'offenser personne, car dès lors, ainsi qu'en avertissent les prudents auteurs de certains romans policiers, toute ressemblance avec tel ou tel doit être tenue pour fortuite et fictive, et nul ne doit se sentir visé. Pour désigner l'Archétype de l'extrémisme de gauche, je dirai donc : les Moutons de Panurge ; et pour désigner l'Archétype de l'extrémisme de droite, je dirai : les Ruminants de la Sainte-Alliance[1].

Bien entendu, s'il s'agit de personnes réelles qui ont l'air d'entrer à un degré quelconque (ces degrés varient à l'infini) en participation plus ou moins proche ou lointaine avec l'un ou l'autre de ces Archétypes, j'espère avoir pour elles les sentiments qui conviennent entre chrétiens (et même entre simples personnes humaines), et pas seulement la sorte de charité qu'on aurait pour un criminel ou un crétin. Je suis tout prêt à leur témoigner estime et respect fraternels, et je serais sincèrement heureux de prier d'une même voix avec elles, et d'aller avec elles recevoir le Corps du Seigneur. N'empêche qu'à me trouver sur quelque point en accord, soit philosophico-théologique, soit politico-social, avec les Moutons de Panurge ou les Ruminants de la Sainte-Alliance j'éprouve un sérieux malaise ; et je ne sais ce que je déteste le plus : voir une vérité qui m'est chère méprisée et maltraitée soit par les uns soit par les autres ; ou voir la même vérité qui m'est chère invoquée et trahie soit par les uns soit par les autres.

Ces accidents-là sont cependant inévitables. Et il faut noter ici l'infortuné entrecroisement des valeurs en vertu duquel les Moutons font en général si piètre figure en matière philosophique et théologique (ils sont fidéistes, modernistes, tout ce qu'on voudra, pour être à la page), tandis qu'en matière politique et sociale leur instinct les

---

1. Les moutons ruminent aussi, je le sais, mais des rêves d'avenir.

pousse vers la bonne doctrine qu'ils gâcheront plus ou moins[1]. C'est l'inverse avec les gros Ruminants. Je me tiens aussi loin que je peux des uns et des autres, mais il est très naturel (sinon très réjouissant) que je me sente moins loin des premiers quand il est question des choses qui sont à César, et moins loin des seconds (hélas) quand il est question des choses qui sont à Dieu.

Il faut reconnaître, en outre, que dans le zèle des uns et des autres le service de la pure vérité n'a pas le premier rang. Ce qui émeut les Ruminants de la Sainte-Alliance, ce sont avant tout les alarmes de la Prudence : barrer la route à des dangers menaçants, fermer des portes, ériger des digues. Ce qui émeut les Moutons de Panurge, c'est avant tout le Respect humain : faire comme tout le monde, du moins comme tous les gens qui ne sont pas des fossiles.

Les deux extrémismes dont les Archétypes viennent de me fournir l'occasion de quelques mauvaises plaisanteries, ne caractérisent, à tout prendre, que deux minorités, bien que les Moutons soient pour le moment notoirement plus nombreux que les gros Ruminants, et puissent se réclamer d'une plus vaste influence, spécialement parmi les professeurs ecclésiastiques. La grande masse du peuple chrétien semble indifférente aux efforts de ces deux minorités. Elle est malheureuse et troublée, parce qu'elle sent que quelque chose de grand se prépare et qu'elle ne sait comment y participer. Elle tâtonne, se prête docilement à des essais de groupements souvent décevants ; elle se plie volontiers (non parfois sans regrets chez quelques vieux passionnés

---

1. « La gauche chrétienne, en France, a les entrailles évangéliques, mais elle n'a pas la tête théologique. » Claude TRESMONTANT, *Tâches de la pensée chrétienne*, dans *Esprit*, juillet-août 1965, p. 120.

de la beauté dans l'Église) à l'usage de la langue vulgaire dans les cérémonies religieuses, mais se plaint des traductions misérables qu'on lui fait réciter, comme du désordre (momentané sans doute) consécutif aux innovations liturgiques, se demande à certains moments si on lui a changé sa religion, et aura peine à se satisfaire longtemps avec les veillées de patronage, les disques et les petites chansons dont les initiatives de certains curés agrémentent les célébrations communautaires. Surtout elle souffre d'une grande soif à laquelle personne n'a l'air de faire attention, et la bonne volonté avec laquelle elle accepte des succédanés laisse prévoir des désillusions sérieuses.

C'est la vérité qu'elle cherche (mais oui), et les sources vives. A entendre le bruit qu'ils font, les guides sont loin de manquer, et sûrement ils ont tous les meilleures intentions. Sans doute aussi il y en a quelques-uns qui savent le chemin. Puissent-ils, ceux-là, nous faire savoir un peu ce que c'est que « recevoir *comme un enfant* le royaume de Dieu », sans quoi, dit Jésus, nul n'y entre [1], – et il ne s'agit certes pas de fermer les yeux, un enfant *regarde*. Il nous faut à tout prix savoir un peu ce que c'est que regarder les choses divines comme un enfant, et à quelle école on apprend cela, – et que Dieu seul nous apprend cela.

18 janvier 1966

---

1. « Quicumque non acceperit regnum Dei sicut puer, non intrabit in illud. » Lc., 18, 17.

Chapitre III

Le monde et ses aspects contrastants

I

LA VÉRITÉ RELIGIEUSE OU « MYSTIQUE »

sur le monde
(pris dans sa relation au royaume de Dieu)

J'ai souvent insisté, – il y a bien longtemps dans un essai sur *le Régime temporel et la Liberté*[1] et dans *Humanisme Intégral*[2], plus récemment dans *Pour une Philosophie de l'Histoire*[3], – sur la foncière *ambivalence* du monde selon qu'il est pris dans sa relation au royaume de Dieu. C'est en considérant encore cette ambivalence que je commencerai le présent chapitre.

Il suffit pour cela de se rapporter aux assertions de l'Évangile. Assertions essentielles : si on les oubliait on ne serait qu'une ombre de chrétien ; car elles ne nous livrent pas seulement ce que Jésus savait, mais ce qu'il a vécu, au plus profond de son expérience, – ce qu'il a vécu dans sa vie, ce qu'il a vécu dans sa mort.

---

1. Paris, Desclée De Brouwer, 1933.
2. Paris, Aubier, 1936.
3. Paris, éd. du Seuil, 1959 (New York, Scribner, 1957).

49

Tous mes lecteurs lisent l'Évangile, bien sûr. Mais ce n'est pas une mauvaise idée de grouper tous les textes où il y est question du monde.

Si nous voulons tâcher de comprendre ces textes, n'oublions pas que Jésus et les apôtres, quand ils nous parlent du monde, le prennent toujours dans sa relation – sa double relation simultanée – au royaume de Dieu : d'une part, selon que le monde accepte sa destination finale d'être assumé et transfiguré en un *autre monde*, un monde divin, qui est le royaume de Dieu, déjà commencé et qui durera éternellement ; et, d'autre part, selon que le monde refuse le royaume et se retranche en lui-même. C'est la vérité religieuse ou « mystique » (parce qu'elle se rapporte au mystère du salut) concernant le monde qui est ici en jeu.

Je regrette le sérieux avec lequel il va me falloir parler, et qui ne convient pas à mon genre. Mais il s'agit de l'Évangile.

Dieu a tant aimé le monde

« Dieu *a tant aimé le monde* qu'il lui a donné son Fils unique[1]. »

Le monde que Dieu a fait, comment ne l'aimerait-il pas ? Il l'a fait par amour. Et voilà qu'il se perd, ce monde, avec toute sa beauté, de par la liberté de la créature, image de Dieu, qui se préfère à Dieu, choisit le rien. « C'est pourquoi, entrant dans le monde le Christ dit : Tu n'as voulu ni sacrifice ni oblation, mais tu m'as façonné un corps... Alors j'ai dit : Voici, je viens[2]. »

---

1. Joan., 3, 16.
2. *Hebr.*, 10, 5-7.

« Car je ne suis pas venu pour condamner le monde, mais pour sauver le monde[1]. »

« Dieu n'a pas envoyé son Fils dans le monde pour juger le monde, mais pour que le monde soit sauvé par lui[2]. »

« Voici l'Agneau de Dieu qui ôte le péché du monde[3]. »

Lui qui n'a jamais connu le péché, il a accepté d'*être fait péché*[4], et de mourir sur la croix, afin de délivrer le monde du péché.

Et dans le moment que ce même monde, en tant qu'il refuse le royaume, est jugé, – *nunc est judicium mundi*[5] (il se juge lui-même), – et que Jésus va être exalté sur le gibet et tout tirer à lui[6] ; à la veille d'être condamné par le monde, et d'aller à son Père[7], et de quitter les siens qui étaient dans le monde et qu'il a aimés jusqu'à la fin[8] ; à la sainte Cène, – en cet instant où, tandis qu'il ne prie pas pour le monde[9] (c'est pour l'Église qu'il prie alors, « pour ceux que tu m'as donnés[10] », « et pour ceux qui croiront en moi par leur parole[11] »), il demande « que tous ils soient un, comme toi, Père, en moi, et moi en toi, qu'eux-mêmes ils soient un en nous[12] », – il ajoute : *afin que le monde croie que tu m'as envoyé*[13]. Importance inouïe du monde ! Bien sûr, puisqu'Il est venu pour le sauver.

---

1. Joan., 12, 47.
2. Joan., 3, 17.
3. Joan., 1, 29.
4. *2 Cor.*, 5, 21.
5. Joan., 12, 31.
6. Joan., 12, 32.
7. Joan., 14, 28.
8. Joan., 13, 1.
9. Joan., 17, 9.
10. *Ibid.*
11. Joan., 17, 20.
12. Joan., 17, 21.
13. *Ibid.*

Ce monde qui n'a pas connu le Père[1], il faut qu'« il sache que j'aime le Père, et que ce que le Père m'a ordonné, c'est cela que je fais[2] » ; il faut « *que le monde sache* que tu m'as envoyé, et que tu les as aimés[3] comme tu m'as aimé[4] ».

Il faut que le monde sache cela, pour que lui-même, ou du moins tout ce qui en lui voudra être sauvé, soit sauvé, et entre dans le royaume de Dieu et y soit transfiguré. Et il faut aussi que le monde sache cela pour sa condamnation, ou du moins la condamnation de tout ce qui en lui refuse d'être sauvé, et de se tourner vers la Miséricorde.

« Le Fils de l'homme est venu chercher, et sauver, ce qui périssait[5]. » Mais il ne nous sauve pas malgré nous ; il ne sauve pas ce qui périssait si ce qui périssait préfère périr.

A l'arrière-plan de tout cela il y a une très longue histoire.

Le monde a été créé bon (ce qui ne veut pas dire qu'il a été créé divin). Il a été créé bon, ses structures naturelles sont bonnes en elles-mêmes, la Bible tient à nous mettre cela dans la tête une fois pour toutes. « Elohim vit que la lumière était bonne[6]. » Et, de même, aux étapes suivantes de la création, « Elohim vit que c'était bien » revient comme un refrain[7]. Le sixième jour, une fois l'homme créé,

---

1. Joan., 17, 25.
2. Joan., 14, 31.
3. « Ceux que tu m'as donnés, et ceux qui croiront en moi par leur parole. » Joan., 17, 9 ; 17, 20.
4. Joan., 17, 23.
5. Lc., 19, 10.
6. *Gen.*, 1, 4.
7. *Gen.*, 1, 10 ; 12 ; 18 ; 21 ; 25. (Trad. Dhorme.)

« Elohim vit ce qu'il avait fait, et voici que c'était très bien[1] ».

Et puis le mal fait son entrée sur la terre, avec la désobéissance de l'Homme et de la Femme, dupés par le Mauvais Ange. Fini le paradis terrestre, pour eux et pour toute leur descendance, à jamais. (Il y a aujourd'hui des auteurs qui découvrent que le péché originel est une invention de saint Augustin ; dommage qu'ils se souviennent si mal de la *Genèse*. Je sais bien qu'ils diront que c'est un mythe, mais ce « mythe » dont la vérité nous est garantie par Dieu vient en tête de la Bible, pas mal de temps avant saint Augustin[2].)

---

1. Gen., I, 31.
2. Ce serait un enfantillage de croire qu'avant de passer sous le régime du Logos la pensée humaine était toute livrée aux apparences illusoires de l'imagination.

Sous le régime que j'ai appelé crépusculaire (cf. plus haut, p. 32), non seulement la pensée pratique avait prise, – autrement mais aussi bien que la nôtre, – sur les réalités de la vie quotidienne, la fabrication et l'usage des outils, etc., mais dans le domaine métaphysico-religieux les formes encore tout imprégnées du concret, et foisonnantes d'images, dans lesquelles la pensée humaine s'exprimait alors pouvaient être, quoique d'une façon essentiellement voilée, *adéquates à ce qui est*.

C'étaient des mythes, oui ; mais ce terme a été rendu de nos jours dangereusement équivoque, même à l'égard de la pensée primitive (à raison de l'usage systématique et aberrant qu'en font nos phénoménologues à l'égard de tout ce qui, dans notre pensée à nous, ne relève pas de l'observation scientifique ou de l'expérience psychologique). Les mythes de la pensée primitive n'étaient pas tous sans valeur de sagesse, et plus profonde, je le crois volontiers, que celle de certaines de nos métaphysiques. Il y avait des mythes qui n'étaient pas des *fables*, des mythes qui étaient *vrais* (comme il y a sous le régime du Logos des propositions « fausses » et des propositions « vraies »). Même dans le domaine de la « science », on peut dire que le réseau de lignes que l'acupuncture chinoise imagine comme reliant toutes les parties du corps humain est un « mythe » pratique, qui ne nous apprend

53

Désormais le mal est dans le monde, dans ce monde dont les structures ontologiques sont et restent bonnes, – nous savons que *malum est in bono sicut in subjecto*[1], – et qui, si blessé qu'il soit, poursuit (non sans déchets) sa marche vers les fins temporelles auxquelles tend sa nature, et à la réalisation desquelles nous avons le devoir de coopérer. Le mal est dans le monde, et il y fermente partout, y sème partout le mensonge, y sépare l'homme de Dieu. Et tandis que l'histoire avance et que les âges de civilisation se succèdent, le vrai Dieu reste inconnu ou méconnu, – sauf

rien sur les structures anatomiques mais qui est « vrai » en ce qui concerne les points où il convient d'enfoncer l'aiguille.

Ce sont là des choses que je pense depuis longtemps, – sans être pour cela d'accord, loin de là, avec la problématique et les généralisations (irrémédiablement équivoques, quoi qu'il fasse), d'un auteur dont la bonne volonté mérite respect et sympathie, mais dont les vues sur la théologie me semblent plutôt confuses, comme Jean-Marie Paupert dans son livre récent « Peut-on être chrétien aujourd'hui ».

Du point de vue que je viens d'indiquer concernant les deux grands régimes historiques de la pensée humaine, il apparaît que l'histoire d'Adam et d'Ève est (*cas unique* dans la Bible, parce que la révélation a usé là d'éléments venant du fond des âges, ré-assumés par elle dans une lumière prophétique projetée sur le passé) une *vérité* sacrée *voilée dans son mode d'expression*, qui nous livre ce qu'il nous importe le plus, ce qu'il nous importe *absolument* de connaître sur nos origines : l'Événement, – la chute, – qui, par suite d'un acte libre, d'un péché de l'Homme et de la Femme placés dès leur création dans un état surnaturel d'innocence ou d'harmonie avec Dieu, a fait passer l'humanité sous un état de rupture avec Dieu – que la nature à elle seule est incapable de réparer – où chacun naît privé de la grâce. Voilà, exprimée dans le langage qui convient au régime du Logos, la vérité que l'Église, fidèle à la révélation dont elle a le dépôt, et dans la lumière prophétique dont je viens de parler, discerne dans le prétendu « mythe » (mais *vrai sous des voiles*) du mystérieux fruit défendu que l'Homme, à l'instigation de la Femme, a mangé.

1. *Sum. theol.*, I, 48, 3.

d'un petit peuple, d'une Vigne élue issue d'Abraham, d'Isaac et de Jacob. Et les hommes seraient perdus pour la vie éternelle si tous ceux qui ne se dérobent pas à une grâce dont ils ne savent pas le nom n'étaient sauvés par le Sang du Christ à venir. Et quand il viendra, le Pouvoir spirituel, les Docteurs et les Prêtres du peuple élu, clamant que celui-ci n'a d'autre roi que César, condamneront comme blasphémateur Celui qui est la Vérité en personne. Et ils le livreront à un Pouvoir terrestre pour qui la vérité n'est qu'un mot ; et ensemble, Pouvoir spirituel dévoyé et Pouvoir terrestre, ils le mettront à mort. Voilà l'autre face du monde dans sa relation au royaume de Dieu.

Le monde me hait

« Le monde ne peut pas vous haïr [vous qui ne croyez pas en moi] ; mais moi, *il me hait*, dit Jésus, parce que je témoigne contre lui que ses œuvres sont mauvaises[1]. » Quant aux disciples, le monde les traitera comme il a traité leur maître : « *Vous serez haïs de tous à cause de moi*[2]. » Jésus le leur répétera encore dans son suprême adieu : « *Si le monde vous hait, sachez qu'il m'a haï avant vous. Si vous étiez de ce monde, le monde aimerait ce qui est à lui. Mais parce que vous n'êtes pas du monde, et que je vous ai tirés du monde, à cause de cela le monde vous hait. Rappelez-vous ce que je vous ai dit : le serviteur n'est pas plus grand que son maître. S'ils m'ont persécuté, ils vous persécuteront aussi*[3]. »

---

1. Joan., 7, 7.
2. Matt., 10, 22.
3. Joan., 15, 18-20.

Et de même, à la sainte Cène encore, dans sa prière pour eux : « Le monde les a pris en haine parce qu'ils ne sont pas du monde, comme moi je ne suis pas du monde. Je ne te prie pas de les ôter du monde, mais de les garder du Mauvais. *Ils ne sont pas du monde*, comme moi je ne suis pas du monde[1]. » Et encore, à la sainte Cène, il annonce que « le Paraclet, quand il viendra, *portera accusation contre le monde*, en raison du péché, et de la justice, et du jugement. » En raison du péché, à cause de l'incrédulité du monde (« parce qu'ils ne croient pas en moi ») ; en raison de la justice, parce que le monde a rejeté le Juste (« je m'en retourne à mon Père, et vous ne me verrez plus ») ; en raison du jugement, *« parce que le prince de ce monde est déjà jugé[2] »*.

C'est Jésus qui appelle ainsi l'Ange des ténèbres. « Je n'ai plus guère à m'entretenir avec vous, car voici que vient le prince de ce monde, *venit princeps hujus mundi[3]*. » Et le jour des Rameaux, quand il annonçait sa Passion, et qu'une voix du ciel s'est fait entendre, « c'est maintenant, avait-il dit, le jugement de ce monde ; c'est maintenant que *le prince de ce monde va être jeté dehors[4]* », – c'est-à-dire va être dépossédé : prince dépossédé et d'autant plus ardent à sa revanche, il continuera à tourner autour de nous « comme un lion cherchant qui dévorer[5] », ainsi que la liturgie nous le fait dire tous les soirs dans la *lectio brevis* de Complies, – et à infester d'innocentes créatures matérielles[6] pour lesquelles l'Église prodigue ses exorcismes,

---

1. Joan., 17, 14-16.
2. Joan., 16, 8-11.
3. Joan., 14, 30.
4. Joan., 12, 31.
5. *I Petr.*, 5, 8.
6. « Il infeste d'innocentes fontaines, des collines, des bois, il

– et à tâcher de créer dans la tête des intellectuels tout le gâchis qu'il pourra, – il continuera jusqu'à ce que la Passion ait porté tous ses fruits, jusqu'à la fin du monde ; il ne lâchera le monde que lorsque le monde finira[1]. (Mon Dieu, je sais bien qu'aux yeux d'un *perspectiviste* le diable est une survivance mythique, mais moi, j'y crois.) C'est pourquoi saint Paul (pauvre arriéré lui aussi), en nous avertissant que ce n'est pas la chair et le sang que nous avons à combattre, mais les mauvais esprits, appelle ceux-ci « les chefs enténébrés du monde », τους κοσμοκράτορας τοῦ σκότους τούτου[2].

Ainsi le monde apparaît comme l'Antagoniste, d'où vient le grand refus. « Le monde a été fait par lui, et le monde *ne l'a pas connu*. Il est venu chez lui, et les siens *ne l'ont pas reçu*[3]. »

Le monde est en la puissance du mal ; « Le monde entier gît au pouvoir du Mauvais[4]. » « Malheur au monde, à cause des scandales[5]. » « *Le monde ne peut pas recevoir l'Esprit de vérité*, parce qu'il ne le voit pas, et ne le connaît pas[6]. »

Et le monde sera condamné. Saint Paul demande aux Corinthiens de s'examiner, « pour n'être pas *condamnés avec le monde*[7] ». Et le Christ a vaincu le monde. « Dans le monde vous aurez à souffrir, mais gardez courage : *j'ai vaincu le monde*[8]. »

---

s'embusque dans la tempête. » Raïssa MARITAIN, *Le Prince de ce Monde* (2e éd., Paris, Desclée De Brouwer, 1963), pp. 12-13.

1. *Sum. theol.*, I, 64, 4.
2. *Ephes.*, 6, 12.
3. Joan., 10, 11.
4. *I Joan.*, 5, 19.
5. Matt., 18, 7.
6. Joan., 14, 17.
7. *I Cor.*, 11, 32.
8. Joan., 16, 33.

L'Église, comme le Christ, est de Dieu, non du monde. Et il nous faut choisir d'être amis du monde ou amis de Dieu. Parce que le monde, ce n'est pas seulement la nature créée, telle que Dieu l'a faite ; c'est cette nature créée comme couronnée du triple diadème des mauvais désirs de la Liberté humaine, – Orgueil de se souverainement suffire à soi-même, Ivresse de savoir non pour la vérité mais pour le pouvoir et la possession, Ivresse d'être vaincu et déchiré par le plaisir. « N'aimez ni le monde ni les choses du monde[1]. *Si quelqu'un aime le monde, la charité* (ἀγάπη) *du Père n'est pas en lui.* Car tout ce qui séduit dans le monde[2], – la Convoitise de la chair, la Convoitise des yeux, et l'Orgueil de la vie, – vient non pas du Père, mais du monde. Or le monde passera avec ses convoitises[3]. » « *Adultères, ne savez-vous pas que l'amitié pour le monde est inimitié contre Dieu ? Qui veut être l'ami du monde se fait ennemi de Dieu[4].* »

Adultères, nous autres ? Ah, tout de même, en voilà assez. Jean et Jacques, pauvres apôtres, qu'est-ce que vous nous contez là ? A nous qui émergeons enfin de tous les vieux complexes, et auxquels nos nouveaux docteurs apprennent avec une ferveur sacrée qu'il n'y a rien de plus beau et de plus urgent que d'être les *amis du monde*, de ce cher monde qui évolue si superbement vers la Délivrance

---

1. « μηδὲ τὰ ἐν τῷ κόσμῳ. » Formule trop abrégée pour être littéralement traduisible. « Ni ce qui *est* dans le monde » force le sens, en centrant la pensée sur un mot qui n'est pas dans le texte grec.

2. « πᾶν τὸ ἐν τῷ κόσμῳ. » Même remarque que dans la note précédente.

3. *I Joan.,* 2, 15-17.

4. *Jac.,* 4, 4.

finale par l'évacuation *chrétienne* de la croix? Ou bien y aurait-il quelque part un drôle de malentendu? Ce qu'on appelle la situation post-conciliaire des fidèles catholiques (il faudrait dire plutôt situation consécutive à la crise, toujours aiguë, qui a rendu nécessaires les mises au point du Concile) est certainement une chose curieuse.

Quelques conclusions

Pour le moment je voudrais seulement retenir ce qui ressort de tous les textes du Nouveau Testament que je viens de citer. Comme je le disais dans *Humanisme Intégral* (ça fait longtemps que je médite là-dessus), le monde est le domaine « *à la fois* de l'homme, et de Dieu, et du diable. Ainsi apparaît l'ambiguïté essentielle du monde et de son histoire, c'est un champ commun aux trois. Le monde est un champ fermé qui appartient à Dieu par droit de création ; au diable par droit de conquête, à cause du péché ; au Christ par droit de victoire sur le premier conquérant, à cause de la Passion. La tâche du chrétien dans le monde est de disputer au diable son domaine, de le lui arracher ; il doit s'y efforcer, il n'y réussira qu'en partie tant que durera le temps. Le monde est sauvé, oui, il est délivré *en espérance*, il est en marche vers le royaume de Dieu définitivement manifesté ; mais il n'est pas *saint*, c'est l'Église qui est *sainte ;* il est en marche vers le royaume de Dieu, et c'est pourquoi c'est une trahison envers ce royaume que de ne pas vouloir de toutes ses forces, – proportionnée aux conditions de l'histoire terrestre, mais aussi effective que possible, *quantum potes, tantum aude,* – une réalisation ou, plus exactement, une réfraction dans le monde des exigences évangéliques ; cependant cette réalisation, même relative, sera toujours, d'une manière ou d'une autre, déficiente et contestée dans le monde. Et en même temps que l'histoire du monde est en marche, – c'est la croissance du froment, – vers le royaume de Dieu, elle est aussi en marche, – c'est la croissance de l'herbe folle, inextricablement mêlée au blé, – vers le royaume de la réprobation »... Les textes évangéliques que nous avons rappelés « reviennent à dire que le monde est sanctifié pour autant qu'il n'est pas *seulement* le monde, mais qu'il est assumé dans l'univers de l'Incarnation ; et qu'il est réprouvé pour autant qu'il se retranche en lui-même, pour autant, selon le mot de Claudel, qu'il se retranche en sa différence essentielle, séparé de l'univers de l'Incarnation. Tandis que l'histoire de l'Église, qui est, comme dit Pascal, l'histoire de la vérité, conduit de soi vers le royaume de Dieu définitivement révélé et n'a son terme qu'en ce royaume, – au contraire, partagée entre deux fins dernières [supra-temporelles] opposées, l'histoire de la cité temporelle conduit tout à la fois vers le royaume de perdition et vers le royaume de Dieu [1], » comme vers des termes qui sont au delà de ses propres fins naturelles.

Je n'oublie pas qu'il y a pour le monde une fin *relativement* dernière, qui est la fin naturelle du monde : cette fin naturelle n'est pas un terme atteint une fois pour toutes, mais, pour parler à la manière de Leibniz [2], un chemin par des conquêtes, et qui n'a pas de terme, et tout au long duquel l'humanité travaille à vaincre la fatalité et se révéler

---

1. *Humanisme Intégral* (1936), pp. 114-116.
2. Il disait de la béatitude, « c'est un chemin par des plaisirs ».

à elle-même. Et je n'oublie pas non plus que dans l'ordre naturel il y a aussi pour le monde une « fin » (au sens d'occurrence finale) opposée, – à savoir les pertes et déchets dus aux accroissements (certes moins grands, mais bien gênants quand même) du mal au cours de l'histoire. C'est là, – dans une perspective purement philosophique, – une sorte d'enfer historique (faible image de l'enfer proprement dit) dont le monde et l'histoire du monde ne peuvent être délivrés que si *ce monde*, régénéré de fond en comble, se trouve changé en un univers tout nouveau, – la nouvelle terre et les nouveaux cieux de l'eschatologie chrétienne, selon laquelle la fin *absolument* dernière de l'histoire est au delà de l'histoire : autrement dit il y aura discontinuité entre l'histoire, qui est dans le temps, et l'état final de l'humanité, qui prendra place dans un monde transfiguré.

Mais laissons là cette parenthèse. Comme je l'indiquais au début de ce chapitre, l'Évangile ne considère pas le monde en lui-même seulement, dans ses structures naturelles et son développement historique, ses divers régimes politiques, économiques ou sociaux, ses âges de culture, ni quant à la fin naturelle dont je parlais à l'instant. L'Évangile considère le monde *dans ses connexions concrètes et existentielles avec le royaume de Dieu*, qui déjà est là parmi nous, – c'est l'Église, le Corps mystique du Christ, à la fois visible en ceux qui portent la marque du Christ et invisible en ceux qui sans porter la marque du Christ ont part à sa grâce, – mais qui ne sera définitivement manifesté que lorsque la chair ressuscitera.

Le monde ne peut pas être neutre par rapport au royaume de Dieu. Ou bien il est vivifié par lui ou bien il le combat. Si Dieu a tant aimé le monde qu'il lui a donné son Fils unique, c'est pour y faire germer[1] et grandir un *autre monde* où tous ses désirs de nature seront finalement *sur-comblés*. Si Jésus est venu non pour condamner le monde mais pour le sauver, si l'Agneau de Dieu ôte le péché du monde, c'est que le royaume de Dieu, qui n'est pas du monde, prend ses accroissements dans le monde, et que la vie de la grâce fait en lui son mystérieux travail, en sorte qu'à la fin des fins, quand le monde sera manifestement et définitivement sauvé, il ne soit plus *hic mundus*, mais ait été, d'un coup, transmué en *l'autre monde*, l'univers de l'Incarnation, lui-même parvenu à l'état de pleine consommation : l'inimaginable monde de la gloire, qui existe depuis le début pour les âmes bienheureuses, et où sont déjà les corps de Jésus et de Marie, et où, ayant désormais passé à la condition de l'esprit, de ses privilèges et de sa liberté, la matière sera docile et plus féconde en beauté, les sens plus pénétrants et émerveillés que jamais.

2

LA VÉRITÉ « ONTOSOPHIQUE[2] »

sur le monde
(pris dans ses structures naturelles)

L'Évangile a un profond respect des choses créées, il aime la beauté des lis des champs plus glorieusement vêtus

---

1. Dès le repentir d'Adam : en raison des *mérites prévus* du Christ.

2. On voudra bien excuser ce néologisme. J'ai dû l'employer pour deux raisons : d'une part la vérité dont il s'agit est à la fois

que le roi Salomon, et les oiseaux du ciel qui n'ont pas de
greniers et que nourrit le Père[1], et les petits passereaux
qui ne valent pas deux sous et dont pas un ne tombe à terre
sans que Dieu l'ait permis[2] ; il comprend combien est chère
à un homme chaque brebis de son troupeau[3] ; il est sensible à tout ce qui charme le cœur dans un regard d'enfant.
Il n'y a pas en lui une ombre de mépris pour la créature.
Le manichéisme est une offense au Père ; la logique des
sectes gnostiques imprégnées de cet esprit demande qu'en
fin de compte le Dieu créateur soit tenu pour un Dieu
mauvais. La foi catholique en a toujours eu horreur, les
cathares sont pour elle les pires blasphémateurs. Ils blasphèment Dieu, oubliant que l'œuvre des six jours a été
bonne et très bonne. Et ils blasphèment la raison.

Celui que saint Thomas appelait « le Philosophe », – ce
déplorable occidental qui nous est venu du Proche Orient
par Maïmonide et les Arabes, – Aristote savait que tout
ce qui est, est bon dans la mesure même où il est, et que
l'être et le bien sont des termes convertibles, *ens et bonum
convertuntur,* on ne peut rien dire de plus fort. D'où saint
Thomas concluait que l'existence est l'acte par excellence.
Le mal est une « privation », – l'absence d'un bien dû, –
non un être. La vie sur terre, il est vrai, comporte inévitablement la souffrance, c'est la conséquence de notre condition charnelle, et aussi la rançon du passage à de plus

---

philosophique et *théologique ;* d'autre part, elle n'est pas seulement
ontologique, elle intéresse aussi le domaine *moral,* du fait que les
inclinations essentielles de la nature, et ses fins propres, sont
bonnes non seulement au sens ontologique, mais aussi au sens
éthique ou moral.

1. Matt., 6, 28.
2. Lc., 12, 6.
3. Lc., 15, 6.

hauts degrés d'être (ou, plus précisément, de vie) ; mais quant au mal moral, c'est dans le libre arbitre des esprits créés (en lui-même privilège altissime) qu'il a sa première origine. Et la théologie catholique a toujours tenu ferme à ces principes. La nature prise en elle-même est bonne et tend à des fins bonnes. Il en est de même du monde (c'est-à-dire, en un sens très général, de l'ensemble des choses créées, et, en un sens plus restreint, de l'univers matériel et visible, et, dans le sens encore plus restreint qui nous occupe ici, de notre univers *humain,* de l'univers de l'homme, de la culture et de l'histoire dans leur développement sur la terre).

La vérité ontosophique en jeu quand il s'agit du monde considéré en lui-même, c'est qu'en dépit du mal qui est là, – si grand parfois qu'il est intolérable non seulement à la sensibilité mais à l'esprit même de l'homme, – le bien, à tout prendre, y est beaucoup plus grand, et plus profond, et plus foncier. Le monde est bon dans ses structures et ses finalités naturelles. Si stagnant, voire si régressif que puisse sembler, en certains lieux de la terre et en certains temps, son développement historique, celui-ci, vu dans son ensemble, va vers des états meilleurs et plus élevés, et c'est un devoir pour nous d'avoir malgré tout confiance en lui, parce que, si le mal y grandit en même temps que le bien (et comment ! il faut être un des nouveaux bien-pensants dopés par les trois vertus *cosmologales* pour ne pas voir ça) le bien cependant y grandit *davantage.*

Il y a (j'y reviendrai dans un moment) une mission temporelle du chrétien à l'égard du monde et du progrès humain. Quand saint Jacques nous dit de n'être pas les *amis du monde,* il ne nous détourne nullement de cette mission temporelle ! Elle-même implique que nous ne soyons pas les amis du monde au sens où l'apôtre entend cette expression, puisque la mission temporelle du chrétien, c'est d'être prêt à donner sa vie pour faire passer dans le monde quelque chose de cet Évangile et de ce royaume de Dieu et de ce Jésus que le monde déteste et de l'aiguillon desquels il a si grand besoin. Quand saint Jean nous prescrit de n'aimer ni le monde ni les choses du monde, il n'entend nullement nous défendre d'aimer tout ce qui est bon et digne d'amour dans le monde, c'est l'amitié avec le monde selon qu'il est ennemi de l'Évangile et de Jésus qu'il a en vue. Si tous les textes évangéliques que j'ai rappelés plus haut (dans la section « le monde me hait ») nous mettent en garde contre le monde d'une façon si pressante et si sévère, et avec une autorité si irrécusable, ce n'est nullement en tant que le monde et l'histoire du monde poursuivent leurs finalités naturelles, c'est en tant que le monde, pris dans sa relation (réelle et trop réelle! L'oublier, c'est renier Jésus) d'inimitié avec Jésus et le royaume de Dieu, est à leur égard le grand Antagoniste d'où vient le grand refus.

La fin naturelle du monde

J'ai parlé tout à l'heure de la fin naturelle du monde. Je voudrais m'expliquer brièvement là-dessus. La fin absolument dernière, la fin suprême du monde est supra-mondaine et supra-temporelle, et relève de l'ordre surnaturel. Mais le monde a aussi une fin naturelle (*relativement* dernière, ou dernière *dans un ordre donné*). A mon avis cette fin est triple.

Sous un premier aspect, la fin naturelle de l'histoire du monde est la maîtrise de l'homme sur la nature et la con-

65

quête de l'autonomie humaine. On lit dans la Genèse[1] :
« Elohim les bénit et Elohim leur dit : fructifiez et multi-
pliez, remplissez la terre et soumettez-la, ayez autorité sur
les poissons de la mer et sur les oiseaux des cieux, et sur
tout vivant qui remue sur la terre. » Ces mots indiquent
la maîtrise sur la nature : *soumettez la terre,* et ils couvrent
les plus hautes ambitions de la science humaine. C'est là
quelque chose de temporel et de terrestre, et c'est une
fin, une destination réelle du monde. Le philosophe peut
exprimer la même idée en d'autres termes s'il réfléchit à
la nature de l'homme en tant qu'agent raisonnable immergé
dans l'animalité. Il peut dire que cette fin est la conquête
que l'homme a à accomplir de sa liberté d'autonomie : le
vivant terrestre qui possède en lui un immortel esprit tend
naturellement à s'affranchir peu à peu de la domination
exercée sur lui par le monde physique. Et en même temps
il demande à affranchir progressivement la personne humaine et les divers groupes humains (races, classes, nations)
de l'asservissement ou assujettissement à d'autres hommes,
et de la violence par laquelle un homme impose son pouvoir à un autre homme traité comme un simple instrument.

Un second aspect de la fin naturelle à laquelle tend le
monde est le développement des multiples activités imma-
nentes ou spirituelles (auto-perfectionnantes) de l'être
humain, spécialement le développement de la connaissance,
– à tous ses degrés divers, – (je parle, bien sûr, de la connaissance authentique, immunisée contre l'envie, par laquelle nous sommes tentés aujourd'hui, de sacrifier la
sagesse à la science). C'est aussi le développement (même
dans les moments où la beauté n'en profite pas, il implique

---

1. *Gen.,* I, 28 (trad. Dhorme).

du moins un progrès dans la prise de conscience) de l'activité créatrice de l'art. Et c'est, en ce qui concerne l'activité morale, ce progrès dans la connaissance de la loi naturelle qui est l'exemple le plus irrécusable de progrès dans l'histoire de l'humanité.

Enfin un troisième aspect de la fin naturelle du monde peut être signalé, – à savoir la manifestation de toutes les potentialités de la nature humaine. Cela aussi découle du fait que l'homme n'est pas un pur esprit, mais un esprit uni à la matière. Il est normal pour un esprit de se manifester lui-même. On pourrait citer ici un mot de l'Évangile : « Rien de caché qui ne doive être dévoilé[1]. »

Sur la mission temporelle du chrétien

Puisque mes vieilles habitudes ont pris le dessus, et que je me suis mis, Dieu me pardonne, à faire des exposés didactiques, autant dire aussi quelques mots de la mission temporelle du chrétien, à laquelle j'ai fait allusion plus haut.

---

1. Matt., 10, 26 ; Lc., 8, 17. – Cf. *Pour une Philosophie de l'Histoire*, pp. 135-136. A cet égard, ajoutions-nous là, on peut penser que l'impudeur même de la littérature contemporaine, malgré ses motivations souvent impures (mais elle est rachetée par quelques confessions d'une incomparable noblesse), répond dans ses sources profondes à une secrète nécessité, et possède « une sorte de signification eschatologique ». C'est de bien d'autres manières, au surplus, que depuis des siècles l'histoire fait progressivement apparaître l'impulsion dont je parle à manifester *ce qui est dans l'homme*.

Les réflexions proposées ici sur la fin naturelle du monde, et celles qui suivent sur la mission temporelle du chrétien, seront complétées dans une section du chapitre VII (pp. 289-298).

La nécessité de cette mission apparaît aujourd'hui bien plus clairement qu'autrefois, parce que, sous le régime sacral de la chrétienté médiévale, et, ensuite, sous les vestiges et les résidus de plus en plus dégradés et de plus en plus illusoires de ce régime en voie de dissolution, c'est avant tout, du moins dans l'ordre des activités visibles (je ne parle en ce moment que de celles-ci), par les structures sociales que l'influence du christianisme s'est exercée, – puis, tout en étant vivement combattue, a essayé (de plus en plus impuissamment, à partir du « siècle des lumières ») de continuer à s'exercer sur la civilisation occidentale.

Ce qui était demandé alors aux fidèles chrétiens, c'était de donner l'exemple des vertus chrétiennes dans leur vie privée (ils l'ont très souvent fait d'une admirable manière, qui a aidé le vénérable édifice branlant à tenir debout), et, pour autant qu'ils pouvaient agir sur l'opinion publique ou sur les événements politiques, de soutenir là les droits et les revendications de la hiérarchie ecclésiastique.

Mais aujourd'hui tout a changé. Le monde temporel a achevé de rejeter tout vestige de régime sacral ; et en même temps la civilisation, passant sous le contrôle de la science et de la technique, a décidément débordé les limites de l'Occident, et est en voie de devenir véritablement universelle.

Le christianisme n'a donc plus à compter sur l'aide et la protection des structures sociales. C'est à lui, au contraire, d'aider et protéger ces structures en s'appliquant à les imprégner de son esprit. Car dans la vie sociale aussi l'homme a des devoirs envers son Créateur, et ces devoirs demandent, en particulier, à toute société politique religieusement divisée de reconnaître les diverses traditions religieuses à l'œuvre parmi ses citoyens [1]. Le spirituel et le temporel sont parfaitement distincts, mais ils peuvent et doivent coopérer dans une mutuelle liberté.

Et ce n'est pas seulement l'Occident, c'est le monde entier, avec ses vastes aires culturelles non-chrétiennes, qui requiert, je dis dans le domaine temporel et pour le progrès de la civilisation temporelle, la stimulation et la surélévation que le christianisme apporte aux activités de la nature dans leur ordre propre.

C'est dire que l'âge où nous entrons oblige le chrétien à prendre conscience de la mission temporelle qu'il a à l'égard du monde, et qui est comme une expansion de sa vocation spirituelle dans le royaume de Dieu et à l'égard de celui-ci. Et malheur au monde si le chrétien isolait et séparait sa mission temporelle (dès lors elle ne serait plus que du vent) de sa vocation spirituelle! Il reste que cette mission temporelle lui demande d'entrer aussi avant que possible dans les angoisses, les conflits et les problèmes terrestres, sociaux et politiques de son époque, et de ne pas hésiter à « se jeter dans le bain ».

J'ai beaucoup parlé, dans d'autres livres, de la mission temporelle du chrétien. Il est clair qu'en parlant de cette mission c'est avant tout aux laïcs chrétiens que je pense. Que tels ou tels clercs aient à s'occuper personnellement des choses du siècle, cela est parfaitement possible, mais cela n'est pas une exigence de leur fonction. Et il arrive, quand ils ne sont pas Richelieu ou Mazarin, qu'ils s'en occupent moins habilement et plus naïvement que les laïcs [2]. Quant à ceux-ci, ils peuvent bien, s'ils veulent, se

---

1. Cf. *L'Homme et l'État*, pp. 160-168.
2. Qu'on ne voie pas ici une allusion quelconque aux organisations d'Action Catholique. Ces organisations, par le moyen

plaire à une sorte d'innocent et plutôt infantile anticléricalisme chrétien (c'est toujours amusant de blaguer les curés, parce qu'au fond on les aime bien, et attend beaucoup d'eux) mais ils deviendraient pires que les plus mauvais curés s'ils conduisaient leurs activités sociales et politiques en rêveurs arrogants nourris d'une fausse philosophie qui divinise le monde, et décidés à tout sacrifier à l'efficacité, – une efficacité d'un jour.

Ajoutons, pour être exacts, qu'il ne suffit pas de dire que la mission temporelle du chrétien est de soi l'affaire des laïcs. Il faut dire aussi qu'elle n'est pas l'affaire de *tous* les laïcs chrétiens, loin de là! mais seulement de ceux qui, en raison de leurs dons et penchants naturels, comme en raison des circonstances, sentent à son égard ce qu'on nomme (dans un langage un peu poussiéreux, mais c'est tout ce que j'ai sous la main) un *appel prochain*.

A quoi faut-il encore ajouter que l'appel prochain ne suffit pas, et qu'une solide préparation intérieure est aussi requise. (S'il m'arrive par malheur de sentir un appel prochain à toucher à ce sujet, ce sera pour un autre chapitre.)

---

desquelles les laïcs *participent à l'apostolat de l'Église*, ont par définition un objet *spirituel*, non temporel. Elles n'ont donc rien à voir avec ce que je dis ici. Je pense qu'il ne leur appartient de grouper qu'une partie relativement minime des laïcs chrétiens, (soustraite par là aux tâches temporelles dans une mesure appréciable) mais je suis persuadé aussi qu'elles sont tout à fait nécessaires. (Cf. *Carnet de Notes*, pp. 240-241.) – Sur le laïcat, sa vocation spirituelle et sa vocation temporelle, voir plus loin chap. VII, pp. 298-308.

3

UNE LONGUE ÉQUIVOQUE
AUX FRUITS AMERS

Vocabulaire spéculatif et Vocabulaire pratique

Comme introduction à la troisième partie de ce chapitre, il me faut, en reprenant encore pour un moment mon vieux métier de professeur, commencer par quelques remarques préalables sur la différence qui sépare l'approche et le vocabulaire propres au savoir spéculatif de l'approche et du vocabulaire propres au savoir pratique (celui des moralistes et des spirituels). Avant d'être un paysan de la Garonne j'ai longuement insisté sur cette différence dans les *Degrés du Savoir*. D'un côté on considère la structure ontologique des choses ; de l'autre, la manière dont le sujet agissant doit se comporter au milieu d'elles et vis-à-vis d'elles.

Ce n'est pas sous la même lumière que le réel apparaît dans l'un et l'autre cas. Le théologien déclare que la grâce parfait la nature et ne la détruit pas ; le saint déclare qu'elle nous demande de la faire mourir à elle-même. Ils disent vrai tous les deux. Mais ce serait pitié d'intervertir les langages, en faisant usage dans le domaine spéculatif des formules qui sont vraies pour le domaine pratique, et vice versa.

Pensons au « mépris des créatures » professé par les saints. Le saint a le droit de mépriser la créature (tout en l'aimant) ; le philosophe, le théologien (qui, comme tels, ont pour affaire de connaître, non d'aimer) n'ont pas ce droit ; car le mot mépris n'a pas le même sens dans les deux cas. Pour les seconds il voudrait dire : les créatures ne valent rien *en elles-mêmes*. Pour les premiers il veut dire : elles ne valent rien *pour moi*. Et il n'est pas besoin d'être un saint Jean de la Croix, il suffit d'être un poète pour dire de même :

> *Je suis mourant d'avoir compris*
> *Que notre terre n'est d'aucun prix*[1].

Le saint voit pratiquement que les créatures ne sont rien en comparaison de Celui auquel il a donné son cœur et de la Fin qu'il s'est choisie. C'est un mépris d'amoureux à l'endroit de ce qui n'est pas l'Amour même. Ce n'est rien pour lui de donner pour Dieu « toutes les richesses de sa maison[2] ». « Pour son amour j'ai voulu tout perdre, regardant toutes choses comme du fumier afin de gagner le Christ, disait saint Paul[3]. Afin de le connaître, lui et la vertu de sa résurrection, et d'être admis à la communion de ses souffrances. »

« Et par un merveilleux reflux, plus il méprise les créatures en tant que rivales de Dieu, ou objet d'une option possible contre Dieu, plus il les chérit en et pour Celui qu'il aime, en tant qu'aimées de Lui, et faites vraiment, par l'amour qui en toutes choses crée et infuse la bonté[4], bonnes et dignes d'être aimées. Car aimer un être en Dieu et pour Dieu, ce n'est pas le traiter comme un pur moyen ou une pure occasion d'aimer Dieu, c'est-à-dire de se dispenser de l'aimer lui-même (et du même coup cesser

---

1. Max Jacob.
2. *Cant.*, 8, 7.
3. *Philip.*, 3, 8-10.
4. « Amor Dei est infundens et creans bonitatem in rebus. » Saint Thomas, *Sum. theol.*, I, 20, 2.

d'aimer Dieu vraiment, qui n'est vraiment aimé que si on aime aussi ses images visibles) ; c'est aimer cet être et le traiter comme une fin, et vouloir son bien parce qu'en soi et pour soi il mérite d'être aimé, je dis selon que ce mérite même et cette dignité de fin découlent du souverain Amour et de la souveraine Amabilité de Dieu. Les voilà du même coup fondés en Dieu, mis hors de querelle et de vicissitude. Ne pas s'arrêter à la créature, c'est la garantie pour elle d'être aimée sans défaillance, fixée dans la racine de son amabilité par la flèche qui la traverse. Ainsi se comprend ce paradoxe qu'à la fin le saint enveloppe d'un universel amour d'amitié, et de piété, – incomparablement plus libre, mais plus tendre aussi et plus heureux que l'amour de concupiscence du voluptueux ou de l'avare, – tout ce qui passe dans le temps, et toute la faiblesse et la beauté des choses, tout ce qu'il a quitté[1]. »

On se méprendrait donc totalement, ainsi que je le notais plus haut, si l'on donnait un sens spéculatif aux formules d'un Jean de la Croix. « Il n'est pas de pire philosophie qu'une philosophie qui méprise la nature. Une connaissance qui méprise ce qui est, n'est rien elle-même ; une cerise entre les dents contient plus de mystère que toute la métaphysique idéaliste[2]. »

Le « mépris du monde » et ses périlleuses vicissitudes

Eh bien, pour le commun des fidèles, et même des clercs, qui n'ont pas accès au modeste empyrée, à la fois

---

1. *Les Degrés du Savoir*, pp. 665-666.
2. *Ibid.*, p. 666.

temple de la sagesse et asile d'aliénés, où sont enfermés philosophes et théologiens, il est difficile de se défendre contre ce que j'appellerai un détournement spéculatif des maximes des saints. L'affaire a pris énormément de temps, mais le fait est qu'à un moment donné ils se sont trouvés les innocentes victimes d'un tel détournement.

To make a long story short (on m'excusera de simplifier beaucoup), je dirai que pendant des siècles (il n'y avait là que pédagogie un peu rude : pour détourner le pupille d'aller dans les mauvais endroits on lui disait que toute la ville était un coupe-gorge), l'enseignement homilétique chrétien s'est employé à convaincre les gens (qui aiment naturellement la créature, mais pas à la manière des saints) que la créature ne vaut rien. En sorte, et voilà le malheur, qu'à force de répéter ce lieu commun les auteurs ascétiques et les prédicateurs ont fini par étendre le fumier de saint Paul sur la création tout entière, dans la mesure sans doute (et elle n'est pas petite) où celle-ci pouvait tenter l'être humain, mais aussi, finalement, sans qu'on s'en aperçût, selon qu'elle était prise en elle-même. Manichéisme larvé qui était superposé à la foi chrétienne sans la ruiner, par l'effet d'un simple phénomène d'inattention. (Si on avait su ce qu'on faisait, quelle belle contradiction, et, pour la joie de nos hégéliens d'aujourd'hui, quelle belle dialectique! Mais non. On était seulement pris au piège d'une formule qui, sans qu'on y vît goutte, avait passé d'un sens à un autre sens.) Ainsi donc c'est en elle-même que la créature était fumier. C'est en lui-même que le monde n'était que corruption. Le péché originel avait tout pourri dans la nature. Un catholique n'aurait certes pas proféré une telle proposition. Mais elle doublait souvent d'une manière plus ou moins inconsciente son idée de la nature déchue, – c'était là un effet de la confusion des plans dont je viens de parler (c'était aussi, peut-être, un effet de certaines infiltrations des conceptions protestantes, et, sûrement, des influences jansénistes si profondes en France, et dont je n'ai pas parlé pour n'être pas trop long).

Ce que je voudrais noter, c'est que du même coup les formules du registre pratique lui-même se viciaient peu à peu, tout en s'infiltrant à la fois d'un pélagianisme et d'un manichéisme inconscients. C'était à l'homme et à la volonté humaine de prendre les devants, de ne rien faire (par crainte de l'enfer sans doute) qui fût défendu et qui déplût à Dieu, – alors Dieu récompenserait. Et tandis que saint Paul et les saints (pour qui en lui-même le monde n'était pas mauvais, il était plutôt trop bon) ne méprisaient le monde que pour l'amour fou de Celui qui nous a aimés le premier, et en comparaison de lui, et pour communier aux souffrances et à l'œuvre de Jésus, – « rien, rien, rien, jusqu'à laisser sa peau et le reste pour le Christ[1] », – au contraire le christianisme adultéré dont je parle laissait l'*agapè* divine dans une ombre sacrée, et en tout cas ce n'était pas par comparaison avec Dieu qu'à ses yeux le monde ne valait rien, c'était en lui-même. Les formules pratiques qu'il dispensait devenaient dès lors avant tout prohibitives, faisaient passer *au premier plan* les valeurs de négation, de refus et de crainte, l'application à tenir les choses pour ennemies et à s'absenter d'elles. Baisser les yeux, détourner la tête! Fuir les occasions dangereuses! Le moral prenait le pas sur le théologal ; la fuite du péché sur la charité et l'union de charité. Cette description ne se rapporte nulle-ment à la vie réelle de l'Église telle qu'elle se poursuivait

---

1. Saint Jean de la Croix (à Ana de Peñalosa).

dans les profondeurs de celle-ci ; elle se rapporte à la version du christianisme qui régnait dans l'esprit et affligeait les mœurs de la grande masse, plus ou moins mal instruite, du peuple fidèle.

A vrai dire, au surplus, le processus que je viens de signaler ne causait pas (pas encore) dans les siècles anciens de ravages tellement graves : parce que, d'une part, on vivait en chrétienté, on avait le culte des saints, lesquels venaient toujours à la rescousse, on se sentait malgré tout réchauffé dans le giron de l'Église, et le théologal gardait bien des moyens de revendiquer encore sa suprématie ; et parce que, d'autre part, les gens avaient en général un sang assez vif et une vie assez saine pour ne pas chavirer dans les troubles psychologiques, et pour garder leur équilibre tout en n'appréciant que trop ce monde dont on leur disait tant de mal. On faisait quand on le pouvait des fondations de messes pour ne pas rester trop longtemps au purgatoire, et en attendant on s'occupait vigoureusement de son bonheur dans le monde, en comptant, non sans bonnes raisons, sur la puissance d'une foi solide et sans problèmes et sur la générosité de Dieu pour être tirés d'affaire au dernier moment. Bref le manichéisme et le pélagianisme pratiques dont j'ai parlé restaient des parasites *externes*, comme les poux dans la tête de saint Benoît Labre, ce n'étaient pas des virus attaquant la substance de la foi chrétienne, et du même coup y produisant des réactions malignes, car, ainsi que je l'ai dit au début, elle est allergique à toute trace de manichéisme.

C'est au XIXᵉ siècle, et, plus encore, dans la première moitié du XXᵉ que tout s'est décidément gâté. Alors le virus a pénétré dans la substance. Et en même temps le travail inconscient qui s'était si longtemps poursuivi en secret a pris forme apparente. On s'est mis à souffrir sérieusement, parfois cruellement, de l'espèce d'invasion de manichéisme pratique qui affectait surtout les procédures de l'éducation et de la piété, mais avait une portée et une signification beaucoup plus générales, et qui imposait une attitude toute négativiste à l'égard du monde, – avec d'autant plus d'agressviité que le monde lui-même faisait entendre de toutes parts ses revendications et ses promesses. Dès ce moment, pour beaucoup d'âmes intérieures le vocabulaire courant de réprobation de la nature et du monde, jusqu'alors accepté comme allant de soi dans son registre spécial, devenait de plus en plus difficilement tolérable, même dans des livres aussi précieux que l'*Imitation* (de sorte que le champ des lectures spirituelles allait un jour se trouver étrangement restreint). D'autres âmes prenaient le parti de se rebeller. Quant à la masse des gens, elle sentait obscurément qu'une injustice grave, mais contre laquelle elle se trouvait sans défense, était commise à l'égard du monde, comme à l'égard d'eux-mêmes, et était de nature à conduire au désastre.

L'espèce d'invasion de manichéisme pratique dont on éprouvait ainsi les effets ne se présentait pas comme une erreur doctrinale formulée par l'intellect et prononcée au dehors. Non! C'est *au dedans* qu'elle se répandait, sous forme de prohibitions purement moralistes, d'exigences de fuite, d'habitudes de crainte, de disciplines de refus où l'amour n'avait aucune part, menant l'âme à l'inanition et à l'étiolement, et d'un torturant sentiment d'impuissance.

C'est sur cette aberration de nature manichéenne que j'insiste ici, parce qu'elle concerne le sujet du présent chapitre (la signification du monde et l'attitude du chrétien envers lui) et est le fruit vénéneux de la longue équivoque dont je traite dans la présente section. Il faut ajouter que cette aberration a pris place dans un contexte infortuné, qui a contribué à y sensibiliser les esprits et, par là même, à en rendre les effets plus graves.

L'hostilité d'une civilisation où le christianisme, et surtout le christianisme ainsi défiguré, était mis en question de toutes parts, et où la science était donnée comme ennemie de la religion ; l'affaiblissement des défenses naturelles dû à la psychasthénie moderne qui profitait déjà si bien des psychiatres, et l'affaiblissement des défenses intellectuelles dû à un enseignement des plus indigents en matière de doctrine ; la crise moderniste, avec une première épidémie de prurit aux oreilles et d'erreurs pieusement intentionnées ; et, dans l'indispensable lutte contre ces erreurs, le recours presque exclusif aux mesures disciplinaires ; la misère spirituelle d'un laïcat chrétien qui continuait en général de s'imaginer que l'appel à la perfection de la charité, avec ce qu'il implique de vie de prière, et, autant que possible, de recueillement contemplatif, ne concernait que les religieux ; la confusion et la coalescence, admises depuis deux siècles comme naturelles, entre les intérêts de la religion et ceux d'une classe sociale furieusement attachée à ses privilèges [1], et dans laquelle on voyait chez les uns de nobles vertus et coutumes religieuses, mais chez les autres, et plus souvent, un confortable athéisme pratique, – voilà le contexte dans lequel la montée de manichéisme larvé dont j'ai parlé s'est trouvée placée jusqu'au premier

---

1. La date de la fondation de la revue *Esprit* en France (1932), et, à peu près à la même époque, celle du *Catholic Worker* aux États-Unis, peuvent être regardées comme marquant, au moins symboliquement, le point de rupture qui annonçait la fin de cette confusion.

78

tiers environ du présent siècle. Et tout cela allait accumuler dans l'inconscient d'une grande masse de chrétiens, clercs et laïcs, une énorme charge de frustrations, de déceptions, de doutes refoulés, de ressentiments et d'amertumes, de bons désirs sacrifiés, avec toutes les anxiétés et les aspirations sans issue de la conscience malheureuse.

Arrive l'aggiornamento. Faut-il s'étonner qu'à l'annonce même du Concile, puis tout autour de lui, et maintenant après lui, l'énorme charge inconsciente dont je viens de parler ait jailli au dehors dans une espèce d'explosion qui n'honore pas l'intelligence humaine? Le Concile apparaît ainsi comme un îlot gardé par l'Esprit de Dieu au milieu d'un océan qui roule toutes choses, et le vrai et le faux, pêle-mêle.

En ce qui concerne l'attitude du chrétien envers le monde, le pendule s'est tout à coup porté à l'extrême opposé du mépris quasi manichéen du monde professé dans le ghetto chrétien dont on est en train de s'évader. Et cette fois ce n'est plus devant une aberration projetée au dedans sous des formes torturantes et ténébreuses que nous nous trouvons, c'est devant une aberration projetée au dehors avec tout l'éclat et l'heureuse arrogance d'une raison affolée par l'ivresse de la nouveauté : deuxième fruit vénéneux, aussi dangereux, – et peut-être (à cause de ce caractère intellectuel) plus dangereux que le premier, mais qui sera probablement de moins longue durée, de la longue équivoque dont je traite ici : car lorsque la sottise prend chez les chrétiens de si considérables dimensions, il faut ou bien qu'elle se résorbe assez vite, ou bien qu'elle les détache décidément de l'Église. Quelle sottise? L'agenouillement devant le monde. Ce sera le sujet de la cinquième et dernière partie de ce chapitre.

4

LE SCHÉMA XIII

L'Église enseignante a, pour sa part, mis fin par la voix
du Concile à la longue équivoque ci-dessus mentionnée

Le schéma XIII, – la *Constitution pastorale sur la condi-*
tion humaine dans le monde d'aujourd'hui, – est un document d'une grande sagesse et d'une admirable loyauté,
plus significatif encore, me semble-t-il, par son approche
générale que par ses élucidations particulières. Ce qui en
effet est capital en un tel enseignement, ce sont moins, si
justes soient-elles, les analyses qu'il propose des problèmes
auxquels le monde a affaire aujourd'hui, que l'exposé et
la complète explicitation qu'il nous offre de l'attitude de
l'Église elle-même envers le monde, soit que l'on considère
les invariables vérités qui fondent cette attitude, soit que
l'on considère les modalités requises par le degré d'évolution auquel le monde se trouve aujourd'hui.

En voyant à quel point cette Constitution pastorale est
imprégnée de l'esprit et des vues foncières du Docteur
Angélique, un vieux thomiste comme moi se sent tout
ragaillardi.

Je pense en particulier que chrétiens ou non-chrétiens,
tous ceux qui ont souci de l'homme, et de l'avenir de la
civilisation, lui doivent une profonde gratitude pour avoir
fait de la personne humaine, de sa dignité et de ses droits
le thème central de son vaste enseignement.

A ce propos notons tout de suite un fait spécialement
important. Mettant clairement les choses au point, le Pape
nous a rappelé que l'*aggiornamento* n'est nullement une

adaptation de l'Église au monde, comme si celui-ci réglait celle-là ; c'est une mise à jour *des positions essentielles de l'Église elle-même.* Eh bien, l'insistance du schéma XIII sur la personne humaine est une remarquable illustration de cette vérité. Car ce qui apparaît là, c'est un contraste frappant entre l'Église et le monde. Dans cette communauté de personnes humaines qu'est une société, l'Église, conformément aux exigences de la vérité, donne le primat à la personne sur la communauté[1] ; tandis que le monde d'aujourd'hui donne le primat à la communauté sur la personne. Désaccord très significatif, et d'un haut intérêt. Dans notre âge de civilisation l'Église deviendra de plus en plus – bénie soit-elle – le refuge et le soutien (uniques peut-être) de la personne. Les infortunés ecclésiastiques qui ne voient pas cela feraient bien de relire la Constitution pastorale.

Qu'on me permette ici une remarque par parenthèse. Grâce surtout, je pense, à Emmanuel Mounier, l'expres-

---

1. Je ne veux pas dire que cette primauté fasse l'objet d'une phrase particulière de la Constitution pastorale, je veux dire qu'elle est partout présente et partout affirmée *dans l'ensemble de la Constitution,* pour quiconque lit avec soin celle-ci. Car ce que la Constitution pastorale met en lumière, c'est le fait fondamental que la communauté humaine est une communauté *de personnes,* et que, dès lors, le bien commun lui-même exige le respect des droits des personnes et la reconnaissance de leurs aspirations essentielles. (N'oublions pas que le bien commun d'une communauté de personnes est « commun » en un sens éminent, il est commun *au tout et aux parties,* et demande donc à se reverser sur celles-ci, à se distribuer au profit des personnes. D'autre part, les biens auxquels la personne humaine tend selon qu'elle est esprit, et qui, dès l'ordre naturel lui-même, sont, comme la vérité et les choses de Dieu, *supérieurs* au bien commun temporel, surabondent cependant sur celui-ci, et d'en haut le confortent et l'élèvent.)

sion « personnaliste et communautaire » est devenue une tarte à la crème pour la pensée catholique et la rhétorique catholique françaises. Moi-même je ne suis pas en cela sans quelque responsabilité. A une époque où il importait d'opposer aux slogans totalitaires un autre slogan, mais vrai, j'avais gentiment sollicité mes cellules grises et finalement avancé, dans un de mes livres de ce temps-là, l'expression dont il s'agit ; et c'est de moi, je crois, que Mounier la tenait. Elle est juste, mais à voir l'emploi qu'on en fait maintenant je n'en suis pas très fier. Car après avoir payé un *lip service* au « personnaliste », il est clair que c'est le « communautaire » qu'on chérit.

Mais laissons cette parenthèse et revenons au schéma XIII.

C'est dans la même perspective – foncièrement « ontosophique » – que celle de la Genèse et de la Somme théologique qu'il est placé, autrement dit c'est dans leurs structures essentielles et dans ce qui les constitue en soi qu'il considère le monde et la nature. C'est en effet cette perspective-là qui, tandis que grandissait subrepticement dans les esprits le manichéisme larvé dont j'ai parlé plus haut, avait été, pendant les derniers siècles, négligée et méconnue d'une façon de plus en plus désastreuse. C'est donc elle qu'il importait de restituer clairement et incontestablement. S'attacher dans le même document à une perspective toute différente, en considérant le monde non plus en lui-même, mais dans sa relation avec le royaume de Dieu, aurait risqué de tout brouiller, en demandant à l'intelligence des lecteurs (distinguer est difficile et fatigant) un effort excessif et trop douloureux. (C'est peut-être, j'en ai peur, ce que je suis en train de faire dans le présent chapitre, mais un paysan de la Garonne, qui n'engage que lui, est, naturellement, tout disposé à *se mouiller*, et il peut courir des risques dont les Pères d'un saint Concile ont le devoir de se garder.)

Se plaçant donc dans la perspective de la Genèse et de la Somme théologique, autrement dit considérant la nature humaine et le monde dans ce qui les constitue en eux-mêmes, la Constitution pastorale affirme sans ambages leur bonté radicale et l'appel au progrès qui, si contrarié qu'il soit par l'ambiguïté de la matière et les blessures du péché, est inscrit dans leur essence. Et elle montre, d'une façon non seulement générale, mais dans une analyse très poussée et avec cette entière générosité qui découle de la divine charité, comment l'Église, tout en restant dans le domaine de sa mission toute spirituelle et des *choses qui sont à Dieu*, peut et veut aider le monde et l'espèce humaine dans leur effort pour avancer vers leurs fins temporelles.

A vrai dire c'est la doctrine pérenniale de l'Église qui se trouve ainsi réaffirmée, – mais avec des notes nouvelles et singulièrement importantes : car elle est réaffirmée *sous le signe de la liberté*, – non plus pour revendiquer le droit de l'Église à intervenir *ratione peccati* dans les choses du monde afin d'y réprimer le mal (ça, je crois qu'elle y sera toujours obligée, sous une forme ou une autre), mais pour déclarer son droit, et sa volonté, d'animer, stimuler et assister d'en haut, *ratione boni perficiendi*, si je puis dire, et sans empiéter sur l'autonomie du temporel, les développements du monde vers un plus grand bien à atteindre.

Et c'est d'une manière définitivement et bienheureusement élargie que le message de l'Église au siècle est maintenant formulé, – non plus comme adressé à une chrétienté jadis « sacrale » et plus ou moins sécularisée, mais comme adressé au monde entier et à l'universalité des hommes, à la civilisation « profane » qui est celle d'aujourd'hui, et qui est en voie de s'étendre à tous les peuples.

La Constitution pastorale ouvre ainsi d'immenses horizons. Et on peut dire qu'elle est la liquidation définitive du manichéisme larvé dont il a été longuement question tout à l'heure, et qui avait empoisonné plusieurs siècles d'histoire, jusqu'à ce qu'il ait créé de nos jours une situation psychologique intenable, et provoqué la plus grave crise réactionnelle.

Quant à cette présente crise elle-même, avec toutes les confusions, les folies et les reniements qu'elle charrie, et cette *fascinatio nugacitatis* à laquelle elle expose l'âme chrétienne, elle ne pourra être liquidée à son tour que par un grand et patient travail de redressement, dans l'ordre de l'intelligence comme dans celui de la spiritualité. Tout ce que la Constitution pastorale pouvait et devait faire à ce point de vue, c'est de poser les fondements d'un tel travail sur un terrain ferme et bien déblayé, en établissant sereinement, dans leur exacte signification, – et, du même coup, soustrayant à l'erreur, – les vérités que l'erreur exploitait et défigurait. C'est un grand bienfait que nous lui devons là, et c'est le *commencement effectif* de la liquidation de la présente crise. Les positions de l'Église enseignante apparaissent désormais clairement. Et l'on doit dire qu'elle a, par le Concile, mis fin dès maintenant, pour sa part, à l'équivoque dont la pensée catholique a trop longtemps souffert à l'égard des choses du monde.

Mais chez bien des chrétiens l'équivoque continue, et s'aggrave.

5

A GENOUX DEVANT LE MONDE

Comportement de fait et Pensée plus ou moins confuse

La présente crise a bien des aspects divers. Un des plus curieux phénomènes qu'elle offre à nos yeux est une sorte d'*agenouillement devant le monde* qui se manifeste de mille façons.

Le mot « monde », nous l'avons vu, s'entend en bien des sens différents. Devant quel « monde » est-ce qu'on s'agenouille ainsi? Le monde pris dans ses structures naturelles et temporelles? Oui, bien sûr. Mais pris *seulement* en ce sens-là, comme bien des agenouillés semblent le croire, ou voudraient le croire ; le pur monde de la science, des astronomes et des géologues, des physiciens, des biologistes, des psychologues, des ethnologues, des sociologues, comme aussi celui des techniciens, des industriels, des syndicalistes, des hommes d'État? Allons donc! A-t-on jamais vu un savant s'agenouiller devant le monde (à moins que par chance il ne soit jésuite, mais alors ce n'est pas un pur savant, c'est un apologiste déguisé)? A-t-on jamais vu un homme d'État s'agenouiller devant le monde (à moins qu'il ne soit pas un homme d'État, mais un mégalomane, comme était Adolf Hitler)? Que beaucoup de chrétiens s'agenouillent aujourd'hui devant le monde, c'est un fait bien clair. Et c'est cela qu'il nous faut regarder d'abord. De quel monde au juste s'agit-il, en d'autres termes qu'est-ce que ces chrétiens ont dans la tête, qu'est-ce qu'ils pensent en se comportant ainsi, c'est beaucoup plus obscur, parce que pour la plupart ils pensent peu, et confusément. Cela fera une seconde question à examiner.

Que voyons-nous donc autour de nous ? Dans de larges secteurs du clergé et du laïcat, mais c'est le clergé qui donne l'exemple, à peine le mot de *monde* est-il prononcé que passe une lueur d'extase dans les yeux des auditeurs. Et c'est tout de suite des épanouissements nécessaires et des engagements nécessaires qu'il est question, comme des ferveurs communautaires, et des *présences*, des *ouvertures*, et de leurs joies. Tout ce qui risquerait de rappeler l'idée d'ascèse, de mortification ou de pénitence est naturellement écarté. (Si Lourdes est populaire, les paroles prononcées par Celle qui y est venue ne le sont pas.) Et le jeûne est si mal vu qu'il vaut mieux ne rien dire de celui par lequel Jésus a préparé sa mission publique ; un de mes amis entendait récemment réciter en français les litanies des Saints dans son église paroissiale : quand le prêtre est arrivé à l'invocation : *per baptismum et sanctum jejunium tuum,* il s'est borné à dire « par votre baptême », sans plus. (Nous ne jeûnons pas, donc le Seigneur n'a pas jeûné non plus.) Il est vrai que dans la même église mon ami a entendu un autre jour le passage de saint Paul[1] : *Datus est mihi stimulus carnis meae angelus Satanae, qui me colaphizet,* devenir : « j'ai des ennuis de santé ». En ce qui concerne la répugnance de nos catholiques pour le jeûne, il n'est pas sans intérêt de noter qu'elle se produit à la même époque où les disciples de Gandhi mettent en œuvre les vertus de celui-ci dans l'ordre de la mystique naturelle et du combat par les moyens de non-violence.

Le Sexe est une des grandes et tragiques réalités du

---

1. Saint Paul, *2 Cor.*, 12, 7.

monde. Il est curieux de voir quel intérêt porté jusqu'à la vénération témoignent à son égard une foule de lévites voués à la continence. La virginité et la chasteté ont mauvaise presse. Le mariage, lui, est fervemment idéalisé, l'amour est son essence. Il demande de soi à n'être que mutuel enchantement, délices de se mirer l'un dans l'autre. Quoi de plus beau qu'un jeune couple d'amoureux? Et c'est bien vrai, ma foi, quoique surtout dans les œuvres des grands sculpteurs. Mais ça n'est pas une raison pour baiser la terre devant eux.

Je sais très bien que derrière les niaiseries auxquelles je fais allusion, il y a la nécessaire, l'urgente prise de conscience de problèmes graves (de plus en plus graves à mesure que le temps va), et souvent torturants. Je sais très bien que trop de gens désespèrent, qu'il y a trop d'anxiétés sans issue, que loin d'être l'amour avec ses mutuelles prévenances le mariage est trop souvent mutuelle solitude et quotidienne appréhension, que trop de situations appellent non seulement la pitié, mais une attitude nouvelle de la part de ceux qui ont à en juger. Et je pense que l'Église, qui soumet enfin l'ensemble de ces problèmes à une étude approfondie, ne sera jamais trop attentive à éclairer sur eux l'être humain, ni trop miséricordieuse à ses détresses. Il reste que tout cela ne rend pas moins inepte la vénération catholique de la Chair à laquelle tant de Moutons de Panurge nous convient aujourd'hui. Elle serait plutôt de nature à nous faire regretter les vieux cultes païens du Sexe et de la Fécondité, qui du moins ne trompaient pas leur monde.

L'autre grande réalité qui nous affronte dans le monde, c'est le Social-terrestre avec tous ses conflits et ses douleurs et son immense problématique, avec la famine, la misère, la guerre, l'injustice sociale et raciale. Nous savons que contre ces maux il faut lutter sans répit, je n'ai pas à revenir ici sur ce que j'ai dit de la mission temporelle du chrétien. Ce n'est pourtant pas notre seul et unique devoir, parce que la terre et le social-terrestre ne sont pas l'unique réalité. Bien plus, ce devoir temporel n'est vraiment et réellement accompli par le chrétien que si la vie de la grâce et de la prière surélève en lui les énergies naturelles dans leur ordre propre.

Voilà ce qu'à l'heure actuelle beaucoup de chrétiens généreux se refusent à voir. Alors, en pratique du moins, et dans leur manière d'agir, et même, – pour les plus hardis et les plus décidés à aller jusqu'au bout – en doctrine et dans leur manière de penser (de penser le monde et leur propre religion), la grande affaire et la seule chose qui importe, c'est la vocation temporelle du genre humain, sa marche contrariée mais victorieuse, vers la justice, la paix, et le bonheur. Au lieu de comprendre qu'il faut se dévouer à la tâche temporelle avec une volonté d'autant plus ferme et ardente qu'on sait que le genre humain n'arrivera jamais à se délivrer complètement du mal sur la terre – à cause des blessures d'Adam, et parce que sa fin ultime est surnaturelle, – on fait de ces fins terrestres la véritable fin suprême de l'humanité.

En d'autres termes, il n'y a plus que la terre. *Complète temporalisation du christianisme!* J'ai dit plus haut que, pour la plupart, les chrétiens agenouillés devant le monde pensaient peu. A ceux d'entre eux qui pensent davantage et parfois avec une rigoureuse et superbe logique, cette conclusion apparaît clairement. Et ainsi nous la tenons enfin, la Pensée que les chrétiens à genoux devant le monde ont dans la tête, et qui faisait pour nous, je le disais au début de la présente section, l'objet d'une seconde question à examiner. Cette Pensée ils l'ont tous, mais ceux qui pensent confusément s'arrangent pour ne jamais la discerner ; et s'il arrivait qu'on l'explicitât devant eux, beaucoup s'empresseraient de la désavouer, quelques-uns avec horreur.

L'idée de la double marche dans laquelle le chrétien est engagé, la marche vers la *béatitude* (non le simple « bonheur ») et vers le royaume de Dieu, – déjà venu (c'est l'Église), mais qui n'atteindra son accomplissement et ne sera pleinement révélé que dans la gloire et l'éternité, – et la marche vers le triple et toujours progressif épanouissement, les biens et les conquêtes demandés pour ici-bas par notre nature, fait place à l'idée de l'Évolution naturelle que la liberté de l'être humain a à activer et accélérer, et qui entraîne le monde entier vers on ne sait quelle parousie de l'Homme collectif : ce qui implique contradiction du reste (mais peu importe à des petits-enfants de Hegel), car s'il y a terme final et parousie, l'évolution s'arrête, alors que l'essence même de l'homme et de la vie terrestre demande qu'elle continue sans fin...

Quoi qu'il en soit, la distinction entre le temporel et le spirituel, entre les choses qui sont à César et les choses qui sont à Dieu, s'obscurcit inévitablement chez les chrétiens fascinés dont je parle. Et les plus décidés la nient déjà carrément. Cela va de soi, puisque le royaume de Dieu n'a pas de réalité en dehors du monde, il n'est qu'un ferment dans la pâte *du monde*. Si le Christ (après tout, on peut le tenir pour Dieu, comme un homme grand entre tous, une sublime fleur du genre humain, en qui s'est concentrée l'Ame du monde), si le Christ a un Corps mystique, c'est le Monde qui est ce Corps mystique.

Nous nous demandions plus haut devant quel « monde » bien des chrétiens s'agenouillent aujourd'hui. Nous avons maintenant la réponse. C'est le monde de la nature, oui, le monde dans ses structures naturelles et temporelles, – mais selon qu'il résorbe en lui le royaume de Dieu et qu'il est lui-même – en devenir et virtuellement, et, à la fin, pleinement en acte et à découvert, – le Corps mystique du Christ.

On comprend dès lors pourquoi il y a trois choses dont un prédicateur intelligent ne doit jamais parler, et auxquelles il faut penser le moins possible, quoique l'on ait chaque dimanche à réciter le Credo (mais il y a tant de mythes là-dedans ; et puis on peut toujours répéter une formule, – même en français, – sans y arrêter sa pensée).

La première chose à laisser dans l'ombre, c'est évidemment *l'autre monde* (puisqu'il n'y en a pas).

La deuxième chose à laisser dans l'ombre, c'est *la croix* (elle n'est qu'un symbole des sacrifices momentanés demandés par le progrès).

La troisième chose à laisser dans l'ombre, et à oublier, c'est *la sainteté*, – s'il est vrai qu'au principe de la sainteté il y a au fond de l'âme (même si le saint reste plongé dans les activités du monde) une rupture radicale avec le monde (au sens où l'Évangile entend ce mot) et le faux dieu du monde, son dieu *mythique*, « l'Empereur de ce monde ».

Les saints et le monde

Je me permets d'insister là-dessus. Que des chrétiens, en effet, renoncent à garder au cœur le *désir de la sainteté* (même s'ils ne la désirent que de très loin, d'excessivement loin, même s'ils vivent dans le mal), c'est une ultime trahison envers Dieu et *envers le monde*.

Les saints participent tout le long du temps à l'œuvre rédemptrice de Jésus à l'égard du monde. Quant à leur relation personnelle au monde, elle est paradoxale et mystérieuse. Le monde est avant tout pour eux, me semble-t-il, une occasion de se quitter *eux-mêmes* afin d'être entièrement livrés par l'amour à l'Amour.

Reprenant ce que j'écrivais dans un petit livre déjà ancien[1], essayons, dirai-je, d'imaginer ce qui se passe dans l'âme d'un saint au moment crucial où il prend sa première décision irrévocable. Représentons-nous saint François d'Assise quand il rejette ses vêtements et paraît nu devant son évêque, ou saint Benoît Labre quand il décide de devenir un mendiant pouilleux vagabondant sur les routes. A la racine d'un tel acte il y a eu quelque chose de si profond dans l'âme qu'on ne sait comment l'exprimer – disons que c'est un simple refus, un refus total, stable, suprêmement actif, d'accepter les choses comme elles sont : ici il n'est pas question de savoir si les choses et la nature et la figure de ce monde sont bonnes dans leur essence, – oui, elles le sont, l'être est bon dans la mesure même où il est, la grâce parfait la nature et ne la détruit pas, – ces vérités n'ont rien à voir avec l'acte intérieur de rupture que nous considérons. Cet acte a affaire avec un fait, un fait existentiel : les choses comme elles sont ne sont pas tolérables. Dans la réalité de l'existence le monde est infecté de mensonge et d'injustice et de méchanceté et de détresse et de misère, la création a été gâchée par le péché à un tel

---

1. *La Signification de l'Athéisme Contemporain*, Paris, Desclée De Brouwer, 1949 (épuisé).

point que dans le fond du fond de son âme le saint refuse de l'accepter comme elle est. Le mal, – j'entends la puissance du péché, et l'universelle souffrance qu'elle entraîne, – le mal est tel, que la seule chose qu'on ait sous la main pour s'y opposer totalement d'un coup, et qui enivre le saint de liberté, d'exultation et d'amour, est de tout donner, tout abandonner, et la douceur du monde, et ce qui est bon, et ce qui est meilleur, et ce qui est délectable et permis, et avant tout soi-même, pour être libre d'être avec Dieu ; c'est d'être totalement dépouillé et donné afin de se saisir du pouvoir de la croix, c'est de mourir pour ceux qu'il aime. C'est là un éclair d'intuition et de vouloir au-dessus de tout l'ordre de la moralité humaine. Une fois qu'une âme d'homme a été touchée au passage par cette aile brûlante elle devient partout étrangère. Elle peut tomber amoureuse des choses, jamais elle ne se reposera en elles. Le saint est seul à fouler le pressoir, et parmi les peuples il n'est personne avec lui[1].

Quant à ce que j'ai appelé tout à l'heure l'Empereur de ce monde, c'est le faux dieu des philosophes quand sachant l'existence de l'Être suprême ils méconnaissent sa gloire, nient l'abîme de liberté que signifie sa transcendance, et l'enchaînent lui-même au monde qu'il a fait ; faux dieu responsable du monde sans pouvoir le racheter, et qui ne soit qu'une suprême garantie et justification de l'ordre du monde et qui donne sa consécration à tout le mal comme à tout le bien qui sont à l'œuvre dans le monde ; un dieu qui bénisse l'injustice et l'esclavage et la misère, et qui fasse des larmes des enfants et de l'agonie des innocents un pur et simple ingrédient, sans nulle effusion supérieure

---

1. Is., 63, 3.

pour le compenser, des nécessités sacrées des cycles éternels ou de l'évolution. Un tel Dieu serait bien l'unique Être suprême, mais changé en une idole, le Dieu naturaliste de la nature, le Jupiter de ce monde, le grand Dieu des idolâtres, des puissants sur leurs sièges et des riches dans leur gloire terrestre, du succès sans loi et du pur fait érigé en loi. A l'égard de ce Dieu le saint est un parfait athée[1]... Ces athées-là sont les mystérieuses colonnes du ciel. Ils donnent au monde le *supplément* d'âme, comme disait Bergson, dont le monde a besoin.

Mais s'il n'y a plus d'*autre monde* et si, du même coup, Dieu perd son infinie transcendance, alors il n'y a plus de Père céleste, il n'y a plus que l'Empereur de ce monde, devant lequel chacun doit plier le genou. Et c'en est fini des athées de ce faux dieu, les chrétiens sont à genoux devant le monde et le monde a perdu les saints.

La folle méprise

Au terme de nos réflexions sur la longue équivoque dont la pensée chrétienne a souffert au sujet du monde, nous voici donc ramenés au curieux agenouillement dont le spectacle est offert aujourd'hui par des croyants dont la foi en Dieu demande à être réconfortée par une foi passionnée au monde.

---

1. « Aussi bien les Juifs et les premiers chrétiens n'étaient-ils pas souvent traités d'athées par les païens au temps de l'Empire Romain ? Il y avait un sens caché dans cet outrage. » (*Op. cit.*, p. 28.) – Cf. Saint JUSTIN, *Première Apologie*, VI, n. 1 : « Voilà pourquoi on nous appelle athées. Et certes, nous l'avouons, nous sommes les athées de ces prétendus dieux. »

Que trouve-t-on à l'origine de cet agenouillement ? Une folle méprise, – la confusion entre deux significations tout à fait différentes dans lesquelles est pris le même mot « monde ».

Il y a, nous l'avons vu, une vérité « ontosophique » sur le monde considéré dans ses structures naturelles ou quant à ce qui le constitue en propre : alors il faut dire que le monde est fondamentalement *bon*.

Et il y a une vérité « religieuse » ou « mystique » sur le monde considéré dans sa relation ambiguë au royaume de Dieu et à l'Incarnation : alors il faut dire que le monde, selon qu'il accepte d'être assumé dans le royaume, est *sauvé ;* tandis que selon qu'il refuse le royaume, et s'enferme dans la convoitise de la chair, la convoitise des yeux et l'orgueil de l'esprit, il est l'*adversaire* du Christ et de ses disciples, et les *hait*.

Eh bien, que l'on embrouille ces deux acceptions du mot « monde », en s'imaginant que la première vérité concernant le monde détruit la seconde, parce qu'elle signifie qu'*il n'y a pas de royaume de Dieu distinct du monde,* et que *le monde résorbe en lui ce royaume,* alors c'est le monde lui-même qui est le royaume de Dieu, en devenir (et, à la fin des fins, en gloire). Et il n'a nul besoin d'être sauvé d'en haut, ni assumé et finalement transfiguré en un Autre monde, un monde divin. Dieu, le Christ, l'Église, les sacrements, sont immanents au monde, comme son âme façonnant peu à peu son corps et sa personnalité supra-individuelle. C'est du dedans, et par son âme elle-même en travail en lui qu'il sera sauvé, ou plutôt qu'il se sauve et s'exalte lui-même. A genoux donc, avec Hegel et les siens, devant ce monde illusoire ; à lui notre foi, notre espoir et notre amour ! Nous sommes plus chrétiens que jamais, puisque le Christ est en lui, puisqu'il lui est consubstantiel (si j'ose employer un mot si mal vu).

La réalité, pourtant, reste ce qu'elle est, elle n'est pas ce que nous voulons. De fait Dieu est infiniment transcendant, de fait il y a un ordre surnaturel qui est l'ordre de la grâce, de fait il y a eu un événement qui s'appelle l'Incarnation du Verbe éternel, de fait il y a un Autre monde qui est le royaume de Dieu déjà commencé. Et dès lors, en dépit de nos rêves, en nous agenouillant devant le monde, ce n'est pas d'un monde qui résorberait en lui le royaume de Dieu, c'est du monde qui refuse tout cela, et qui ne veut ni du Christ *(« le monde me hait »)* ni du royaume de Dieu, c'est du monde retranché en lui-même et ennemi de l'Évangile que nous sommes *les amis.* C'est devant ce monde-là et le faux dieu qui est son Empereur (et non pas seulement, comme nous le croyons peut-être si nous ne prenons pas la peine de réfléchir un peu, devant le monde de la nature et de la science) que nous plions le genou.

Voilà la méprise des chrétiens égarés par notre moment historique et le soudain déplacement du pendule, jeté maintenant à l'extrême opposé du manichéisme larvé qui depuis un siècle et demi avait fait tant de ravages.

C'est à ce point qu'il convient de dire avec une particulière insistance : *haec oportebat facere, et illa non omittere*[1]. Il fallait lutter contre le monde comme adversaire des saints, mais ne pas omettre (ça c'est pour le passé) de se dévouer au progrès temporel du monde opprimé par l'injustice et la misère. Et il faut se dévouer à ce progrès temporel, mais ne pas omettre (ça c'est pour aujourd'hui) de lutter contre le monde comme adversaire des saints.

---

1. Matt., 23, 23.

Non seulement les deux tâches sont compatibles entre elles, mais elles s'appellent l'une l'autre. Car le progrès temporel du monde demande le renfort qui lui vient du royaume de Dieu élevant et éclairant les âmes, et demande donc le combat contre le monde selon qu'il est ennemi du royaume. Et le progrès des âmes vers le royaume de Dieu leur demande d'aimer de charité le monde comme créature de Dieu en marche vers ses fins naturelles, et donc de coopérer à son combat temporel contre l'injustice et la misère.

Après tout, pourquoi ne noterais-je pas que depuis trois ou quatre dizaines d'années j'ai moi-même, selon la mesure de mes forces, porté témoignage à la nécessité de cette double tâche, ainsi qu'aux deux vérités contrastantes (selon le point de vue auquel on est placé) qu'il faut à tout prix maintenir au sujet du monde ? Résumant tout cela, j'écrivais dans *Pour une Philosophie de l'Histoire* : « Le fait que tant de millions d'êtres humains souffrent la faim et vivent dans le désespoir, dans des conditions de vie indignes de l'homme, est une insulte au Christ et à l'amour fraternel. En conséquence, la mission temporelle du chrétien est de faire effort pour extirper de tels maux et pour édifier un ordre social et politique chrétiennement inspiré, où la justice et la fraternité soient de mieux en mieux servies[1]. » Et aussi, dans le même ouvrage : « Saint Paul dit : *Tous ceux qui veulent vivre pieusement dans le Christ Jésus souffriront persécution*[2]. Ce n'est certainement pas une vue très optimiste à l'égard du monde. Le chrétien, parce qu'il n'est pas du monde, sera toujours un étranger dans le

---

1. *Pour une Philosophie de l'Histoire*, Paris, Éd. du Seuil, 1959, p. 163.
2. Saint Paul, *2 Tim.*, 3, 12.

monde – je veux dire dans le monde comme se séparant du royaume de Dieu et se fermant sur lui-même ; il est incompréhensible au monde. Le monde ne peut rien comprendre aux vertus théologales. La foi théologale, le monde la voit comme un défi, une insulte et une menace. C'est à cause de leur foi qu'il tient en aversion les chrétiens, et c'est par leur foi qu'ils le vainquent. L'espérance théologale, le monde ne peut pas la voir du tout. La charité théologale, le monde la voit comme elle n'est pas, il la comprend de travers. Il la confond avec n'importe quelle sorte de dévouement généreux (d'ailleurs naïf à ses yeux) à une cause humaine dont il peut tirer profit. De cette façon le monde tolère la charité, et même il l'admire – selon qu'elle n'est pas la charité, mais quelque chose d'autre (et c'est ainsi que la charité est l'arme secrète du christianisme)[1]. »

S'il y a des prophètes d'avant-garde ou d'arrière-garde qui s'imaginent que nos devoirs envers le monde, tels qu'ils ont été exposés, sous la grâce du Saint-Esprit, par le deuxième Concile du Vatican, effacent ce que le Seigneur Jésus lui-même et ses apôtres ont dit du monde, – *Le monde me hait, Le monde ne peut pas recevoir l'Esprit de vérité, Si quelqu'un aime le monde l'amour du Père n'est pas en lui,* et tous les autres textes que j'ai rappelés plus haut, – je sais bien (c'est un mot d'un goût douteux, mais qui amusait un vieux religieux cher à mon cœur) ce qu'il faut dire de ces prophètes-là : ils se mettent *le doigt de Dieu* dans l'œil.

14 février 1966

---

1. *Pour une Philosophie de l'Histoire,* p. 157.

97

Chapitre IV

Le vrai feu nouveau
Chrétiens et non-chrétiens

L'annonce d'un âge nouveau

Sur la durée de la crise dont je viens de parler, les réactions qu'elle produira, les déchets qu'elle laissera derrière elle, la gravité qu'elle peut prendre à certains moments ou dans certains pays, il faudrait être un prophète pour oser émettre la moindre opinion. Car tout dépend des imprévisibles voies de Dieu et de ses secrètes grâces, comme aussi de la liberté humaine selon qu'elle-même elle fait partie intégrante du plan éternel. Ce qui est bien certain, c'est que l'Église sortira purifiée de cette crise, et que l'erreur n'y aura pas le dessus.

C'est aussi, comme on l'a beaucoup répété, et, certes avec beaucoup de raison, que le deuxième Concile du Vatican a été *l'annonce d'un âge nouveau.* De celui-ci le Concile lui-même, ainsi que je l'ai déjà noté, et je n'ai pas besoin de revenir là-dessus, a indiqué les grands traits, tandis qu'li *aggiornamentait* les éternels trésors de l'Église, grâce à une plus profonde prise de conscience et à une meilleure explicitation de certaines grandes vérités recelées dans ces trésors.

D'autre part, on peut remarquer que par un paradoxe qui n'est pas rare dans l'histoire humaine il arrive que ce qui est déformé et tordu apparaisse avant ce qui est droit, les produits de contrefaçon avant les produits authentiques. Si je ne me trompe, il y a eu des fraticelles plus ou moins hérétiques avant saint François d'Assise. Habacuc ne dit-il pas que le diable marche devant les pieds de Dieu[1]? On l'imagine assez bien comme un roquet gambadant et aboyant devant les pieds du Seigneur et mordant les gens quand il peut. Au lieu de dire « le diable », les meilleurs traducteurs modernes disent « la peste[2] », et cela convient aussi bien à mon propos. Ce à quoi je pense, en effet, c'est la mauvaise fièvre de vénération du monde qui sévit aujourd'hui parmi un certain nombre d'innocents, souvent fort généreux.

Vieillies dès l'instant où elles paraissent au jour, les diverses formes du néo-modernisme qui nous a occupés dans les précédents chapitres sont des produits de contrefaçon anticipée, qui mettent l'esprit sur une fausse piste. Le vrai feu nouveau, les découvertes authentiques qui se produiront dans l'âge nouveau où nous entrons, et par lesquelles, dans les perspectives historiques ouvertes par le Concile, la conscience chrétienne pénétrera plus avant, et plus profondément, dans la vérité dont elle vit et dans la réalité évangélique, n'auront rien à voir avec le racolage de vieux désirs refoulés et d'ambitions confuses auquel procèdent les agents de publicité du Vieux Menteur, ni avec leur boniment pseudo-scientifique et pseudo-philosophique, ni avec cette sainte parousie de l'Homme au nom de laquelle ils réclament un agenouillement chrétien devant le monde.

---

1. *Habac.*, 3, 5. (Vulg.)
2. Trad. Dhorme, t. II, p. 812.

Le vrai feu nouveau, le renouvellement essentiel sera un renouvellement *intérieur*. Il n'est pas besoin d'être prophète pour discerner cela, il suffit d'ouvrir les yeux. Quant aux divers aspects de ce renouvellement intérieur, il faudrait, pour en parler avec compétence, avoir une intelligence au dessus de la moyenne, comme tous ceux qui échangent des idées à la télévision. C'est donc bien timidement que je vais tâcher d'en dire quelque chose dans ce chapitre et les chapitres suivants, comme un vieil homme qui cligne des yeux, et qui n'est pas malin (ce n'est pas bien grave) sans toutefois (c'est ça qui est vexant) être un enfant de lumière. Car il a été dit (c'est une traduction libre) : « Les enfants de lumière sont loin de savoir leur affaire aussi astucieusement que les enfants du siècle[1]. » Et, ma foi, cela se voit bien.

Coopération pratique dans un monde divisé

C'est du renouvellement de notre pensée (et, par suite, de notre comportement) envers les non-chrétiens qu'il sera question dans ce chapitre.

Chrétiens et non-chrétiens, on peut d'abord considérer les uns et les autres simplement *en tant qu'hommes*. C'est là, par rapport au sujet que j'entends traiter, une sorte d'introduction seulement, une considération *préalable*. Elle est utile toutefois.

Me tenant donc, pour commencer, dans cette perspective-là, on me permettra (c'est autant de gagné pour une vieille tête, et puis ce n'était pas si mal dit, quoique dans

---

1. Lc., 16, 8.

un style qui n'est plus le mien) de reproduire ici quelques passages d'un discours que j'ai prononcé il y a une vingtaine d'années à une Conférence de l'Unesco[1]. C'est le problème de la paix entre les nations qui occupait nos esprits, et c'est en fonction de ce problème que j'avais pris pour thème *les possibilités de coopération dans un monde divisé*. Et je disais : « Est-ce que dans un monde écrasé par la chape de plomb des intérêts économiques, politiques et idéologiques en rivalité, ceux qui sont dévoués aux œuvres de la pensée, et qui sentent la responsabilité d'une telle mission, ne donneront pas une voix à l'immense nostalgie de paix et de liberté, au refus de la mort et du malheur qui malgré une étrange passivité apparente plus voisine du désespoir que de la force d'âme agitent les profondeurs souterraines de la conscience des hommes ? » Pourtant « ce qui fait apparaître comme paradoxale la tâche de l'Unesco, c'est qu'elle implique un accord de pensée entre des hommes dont la conception du monde, de la culture et de la connaissance elle-même sont différentes ou même opposées. » Ils n'appartiennent pas seulement à des civilisations différentes, mais à des familles spirituelles et des écoles philosophiques antagonistes. Comment un accord de pensée est-il concevable entre eux ?

Ma réponse était que la finalité de l'Unesco est une finalité pratique, et que, dès lors, « l'accord peut s'y faire spontanément, non pas sur une commune pensée spéculative, mais sur une commune pensée pratique, non pas sur

---

1. Ce discours a été prononcé à Mexico, le 1er novembre 1947, à l'ouverture de la deuxième Conférence Internationale de l'Unesco. (Le texte complet a paru dans mon livre *Le Philosophe dans la Cité*, Paris, Alsatia, 1960.) J'étais président de la Délégation française à cette Conférence.

l'affirmation d'une même conception du monde, de l'homme et de la connaissance, mais sur l'affirmation d'un même ensemble de convictions dirigeant l'action. Cela est peu sans doute, c'est le dernier réduit de l'accord des esprits. C'est assez cependant pour entreprendre une grande œuvre...

» S'il s'agit, non pas d'une idéologie *spéculative*, ni de principes *d'explication*, mais, au contraire, de l'idéologie *pratique* fondamentale et des principes *d'action* fondamentaux implicitement reconnus aujourd'hui, à l'état vital sinon à l'état formulé, par la conscience des peuples libres, il se trouve qu'ils constituent *grosso modo* une sorte de résidu commun, une sorte de commune loi non-écrite, au point de convergence pratique des idéologies théoriques et des traditions spirituelles les plus différentes. Je suis bien persuadé que ma manière de justifier la croyance en les droits de l'homme et l'idéal de liberté, d'égalité, de fraternité, est la seule qui soit solidement fondée en raison. Cela ne m'empêche pas d'être d'accord sur ces convictions pratiques avec ceux qui sont persuadés que leur manière à eux de les justifier, toute différente de la mienne ou opposée à la mienne dans son dynamisme théorique, est pareillement la seule qui soit fondée en vérité. S'ils croient tous deux en la charte démocratique, un chrétien et un rationaliste en donnent cependant des justifications incompatibles entre elles, où leur âme et leur esprit et leur sang seront engagés, et là-dessus ils se combattront. Et Dieu me garde de dire qu'il n'importe pas de savoir lequel des deux a raison! Cela importe essentiellement. Il reste que sur l'affirmation pratique de cette charte ils se trouvent d'accord, et peuvent formuler ensemble de communs principes d'action.

» C'est ainsi qu'à mon avis se résout le paradoxe que je signalais tout à l'heure. L'accord idéologique nécessaire entre ceux qui travaillent à faire servir la science, la culture et l'éducation à l'instauration d'une paix véritable se limite à un certain ensemble de points pratiques et de principes d'action. Mais dans ces limites, il y a et il doit y avoir entre eux un accord de pensée qui pour être d'ordre tout pratique, n'en est pas moins d'importance majeure. Chacun s'engage tout entier, avec toutes ses convictions philosophiques ou religieuses, dans la justification qu'il propose de cet ensemble de principes pratiques, – et comment pourrait-il parler avec foi, sinon dans la lumière des convictions spéculatives qui animent toute sa pensée ? Mais il ne saurait exiger des autres qu'ils adhèrent à sa justification des principes pratiques sur lesquels ils sont tous d'accord. Et les principes pratiques dont il s'agit constituent une sorte de charte indispensable à une action commune efficace, et qu'il importerait beaucoup de formuler, pour le bien même et le succès de l'œuvre de paix à laquelle leur tâche commune est consacrée. »

C'est sur ces bases-là que, quelques années plus tard, les Nations Unies ont formulé la Déclaration Universelle des Droits de l'Homme, document de grande signification historique. Naturellement il importe aussi de ne pas se faire d'illusions ; et il est clair que dans *la manière d'appliquer* les principes pratiques formulés en commun on constatera des différences considérables, dues à l'esprit, aux convictions spéculatives, à la foi religieuse ou aux dogmes philosophiques qui inspirent, font plus large et plus élevée, ou plus étroite et plus basse, l'action de ceux qui, cette fois, ne formulent pas seulement, mais mettent existentiellement en œuvre les principes pratiques dont il s'agit. N'ai-je pas noté dès l'abord que l'accord de pensée sur de communs principes seulement pratiques n'est sans doute que bien peu, – *le dernier réduit de l'accord des esprits*, – autrement dit un minimum d'autant plus nécessaire qu'au dessous de lui il n'y a plus rien que le conflit inexpiable, la guerre mortelle où conduiraient d'elles-mêmes les divisions qui déchirent aujourd'hui le monde?

Il reste que, ainsi que je le disais en conclusion de ce discours à Mexico, « nous savons tous que si l'œuvre de paix doit être préparée dans la pensée des hommes et dans la conscience des nations, c'est à condition que les esprits arrivent à se persuader profondément de principes tels que les suivants : qu'une bonne politique est d'abord et avant tout une politique juste ; que chaque peuple doit s'appliquer à comprendre la psychologie, le développement et les traditions, les besoins matériels et moraux, la dignité propre et la vocation historique des autres peuples, parce que chaque peuple doit avoir en vue non seulement son propre avantage, mais aussi le bien commun de la famille des nations ; que cet éveil de la compréhension mutuelle et du sens de la communauté civilisée, s'il suppose, – étant donné, hélas, les habitudes séculaires de l'histoire humaine, – une sorte de révolution spirituelle, répond à une nécessité de salut public dans un monde qui désormais est un pour la vie ou pour la mort tout en restant désastreusement divisé quant aux intérêts et aux passions politiques ; que placer l'intérêt national au dessus de tout est le moyen sûr pour tout perdre ; qu'une communauté d'hommes libres n'est pas concevable s'il n'y est pas reconnu que la vérité est l'expression de ce qui est, le droit, de ce qui est juste, – et non pas de ce qui sert le mieux à un moment donné l'intérêt du groupe humain ; qu'il n'est pas permis de mettre à mort un innocent parce qu'il est devenu pour la nation un fardeau inutile et coûteux ou parce qu'il gêne le succès des entreprises d'un groupe quelconque ; que la personne humaine a une dignité que le bien même de la communauté suppose et se doit de respecter, et qu'elle a, comme personne humaine, comme personne civique, comme personne sociale ou ouvrière, des droits fondamentaux et des obligations fondamentales ; que le bien commun prime les intérêts particuliers, que le monde du travail a droit aux transformations requises par son accession à sa majorité historique, et que les masses ont droit à participer aux biens de la culture et de l'esprit ; que le domaine des consciences est inviolable ; que les hommes de différentes croyances et de différentes familles spirituelles doivent reconnaître leurs droits mutuels comme concitoyens de la communauté civilisée ; que l'État a le devoir, en vue même du bien commun, de respecter la liberté religieuse comme la liberté de la recherche ; que l'égalité fondamentale des hommes fait des préjugés de race, de classe ou de caste, et des discriminations raciales une offense à la nature humaine comme à la dignité de la personne et un péril radical pour la paix.

« Si un état de paix qui mérite vraiment ce nom et qui soit utile et durable doit être établi un jour entre les peuples, cela ne dépendra pas seulement des arrangements politiques, économiques et financiers conclus par les diplomates et les hommes d'État, cela ne dépendra pas seulement de l'édification juridique d'un organisme coordinateur véritablement supra-national pourvu d'efficaces moyens d'action, cela dépendra aussi de l'adhésion profonde obtenue dans la conscience des hommes par des principes pratiques tels que ceux que je viens de rappeler. Et cela dépendra aussi, pour dire les choses telles qu'elles sont, d'une effusion victorieuse de cette suprême et libre énergie qui vient en nous de plus haut que nous et dont, à quelque école de pensée, à quelque confession religieuse que nous appartenions, nous savons que le nom est l'amour fraternel, et a été prononcé de telle façon par l'Évangile qu'il a ébranlé pour toujours la conscience humaine. »

On excusera ces longues citations. Il fallait bien rendre aussi claire que possible, sur un exemple particulier, cette assertion un peu doctorale mais quand même de grande portée, que si les hommes doivent coopérer réellement en vue de certains objectifs qui importent au bien commun du genre humain, c'est à condition que s'établisse entre eux, en dépit de leurs irréductibles divisions sur le plan des convictions spéculatives, un accord de pensée sur des principes pratiques communs ; autrement dit, c'est à condition qu'ils puissent formuler ensemble certains communs principes d'action.

Et, bien sûr, ce qui est vrai au sujet de cet objectif : la paix à assurer entre les nations, est pareillement vrai s'il s'agit de n'importe quel autre objectif d'importance majeure pour le bien humain.

Il faut seulement ajouter qu'une fois qu'on a clairement vu tout cela, et fermement rejeté l'idée altière et farfelue que les divisions et oppositions dans le domaine spéculatif, radicales et irréductibles tant qu'on voudra, rendraient impossibles un accord et une coopération pratiques authentiques et efficaces, et nous condamneraient soit à des guerres éternelles, soit à tout subordonner à la victoire (par la puissance des arguments ou par la force des armes) d'un credo philosophique ou religieux sur tous les autres, on doit se garder d'un écart en sens contraire qui ne serait pas moins catastrophique (il le serait même *davantage*), et qui consisterait à méconnaître les droits imprescriptibles *de l'ordre spéculatif*, en d'autres termes de *la vérité elle-même*, la vérité qui est supérieure à tout intérêt humain. Il pourrait arriver qu'au nom de l'accord à réaliser sur le plan des principes pratiques et de l'action, nous soyons tentés, soit de négliger ou oublier nos convictions spéculatives parce qu'elles sont en opposition entre elles, soit d'atténuer, dissimuler ou camoufler leur opposition en faisant s'embrasser le oui et le non, – et en mentant à ce qui est, – pour les beaux yeux de la fraternité humaine. Ce ne serait pas seulement jeter aux chiens la vérité, mais jeter aussi aux chiens la dignité humaine, et notre suprême raison d'être. Plus nous fraternisons dans l'ordre des principes pratiques et de l'action à conduire en commun, plus nous devons durcir les arêtes des convictions qui nous opposent les uns aux autres dans l'ordre spéculatif, et sur le plan de la vérité, première servie.

L'amitié fraternelle entre les hommes qui sont tous membres du Christ au moins en puissance

Ce que je viens de dire dans la section précédente n'était qu'une considération préalable. J'arrive maintenant à quelque chose de beaucoup plus significatif et beaucoup plus important, où je vois un des caractères de l'âge nouveau où nous entrons, et du vrai feu nouveau allumé dans les cœurs.

Chrétiens et non-chrétiens, cette fois je ne les considère plus simplement *en tant qu'hommes*. Je les considère *en tant que membres du Christ :* explicitement et visiblement membres du Christ, s'ils sont chrétiens (membres vivants s'ils ont la grâce, membres « morts » s'ils l'ont perdue) ; implicitement et invisiblement membres du Christ si étant non-chrétiens ils ont la grâce du Christ[1] ; potentiellement et invisiblement membres du Christ si étant non-chrétiens ils n'ont pas en eux la grâce du Christ.

Je ne sais si le vocabulaire que je viens d'employer est tout à fait exact, c'est l'auteur de *l'Église du Verbe Incarné* que ça regarde. Mais ce que je sais, c'est qu'à un titre ou à un autre et d'une manière ou d'une autre *tous les hommes* sont membres du Christ, au moins en puissance, puisqu'Il est venu pour eux tous et qu'Il est mort pour eux tous, et puisque, sauf refus de leur part au suprême instant de leur vie, Il les a tous sauvés. Et Lui-même n'a-t-il pas dit[2] que lorsqu'on donne ou ne donne pas à boire ou à manger à absolument n'importe quel homme, dès l'instant qu'il est indigent, c'est à Lui qu'on donne ou ne donne pas à boire ou à manger ? A Lui, parce que ce pauvre *est* membre de son corps au moins en puissance.

Il n'y a rien au-dessus de la vérité. Mais au plan de l'action à régler il y a des vérités pratiques vers lesquelles peuvent converger des manières de voir qui sont opposées les unes aux autres au plan de la vérité spéculative. C'est pourquoi, comme nous l'avons vu, par rapport à l'action et aux principes purement pratiques il peut y avoir accord et coopération entre hommes divisés dans leurs convictions les plus profondes.

Maintenant, dans notre présente considération, ce n'est plus en raison d'un but pratique commun et d'une action

---

1. Ils sont membres du Christ *en acte* puisqu'ils ont la grâce et la charité, mais sans que les conséquences que, de soi, cet « en acte » demande à avoir soient explicitées.

2. Matt., 25, 31-46.

à conduire en commun qu'ils ont à s'accorder sur des principes pratiques communs ; c'est en raison d'une réalité infiniment plus importante, quoique parfaitement invisible, et qui n'est pas une chose *à faire*, mais qui *est là*, au moins en puissance, – l'appartenance au Corps mystique par la grâce ; et c'est en raison de l'amour fraternel auquel tous sont appelés, et de la divine charité à laquelle tous sont appelés, et que nous devons *supposer* que chacun a dans son cœur (supposer, car nul ne peut juger le fond des âmes), – c'est en raison de cette mystérieuse réalité surnaturelle que les hommes, si divisés qu'ils puissent être dans leurs convictions les plus profondes, peuvent et doivent chacun regarder les yeux de l'autre avec respect, et désir d'une vraie compréhension mutuelle, et être prêts à s'aider sincèrement les uns les autres.

Comment cela ? En sachant (je parle des chrétiens, qui, eux, savent cela) qu'ils sont tous des membres du Christ, au moins en puissance, et tous appelés à la vie de la grâce et de la charité, et *en présupposant* chacun (je parle encore des chrétiens) que l'autre est dans la grâce et la charité de Dieu. Et, s'il s'agit des non-chrétiens, en faisant chacun, selon sa perspective religieuse ou philosophique propre (fût-ce, s'il s'agit d'un athée, dans la seule perspective de la solidarité humaine universelle et de la commune vocation de l'humanité), *une présupposition analogue*, sur des plans de pensée plus ou moins dégradés par rapport au plan de pensée de ceux auxquels la Parole de Dieu a été révélée.

Cela dit, je m'arrête un moment. Après tout, c'est un fait que dans ce livre (mon dernier, j'espère bien) je parle à des chrétiens. Et c'est d'abord et principalement pour les chrétiens que le Concile a été l'annonce d'un âge nouveau ; c'est d'abord et principalement des chrétiens et parmi les chrétiens qu'un authentique renouvellement est à attendre ; c'est d'abord et principalement en eux que le vrai feu nouveau doit s'allumer. Il est donc naturel que mes réflexions se tournent spécialement vers eux, considérés dans leurs relations, – désormais profondément renouvelées, – avec les non-chrétiens.

Si ce que j'ai avancé plus haut est vrai, ils ont à traiter avec les non-chrétiens, non pas certes en oubliant que ceux-ci *ne sont pas* chrétiens, mais en attachant à ce fait, qui est visible, une importance *seconde* quant à leur propre attitude envers eux ; l'importance première, à cet égard, appartenant à un autre fait, invisible celui-là, au fait que ces non-chrétiens *sont* des membres du Christ, au moins en puissance.

On voit par là à quel point il est vrai que le feu nouveau, le renouvellement essentiel est un renouvellement *intérieur*. Car il consiste dans un changement d'attitude ou un déplacement des valeurs qui se passe au plus profond de l'âme, et qui ne porte d'abord, et essentiellement, sur aucune manière d'agir et de se comporter extérieurement (ça viendra, mais comme un corollaire), sur aucune méthode d'approche ou d'apostolat, sur aucune tactique ou stratégie, ou bonne et loyale rouerie à mettre en œuvre avec nos frères non-chrétiens, mais sur une manière de les *voir*, devant Dieu, et une manière de les aimer *mieux*, en conformité plus réelle et plus profonde avec l'esprit de l'Évangile ; il consiste à prendre pleinement conscience des dimensions et du « poids » de l'amour évangélique, et à *libérer* complètement, si je puis dire, celui-ci dans l'âme, en sorte qu'aucune finalité, si haute soit-elle, extérieure à sa propre essence ne vienne lui tracer son chemin et le restreindre à un objet déterminé.

Ce que je veux dire, c'est (pour parler en gros, et de l'attitude intérieure de la *moyenne* des chrétiens) que pendant longtemps on a aimé, – et vraiment et sincèrement, – les non-chrétiens *bien qu'ils ne fussent pas chrétiens* (c'est ce fait *visible* qui avait la première place) ; autrement dit, on aimait les non-chrétiens avant tout en tant que, ayant le malheur de n'être pas chrétiens ils étaient appelés à le devenir ; on les aimait avant tout non pas selon ce qu'ils *étaient*, mais selon ce qu'ils étaient *appelés à devenir ;* on les aimait avant tout comme des hommes assis à l'ombre de la mort et à l'égard desquels le premier devoir de charité est de s'efforcer de les convertir à la vraie foi. Mais maintenant, en vertu du grand renversement intérieur qui nous occupe, on aime les non-chrétiens avant tout *en tant qu'ils sont des membres du Christ, au moins en puissance* (c'est ce fait *invisible* qui a la première place) ; on les aime avant tout en tant que personnes humaines membres, au moins en puissance, de cette Vérité incarnée qu'ils ne connaissent pas et que nient les erreurs professées par eux ; bref on les aime d'abord dans leur propre mystère insondable, selon ce qu'ils *sont*, et comme des hommes à l'égard desquels le premier devoir de charité est de les *aimer*. Et donc on les aime d'abord et avant tout comme ils sont et tels qu'ils sont, en cherchant leur propre bien selon que, dans l'existence actuelle et les conditions historiques où ils se trouvent, ils ont à avancer vers lui dans un univers religieux et un système de valeurs spirituelles et culturelles où de grandes erreurs peuvent abonder, mais où sont certainement présentes aussi des vérités dignes de respect et d'amour, à travers lesquelles il est possible à Celui qui les a faits, à la Vérité qui est le Christ, d'atteindre en secret leur cœur, sans qu'eux-mêmes le sachent, ni personne au monde.

J'entends bien que c'est toujours de cette façon-là, et avec cet amour évangélique pleinement libéré dans l'âme, que les grands missionnaires ont aimé ceux auxquels ils étaient envoyés pour annoncer l'Évangile. C'est de cette façon-là et de cet amour-là que saint François Xavier les a aimés, et que le Père Lebbe les a aimés. Mais je remarque en premier lieu que cette sainte réalité qui habitait en eux, et qui animait tout en eux, et qui est l'âme de toute action missionnaire digne de l'Évangile, ils la vivaient si à fond qu'ils en avaient, eux, sûrement conscience ; mais à leur époque elle n'était pas communément dégagée pour la conscience chrétienne ; et eux-mêmes ils n'éprouvaient sans doute pas le besoin de la considérer à part de leur mission d'apôtres de l'Évangile et de convertisseurs, précisément parce qu'elle faisait corps avec cette mission, et parce que, de leur temps, aucune autre sorte de « mission » du chrétien à l'égard du non-chrétien, – comme la mission prophétique du Père de Foucauld allant s'enfouir chez les Touareg uniquement pour les aimer et les comprendre avec amour, – n'était encore explicitement reconnue et mise en lumière.

Je remarque en deuxième lieu (attention, vieux Jacques, tâche de parler prudemment et d'avancer à pas de loup) qu'il n'est pas sûr que tous les missionnaires aient eu leur vocation propre de convertisseurs enracinée dans le même amour évangélique pleinement libéré au fond de l'âme, autrement dit dans l'amour des non-chrétiens *pour eux-mêmes et selon ce qu'ils sont*, en lequel était plantée et duquel vivait toute l'action apostolique d'un Père Lebbe ou d'un François Xavier. A voir la manière dont le Père Lebbe a été traité par ses confrères missionnaires, et dont on l'a obligé à quitter la Chine jusqu'à ce que le Pape lui ait rendu

113

justice, on est fondé à douter que la sorte d'amour dont nous parlons en ce moment ait été largement répandue chez les confrères en question. Et on ne saurait leur en faire un reproche. Ils vivaient selon la conception communément reçue en leur temps, et d'après laquelle la charité envers les non-chrétiens, aimés avant tout *en tant qu'appelés à devenir ce qu'ils n'étaient pas,* avait pour obligation primordiale de se consacrer à les convertir à la vraie foi, et était toute finalisée par cet objectif. Heureux si d'échec en échec et de déception en déception, bien des pauvres missionnaires ne sentaient pas leur âme envahie d'amertume. (J'espère n'avoir blessé personne.)

Me voilà revenu à mon thème : primat absolu de l'agapè, de l'amour fraternel pleinement libéré dans l'âme ; en telle sorte que le grand renouvellement qui nous occupe, dans l'attitude du chrétien envers le non-chrétien, peut être décrit comme une sorte d'épiphanie de l'amour évangélique. S'il n'était pas *cela* d'abord, au fin fond de l'âme, et prétendait quand même à une universelle embrassade, il ne serait rien que mômerie.

Et voilà que j'ai l'air de prêcher, ce qui n'est pas du tout mon rôle, et me donne envie de tout planter là. Enfin, si je n'arrive pas à maîtriser mon style, tant pis pour moi. Il faut quand même achever les réflexions commencées.

*

Un mot reste à dire, en effet (un mot ! quelques pages, hélas), pour éviter tout malentendu. J'ai dit que le vrai feu nouveau, le renouvellement essentiel est un renouvellement intérieur. Mais il est clair aussi que ce qui se passe au fond de l'âme entraîne *en outre, en surplus,* un certain comportement extérieur, et se traduit dans l'ordre de l'agir.

Il me semble qu'à ce point de vue on pourrait distinguer trois zones de comportement différentes.

Un chrétien qui aime les non-chrétiens de la manière que j'ai tâché de définir peut rendre témoignage de cet amour, devant Dieu par sa prière, et devant les hommes par sa vie ; je dis uniquement par sa vie : en allant, pour répondre à une invite nouvellement perçue dans l'appel évangélique, s'enfouir au milieu de ceux qu'il aime, sans autre but que de les aimer, et de les comprendre avec amour, en partageant leur vie, leur pauvreté, leurs souffrances, et sans avoir la moindre *intention* de les convertir, fût-ce par ce qu'on appelle quelquefois un travail de « pré-apostolat » (mot funeste, qui met tout à l'envers et transformerait en une prudente préface pour l'action, ou une manœuvre d'agents secrets, l'authenticité et la sincérité du pur et simple amour fraternel pour ces non-chrétiens *tels qu'ils sont,* et non pas tels qu'on souhaite qu'ils deviennent ; car, de soi, ce pur et simple amour fraternel *suffit,* – *unum est necessarium,* – et à ce plan-là c'est à lui, et à lui seul, qu'il s'agit de rendre témoignage). Une telle vie n'a de sens que si elle est une vie exclusivement contemplative ; c'est celle des Petits Frères et des Petites Sœurs de Jésus. Voilà ce que j'appelle la première zone de comportement.

La seconde zone de comportement se caractérise, me semble-t-il, par le fait qu'un chrétien qui aime les non-chrétiens de la manière que j'ai tâché de définir rend témoignage à cet amour par un travail qui le manifeste *dans le registre de l'agir* ou de l'activité au dehors.

Je pense ici à toutes les œuvres de miséricorde et d'aide fraternelle qu'on peut entreprendre soit pour subvenir aux besoins urgents créés par la misère, la maladie, la famine, etc., soit pour coopérer au relèvement des conditions d'existence et au grand effort accompli par les pays du tiers-monde, dans l'ordre social, économique et culturel, en vue d'atteindre le niveau commun d'une civilisation devenue désormais universelle. Il est clair qu'il y a là une tâche immense, qui se trouve déjà en plein essor.

Et je pense aussi au travail non moins vaste et non moins important par lequel, dans l'ordre intellectuel, savants et érudits s'efforcent de mieux connaître le passé et le présent des aires de civilisations non-chrétiennes, (sans oublier non plus les peuples dits primitifs), – les structures sociales, morales et culturelles de ces aires de civilisations, leurs traditions propres, et surtout leur religion elle-même et leur spiritualité. Il arrive ainsi, et c'est une vraie joie de le constater, que des savants chrétiens aident des non-chrétiens à voir plus clair dans leurs propres affaires et dans ce qui est le plus cher à leur cœur, et y réussissent singulièrement mieux que des purs rationalistes. L'œuvre de Louis Massignon, en ce qui regarde l'Islam, a été exemplaire à ce point de vue. (Je me permets d'ajouter, au bénéfice de quelques personnes insuffisamment informées des mérites de la Somme théologique, fussent-elles éminentes, qu'aujourd'hui ce sont des thomistes comme Olivier Lacombe et Louis Gardet qui font le travail le plus éclairant à l'égard de l'Inde et de l'Islam, et sont dans les termes d'amitié les plus intimes et les plus cordiaux avec les représentants de la pensée indienne et de la pensée musulmane.) Je ne vois pas, du reste, pourquoi des savants et érudits non-chrétiens ne pourraient pas nous aider aussi, nous autres, à voir plus clair dans nos propres affaires. Et je forme le vœu que l'un d'eux étudie, de son point de vue à lui et dans la lumière de ses traditions à lui, saint Jean de la Croix par exemple ou le Père Surin, comme Massignon a étudié Hallāj. Je ne dis pas qu'il les comprendrait mieux que les théologiens catholiques, et que nous serions toujours d'accord avec ses interprétations. Mais je dis qu'il aurait chance d'élargir notre horizon, et peut-être de renouveler sur certains points notre problématique.

La troisième zone de comportement, c'est celle de l'apostolat et de la mission. Ici encore c'est par un travail intéressant *le registre de l'agir*, de l'activité au dehors, que le chrétien qui aime les non-chrétiens de la manière que j'ai tâché de définir rend témoignage à cet amour. Mais cette fois nous avons affaire à l'activité *la plus haute*, à la plus haute *œuvre* de charité qui se puisse concevoir. Car d'une part elle répond à un mandat exprès du Seigneur : allez, et enseignez toutes les nations. C'est la continuation de la prédication du Christ, quand il cheminait sur les routes de Judée et de Galilée pour annoncer le royaume de Dieu. Et que la Vérité soit connue des hommes, c'est le désir ardent de l'éternelle Vérité descendue ici-bas pour s'incarner. D'autre part connaître la Vérité, la Vérité qui délivre, c'est le besoin absolument premier de l'être humain. *Non in solo pane vivit homo...* Et nulle activité ne sert mieux l'homme, et ne témoigne mieux de l'amour fraternel allumé en nous par l'Évangile, que celle par le moyen de laquelle la Vérité vient se faire connaître à lui, et illumine son cœur.

Est-ce à dire que l'activité apostolique serait quelque chose de meilleur que l'amour dont elle dérive, et qu'elle manifeste ? Elle est ce qu'il y a de plus haut *dans l'ordre de l'activité*. Mais aucune activité n'est plus haute et meilleure que l'amour de charité, plus haute et meilleure que l'*agapè*.

« Il n'y a pas d'œuvre meilleure ni plus nécessaire que l'amour [1]. »

Et saint Jean de la Croix dit aussi : « Dieu ne se sert pas d'autre chose sinon de l'amour [2]. » C'est là ce que comprennent mieux aujourd'hui non pas seulement les plus grands missionnaires, mais l'ensemble de ceux qui sont appelés au travail missionnaire ; c'est là que le feu nouveau, le renouvellement essentiel annoncé et voulu par le Concile atteint ce travail lui-même dans ses œuvres vives, pour le rajeunir et le revigorer, non sans susciter pour lui de nouveaux problèmes. Ainsi renouvelé, le travail missionnaire demande que désormais chacun prenne conscience de ce qui était au cœur d'un saint François Xavier ou d'un Père Lebbe. Autrement dit, il demande que ce soit dans l'amour du non-chrétien aimé d'abord, non pour le convertir, mais pour lui-même et pour ce qu'il *est*, – comme membre du Christ, au moins en puissance, – que s'enracine la prédication apostolique. Un tel renversement des valeurs, au fond de l'âme, et, par suite, des méthodes et des voies d'approche, est déjà chose faite. Il n'y a pas grand-chose de commun entre les voies suivies il y a cinquante ans par les grands Ordres missionnaires et celles qu'ils suivent aujourd'hui. Je n'ai nulle compétence pour disserter là-dessus, et ce n'est pas mon sujet. J'imagine seulement que ce qui a commandé aussi cette révolution, c'est la volonté de tirer toutes les conséquences d'une vérité que nul n'ignore, à savoir que c'est Jésus lui-même, non ses ministres, qui convertit les âmes, par les cheminements cachés de sa grâce ; en sorte que la prédication et l'en-

---

1. Saint JEAN DE LA CROIX, *Cant.*, seconde rédaction, str. 28 (19), Silv. III, p. 361.
2. *Ibid.*, str. 27 (18), Silv. III, p. 356.

seignement viennent plutôt au couronnement qu'aux fondations de l'œuvre patiemment accomplie par lui et par ses serviteurs.

Deux petites anecdotes

Il n'y a rien de plus simple, et, au fond, de plus banalement chrétien, que le renouvellement intérieur dont il a été question dans toutes les pages précédentes. On sera sans doute fort surpris dans cinquante ans de songer que des chrétiens aient jamais pu se comporter autrement. Deux petites anecdotes aideront peut-être à comprendre à quel point il y a là, pour des hommes nés au XIXe siècle ou au début du XXe, quelque chose de réellement nouveau.

J'ai connu un écrivain, dont la célébrité fut grande. Il n'était pas catholique, et sa vie morale n'était pas édifiante. Un jour que j'étais allé lui rendre visite, il m'a parlé d'un autre grand écrivain, catholique, lui, qui avait été son ami. Et il m'a raconté qu'à l'époque où s'était nouée cette amitié, il avait cru devoir, par loyauté, confier à celui dont il me parlait, et qui peut-être s'en scandaliserait, de quelle manière il vivait. Il reçut alors de son ami des lettres l'assurant qu'il ne l'en aimait que plus profondément, – lettres si admirablement belles et généreuses que mon interlocuteur en avait été bouleversé. Je le vois encore ouvrant un tiroir de sa table, et me montrant ce paquet de lettres. Après bien des années passées, il pleurait en me les montrant. Mais l'écrivain catholique – sincère et généreux si jamais homme le fut, – était persuadé que son devoir de charité absolument primordial envers ce pécheur était de tout faire pour l'amener à la vraie lumière. Il se mit donc à l'œuvre, et de quel cœur, pour essayer de le convertir. Il n'y réussit pas, malgré de longs et patients efforts. Et constatant enfin que l'autre était décidément inconvertissable, que faire, mon Dieu, sinon de porter condamnation contre lui, et de l'abandonner au diable, ce qui n'était pas de nature à adoucir le cœur de son ex-ami, et à le mieux disposer envers la grâce de Dieu, si quelque jour elle frappait plus fort à sa porte. L'écrivain catholique avait sans doute des excuses, car le non-catholique avait dû, en se dérobant constamment, user de bien des roueries de sa façon. (Je ne suis pas sûr qu'en me racontant cette histoire, il ne cherchât pas, pour m'attirer de son côté, à tirer un peu trop sur la corde sentimentale.) Mais le fait est qu'en agissant comme il l'a fait, le catholique avait simplement suivi le genre de comportement, le *pattern* couramment admis à cette époque concernant les relations entre un homme de foi et un mécréant. Ils sont morts tous deux, et Dieu veuille qu'ils soient maintenant réconciliés.

La seconde anecdote me concerne personnellement. Il y a une vingtaine d'années, un grand théologien de mes amis – et dont l'amitié ne s'est jamais démentie – me dit un jour qu'il avait un sérieux reproche à m'adresser, et il n'y alla pas de main morte. Quel reproche? Quand j'avais affaire avec un non-chrétien, je supposais toujours qu'il était de bonne foi. Or c'est le contraire qu'il faut supposer. Est-ce que la Loi Nouvelle n'a pas été promulguée? Est-ce que dans presque tous les pays de la terre, la Parole de Dieu n'a pas été annoncée? Est-ce que la grâce manque à personne? Quand nous parlons à des non-chrétiens, c'est un devoir envers la vérité de présupposer que – sauf exception (au cas où tel d'entre eux serait excusé par cette chose fort rare qui s'appelle l'« erreur invincible »), – *ils ne sont pas de bonne foi.*

Cette manière de voir méconnaissait totalement la dépendance dans laquelle se trouve l'esprit humain à l'égard des traditions séculaires, du milieu culturel, et, généralement parlant, du poids de l'histoire. Je crois que personne aujourd'hui ne l'accepterait. Il y a vingt ans elle apparaissait à un théologien de haute valeur comme allant de soi. Elle était conforme au genre de comportement avec les non-chrétiens, au *pattern* encore admis à cette époque (pas pour longtemps).

Il est clair, au contraire, que si (parce que tous les hommes *sont* membres du Christ, au moins en puissance) on doit, ne pouvant juger le fond des cœurs, *présupposer* que sans doute le non-chrétien à qui l'on parle a la grâce et la charité, on doit également *présupposer* qu'il est de bonne foi. (Il se peut naturellement que dans certains cas particuliers on ait de fortes raisons de penser que tel individu, chrétien ou non-chrétien, est de mauvaise foi. Mais c'est cela qui sera l'*exception*.)

La loi de la croix

On se tromperait gravement, disais-je dans une section précédente, si on croyait que des hommes divisés quant à leurs convictions spéculatives sont empêchés par là d'arriver à un accord de pensée pratique sur des principes dirigeant l'action ; mais on ferait un écart en sens contraire au moins aussi grave si, sous prétexte de mieux assurer cet accord pratique, on s'efforçait de camoufler les irréductibles oppositions qui dans l'ordre spéculatif subsistent entre les hommes en question, en mentant à ce qui est et en adaptant le vrai au faux pour rendre le dialogue plus suavement cordial, et illusoirement fructueux.

Ce que je notais là à propos de l'accord pratique à réaliser entre les hommes spéculativement divisés, il faut le marquer plus fortement encore, avec des marteaux-pilons si on en avait pour ça, à propos de l'amitié fraternelle à promouvoir entre les hommes appartenant à des credos philosophiques ou religieux différents. C'est la condition première de la loyauté dans le dialogue.

Plus un chrétien, – disons aussi, cette fois, plus un catholique (car un tel dialogue peut et doit avoir lieu aussi entre chrétiens doctrinalement séparés), – plus un chrétien, ou un catholique, donne en son cœur un primat absolu à l'amour fraternel pleinement libéré, et, en traitant avec des non-catholiques ou des non-chrétiens, les voit comme ce qu'ils *sont* réellement, des membres du Christ, au moins en puissance, plus il lui faut mettre de fermeté à maintenir sa différence essentielle dans l'ordre doctrinal, et à rendre claires (je ne dis pas à brandir à tout bout de champ) les oppositions qui, dans le domaine de ce qui est vrai ou faux, le sépare de ces hommes qu'il aime de tout son cœur. Et il les honore en faisant ainsi. Agir autrement serait trahir la Vérité, qui est au dessus de tout.

Il faut avouer que cela n'est pas toujours commode, et crée pour lui une situation plutôt inconfortable. *Such is life*. Il faut accepter ça.

Je disais jadis à Jean Cocteau : *il faut avoir l'esprit dur et le cœur doux*. Et j'ajoutais mélancoliquement que le monde est plein de cœurs secs à l'esprit mou. Gare aux esprits mous dans le dialogue œcuménique !

Ce n'est pas là-dessus cependant que je voudrais insister aujourd'hui, mais plutôt sur la situation inconfortable (et plus qu'inconfortable) dont je parlais à l'instant, et où se trouvent les pauvres hommes en l'âme desquels doivent être servis avec une pareille fidélité l'amour et la vérité, disons, plus exactement, l'amour fraternel et l'amour de Celui qui est la Vérité. *Misericordia et veritas obviaverunt sibi...*

Inutile de se monter la tête. L'âge nouveau dans lequel nous entrons mettra les catholiques à une dure épreuve. Il sera sans doute pour eux l'occasion d'une joie et d'une exultation très pures, à cause de l'espèce d'épiphanie de l'amour fraternel, comme je disais plus haut, qu'il comportera. Mais il faudra payer le prix ; et il y aura aussi un supplément de souffrances et de déchirements intérieurs, principalement à cause de cette *misericordia* et de cette *veritas* qui demandent à se rencontrer et à s'embrasser, – où ? Dans le ciel ça va tout seul. Mais dans l'homme c'est une autre affaire, et on est des hommes.

Tout d'abord c'est au sein même de l'amour fraternel que la souffrance vient inévitablement mordre le cœur. Car ces non-chrétiens qu'on aime comme des membres du Christ, du Sauveur bien-aimé, ils ne connaissent pas le Christ. Il peut y avoir, il y a sûrement beaucoup de vérité dans leur bagage. La Vérité, la Vérité qui délivre, ils l'ignorent, et c'est un grand malheur pour eux, comme une grande joie de moins pour le ciel et pour Jésus. Ils se débattent encore au milieu de bien des chaînes, ils se heurtent encore à bien des barrières sur le chemin, il y a encore pour eux bien des pièges dans l'ombre. Est-ce qu'on les aimerait vraiment si on ne souffrait pas de ce qui leur manque ? Plus l'amour fraternel grandit, plus cette souffrance grandit aussi. Il est clair que si quelqu'un se réjouit de les aimer, et de recevoir en retour le don de leur amitié, mais sans rien éprouver de la souffrance en question, il y a bien de l'imagination dans son amour.

On voit ici, – oh, ce n'est qu'une petite glose marginale qui se glisse par parenthèse dans mon texte toujours si bienveillant, – quelle distance il y a entre la joie et l'exultation très pures dont je parle plus haut (et qui ont pour compagne une fidèle douleur) et cette joie naturelle, très *naturelle* (et dont nulle douleur, bien sûr, ne vient troubler l'heureuse expansion), qu'il nous est donné de contempler aujourd'hui dans pas mal de nos frères chrétiens, ravis de pouvoir enfin frotter leur museau, en frétillant d'enthousiasme, contre le museau de tous les fils d'Adam.

Ensuite, et précisément parce que chrétiens et non-chrétiens se meuvent sur des plans différents par rapport à la Vérité, et dans des lumières différentes et plus ou moins obscurcies par les vapeurs de la terre, il paraît presque inévitable qu'à mesure que se développera la mutuelle amitié on verra surgir des malentendus et des méprises. Ce service de la Vérité que le chrétien maintient plus que jamais dans l'ordre doctrinal, en durcissant les arêtes, s'il le faut, pour éviter le syncrétisme et la confusion, son ami non-chrétien en comprendra-t-il le sens et la raison, et ne le prendra-t-il pour je ne sais quelle arrogance ou je ne sais quel retour de « fanatisme »? La moindre gaucherie se paiera cher.

Et cette distinction entre les choses qui sont à César et les choses qui sont à Dieu, que le chrétien respecte, et chérit comme la prunelle de l'œil, alors même que comme personne individuelle et sans engager l'Église, il se donne le plus à fond à sa mission temporelle, – et alors que l'Église elle-même fait tout, mais en restant dans son ordre propre, qui est celui du spirituel, pour aider d'en haut le monde à s'extirper de ses difficultés dans son ordre à lui, – est-ce que le non-chrétien (ou même le non-catholique) en comprendra aussi le sens et la raison, et ne se scandalisera pas que dans certains cas le chrétien (ou le catholique) ait à maintenir à tout prix l'autonomie du spirituel à l'égard du temporel, ou à refuser de faire du christianisme une sorte d'agence théocratique chargée d'assurer le bien-être du monde, la paix universelle, le relèvement des salaires, le logement gratuit et le pain pour chacun ? Que d'explications il faudra donner, et qui sans doute ne seront pas toujours reconnues valables.

Enfin et surtout, dans l'âme elle-même du chrétien, n'est-ce pas au prix d'une distension joliment pénible, et d'une vigilance qui ne laisse guère de répit, et d'une lutte contre des tentations souvent bien subtiles, et de quels renoncements, de quels sacrifices parfois, que pourra être assurée tant bien que mal la double et unique fidélité à laquelle il est tenu, envers la Vérité dans l'ordre de l'intelligence et de la foi théologale, et envers l'amour fraternel (qui comprend tout, dit saint Paul, et excuse tout) dans l'ordre des relations avec le prochain, lorsque celui-ci tient pour rien ce que nous chérissons le plus ? Il y faudra tous les secours de la grâce. Il y faudra l'amour de la Croix. Car, en définitive, tout ce que je viens, bien maladroitement, d'essayer d'évoquer, n'est pas autre chose que la *loi de la croix*, de cette sainte Croix dont il n'est pas de mode aujourd'hui de parler dans les chaires de vérité. Mais la mode en question est passagère, comme toutes les modes. Et en tout cas cette loi *est là*, quoi qu'on fasse et quoi qu'on dise.

Puisque j'en suis à mettre les pieds dans le plat avec la franchise dont j'ai fait vœu, et peut-être, (j'espère bien que non) une involontaire insolence, pourquoi ne pas dire toute la vérité? La tâche que l'âge nouveau dans lequel nous entrons attend des chrétiens est si difficile qu'il n'est pas concevable qu'ils en viennent à bout si au sein même du monde et tout à travers le monde ne se multiplient pas les foyers d'énergie spirituelle d'humbles étoiles invisiblement rayonnantes qui seront chacune une âme contemplative adonnée à la vie d'oraison. En chacune (c'est la notion classique de la « contemplation infuse ») les dons du Saint-Esprit mettent les vertus théologales dans un état où elles agissent de façon plus haute et plus parfaite, et ils portent tout l'agir, et l'amour lui-même, à un « mode supra-humain ». Sans l'amour contemplatif et l'oraison infuse, et la participation des âmes qui s'y adonnent à la Croix rédemptrice, et l'invisible soutien qu'elles apportent au travail de tous dans le Corps mystique, et à l'étrange trafic, où l'ironie ne manque pas, que la Providence conduit ici-bas, la tâche demandée aux chrétiens, à tous les chrétiens, serait trop lourde ; la grande espérance qui se lève serait vaine. Cette espérance ne sera pas vaine, car les humbles étoiles dont je parle ont commencé de luire en secret, il y en a plus qu'on ne croit d'éparpillées déjà à travers le monde.

Mercredi des Cendres, 23 février 1966

Chapitre V

Le vrai feu nouveau
La libération
de l'intelligence

J'ai remarqué, dans le précédent chapitre, que le vrai feu nouveau, le renouvellement essentiel sera un renouvellement *intérieur*. Et j'ai tâché d'esquisser du mieux que j'ai pu (pas très bien sans doute), ce que ce renouvellement intérieur est appelé à être dans l'ordre de l'amitié fraternelle entre les hommes, spécialement entre chrétiens et non-chrétiens. Je voudrais tenter une esquisse semblable en ce qui regarde les demandes (et tracas) de l'intellect humain, et en ce qui regarde ce qu'on peut appeler (non sans quelque témérité de la part d'un vieux paysan) les affaires du royaume de Dieu. C'est à la première de ces deux tentatives que le présent chapitre et le suivant seront consacrés.

Avis préalable

Les demandes (et tracas) de l'intelligence, ça existe certainement, – même dans les *mass media of communication* il en passe un tout petit peu. Après tout, on est un animal doué de raison, d'où pas mal d'ennuis et d'illusions, mais bien des exigences aussi, et rigoureuses, et inévitables. Les renouvellements auxquels nous convie le grand carillon du Concile dépendent avant tout d'une inspiration et d'un élan spirituel éveillés dans le ciel de l'âme, mais une telle inspiration et un tel élan entraînent et requièrent nécessairement un vaste travail de la raison renouvelant elle-même ses perspectives et saisissant plus à fond les articulations du réel. C'est à cette condition seulement qu'ils peuvent refondre notre régime ordinaire de pensée et notre comportement. A cela nulle mystique, nulle foi, si nécessaires soient-elles, ne suffisent ; elles demandent indispensablement à se compléter par un renouvellement dans l'ordre de l'intelligence ; et si on considère l'état actuel de l'intelligence, on voit (mais oui, nous avons été enchaînés beaucoup plus et depuis plus longtemps que nous ne croyons) qu'un tel renouvellement c'est d'abord et avant tout une rupture de barrières et de chaînes, une *libération* : libération de l'intelligence elle-même, et libération dans les cœurs d'un amour qui a été joliment refoulé, et qui clame du fond de l'abîme, l'amour de la Vérité. Je dis « dans les cœurs » parce qu'il s'agit d'un amour ; et je dis « amour », – amour de cette vérité qui est la vie de l'intelligence, – parce que c'est le désir ou le vouloir, dont le premier acte est d'aimer, qui applique à l'action tout ce qui est en nous, et donc aussi l'intellect.

Si on n'aime pas la vérité, on n'est pas un homme. Et aimer la vérité c'est l'aimer par dessus tout, parce que la Vérité, nous savons que c'est Dieu lui-même.

Le Christ a dit à Pilate qu'il était venu dans le monde pour témoigner de la Vérité.

C'est par la foi que nous tenons la Vérité suprême. La foi elle-même, cependant, appelle, fût-ce dans l'inconscient, une certaine fermentation, une certaine inquiétude, un certain remuement et travail intérieur de la raison ; et elle présuppose normalement (je ne dis pas dans l'histoire individuelle de chacun, je dis dans l'ordre normal des choses prises en elles-mêmes) des préparations rationnelles, telles par exemple que la certitude naturelle de l'existence de Dieu[1] : certitude naturelle au sens de certitude spontanée (due à cette sorte d'instinct de la raison qu'est le sens commun), et aussi au sens de certitude acquise par les voies fermes et contraignantes, parce que dûment élucidées, de la raison qui *sait* inébranlablement ; (et si la première sorte de certitude est valable, c'est qu'elle peut déboucher dans la seconde, qui est celle de la raison développée et pleinement adulte, ou du savoir). Ainsi la foi elle-même demande à se compléter par une certaine saisie intellectuelle, — inévitablement imparfaite en ce qui concerne le terme à atteindre, mais complètement ferme en ce qui concerne les structures du savoir humain, — de l'insondable mystère de Dieu et des choses divines. *Credo ut intelligam.* Ça s'appelle la théologie. Et la théologie ne peut pas prendre forme en nous sans l'aide de la sagesse naturelle dont la raison humaine est capable, et qui s'appelle la philosophie. Bref, la foi elle-même entraîne et requiert une théologie et une philosophie. Oh, je sais que tout ça est bien regrettable, parce que c'est difficile et fatigant. Ce serait tellement mieux d'être un chrétien de choc en allant chaque dimanche

---

1. Beaucoup d'autres vérités d'ordre simplement rationnel sont aussi dans une connexion nécessaire avec les données de la foi et présupposées ou impliquées par elles : par exemple cet axiome lui-même que l'homme est fait pour la vérité ; et encore l'existence du monde sensible ; l'existence du libre arbitre ; la spiritualité et l'immortalité de l'âme humaine. Une telle liste peut être allongée.

à la messe (non plus, bien sûr, parce que c'est de précepte, ce qui serait vieux jeu, mais parce qu'on sait que c'est bien), et puis en s'instruisant tranquillement par la télévision et la radio, la lecture de *Match* et celle de quelques bouquins démythisants.

Je regrette, moi aussi, – pour des raisons bassement égoïstes (car la vie d'un philosophe n'est pas une vie de tout repos). Mais c'est comme ça ; nous n'y pouvons rien. C'est comme ça parce que l'homme est l'homme. Et dans l'homme il n'y a pas seulement le sexe avec tous ses mauvais tours, comme on pourrait (contre le vœu de l'auteur assurément) être tenté de le croire en lisant ce qu'un amical confrère[1] appelle « la sorte d'ontologie à base sexuelle » proposée par un moraliste très admiré dont ne me séduit guère que le nom, quel beau nom! Dans l'homme il y a aussi l'invisible intellect, qui le travaille beaucoup plus despotiquement.

Mais quoi! Philosophie, théologie, est-ce que ce ne sont pas des chinoiseries, – oh, je demande pardon à l'œcuménisme mou[2], comment faire pour ne pas blesser les Chinois? Je dirai les moyenâgeries, – devenues impensables pour un homme de notre temps? On remarquait récemment qu'il en va de même pour le mot *âme*, « la plupart des membres de l'intelligentzia considèrent que ce mot n'a plus aucune signification… Quant au mot *spiritualité*, il n'excite plus que la dérision de la plupart des têtes pensantes[3] ».

---

1. Le Dr Marcel Eck, dans une lettre ouverte à l'auteur du *Mystère humain de la sexualité*.

2. Ai-je besoin de noter que je ne parle pas du véritable œcuménisme? qui, certes, n'est pas *mou*.

3. Stanislas Fumet, dans un *Entretien* publié par la *Table Ronde*, mars 1966.

Et l'on peut en dire autant du mot *vérité*. Eh bien, cela n'a absolument aucune importance, parce que les personnes qui pensent ainsi, si nombreuses qu'elles soient, ces personnes *n'existent pas*. Quand Villiers de l'Isle-Adam se trouvait par hasard devant l'une d'entre elles (elles ne manquaient pas non plus de son temps), il s'approchait d'elle et examinait son visage du plus près possible et avec la plus grande attention, et il disait : « j'ai beau faire, je vous regarde, – je ne vous vois pas. »

Au surplus il y a là une singulière erreur de fait. En réalité, si refoulé qu'il puisse être, le besoin de ces moyenâgeries est énorme dans le monde contemporain, les formes aberrantes auxquelles il a recours pour se satisfaire (songez au gros tirage de la revue *Planète*) en sont elles-mêmes un témoignage. Et pour parler de choses sérieuses, et qui comptent vraiment, ceux qui ont une expérience authentique de la jeunesse d'aujourd'hui savent qu'à la moindre étincelle permettant à l'esprit d'exprimer ce qui couve en lui, c'est du savoir philosophique, et plus encore peut-être, du savoir théologique qu'elle a le plus vif désir. Je suis un vieil ermite, mais je connais bien des jeunes gens ; et je connais pas mal de professeurs intelligents, et capables de faire passer l'étincelle, qui m'ont dit quels sujets suscitent le plus d'intérêt chez leurs étudiants, et sont l'occasion des questions les plus passionnées dont ils les assaillent.

Mais je n'oublie pas que dans ce livre je parle surtout à des chrétiens. Alors, n'est-ce pas, c'est par l'Évangile qu'il convient de commencer.

La Vérité

Que nous disent les Apôtres ?

L'Esprit est Vérité, dit saint Jean [1]. Et encore :

Que la grâce, la miséricorde et la paix soient avec vous par le Père et le Christ Jésus, le Fils du Père, – ἐν ἀληθείᾳ καὶ ἀγάπῃ, dans la vérité et la charité [2].

Je n'ai pas de plus grande joie que d'apprendre que mes enfants marchent dans la vérité [3].

Nous devons accueillir de tels hommes, afin de devenir coopérateurs de la Vérité [4].

Nous sommes de la Vérité [5].

Et Paul : *La colère de Dieu se révèle du ciel contre toute impiété et injustice des hommes qui tiennent la vérité captive de l'injustice* [6].

Ceux qui se perdent pour n'avoir pas accueilli l'amour de la Vérité qui les eût sauvés [7].

Seront condamnés tous ceux qui n'ont pas cru à la Vérité [8].

Le Sauveur notre Dieu, qui veut que tous les hommes soient sauvés et viennent à la connaissance de la Vérité [9].

La charité prend sa joie dans la vérité [une joie où elle communie avec la vérité, συνχαίρει τῇ ἀληθείᾳ [10]].

---

1. *I Joan.*, 5, 6.
2. *2 Joan.*, 3.
3. *3 Joan.*, 4.
4. *Ibid.*, 8.
5. *I Joan.*, 3, 19.
6. *Rom.*, I, 18.
7. *2 Thess.*, 2, 10.
8. *Ibid.*, 2, 12.
9. *I Tim.*, 2, 4.
10. *I Cor.*, 13, 6.

La libération de l'intelligence

Revêtez l'homme nouveau, créé selon Dieu dans la justice et la sainteté de la Vérité[1].

Et Jacques : *Dans son libre vouloir le Père des lumières nous a engendrés par la parole de Vérité[2].*

Et que nous dit Jésus ?

Je suis la Voie, la Vérité et la Vie[3].

C'est pour rendre témoignage à la Vérité que je suis né, et que je suis venu dans le monde. Quiconque est de la Vérité écoute ma voix[4].

Dieu est Esprit, et il faut que ses adorateurs l'adorent en esprit et en vérité[5].

L'Esprit-Saint est l'*Esprit de Vérité[6].*

Il est l'Esprit de Vérité qui procède du Père[7].

Quand il viendra, lui, l'Esprit de Vérité, il vous enseignera la vérité entière[8].

Père, sanctifie-les dans la Vérité. Ta parole est Vérité... Et je me sanctifie pour eux, afin qu'eux aussi ils soient sanctifiés dans la Vérité[9].

Si vous demeurez dans ma parole, vous serez vraiment mes disciples, et vous connaîtrez la Vérité, et la Vérité vous délivrera[10].

---

1. *Ephes.*, 4, 24.
2. *Jac.*, 1, 18.
3. Joan., 14, 6.
4. *Ibid.*, 15, 26.
5. *Ibid.*, 4, 24.
6. *Ibid.*, 14, 17.
7. *Ibid.*, 15, 26.
8. *Ibid.*, 16, 13.
9. *Ibid.*, 17, 17, 19.
10. *Ibid.*, 8, 32. Voilà bien des citations tirées du quatrième Évangile. Il n'y a pas lieu d'en être surpris, si les Synoptiques ont rassemblé pour les transmettre par écrit (comme Luc le suggère clairement) les logia de Jésus et tous autres souvenirs fixés dans

Et que lisons-nous dans le Prologue infiniment vénérable du quatrième Évangile ?

Il [le Verbe] *était la Vraie lumière, qui illumine tout homme venant dans le monde*[1].

Et le Verbe s'est fait chair, et il a habité parmi nous, et nous avons contemplé sa gloire, gloire qui vient du Père au Fils unique, plein de grâce et de vérité[2].

La Loi a été donnée par Moïse, mais la Grâce et la Vérité sont venues par Jésus-Christ[3].

★

La Vérité subsistante qui est Dieu, et que le Christ est venu révéler, et la vérité qui en est ici-bas une participation, – et dans laquelle nous devons marcher, comme dit saint Jean[4], et qui nous fait vrais dans la charité (*Ephes.*, 4, 5), – et dans laquelle la charité prend sa joie[5], – on voit quelle place la vérité tient dans l'Évangile.

Il n'est pas possible à un chrétien d'être relativiste[6]. Ceux qui s'y essayent n'ont aucune chance de réussir. Et qu'on

la mémoire des disciples et de la toute première communauté chrétienne, tandis que le quatrième Évangile, ainsi qu'il ressort manifestement du ton et du style, est l'œuvre d'un homme apportant son témoignage absolument personnel, à lui qui avait saisi et retenu (il y avait des raisons pour qu'il fût le disciple préféré) bien des traits plus profonds et plus précieux sur lesquels l'attention commune ne s'était pas fixée. On peut noter au surplus que les épîtres de Paul et celle de Jacques rendent, sur la question qui nous occupe, un son tout semblable à celui de Jean.

1. Joan., I, 9.
2. *Ibid.*, I, 14.
3. *Ibid.*, I, 17.
4. Cf. plus haut (p. 132, note 3) *3 Joan.*, 4.
5. Cf. plus haut (p. 132, note 10) *1 Cor.*, 13, 6.
6. Excepté s'il est physicien. Ce n'est évidemment pas de la physique relativiste et de la relativité einsteinienne que je parle ici.

134

les excuse après tout! Il y a une excuse encore meilleure que l'« erreur invincible », c'est ce que Baudelaire appelait « la bêtise au front de taureau ».

Mais les textes qu'on vient de lire appellent des commentaires plus appropriés. La vérité de la *Foi* est la vérité infiniment transcendante du mystère de Dieu. Et cependant cette vérité infiniment transcendante, Dieu a voulu qu'elle soit exprimée (et voilà les prophètes d'Israël, et l'enseignement du Christ, et les définitions de l'Église) dans des concepts et des mots humains. Cela est caractéristique de la révélation judéo-chrétienne. La révélation n'est pas informulable, elle est *formée*. Il en est ainsi parce que la Seconde Personne de la Trinité est le Verbe, et parce que le Verbe s'est incarné. Les concepts et les mots qui nous transmettent la révélation sont à la fois *vrais* (ils nous font réellement connaître ce qui est caché en Dieu) et essentiellement *mystérieux* (« *in aenigmate* » : ils restent disproportionnés à la Réalité qu'ils atteignent sans la circonscrire ni la comprendre).

Et voilà qui apprend au philosophe le respect de l'intelligence humaine et des concepts et autres instruments qu'elle se fait pour attraper les choses, et avec quoi les prophètes d'Israël et Celui qu'ils annonçaient ont ouvert des portes contre lesquelles les philosophes se cognent le nez. C'est en méditant là-dessus que jadis un fervent bergsonien a commencé de s'apercevoir des faiblesses de la critique du concept sur laquelle Bergson insistait tant, et qu'après tout il démentait lui-même en écrivant ses grands livres.

Et c'est en méditant là-dessus que le chrétien bénit l'obscurité de la Foi, par laquelle la Vérité absolue, qui n'est *vue* que dans la gloire, entre dès cette pauvre vie terrestre en compagnonnage avec lui. C'est dans cette obscurité sainte qu'il peut adorer en esprit et *en vérité*.

Voilà ma première remarque. La seconde, c'est au sujet de la deuxième épître de saint Jean qu'elle me vient à l'esprit, quand l'apôtre appelle sur nous la grâce, la miséricorde et la paix, *dans la vérité et la charité*. La vérité et la charité, comment s'arrangent-elles ensemble ? Dans la pratique de la vie courante, cela crée aux pauvres diables que nous sommes pas mal de petites difficultés, et, je l'ai noté dans le précédent chapitre, des peines intérieures aussi, qui ne sont pas petites. En principe cependant, l'accord en question est tout ce qu'il y a de plus normal [1].

La charité a affaire aux personnes ; la vérité, aux idées et à la réalité atteinte par elles. Une parfaite charité envers le prochain et une fidélité parfaite à la vérité ne sont pas seulement compatibles, elles s'appellent l'une l'autre.

Dans le dialogue fraternel, plus l'amour est profond, plus chacun se sent tenu de déclarer sans atténuation ni pommade ce qu'il tient pour vrai, (sinon il ferait injure, non seulement à la vérité telle qu'il la voit, mais aussi à la dignité spirituelle du prochain).

Et plus librement j'affirme ce que je tiens pour vrai, plus je dois aimer celui qui le nie, – je n'ai vraiment envers le prochain la tolérance demandée par la charité fraternelle que si son droit à *exister*, à chercher la vérité et à l'exprimer selon les lumières dont il dispose, et à ne jamais agir ou parler contre sa conscience, est reconnu et respecté par moi dans l'instant même que ce têtu de prochain, toujours

---

1. Cf. mon étude « Qui est mon prochain » dans *Principes d'une politique humaniste*, et une autre, « Tolérance et Vérité », dans *le Philosophe dans la cité*.

digne d'amour, si bouché qu'il me semble, prend parti contre les vérités qui me sont les plus chères.

Et naturellement (j'ai déjà dit ça), si j'aime vraiment mon prochain ce sera une douleur pour moi de le voir privé de la vérité qu'il m'est donné de connaître. Car enfin c'est la vérité que je dois aimer par dessus tout, et en même temps je dois aimer mon prochain comme moi-même. Si le prochain est dans l'erreur, c'est bien dommage pour lui, et aussi pour la vérité. Comment ne pas en souffrir ? Cela est un des charmes inhérents au dialogue fraternel. Celui-ci, d'autre part, dégénérerait complètement si la crainte de déplaire à mon frère entrait en balance avec mon devoir de déclarer la vérité. (Et ça ne fera pas de peine au prochain si je ne suis pas trop bête, et si j'ai réellement au cœur les sentiments qui lui sont dus.)

Méfions-nous des dialogues où chacun se pâme de joie en écoutant les hérésies, blasphèmes et fariboles de l'autre. Ils ne sont pas fraternels du tout. Il n'est pas recommandé de confondre « aimer » et « chercher à plaire ». *Saltavit et placuit*, elle a fait des gambades et elle a plu. Cette danseuse a plu aux invités d'Hérode. J'ai peine à croire qu'elle brûlait d'amour pour eux. Quant au pauvre Jean-Baptiste (qui ne dialoguait pas dans sa prison, sinon avec son Maître), elle ne l'enveloppait sûrement pas dans son amour.

Ma troisième remarque aura affaire à *efficacité et vérité*. Dans le chapitre III de ce livre j'ai longuement parlé du monde et des sens contrastants de ce mot. L'Église sait la valeur, la dignité et la beauté du monde que Dieu a fait, elle veut son bien, son bien temporel comme son bien spirituel ; elle l'embrasse dans la divine agapè qu'elle a reçue d'en haut ; elle s'efforce de tout son cœur de l'aider à

137

avancer vers ses fins naturelles et dans la ligne de son progrès terrestre, selon qu'il tend à des états meilleurs et plus élevés pour l'humanité ; elle met à son service les trésors de lumière et de compassion dont le dépôt lui a été confié. Elle n'est pas au service du monde. Elle se garde de se conformer aux convoitises, aux préjugés, aux idées passagères de celui-ci. En ce sens le vieux Chesterton avait raison d'écrire : « L'Église catholique est la seule chose qui épargne à l'homme l'esclavage dégradant d'être un enfant de son temps. » Et avec une autorité incomparablement plus grande, il a été dit aussi : *Nolite conformari huic saeculo*[1]. Le « siècle » dont parlait saint Paul, on a toujours vu, à la manière dont il se débrouille, que sa norme suprême est l'efficacité, autrement dit le succès. La norme suprême de l'Église est la vérité.

La norme suprême à laquelle obéit le « siècle », la loi suprême de l'efficacité, risque, semble-t-il, de s'imposer avec un despotisme plus exigeant que jamais à la civilisation technocratique dans laquelle nous entrons aujourd'hui. C'est pourquoi les hommes y auront désespérément besoin du témoignage que l'Église rend au primat absolu de la vérité.

Il y aurait beaucoup à dire sur l'efficacité. Au vrai, rien dans la nature, et spécialement dans l'être vivant, et plus spécialement dans l'être humain, n'est inefficace. Ni l'oisiveté, ni même la paresse, ni le repos ne le sont, sauf quand ils prennent place au mauvais moment. La vieille sagesse chinoise connaissait la valeur des temps vides dans la musique et le dessin, comme dans l'art de vivre. Et surtout il y a des ordres différents d'efficacité, je le dis en passant,

---

1. *Rom.*, 12, 2.

j'y reviendrai peut-être. Et le fait est que ce qui *ne* veut *que* l'efficacité, et une efficacité sans bornes, est ce qu'il y a de moins réellement efficace (parce que la nature et la vie sont un ordre caché, non un pur déchaînement de force), tandis que ce qui a l'air le moins efficace (si cela est d'un ordre supérieur à celui des activités liées à la matière) est ce qui possède le plus de réelle efficacité.

Mais l'efficacité dont je parle en ce moment est celle des énergies que l'homme déploie et emploie dans l'ordre propre de sa nature d'animal doué de raison, grâce à ses bras et grâce surtout à son cerveau. Négliger cette efficacité-là serait un enfantillage, dont il n'est pas à craindre que le monde se rende coupable. L'Église non plus ne la néglige pas ; c'est pourquoi elle renouvelle à chaque grand moment de l'histoire, non seulement ses moyens d'action, mais la conscience des sources vitales dont ils dépendent (elle y met le temps, Aristote avait remarqué que les magnanimes ont la démarche lente). Elle est aujourd'hui à un de ces grands moments de renouvellement. Et elle sait parfaitement les risques que cela fait courir (n'ayons pas peur, elle les surmontera).

Faut-il en dire autant de nombre de ses ministres et de ses fidèles ? C'est vers eux à présent que je tourne mon regard de vieil ermite, pas fâché au surplus de laisser de côté pour un moment le monde et ses faux-semblants, – mais est-ce que je le laisse tant que ça, voilà ce qui me chiffonne. Et pourtant le point de vue auquel je voudrais me placer maintenant n'est plus celui de l'aide et de la coopération que le christianisme apporte d'en haut au monde et à l'ordre temporel, c'est le point de vue de ce que le christianisme a à faire dans l'ordre spirituel lui-même, qui est son ordre propre.

Il y a, de nos jours, chez beaucoup de chrétiens, et même, sans qu'ils s'en rendent clairement compte peut-être, chez des prêtres et des religieux dont le nombre est alarmant (c'est à ces clercs surtout que j'en ai) une tendance marquée à donner à l'efficacité le primat sur la vérité. Qu'importe si les moyens dont on use jettent l'esprit sur de fausses pistes, demandent aux techniques de groupe et à la psychologie de groupe[1] de mieux faire que les vertus théologales, – à l'instinct grégaire de mieux faire que les dons du Saint-Esprit, – à l'épanouissement de la nature de mieux faire que cette pauvre vieille humilité, – aux engagements (pris en commun de préférence) de remplacer la recherche « égocentrique » de l'intimité avec Dieu, – à la joie d'être au monde de remplacer la recherche de la perfection de la charité et de l'amour de la croix, – aux actions de masse de suppléer à ce « entre dans ta chambre, ferme la porte, et prie ton Père qui habite dans le secret[2] » que Jésus-Christ avait prescrit (pour un autre temps, n'est-ce pas), – aux célébrations communautaires de mettre au rancart la recherche du silence et de la solitude, – aux fables et charlataneries du jour de donner au catéchisme un peu de vitalité, – et, surtout, à la généreuse dépense de soi dans les œuvres et à un incessant dialogue avec tout le monde de délivrer de tout effort de concentration intellectuelle ? Qu'importe, du moment que ces moyens sont dynamiques,

---

1. Je n'ai rien contre la psychologie de groupe, ni contre l'épanouissement de la nature, ni contre les engagements ni contre la joie d'être au monde ni contre les actions de masse ni contre les célébrations communautaires ni contre les œuvres ni contre le dialogue! Je parle de l'*usage* (pour lequel ces choses ne sont nullement faites) *auquel certains*, pas très rares à cette heure, *veulent les faire servir*.

2. Matt., 6. 6.

– il n'y a que ça qui compte, – et qu'ils servent *efficacement* à rassembler les hommes dans le troupeau du Bon Pasteur ?

C'est là justement une absurdité flagrante puisque le Bon Pasteur est justement la Vérité même ; et puisque les moyens ne sont rien s'ils ne sont pas proportionnés à la Fin, c'est-à-dire, dans le cas présent, s'ils ne sont pas des moyens de vérité ; et puisque, dans le domaine du royaume de Dieu, c'est la vérité qui est la source et la mesure de l'efficacité elle-même.

En réalité, pour autant que prévaut (ce *pour autant* est requis en justice, mais, malgré tout, peu rassurant, au moins pour un temps) la tendance que j'ai signalée, on expose l'âme des gens à une belle désagrégation intérieure, et on risque de faire d'eux des infirmes spirituels difficilement curables.

A l'extrême limite, voilà la « foi » troublée et malheureuse du pur fidéisme, et la Vérité surnaturelle (ou ce qui en reste) présente en eux comme une pierre au fond d'une mare, mais non plus *reçue* vitalement dans un vivant. Toutes connexions avec cette étrangère sont coupées dans leur intellect ; leur raison démâtée, privée des formations internes et des structures qu'elle demande naturellement, flotte à la dérive dans l'ignorance religieuse, et (s'il s'agit de gens dont le niveau culturel aurait requis normalement quelques certitudes, si élémentaires soient-elles, en matière de savoir) dans un total scepticisme ou indifférentisme théologique et philosophique.

Vous parlez d'efficacité! Le résultat serait finalement la défection d'une grande multitude. Le jour où l'efficacité prévaudrait sur la vérité n'arrivera jamais pour l'Église, car ce jour-là les portes de l'enfer auraient prévalu sur elle.

Quelques mots sur la capacité
de l'humaine raison

Il est normal qu'après tout cela je me sente amené à dire quelques mots de la capacité de l'humaine raison.

Comment en effet les pauvres imbéciles que nous sommes pourraient-ils, par la foi, connaître avec pleine certitude la Vérité surnaturellement révélée, à laquelle l'esprit de l'homme n'est pas proportionné, s'ils ne pouvaient pas connaître avec pleine certitude les vérités d'ordre rationnel, auxquelles l'esprit de l'homme est proportionné? Je pense aux vérités philosophiques, qui sont purement rationnelles, – entendons ce « purement » par opposition à ce qui est au dessus de la raison, mais non pas certes par opposition à ce qui est au dessous d'elle (car tout le savoir naturellement acquis par l'homme procède de l'expérience des sens, et s'il y a un asile d'aliénés chez les purs esprits du ciel, c'est là seulement qu'on peut voir fonctionner la Raison Pure kantienne). Et je pense aussi aux vérités théologiques, qui sont rationnelles mais dont l'objet est supérieur à la raison, et qui procèdent de la lumière de la foi, – non sans que le théologien ait à user, pour leur service, des vérités philosophiques, qui émergent de l'expérience sensible par la vertu de l'intellect.

La grâce parfait la nature et ne la détruit pas. Il est essentiel à l'homme d'aspirer à la vérité, et il a la capacité d'atteindre à la vérité par ses propres forces, – fût-ce en trébuchant et zigzaguant sur la route, une route qui va sans fin, – dans les choses qui dépendent de l'expérience des sens ou auxquelles celle-ci nous donne indirectement accès. Voilà pour la philosophie et le foisonnement des sciences. Et il a aussi la capacité, – voilà pour la théologie, – d'atteindre à un certain savoir authentique des choses divines, quand ses forces naturelles travaillent à la lumière de la foi, qui les surélève et les anime. C'est là mon point n° 1. (Je demande pardon d'avoir l'air de faire un cours ; c'est bien contre mon gré.)

Passons au point n° 2. – Puisqu'il y a des vérités d'ordre rationnel dont l'esprit de l'homme peut acquérir la certitude, est-ce qu'il ne suit pas de là qu'un ensemble organique de vérités fondamentales, autrement dit une *doctrine* (mais oui, tant pis pour les préjugés régnants), une doctrine qui soit essentiellement *fondée en vérité*[1], est *possible* (dans l'ordre philosophique, et aussi, – quand il s'agit d'acquérir par mode rationnel quelque intelligence du mystère révélé, – dans l'ordre théologique)? On peut tenir la chose pour improbable, ce n'est pas la question. La question est de savoir si de soi elle est *possible*.

La réponse affirmative s'impose clairement, si on n'a pas trop peur des professeurs. Je sais bien que tous les philosophes d'aujourd'hui (presque tous, plus exactement) disent le contraire ; mais je m'en moque ; au surplus, ce ne sont pas des philosophes, comme j'aurai l'occasion de l'expliquer bientôt.

Certainement, il faut bien, puisque l'homme est fait pour la vérité, qu'une doctrine essentiellement fondée en vérité soit *possible* à notre esprit, à une condition toutefois (et cela va plus loin qu'on ne pense), – à condition qu'elle ne soit pas l'œuvre d'un seul homme (mille fois trop faible pour se tirer convenablement, en trois ou quatre décades, d'une

---

1. Toute doctrine, même la plus erronée, est fondée sur quelque vérité. J'appelle essentiellement fondée en vérité une doctrine fondée en vérité dans sa structure essentielle ou fondamentale.

affaire si énorme et si énormément risquée), mais qu'elle s'appuie, avec le respect qu'il faut pour le sens commun et l'intelligence commune, sur l'effort de l'esprit humain depuis les temps les plus reculés, et qu'elle embrasse le travail de générations de penseurs aux vues contrastantes, – tout cela se trouvant rassemblé et unifié un jour par un ou plusieurs hommes de génie (à supposer qu'ils surviennent parmi les contingences de l'histoire).

A présent mon intention n'est pas de me battre contre l'idée, si répandue dans le monde contemporain, que le pluralisme des doctrines philosophiques est chose normale *de droit.* Mon intention est plutôt de dissiper un malentendu, et de montrer que, contrairement à ce qu'on s'imagine souvent, ce que je viens d'affirmer, à savoir qu'une doctrine essentiellement fondée en vérité *est possible*, n'est entendu correctement que si nous reconnaissons en même temps, je ne dis pas comme normal de droit, je dis comme *devant inévitablement se produire,* ou comme *normal de fait,* le pluralisme des doctrines philosophiques : cela en raison des conditions d'exercice de la subjectivité humaine chez les philosophes.

D'une part, en effet, c'est une grande sottise de se figurer qu'une doctrine philosophique fondée en vérité serait du même coup, ou prétendrait être, une doctrine achevée ou parfaite, que dis-je, qu'elle contiendrait ou prétendrait contenir, toutes faites d'avance, les réponses à toutes les questions qui surgiront dans la suite des temps. Sans doute on peut dire (c'est une abréviation commode, – flatteuse, ma foi, pour les partisans de cette possible doctrine, exaspérante pour les autres) qu'une doctrine essentiellement fondée en vérité est une doctrine « vraie » ; mais il faut bien vite écarter tout risque d'équivoque. Que veulent dire les mots « une philosophie *vraie* », « une théologie *vraie* »? Ils signifient que les principes en étant vrais, et organisés entre eux d'une manière conforme au réel, une telle philosophie (possible) ou une telle théologie (possible) est donc équipée pour avancer de siècle en siècle (si ceux qui la professent ne sont pas trop satisfaits d'eux-mêmes ou trop paresseux) vers plus de vérité. Mais il y a une infinité de vérités qu'elle n'a pas encore atteintes, cette possible doctrine vraie. Et, telle qu'elle est en un temps donné, elle peut comporter elle-même nombre d'erreurs accidentelles.

Ce n'est pas assez de dire qu'à supposer qu'elle existe, elle n'est jamais finie et doit toujours progresser : elle implique nécessairement, pour se libérer des conditions limitatives dues à la mentalité d'une époque donnée de culture, un perpétuel processus d'auto-refonte, comme c'est le cas pour les organismes vivants. Elle a le devoir de comprendre intelligemment les diverses doctrines qui se développent d'âge en âge en lui faisant opposition, et d'en dégager l'intuition génératrice, et de sauver les vérités qu'elles tiennent captives. Or, étant donné les conditions d'exercice (pas très brillantes, ça va de soi) de la subjectivité humaine, il est certainement à craindre que ceux qui adhèrent à cette possible doctrine fondée en vérité ne négligent plus ou moins le devoir dont je viens de parler, comme le processus d'auto-refonte que j'ai aussi mentionné.

D'autre part, – toujours étant donné ces fameuses conditions d'exercice de la subjectivité humaine, – il est inévitable qu'à chaque époque un certain nombre d'esprits, adonnés avant tout à la recherche, et fascinés par telle ou telle vérité particulière découverte par eux (avec, d'ordinaire, le renfort de quelque erreur) fassent surgir d'autres doctrines qui contrastent plus ou moins violemment

145

avec la doctrine fondée en vérité envisagée comme possible, et qui se succéderont de siècle en siècle.

Les esprits dont je parle se seront brûlés à la vérité par eux découverte, et qu'il appartiendra à la possible doctrine fondée en vérité de sauver et délivrer dans un univers cohérent de pensée. Mais ils auront contribué effectivement, parfois splendidement (mais alors, gare aux séquelles de leur prestige) à faire progresser la philosophie.

On voit ainsi comment, ainsi que je l'indiquais plus haut, reconnaître la possibilité d'une doctrine essentiellement fondée en vérité, mais qui avance lentement, — elle est par hypothèse œuvre commune, embrassant dans ses préparations une expérience humaine qui remonte au fond des âges, et du même coup elle est appelée, une fois formée, et si tout va bien, à croître sans cesse par quelque effort commun, — reconnaître, dis-je, la possibilité d'une doctrine essentiellement fondée en vérité, c'est reconnaître en même temps comme devant inévitablement se produire, ou comme normale de fait (en raison du sujet humain) l'existence d'autres doctrines, qui, — chacune œuvre individuelle, et éphémère pour autant (il se peut qu'un Descartes ou un Hegel influencent quelques siècles, mais au prix de quelles mutations, et puis quelques siècles ne sont pas grand-chose dans l'histoire humaine), — marquent, quant à un certain aspect de l'immense inconnu, une avance plus rapide, mais payée d'un tribut d'erreur[1].

---

1. Et on comprend de même comment ceux qui ne voient dans le développement de la philosophie qu'une succession d'œuvres individuelles seront portés à tenir pour nécessaire *de droit* (comme s'il était exigé par l'objet lui-même) un pluralisme doctrinal qui en réalité est sans doute normal (du côté du sujet philosophant, et étant donné la condition humaine), mais seulement normal *de fait,* ou inévitable de fait.

Il y a évidemment un troisième point qui se rapporte, non plus à la *possibilité* d'une doctrine (philosophique ou théologique) fondée en verité, mais (c'est bien là qu'on m'attend, non sans mauvais pressentiments) à l'existence d'une telle doctrine. L'existence d'une telle doctrine est-elle probable ? – Certainement non, étant donné les considérations précédentes. Mais l'improbable arrive quelquefois. Je réserve ce troisième point pour le chapitre suivant.

Philosophie et idéosophie

Je me propose de parler maintenant d'une manière qui paraîtra peut-être un peu arrogante. Mais quand il s'agit de choses absolument essentielles, et méconnues par une époque intellectuellement dégradée, et qu'on a affaire aux grandes idoles du jour, vénérées au surplus par une foule de penseurs dont quelques-uns sont de grande classe et méritent l'estime et le respect, voire l'admiration (une admiration mitigée), c'est un devoir envers ce qu'il y a de plus haut au monde de trancher dans le vif, et il ne faut pas y aller de main morte. Ce modeste préambule une fois prononcé, je reviens à mon ton naturel, et à la suite de mes réflexions.

Mes quelques mots sur la capacité de la raison se sont allongés plus que je n'aurais voulu. Je prie à présent ceux qui me font l'honneur de jeter les yeux sur ces pages de vouloir bien relire les textes de l'Évangile réunis un peu plus haut au sujet de la Vérité.

La vérité dont ces textes parlent, et qui nous délivre, est-ce qu'elle nous rabat sur les idées qui nous tiennent compagnie dans une geôle intérieure où nous serions enfermés ? Elle nous jette au cœur de Celui qui est, – et de ce qui *est*, avec une violence absolue qui met en poussière toute prétention de faire de notre esprit la règle de ce qu'il connaît, et de faire de ce qu'il connaît un produit de ses formes innées organisant les phénomènes (voire simplement, comme on le croit volontiers de nos jours, un phénomène capté dans les choses à travers notre expérience de nous-mêmes). La Bible et l'Évangile excluent radicalement toute espèce d'idéalisme au sens philosophique de ce mot ; j'ai noté cela dès mon premier chapitre.

Le Dieu tout-puissant qui a créé le monde et dont Moïse a entendu la voix, est-ce qu'il tenait son existence et sa gloire de l'esprit qui le connaissait ? Et le peuple que ce Dieu s'est choisi, et la terre où il l'a conduit, avec ses vignes et ses oliviers et son froment, – tous ces hommes et toutes ces choses que la main touche et que l'œil voit, étaient-ce des objets qui n'ont figure et consistance qu'en dépendance de l'esprit qui les connaît ? Et le Verbe qui est descendu pour prendre chair et nature humaine dans une vierge d'Israël, est-ce que l'Évangile nous demande de croire en ce Verbe et à cette chair et nature humaine qu'il a faites siennes, comme en de pures idées de notre esprit ? Et le Christ prêchant sur les routes, et les ennemis au milieu desquels il passait, et la montagne d'où ils voulaient le précipiter, et les enfants qu'il bénissait, et les fleurs des champs qu'il admirait, et les péchés qu'il a pris sur lui, et l'amour dont il nous aime, tout cela nous est-il donné comme étant, pour parler comme Schopenhauer, « ma représentation » ? Et quand Jésus enseigne ses disciples et leur dit par exemple : « Moi et le Père nous sommes un[1] »,

---

1. Joan., 10, 30.

ou « Lorsque viendra le Paraclet, que je vous enverrai du Père, l'Esprit de Vérité qui procède du Père, il me rendra témoignage[1] », est-ce que les termes de ces propositions viennent de jugements synthétiques a priori subsumant les données de l'expérience (non, ça ne va pas), ou expriment-ils une Idée de la Raison à laquelle un postulat de la Raison pratique oblige de croire ? Ça ne va pas non plus. Dans quel tiroir de la Critique faut-il donc placer les termes des énoncés sortis de la bouche du Seigneur ? Ou faut-il voir dans le maître à penser qui règne encore sur le monde des professeurs ce qu'il a été de fait : un vieil horloger méditatif traçant laborieusement, dans sa tête et sur le papier, le profil des mécanismes d'une pendule transcendantale destinée à faire marcher les astres ?

La révélation judéo-chrétienne est le témoignage le plus fort, le plus insolemment sûr de lui-même, rendu à la réalité *en soi* de l'être, – de l'être des choses, et de l'Être subsistant par soi, – je dis de l'être siégeant dans la gloire de l'existence en une totale indépendance de l'esprit qui le connaît. Le christianisme professe avec une tranquille impudence ce que dans le vocabulaire philosophique on appelle le *réalisme*. J'ai dit plus haut qu'un chrétien ne peut être un relativiste. Il faut dire, et cela va beaucoup plus loin, qu'un chrétien ne peut pas être un idéaliste.

Un philosophe non plus ne peut pas être un idéaliste. J'ai l'air de dire une énormité, c'est une vérité axiomatique que j'énonce. Bien entendu, ce ne sont pas les grands penseurs de l'Inde que je mets en cause, ils vivaient dans un régime mental où religion, rite, mystique et métaphy-

---

1. Joan., 15, 26.

sique étaient confondus. Et ce n'est pas non plus Platon, pour qui (ce n'était là qu'un déplacement, mais fameux, du foyer de la philosophie, et une grande intuition mal conceptualisée) le réel en soi avait passé aux Idées éternelles : la philosophie lui doit l'éclair qui l'a fait naître, et l'instinct aberrant dont elle aurait pu mourir. C'est au père de l'idéalisme moderne, c'est à Descartes que j'en ai, et à toute la série de ses héritiers, qui en faisant chacun muter son système ont suivi une courbe évolutive d'une logique interne irrésistible.

Tous ces hommes-là commencent par la seule pensée, et ils y restent, soit qu'ils nient la réalité des choses et du monde (Descartes y croyait encore, mais en raison d'un coup de baguette magique du Dieu du *cogito*), soit que d'une manière ou d'une autre ils la résorbent dans la pensée. Qu'est-ce que ça veut dire? Ils récusent dès l'abord cela même sur quoi la pensée prend, et sans quoi elle n'est que rêve, – la réalité à connaître et comprendre, qui *est là*, vue, touchée, saisie par les sens, et à laquelle un intellect qui est celui d'un homme, non d'un ange, a directement affaire, la réalité *sur laquelle et à partir de laquelle* un philosophe est né pour s'interroger : et sans cela il n'est rien. Ils récusent le fondement absolument premier du savoir philosophique et de la recherche philosophique. Ils sont comme un logicien qui récuserait la raison, un mathématicien qui récuserait l'unité et la dualité, un biologiste qui récuserait la vie. Dès l'instant de se mettre en route ils ont tourné le dos au savoir philosophique et à la recherche philosophique. Ils ne sont pas des philosophes.

Cela ne veut nullement dire qu'un philosophe devrait les mettre de côté, et les tenir pour des jongleurs. Leur contribution à l'histoire de la pensée a été immense. Ils ont rendu à la philosophie des services considérables, ils ont obligé les philosophes à prendre plus explicitement conscience de l'attention qu'ils doivent porter à la théorie de la connaissance et à l'examen critique de ses voies. Il importe de les lire et de les étudier avec le plus grand soin, que dis-je, avec un ardent intérêt pour la façon dont leur cerveau travaille, et une vive curiosité pour le mystère de leurs cheminements, et une bizarre mais quasiment tendre sympathie pour leur recherche. J'ai passé beaucoup de temps à absorber ainsi ce qu'ils ont écrit ; Descartes est un ennemi qui m'a passionné, j'ai été charmé par Berkeley, j'ai failli un moment être conquis par Spinoza (je ne savais pas quand j'avais vingt ans à quel point il dépend de Descartes), j'ai admiré l'amertume implacable de Hume et le génie un peu trop aisé de Leibniz, j'ai fait sur Kant des cours fort développés qui m'ont beaucoup instruit, Auguste Comte m'a donné des joies pas très charitables dont je lui suis toujours reconnaissant. Je n'en dirai pas autant de Hegel, bien que j'aie passé de longues heures en sa compagnie, et qu'il ait été certainement le plus grand génie parmi eux, – et le plus fou, car il était sûr d'avoir porté lui-même et l'Esprit au comble de la sagesse. Et puis il y a eu Bergson, qui, lui, a été un philosophe, et ne prend pas place dans la lignée, il a voulu la briser. (Des *logical positivists*, qui, eux, sont joliment dans la lignée, je préfère ne rien dire, désirant être poli.) Et après Bergson, tout le monde s'est remis avec entrain dans la lignée cartésienne, au fin bout de celle-ci : avec Husserl d'abord, dont je parlerai dans un instant, et pour lequel, quelque catastrophe qu'il ait causée, j'ai un grand respect intellectuel. Du respect intellectuel j'en ai aussi pour quelques-uns qui descendent de lui, Heidegger en particulier, et, chez nous, des hommes comme Paul

Ricœur (auquel pourtant je suis loin de me fier) et Mircea Eliade (un grand explorateur, mais qui, me semble-t-il, ne cherche pas à être un guide, Dieu merci). Je n'en ai pas pour Jean-Paul Sartre, qui me paraît trop astucieux, et qui au surplus (en cela il me plaît) s'en voudrait bien d'être respecté (j'aime cependant à l'imaginer dans un habit d'académicien, dont il est sûrement digne). Mais il a apporté un témoignage qu'on aurait grand tort de négliger.

De tous les penseurs – et grands penseurs – dont la lignée s'origine à Descartes je ne conteste ni l'exceptionnelle intelligence, ni l'importance, ni la valeur, ni, parfois, le génie. A leur sujet je ne conteste absolument qu'une chose, mais je la conteste de toutes mes forces, et avec la certitude d'avoir raison : c'est, sauf, naturellement, en ce qui regarde Bergson (et peut-être aussi Blondel), leur droit au nom de philosophes. En ce qui les concerne, il faut balayer ce nom d'un revers de main. Ils ne sont pas des philosophes ; ils sont des *idéosophes,* c'est le seul nom qui soit exact, et par lequel il convienne de les appeler. De lui-même il n'est pas péjoratif, il désigne simplement une *autre* voie de recherche et de pensée que la voie philosophique.

Je prie le lecteur avec insistance de ne pas prendre ce que je viens de dire pour une boutade de vieux fou. Je suis vieux, mais pas fou, et jamais je n'ai parlé plus sérieusement. L'exactitude du vocabulaire importe toujours ; dans le cas présent elle importe essentiellement. Des penseurs qui dès le départ se sont mis hors du champ du savoir philosophique et de la recherche philosophique, ne sont pas des philosophes. Une lignée d'origine idéaliste, qui de mutation en mutation récuse de plus en plus radicalement le réel extra-mental et le fondement absolument premier du savoir philosophique, ne saurait être appelée une lignée philosophique. Qui a souci de la correction dans le langage doit la tenir pour une lignée *idéosophique*. (Aussi bien peut-on noter par parenthèse que les penseurs eux-mêmes qu'à l'heure actuelle le langage courant, peu soucieux d'exactitude, appelle toujours des philosophes, ne paraissent pas particulièrement anxieux de revendiquer ce nom. Ils apprécient bien davantage celui de phénoméno-logues. Et plusieurs d'entre eux, avec une mélancolique loyauté qui leur fait honneur, ne voudraient être, semble-t-il, qu'un point de passage où prendrait conscience de soi, pour un moment, le flux de la recherche ; leur malheur est de n'avoir pas vu que la pensée n'est pas la fille soumise du temps...)

★

Une fois opérée dans les idées et dans le vocabulaire la clarification à laquelle je viens de procéder, et une fois reconnu le fait qu'il n'y a pas de savoir et de recherche pro-prement philosophiques sans une conception réaliste de la connaissance, on peut se demander comment apparaît la situation de la philosophie, en cette seconde moitié du XXe siècle.

Les idéosophes étant donc laissés de côté pour un instant, on s'aperçoit alors, non sans un petit choc, que nous n'avons en présence aujourd'hui, et naturellement pas pour se chérir l'une l'autre, que deux doctrines, – oui (mille excuses), ce sont des doctrines, et plutôt fermement plan-tées, – qui soient proprement des doctrines philosophiques. Car, à coup sûr, bien des sortes différentes de réalisme phi-losophique sont concevables en théorie, mais, de fait, il n'en est à présent que deux : le réalisme marxiste et le réalisme chrétien. Autrement dit, on a, d'une part, la philosophie marxiste, d'autre part la philosophie chrétienne quand elle ne manque pas aux exigences conjuguées de ces deux vocables, et ne donne aucun gage à l'idéalisme et à l'idéosophie. Et l'on sait assez qu'il y a une philosophie chrétienne qui ne manque pas à ces exigences, et qui ne se porte pas trop mal, en dépit des vœux et des pronostics de bon nombre de clercs.

Voilà un point de rencontre entre christianisme et marxisme que M. Garaudy aurait été bien inspiré de signaler[1]. Dommage que son attention n'ait pas été attirée là-dessus par les auteurs auprès desquels il s'est informé pour nous offrir cette pieuse humanisation d'une vieille foi démythisée, convertie enfin aux espérances de la terre, qu'il appelle

---

1. Si j'ai bien lu M. Garaudy, je n'ai vu le nom de l'Aquinate apparaître qu'une fois dans son livre (*Un marxiste s'adresse au Concile*, p. 93), et il paraît clair d'après ce passage qu'il s'est moins intéressé aux bases de la philosophie de saint Thomas qu'à l'opinion de celui-ci sur le servage. – La société féodale était très loin (un peu plus loin que la nôtre) d'être une société pleinement humanisée, ce qui ne veut pas dire qu'il fallait la condamner au nom de la justice absolue, et que la théologie morale devait regarder le seigneur qui possédait des serfs comme se trouvant en état de péché. On s'étonne qu'un auteur ayant, comme on l'attend d'un éminent marxiste, le sens de l'histoire (et une saine aversion pour le « moralisme »), n'ait pas vu cela du premier coup, et estime qu'en tenant le régime féodal pour un état de fait suffisamment justifié par l'histoire un théologien du XIIIᵉ siècle ait témoigné d'une fâcheuse résignation au mal. Il y a des signes plus probants, hélas, de l'indifférence longtemps montrée par le monde chrétien à l'égard de l'injustice sociale.

On s'étonne un peu, également, qu'après avoir noté lui-même que saint Thomas vivait à l'époque du servage, M. Garaudy ait traduit, dans les bouts de phrase qu'il a extraits de deux articles de la Somme, le mot *servus*, non point par « serf », comme il eût été normal, mais par « esclave ».

« le fondamental » chez les chrétiens. Il faut louer la fidélité avec laquelle, en faisant effort pour se représenter cette vieille foi, il a suivi les recettes fournies par ses informateurs, mais enfin ce n'est pas de jeu, quand on entreprend de dialoguer avec le christianisme, de ne pas prendre pour interlocuteur le christianisme tel qu'il est, par quelques incorrigibles aliénations et superstitions qu'on l'estime vicié.

Quoi qu'il en soit du livre de M. Garaudy, je désire, moi, signaler le point de rencontre. Car ce n'est pas peu de chose d'être à proprement parler une doctrine philosophique, et il importe de rendre justice au marxisme en reconnaissant que c'est le cas pour lui.

Avec cela il faut reconnaître aussi que le point de rencontre est un point d'irréductible désaccord. Car la philosophie marxiste identifie du premier coup *réalité extramentale* et *matière*[1], ce qui fait du spirituel une superstructure ou un « reflet » de la matière en mouvement dialectique et perpétuel changement évolutif, et exclut la moindre possibilité d'admettre et même de concevoir l'autonomie du spirituel et la liberté qui lui est propre (il est sans doute en interaction avec l'infrastructure, mais comme issu d'elle et déterminé par elle à chaque instant).

J'ajoute qu'en réfléchissant à cette matière en mouvement dialectique[2], et qui refuse toute « substance » et

---

1. « La notion de matière, écrivait Lénine dans *Matérialisme et Empiriocriticisme*, ne signifie absolument *rien d'autre* au point de vue de la théorie de la connaissance que la réalité objective dont l'existence est indépendante de la conscience humaine et qui est reflétée par celle-ci. » Sur le marxisme, cf. notre récent ouvrage *La Philosophie morale* (chap. X, « Marx et son école »), et aussi *Humanisme Intégral* (1936).

2. En réfléchissant aussi à ce que M. Garaudy (*op. cit.*, p. 60) appelle le « primat faustien de l'action chez Marx », et le critère

toute « nature » de constitution permanente, on ne peut s'empêcher de trouver le réalisme marxiste lui-même, si résolu qu'il soit par ailleurs, quand même assez suspect. Le fameux « retournement » proclamé par Engels nous y invite lui-même. Hegel retourné, et mis sur ses pieds, est toujours Hegel...

Mais ce n'est pas ici le lieu d'examiner la philosophie marxiste (je l'ai fait ailleurs). La philosophie thomiste, elle, il en sera question dans le chapitre suivant. C'est de la délivrance de l'*érôs philosophique* que je voudrais parler maintenant.

La délivrance de l'érôs philosophique

On n'a aujourd'hui sous les yeux que deux philosophies en présence. Mais il y a en l'homme un érôs philosophique et une nostalgie pour la philosophie. Et puisque le sujet général que je traite dans ces derniers chapitres concerne les renouvellements intérieurs qu'exige premièrement le grand renouveau historique, la nouvelle Renaissance annoncée et inaugurée par le Concile, il est clair qu'en ce qui regarde les demandes et tracas de l'intelligence, c'est vers cet érôs philosophique présent dans les profondeurs de l'homme que nous devons diriger avant tout notre attention.

Ce pauvre érôs philosophique est aujourd'hui bien mal en point. Il gît au fond de l'âme, entravé et bâillonné. Et, qui pis est, il est *trompé*. Il se remue dans sa geôle, il aspire

---

pratique considéré comme « critère de la vérité ». Aux yeux de cette philosophie le réel n'*est* pas avant d'*agir*, il *agit* pour *être*, ce qui évoque plutôt de très antiques mythologies.

à la délivrance. Une telle délivrance implique deux opérations. La première, dont je vais parler longuement, répond à la nécessité de libérer l'érôs philosophique de toute entrave idéaliste ou idéosophique. En disant cela, je me tourne vers celui qui, à l'égard de notre époque, a joué un rôle analogue à celui de Descartes au xviie siècle, je veux dire vers Husserl.

Mais pour voir un peu clair dans la question, il faut d'abord rappeler brièvement en quoi consiste le mystère du connaître. Comme je l'ai écrit ailleurs[1], la pensée n'a pas à sortir d'elle-même pour atteindre la chose extramentale. L'être pour soi posé « hors d'elle », c'est-à-dire pleinement indépendant de son acte à elle, elle le rend elle-même existant en elle, posé pour elle et intégré à son acte à elle, en sorte que désormais elle et lui existent en elle d'une seule et même existence supra-subjective. Ainsi c'est dans la pensée même que l'être extra-mental est atteint, dans le concept même que le réel est touché et manié, c'est là qu'il est saisi, elle le mange chez elle, parce que la gloire même de son immatérialité est de n'être pas une chose dans l'espace extérieure à une autre chose étendue, mais bien une vie supérieure à tout l'ordre de la spatialité, qui sans sortir de soi se parfait de ce qui n'est pas elle, – de ce réel intelligible dont elle tire des sens la féconde substance, puisée par eux dans les existants matériels en acte.

Ces choses-là, Husserl ne les a pas vues. Husserl était un grand esprit foncièrement droit, digne de la gratitude et de l'affection qu'Édith Stein a gardées pour lui en s'émancipant de lui. Mais il a été une victime de Descartes et de Kant, comme tant d'autres. La tragédie de Husserl con-

---

1. Cf. *Les Degrés du Savoir*, pp. 200-201.

siste en ceci, que, mis sur la voie par Brentano, il a fait un effort désespéré pour libérer l'érôs philosophique, et dans le moment qu'il allait y parvenir il l'a rejeté dans sa geôle, en le liant (parce que lui-même a été pris au piège), par des liens d'une extrême finesse incomparablement plus puissants que ceux du vieux *cogito*, à des illusions beaucoup plus trompeuses que toutes les illusions cartésiennes, et qui devaient porter l'idéosophie prise pour la philosophie à sa forme la plus perfide pour l'esprit.

L'opération comportait une contradiction intrinsèque dont le préjugé idéaliste l'a empêché de s'apercevoir. Husserl, croyant comme Descartes qu'un regard réflexif sur le moi pensant pouvait être employé à construire une philosophie, a érigé en principe la *suspension du jugement*, l'épokhè chère à Pyrrhon, en posant, comme règle méthodologique absolument première pour l'intellect philosophant, que celui-ci est tenu (en vertu d'un dictat a priori et d'un postulat idéaliste jamais examiné critiquement) de mettre *entre parenthèses* tout le registre de l'être extramental (le pain même dont vit l'intellect!) *alors qu'il exerce l'acte de connaître*. Il faut donc séparer, par une damnable coupure, l'« objet » perçu par l'intelligence, – et qu'on met à l'intérieur du connaître, – de la « chose » qu'elle perçoit, – et qu'on rejette à l'extérieur du connaître (dans la parenthèse). Comme si l'*objet* perçu n'était pas la *chose* même en tant qu'intelligiblement perçue! La chose même portée au sein de l'intelligence pour ne faire qu'un avec son acte vital! Dès lors l'intelligence violant la loi même de sa vie doit s'arrêter à un *objet-phénomène*, qui la divise d'avec elle-même et d'avec *ce qui est* dans la réalité.

Qu'est-ce que cela veut dire? Cela veut dire qu'elle doit *penser l'être en refusant de le penser comme tel ;* en d'autres termes : *en pensant l'être je pense du pensé, non pas l'être ;* ou, comme je l'ai déjà marqué[1] : *je connais l'être à condition de le mettre entre parenthèses ou de faire abstraction de lui.* On voit apparaître ainsi l'absurdité inhérente au Principe premier, – disons la Parenthèse husserlienne, coupant la connaissance en deux, ou le Refus husserlien, – dont dépend toute la phénoménologie contemporaine.

Et parce que, dans cette phénoménologie, toute régulation venant de l'être ou du réel est désormais rejetée, et que la pensée doit faire tout son travail en laissant le réel dans la parenthèse, sans autres repères que les aspects variables et infiniment foisonnants qu'elle trouve dans la subjectivité, – subjectivité de l'opération intellectuelle elle-même, si je puis dire, ou subjectivité de l'expérience de l'homme avec toutes ses richesses mais qui n'ont d'autre valeur que celle du pur fait saisi à la bonne fortune de l'observation, – voilà la pensée livrée dans ses interprétations au régime du Vraisemblable et de l'Arbitraire, et l'idéosophie amenée vaille que vaille, pour un privilège de notre temps, à l'état de Grande Sophistique. Protagoras avait déjà formulé le grand axiome ; et c'est bien là qu'ils en sont tous, – à l'homme mesure de toutes choses, même du Dieu qu'il adore.

La phénoménologie contemporaine

Qu'ils rendent hommage à Husserl ou qu'ils le méconnaissent ou le renient (l'homme est ingrat), ou qu'ils récusent s'il leur plaît les *Méditations cartésiennes,* tous nos phé-

---

1. Cf. plus haut, chap. I, p. 20.

noménologues présupposent Husserl, et sont prisonniers de son Refus.

Il y en a – les théoriciens existentialistes (est-ce pour compenser une frustration qu'ils ont choisi ce nom ?) – chez lesquels l'érôs philosophique fait effort pour se délivrer, et qui se trouvent engagés par là dans un drame aveugle. C'est dans ce que je viens d'appeler la subjectivité de l'opération intellectuelle elle-même, avec son infinité d'aspects et de sautes psychologiques (auxquels, pour se procurer une petite extase, ils prétendent donner un sens « ontologique »), qu'ils essaient de trouver cette impossible délivrance. Le plus grand témoin de ce drame est Heidegger, dont un ardent érôs métaphysique, mais prisonnier lui aussi, fait l'insatiable tourment, et qui, obsédé par le souci de l'être, mène une lutte tragique contre le néant de pensée impliqué par la phénoménologie, pour aller maintenant, semble-t-il, chercher secours chez les poètes et dans les puissances théogoniques de leur langage : apportant ainsi, a-t-on dit[1], « le témoignage le plus important de l'absence de philosophie de notre temps ».

---

1. Pierre TROTIGNON, *Heidegger*, Paris, 1965, Presses Universitaires, p. 66. – Heidegger lui-même, du reste, ne veut pas être un philosophe, – mais, sans nul doute, en souhaitant être ou devenir quelque chose de mieux (toujours le virus hégélien).
Heidegger a écrit, dans son *Retour dans le fondement de la métaphysique* : « En tant qu'elle ne propose constamment que l'étant en tant qu'étant, la métaphysique ne pense pas à l'être même » ; et : « Parce qu'elle scrute l'étant en tant qu'étant, elle tient à l'étant et ne se tourne pas vers l'être en tant qu'être ». Citons les très justes remarques d'Étienne Gilson au sujet de ces deux assertions : « Le thomisme, écrit Gilson, est une philosophie du Sein en tant qu'elle est une philosophie de l'*esse*. Quand les jeunes nous invitent à faire la découverte de Martin Heidegger, ils nous invitent sans le savoir à leur faire redécouvrir la métaphysique trans-ontique de saint Thomas d'Aquin... Il serait inté-

Du drame dont je parle notre Sartre, lui, est un témoin nauséeux (et moins affranchi qu'il ne croit), qui, je pense, a aperçu, grâce à la littérature et à quelque instinct de romancier, une fissure dans la Parenthèse, – si bas située qu'on pouvait y risquer un coup d'œil sans offense à la méthodologie, – et, à travers l'égout, entrevoir vraiment l'existence réelle, mais (ça c'est bien d'un idéaliste) comme une informe, énorme et obscène, innommable, monstrueuse insulte à la raison, l'Absurde du pur et absolu contingent[1]. Et bien vite il a bouché la fissure de la Parenthèse et ramené dans sa pensée, à titre d'objet-phénomène, cet écœurant Absurde, pour élaborer avec lui une « ontologie » du phénomène, ou, mieux, de « l'être transphénoménal du phénomène[2] », et déclarer que « le monde est en trop ». Les mots supportent tout. Mais il est clair que Sartre aussi nous apporte, à sa manière, un frappant témoignage de l'absence de philosophie en notre temps. (Sans oublier qu'il y en a quand même deux, ainsi que nous l'avons noté.)

D'autres, parmi nos phénoménologues, et plutôt nombreux, semble-t-il, ont décidément renoncé à l'*érôs* philo-

---

ressant de savoir ce qu'aurait pensé Heidegger s'il avait connu l'existence d'une métaphysique de l'*esse* avant de prendre ses décisions initiales. Mais on ne le saura jamais, il est trop tard… Comment le saurions-nous, puisque Heidegger lui-même n'en saura jamais rien? Je ne pose la question qu'afin de suggérer à ceux qui nous pressent de le suivre, qu'il n'y a pas péril en la demeure. Nous n'avons peut-être que le retard de notre avance : on nous presse de suivre ceux que nous avons devancés. » (*Trois leçons sur le Thomisme et sa situation présente*, dans la revue *Seminarium*, n° 4, pp. 718-719.)

1. Sur cette idée sartrienne de la contingence, voir les remarques de Claude Tresmontant, dans *Comment se pose aujourd'hui le problème de l'existence de Dieu* (Paris, Seuil, 1966), pp. 130-144.

2. *L'Être et le Néant*, p. 27.

sophique, et le laissent, avec une grande tranquillité d'âme, ligoté dans la nuit sur son grabat. Être des théoriciens de l'existentialisme ne les tente pas. Ce qui les intéresse, c'est de scruter et interpréter (en maintenant toujours, naturellement, la réalité extra-mentale dans la Parenthèse, et se conformant de bon cœur au Refus husserlien) le monde des choses humaines que nous avons soif de connaître, – nous-mêmes et notre vie, et tout le mystère de notre passé, comme de nos croyances et inquiétudes présentes, l'histoire, la culture, l'art, la philosophie (pourquoi pas), la religion surtout, – qu'ils soumettent à une herméneutique où il est interdit de dépasser l'homme et sa mesure, et où le mythe règne dès lors inévitablement. Comme ils sont des penseurs très intelligents, et soucieux d'une vaste et exacte information, et, le plus souvent, honnêtes et sincères (quoique la Grande Sophistique, cachée dans le ciel de l'esprit, les garde toujours sous son aile), leurs recherches sont fort instructives et quelquefois passionnantes. A condition qu'elle n'ait pas la lâcheté de tout accepter sans critiquer, la philosophie peut en profiter. Mais elles se tiennent toujours dans le régime du Vraisemblable et de l'Arbitraire, du *tout à la mesure de l'homme*, et, par suite, d'une espèce d'immanentisme latent, et en définitive elles trompent notre soif, et pas seulement notre soif. Si nous n'avions qu'elles pour guides, elles nous feraient déboucher dans l'illusion.

La phénoménologie jouit d'un immense prestige. Je souhaite (sans espoir exagéré) que ma discussion, nécessairement longue, de cette dernière en date des mutations de l'idéalisme ait pu aider quelques lecteurs à clarifier leurs idées à son sujet.

Il me reste toutefois deux remarques à ajouter. La première a rapport à l'erreur radicale que l'esprit, s'il veut se libérer des chaînes qui depuis longtemps l'ont tenu captif, doit rejeter décidément et une fois pour toutes. C'est l'erreur kantienne. Je cite quelques lignes d'un philosophe contemporain, qui dit là-dessus l'essentiel : « Si la raison est comme un *organon* constitué *a priori*, on peut se demander par quelle chance notre raison s'accorde avec le réel. Mais si la raison n'est pas constituée *a priori*, si les principes qui sont ceux de la raison sont en fait *tirés du réel* lui-même par notre connaissance du réel, dans ce cas il n'y a pas à s'étonner qu'il y ait accord entre la raison et le réel... La rationalité n'est pas un ordre ou une structure constitués *a priori*, mais une *relation* entre l'esprit humain et le réel... La rationalité ne se définit pas *a priori*, et d'une manière purement formelle, mais par rapport au réel, en fonction du réel. La rationalité est la fonction du réel[1]. »

Ma seconde remarque a rapport à la vérité (évidente de soi, mais obscurcie par des générations de ratiocinateurs) que l'esprit, s'il veut délivrer enfin l'érôs philosophique, et se délivrer lui-même, doit reconnaître avant tout, et toujours respecter. Cette vérité, c'est que l'intellect humain, bien qu'il soit une raison maniant ses concepts et tenue à la plus stricte logique (il tient ça de sa condition charnelle) est aussi un intellect, c'est-à-dire une puissance capable de *voir* dans l'ordre intelligible comme l'œil *voit*, et avec incomparablement plus de certitude que l'œil ne *voit* dans l'ordre sensible ; n'est-ce pas par une telle intuition qu'il connaît les « premiers principes » de toute démonstration ? Je ne parle nullement ici de l'intuition telle que

---

1. Claude Tresmontant, *op. cit.*, pp. 161-162.

Bergson l'entendait, – bien que je n'oublie pas qu'il y a un « bergsonisme d'intention » beaucoup plus proche qu'on ne croit du réalisme thomiste ; et bien que Bergson, vers la fin de sa vie, ait dit un jour que lui et moi, le pauvre Jacques qui l'avait si durement critiqué, nous nous étions rencontrés « au milieu du chemin ». Je n'oublie pas non plus que même dans son travail et ses recherches les plus rationnelles, l'intellect humain (parce qu'il est un intellect qui tire son aliment du monde sensible) est, pour travailler bien, secouru et stimulé beaucoup plus souvent que les philosophes et les savants ne veulent l'avouer, par des « intuitions » ou des éclairs de l'imagination survenant aux hasards de la route, à l'improviste, de la vigilance du sens ou de l'instinct poétique, ou nées dans la nuit de l'inconscient (disons plutôt du préconscient ou supra-conscient de l'esprit).

Mais tout cela je le laisse de côté. C'est d'une tout autre intuition que je parle ; c'est d'une intuition *intellectuelle*, purement et strictement intellectuelle, qui est le bien propre et sacré de l'intelligence comme telle ; et c'est, avant tout, de l'intuition absolument première sans laquelle il n'y a pas de savoir philosophique : *l'intuition de l'être*. Ne l'a pas qui veut. Bergson l'a eue, à travers un substitut qui l'a trompé, – et masquée dans sa conceptualisation par des préjugés anti-intellectualistes. Husserl ni aucun idéosophe ne l'a eue. Mais qui va suffisamment loin dans la méditation l'a un jour, – je veux dire qui arrive à entrer dans ce silence actif et attentif de l'intelligence, où, consentant à la *simplicité* du vrai, elle devient assez disponible, et vacante, et ouverte, pour entendre ce que toutes choses murmurent, et pour *écouter*, au lieu de fabriquer des réponses. Et beaucoup ont réellement cette intuition qui sont trop distraits par la vie courante ou par leurs raisonnements pour en prendre conscience. Et beaucoup plus l'ont de cette façon parmi le commun du peuple que parmi les gens « cultivés ». Et il suffit de contempler le regard de certains enfants pour comprendre que, sans absolument rien en eux de la réflexivité des adultes, il va à l'*être* plus qu'aux jouets dont on les amuse ou même au monde dont ils découvrent à chaque instant les richesses en n'ayant que la peine de les accueillir.

Je ne vais pas essayer de décrire ce que rien ne peut enfermer, et qui est au delà de tout mot (bien que le plus simple des concepts et le plus simple des mots en soient le signe valable), ni de conduire quelqu'un là où l'on n'a accès que dans la pure solitude de l'âme. Mais n'est-il pas possible d'avoir recours au langage métaphorique, si indigent qu'il soit, pour traduire, non pas certes, ce que l'intelligence saisit, mais quelque chose de l'expérience de cette saisie ? Disons donc (je m'excuse de citer encore un vieux livre de moi) : « Ce que je perçois alors est comme une activité pure, une consistance, mais supérieure à tout l'ordre de l'imaginable, une ténacité vivace, précaire (ce n'est rien pour moi d'écraser un moucheron) et farouche en même temps (en moi, hors de moi, monte comme une clameur la végétation universelle), par quoi les choses me jaillissent contre et surmontent un désastre possible, se tiennent là, et pas seulement là, mais en elles-mêmes, et par quoi elles abritent dans leur densité, à l'humble mesure de ce qui est périssable, une sorte de gloire qui demande à être reconnue[1]. »

---

1. Cf. *Sept leçons sur l'Être*, p. 61 (texte légèrement modifié).

Voilà ce que je puis dire de l'expérience en moi, pauvre tête pensante, de l'intuition de l'*actus essendi*. Une âme qui m'est très chère me donnait un jour ce témoignage : « Il m'est souvent arrivé d'expérimenter par une intuition subite la réalité de mon être, du principe profond, premier, qui me pose hors du néant. Intuition puissante, dont la violence parfois m'effrayait, et qui la première m'a donné la connaissance d'un absolu métaphysique. »

L'intuition de l'être n'est pas seulement, comme la réalité du monde et des choses, le fondement absolument premier de la philosophie. Elle est le *principe* absolument premier de la philosophie (quand celle-ci est capable d'être pleinement fidèle à elle-même et d'atteindre toutes ses dimensions).

Le besoin de Fables
ou de Fausse Monnaie Intellectuelle

J'ai dit plus haut[1] que la délivrance de l'érôs philosophique implique deux opérations, et j'ai longuement parlé de la première, qui a affaire à l'idéalisme et à sa séquelle. Il y a autre chose encore dont, pour opérer cette délivrance, il importe à l'esprit de se débarrasser. Et, cette fois, ce n'est pas seulement l'érôs philosophique qu'il s'agit de délivrer : car on a affaire à *tout* ce dont est frustrée la faim du réel co-essentielle à l'âme humaine, et cette faim crie, bien sûr, après le réel en tant qu'il peut nous être livré par le savoir philosophique, mais elle crie aussi après le réel en tant qu'il peut nous être livré par d'autres voies plus hautes.

---

1. P. 157.

Frustrée par un jeûne intolérable, une telle faim peut faire place en nous à un besoin pathologique aussi vaste qu'elle, et qui en est comme la perversion. C'est ce besoin qu'il faut maintenant considérer, car il nous travaille joliment, et c'est de lui qu'il faut nous débarrasser : quel besoin ? *Le besoin de fables et de fausse monnaie intellectuelle :* ce besoin est énorme de nos jours, et il a des causes profondes.

En vertu de préjugés enracinés depuis un siècle dans notre fière culture moderne, nous sommes convaincus qu'il n'y a qu'un seul type de savoir possible — celui qui est pur de toute métaphysique — et, dans l'ordre de ce savoir, un seul et unique type de connaissance qui soit inébranlable et authentiquement capable de preuve : la Science, – science mathématique et science des phénomènes de la nature. (C'est drôle, parce que les grands mathématiciens nous disent que l'instinct poétique et le sens de la beauté jouent un grand rôle dans leur affaire[1], et parce que la reine des sciences de la nature, la physique, plus elle avance dans ses admirables découvertes, plus sa fécondité semble dépendre de ce que M. d'Espagnat appelle « le renouvellement continuel des perspectives scientifiques[2] », et d'hypothèses rapidement changeantes, et de modes d'interprétation mathématique variables selon la diversité des cas, et même, parfois, contradictoires entre eux. C'est très normal d'ail-

---

1. Marston MORSE, *Mathematics and the Arts*, dans *The Yale Review*, summer 1951. – Cité dans mon livre *L'Intuition Créatrice dans l'Art et dans la Poésie*, Paris, Desclée De Brouwer, 1966, p. 86, note 34.

2. Bernard D'ESPAGNAT, *Conceptions de la Physique contemporaine*, Paris, Hermann, 1965. Ce livre rigoureux et lucide offre aux philosophes soucieux d'épistémologie une remarquable mise au point de la problématique actuelle en matière de théorie physique.

leurs. Mais cela ne change rien à notre conviction générale qu'il n'est pas d'autre moyen de *savoir*, et de saisir le réel avec une authentique certitude, que la Science.)

D'autre part, il est clair que la science comme telle n'a absolument rien à nous dire sur les problèmes qui nous préoccupent le plus, et sur la conception du monde, de l'homme, de Dieu peut-être, qu'il faut nous faire vaille que vaille, non plus que sur le tourment de l'absolu, le « pourquoi sommes-nous nés », le « à quoi donner pleinement notre cœur », le désir de ce feu qui nous brûlera sans nous consumer, qui, si cachés qu'ils soient, sont là, au fin fond de nous. Tout cela reste entièrement en dehors du domaine propre de la science.

Nul n'a des limitations inhérentes à la validité même de la science une conscience plus aiguë et un souci plus rigoureusement exigeant que les savants, – bien que, d'autre part, pas mal d'entre eux sentent combien il serait souhaitable, si c'était possible, de dépasser ces limitations pour élaborer un *de natura rerum*, et atteindre, dans une synthèse rationnelle en accord avec leurs résultats, à une vue d'ensemble de ce monde sur lequel ils travaillent, dans leur enceinte aux bornes strictement gardées. Quelques uns, Julian Huxley par exemple, s'y sont essayés, en extrapolant les concepts de la science, c'est-à-dire en les portant hors du champ où ils sont valables (comment pouvaient-ils faire autrement, puisque nul ne leur avait fourni, – à supposer qu'ils aient voulu apprendre à s'en servir, – le seul instrument utilisable pour une telle entreprise, celui du savoir philosophique avec son approche propre et ses concepts propres ?) Les essais dont il s'agit ont tous été malheureux. Sans s'en apercevoir le moins du monde, ces honnêtes esprits avaient émis de la fausse monnaie, du reste pas bien

dangereuse ; cette sorte de fausse monnaie est de circulation aussi restreinte qu'éphémère, et ne trompe guère que
ceux qui la fabriquent naïvement.

Avec les phénoménologues c'est une tout autre histoire.
Mélangées au bon billon de l'observation psychologique
et des sciences humaines dont ils exploitent pour nous les
trésors, les fables doctorales et la fausse monnaie qu'ils
émettent (en parfaite bonne foi, je ne l'oublie pas) ont une
très vaste circulation, et ils font faire fiasco à l'intelligence
philosophique. C'est un grand résultat. A cause même de
leur renonciation idéaliste à atteindre la réalité telle quelle,
ils ne peuvent pas, cependant, lancer l'esprit dans les rêves
miraculeux et les aventures exaltantes où flamberont en
vain toutes ses forces vives.

Il y a aussi, sans doute, les faux-monnayeurs et les charla-
tans, et leur clientèle. Ils ne comptent pas, même pour notre
chère intelligentzia, qui les laisse *where they belong, in the
gutter*.

Rassemblant toutes ces données, quel bilan dresser ? Rien
que du vide. Vide si peu grave qu'il soit, du côté des essais
pseudo-philosophiques tentés par quelques savants. Vide
immensément grave du côté de l'intelligence philosophique
ligotée et trompée par la phénoménologie. Vide absolu du
côté des aspirations de l'esprit à cette suprême sagesse que
Hegel a cherchée en vain.

La grande faim du réel, co-essentielle à l'âme humaine,
dont j'ai parlé plus haut, n'a, sauf en ce qui regarde le
champ tout à fait restreint de la science occupée à interpréter les phénomènes mesurables et à maîtriser la matière,
absolument rien à se mettre sous la dent. Comment s'étonner de l'énorme besoin de fables et de fausse monnaie intel-

lectuelle qui s'est développé en nous ? Ce besoin est sans bornes. Ce qu'il réclame, béant, n'est pas une sorte ou une autre de fables ou de fausse monnaie, fussent-elles de vaste circulation, c'est la grande Fable et la grande Fausse Monnaie qui trompera notre grande faim, et qui aura cours dans le monde entier, comme sur tout le marché des demandes de notre cœur et de notre esprit.

La fausse monnaie chasse la bonne, c'est une loi bien connue, et qui vaut aussi pour la fausse monnaie de l'intelligence, au moins pour un temps. Ce temps a été très court pour les Gnostiques chrétiens, si sublime qu'ait pu paraître le Logos dont ils se réclamaient. Loin de répondre à un besoin de fable, ils faisaient face à la vérité même ; la réaction de la foi a été trop vive, et trop vigoureuse l'offensive des Pères Apologètes, pour que leur influence puisse durer. L'histoire a vu paraître d'autres esprits supérieurs passionnés pour le vrai et se trompant eux-mêmes qui ont été des émetteurs de grande Fable et de grande Fausse Monnaie intellectuelle, – celle-ci n'est jamais sortie de la tête de marchands de fables et de faux-monnayeurs [1], elle demande la parfaite sincérité, au moins originelle, la haute puissance intellectuelle et l'enthousiaste dévouement de grandes âmes égarées malgré elles (pas tout à fait malgré elles, car il y a au départ un péché contre l'intellect : le refus de reconnaître l'ordre intrinsèque de l'intelligence humaine, avec la distinction essentielle qu'il requiert entre les formes typiques de savoir dont elle est capable ; on mélange tout dès le principe : science pour peu que l'époque en comporte, philosophie de la nature, métaphysique,

---

1. Un faux-monnayeur est un homme qui fait de la fausse monnaie *exprès*, et avec l'intention de tromper.

théologie, mystique naturelle, voire touches de mystique surnaturelle, qu'on fait se contaminer et se corrompre les unes les autres dans une puissante envolée contre nature, et menteuse, parce qu'elle est pseudo-angélique). Les Gnostiques musulmans ont pour nous un intérêt particulier, parce que c'étaient des monistes suspendus cependant, – d'où une formidable et féconde tension intérieure, – à la foi au Dieu un et transcendant de l'Islam. Je parle d'eux sans vergogne, en dépit de mon manque d'érudition, parce que des entretiens avec Louis Gardet m'ont fourni à leur sujet les informations dont j'avais besoin. Il m'a fait partager son admiration (des plus méfiantes) pour le génie d'Ibn ʿArabī, ce grand Synthétiseur prestigieux du XIIIᵉ siècle, fasciné par un monde en émanation venant de Dieu et manifestant Dieu à Dieu même, et retournant à lui [1]; et l'analogie lointaine et contrastée qu'il m'a signalée entre la pensée d'Ibn ʿArabī et certaines vues de Teilhard m'a semblé bien remarquable. Il y a eu aussi, auparavant, Nāsir e-Khosraw, et, plus tard, Mullā Sadrā. Dans le monde chrétien il y a eu Jacob Boehme, Fichte peut-être, et quelques autres grands noms. Mais pas plus que les Gnostiques chrétiens des premiers siècles, aucun des Dédiés à la Gnose auxquels je viens de faire allusion ne répondait à un besoin général de grande Fable. Le privilège d'un tel besoin était réservé à notre temps.

En ce qui concerne l'histoire de la culture, la grande Fable ou grande Fausse Monnaie intellectuelle, prise en elle-même, n'est pas si dangereuse qu'elle paraît. Ce qui

---

1. Cf. Louis GARDET, *Expérience et Gnose chez Ibn ʿArabī*, article à paraître prochainement dans un ouvrage collectif en l'honneur d'Ibn ʿArabī, publié au Caire sous les auspices du Secrétariat général des Arts, Lettres et Sciences sociales (R. A. U.).

est infiniment plus dangereux qu'elle, c'est le *besoin* d'elle, parce que, tant qu'il est là, il demande à être servi. Après une émission il lui en faudra une autre, il n'est jamais rassasié. C'est, malgré tout, une chance pour notre âge que le teilhardisme, quelques simplifications désastreuses qu'entraîne toujours avec soi la popularisation fanatique d'une grande pensée passionnée, et elle-même en quête d'une synthèse exaltante, ait eu à son origine un génie aussi haut, et d'une foi si tenace et si ardente, et d'une si candide pureté que celui du Père Teilhard de Chardin. Après le teilhardisme on demandera autre chose, et autre chose encore, et qui vaudra encore moins.

Si superflue qu'elle soit pour toute personne sensée, j'insère ici une parenthèse. Car il y a des choses qui vont de soi, mais sur lesquelles pourtant mieux vaut prendre la peine d'insister. Les termes malsonnants dont il m'a bien fallu me servir dans cette section ont rapport à des idées mises en circulation, ils n'ont aucun rapport à la personne de ceux qui les ont conçues. La recherche solitaire, douloureuse, obstinée, du Père Teilhard, son patient courage en face des obstacles pas très nobles qu'on a dressés sur son chemin, sa passion du vrai, son total don de soi à une mission qu'il tenait pour prophétique, la pure sincérité qui rayonne d'un bout à l'autre de son œuvre, et l'extraordinaire expérience toute personnelle qu'il a vécue, et qui aurait pu déchirer un autre moins bien trempé, sont des choses qui méritent le plus profond respect. Il a été un paléontologiste de grande valeur, un chrétien dont la foi n'a jamais vacillé, un religieux d'une exemplaire fidélité. J'ai dit plus haut que les diverses sortes de grande Fable et de grande Fausse Monnaie intellectuelle dont l'histoire nous donne des exemples ne sont jamais sorties de la tête de marchands de fables et de faux-monnayeurs. Personne ne me fera l'injure d'imaginer que les mots que j'ai expressément écartés de la personne des grands Gnostiques seraient pour moi applicables à la personne du Père Teilhard de Chardin, ni que l'outrage et la *self-contradiction* font partie de mes munitions. Il reste que considérant, non pas Teilhard, certes, mais les idées qu'il a mises en circulation, et considérant surtout le teilhardisme, sa littérature de propagande et son cortège ecclésiastique extasié, j'ai beau faire, il n'y a pas moyen d'éviter les termes malsonnants pour les qualifier avec exactitude. Et il reste que je me suis engagé, au début de ce livre, à appeler les choses par leur nom.

Teilhard de Chardin et le teilhardisme

J'ai eu l'honneur de rencontrer quelquefois le Père Teilhard de Chardin. La première fois que je l'ai vu, – c'était à Paris, il y a bien longtemps, – j'ai été frappé par la complète solitude dans laquelle il conduisait sa recherche. Il se posait beaucoup de questions, et, en le quittant, je me demandais comment il se faisait que dans un grand Ordre religieux comme celui auquel il appartenait il ne fût pas aidé par quelques amis, bons philosophes et bons théologiens, qui fissent équipe avec lui. Peut-être ne le souhaitait-il pas. (Pourquoi, après ses années d'études sous des maîtres sans doute sagement désignés pour la mission d'enseigner, est-il resté dans une ignorance ou un oubli aussi parfait d'absolument tout du *Doctor Communis*, c'est un autre mystère dont Gilson s'est étonné.)

173

Dans une autre rencontre, il m'a parlé avec émotion des savants de ses amis auxquels son langage permettait d'aborder le problème religieux sans obstacles ni sentiment d'être poussés hors de chez eux, et j'ai eu l'impression qu'il trouvait là un précieux encouragement. De Chine, pendant la guerre, il m'a fait parvenir une brochure[1] dont la lecture m'a confirmé dans certaines de mes vues, et que j'ai citée dans un de mes livres[2]. C'est à New York, vers la fin de la guerre, que je l'ai vu pour la dernière fois, et il ne m'a pas caché une certaine amertume (bien compréhensible) à l'égard des autorités ecclésiastiques. Pour moi, j'avoue que je n'ai guère aimé, quelques années plus tard, la façon dont ses papiers circulaient anonymement dans les séminaires.

Il y a une justice à lui rendre, c'est qu'il a toujours été aux antipodes de l'idéalisme et de l'idéosophie. Il a toujours cru avec une inébranlable certitude à la réalité du monde. En fait de réalisme, au sens où ce mot est entendu dans la théorie de la connaissance, et en ce qui concerne le fondement absolument premier de la philosophie (ce n'est toutefois que le fondement), il se trouvait sans le savoir en plein accord avec saint Thomas. C'est leur unique point de rencontre. Et non sans que cet accord ne comportât tout de même une sérieuse ambiguïté. Car saint Thomas avait la parfaite certitude de la réalité du monde, mais il n'y mettait pas tant de ferveur, il n'avait qu'à ouvrir les yeux ; tandis que la « foi au monde » et la foi en Dieu ont été comme les deux pôles de la pensée de Teilhard. On sait assez comment il a parlé de ces deux sortes de foi.

1. *Réflexions sur le progrès*, Péking, 1941.
2. *Les Droits de l'Homme et la Loi naturelle*, New York, 1942 (Paris, 1947).

Et finalement n'a-t-il pas dit, un jour, que son effort pour découvrir un « meilleur Christianisme » (le « métachristianisme » dont il a parlé à Gilson) allait à une religion où le Dieu Personnel deviendrait « *l'âme du Monde* que notre stade religieux et culturel appelle[1] »? (De quoi faire plaisir aux vieux Stoïciens...)

Je pense qu'aux premières origines de la pensée de Teilhard il y a eu une intuition poétique, – extraordinairement puissante, – de la valeur sacrée, et sans limite assignable, de la nature créée ; – je songe à un Lucrèce qui eût été chrétien.

Il fallait accorder cette intuition à la foi au Dieu un et trine et au Verbe Incarné, – en même temps qu'à un sentiment religieux, extrêmement puissant, lui aussi, de la présence de Dieu au monde (sentiment où la mystique naturelle a dû jouer le grand rôle, et qui rendait comme expé-

---

1. *Lettres à Léontine Zanta*, Paris, Desclée De Brouwer, 1965. Les mots soulignés sont soulignés par moi. – Je copie la phrase entière : « Ce qui va dominant mes intérêts et mes préoccupations intérieures, vous le savez déjà, c'est l'effort pour établir en moi, et diffuser autour de moi, une religion nouvelle (appelons-la un meilleur Christianisme si vous voulez) où le Dieu personnel cesse d'être le grand propriétaire néolithique de jadis pour devenir l'âme du Monde que notre stade religieux et culturel appelle. »
Dans ce texte il convient de souligner non seulement *l'âme du Monde* qu'appelle notre stade religieux et culturel, mais aussi les mots : *l'effort pour établir en moi et diffuser autour de moi.* Ce *diffuser autour de moi* oblige à penser qu'Étienne Gilson s'est laissé entraîner par un élan du cœur quand, après avoir noté que la doctrine de Teilhard « était à peine une doctrine, mais plutôt une manière de sentir », il ajoutait : « On ne saurait prétendre qu'il ait fait quoi que ce soit pour la répandre. » (*Le cas Teilhard de Chardin*, p. 735.) Il n'a cessé de s'efforcer de la répandre.

rimentés par l'âme les effets créés de la Présence d'immensité, mais, qui, dans une âme vivant de la grâce, pouvait sans doute comporter aussi des touches de mystique surnaturelle, si mélangée que fût toute cette expérience avec une étrange exaltation humaine). Je pense au grand texte de Teilhard, *la Messe sur le monde.*

Comment réaliser un tel accord, et tâcher de le conceptualiser ? En s'emparant de l'idée de l'évolution que la biologie, l'astrophysique, la micro-chimie ont rendue familière à la science, pour lui donner un sens mystique, à elle aussi, et en faire un grand Mythe de la réalité universelle, – Évolution sacrée portant, non pas d'une façon continue (sauf en ce qui concerne la tendance spontanée de chaque grand moment de l'évolution à se dépasser soi-même), mais de franchissements de seuil en franchissements de seuil (puisque c'est Dieu qui l'anime), une matière aux virtualités spirituelles, infiniment humble au départ, jusqu'à la gloire des fils de Dieu, et au trône de ce Dieu personnel dont le Fils incarné est, au sein du cosmos, le principe moteur de tout le devenir.

C'est ainsi, me semble-t-il, qu'il convient de dessiner le pur contour ou la ligne de développement de la pensée de Teilhard. Cette pensée donne à la Science une éblouissante primauté. En réalité la science des savants a été totalement dépassée, – bien plus, entraînée et absorbée dans un grand torrent de méditation chercheuse où science, foi, mystique, théologie et philosophie à l'état diffus, sont inextricablement mêlées et confondues. Et en cela il faut bien reconnaître le péché contre l'intellect que j'ai signalé plus haut[1]. A coup sûr, c'est d'une manière entièrement innocente que

---

1. Cf. plus haut, pp. 170-171.

Teilhard l'a commis, l'idée d'une distinction spécifique entre les divers degrés du savoir lui étant toujours restée parfaitement étrangère. De soi, c'était quand même un péché contre l'intellect, et irréparable.

C'est pourquoi, si on se place dans une perspective authentiquement théologique pour considérer la doctrine (« à peine une doctrine, plutôt une manière de sentir ») de Teilhard de Chardin, il faut dire avec Gilson que dans le monde poétique où il nous introduit « quiconque a suivi l'histoire de la pensée chrétienne se retrouve en pays connu. La théologie teilhardienne est une gnose chrétienne de plus, et comme toutes les gnoses de Marcion à nos jours, c'est une *theology-fiction*. On y retrouve toutes les marques traditionnelles du genre : une perspective cosmique sur tous les problèmes, ou, plutôt peut-être, une perspective de cosmogénèse. Nous avons une étoffe cosmique, un Christ cosmique [1], et, puisque celui-ci est le centre physique de la création, nous avons un Christ essentiellement 'évoluteur', humanisateur, bref un 'Christ universel' en tant qu'explication du mystère universel qu'est l'Incarnation. La cosmogénèse devient par là Christogénèse, créatrice du Christique et de la Christosphère, ordre qui couronne la noosphère et la parfait par la présence transformante du Christ. Ce beau vocabulaire n'est pas cité comme blâmable en soi, mais simplement comme symptomatique du goût dont témoignent toutes les gnoses pour les néologismes

---

1. Pour appuyer ses vues Teilhard a fait appel à saint Paul en assimilant la pensée de l'Apôtre à la sienne d'une manière que les « égarements de la passion », comme on dit dans les causes célèbres, peuvent seuls excuser. On trouvera à la fin du volume une longue *Note sur un texte de saint Paul* que j'ai écrite à ce sujet. (J. M.)

pathétiques, suggestifs de perspectives insondables et lourds d'affectivité[1] ».

En fait de doctrine, nous nous trouvons là (pas possible d'inventer un autre mot, ni moins offensif des oreilles pieuses, ni plus juste) dans le régime de la Grande Fable. Il est vrai que si le teilhardisme, – je dis bien le *teilhardisme*, l'idéologie élaborée par les initiés et diffusée par la grande presse, – se présente comme une doctrine (qu'il faut bien caractériser comme ce qu'elle est), par contre, ce qui importe essentiellement en Teilhard lui-même c'est une expérience personnelle, et à vrai dire incommunicable, bien qu'il n'ait cessé de chercher les moyens de la communiquer. Ainsi s'explique le titre choisi par Étienne Gilson pour son excellente étude[2], à laquelle j'aimerais renvoyer le lecteur. Malheureusement elle a paru dans une revue qui n'est pas facilement accessible ; j'en donnerai donc, au cours de mes propres réflexions, quelques extraits. J'aurais voulu citer d'abord les pages où Gilson rend hommage à la personne de Teilhard, mais j'ai été heureux de rendre moi-même un tel hommage quelques pages plus haut, et les répétitions sont inutiles.

La partie centrale de l'étude de Gilson est, me semble-t-il, celle où il s'explique sur ce *métachristianisme* dont Teilhard, à l'improviste, lui a parlé un jour à New York, – mot qui l'a d'abord « laissé interloqué », mais dont, à la réflexion, le sens auquel Teilhard l'entendait n'a pas tardé à lui apparaître. La clef lui a été fournie par un passage de *Christia-*

---

1. Étienne GILSON, *Trois leçons sur le Thomisme et sa situation présente*, dans la revue *Seminarium* (n. 4, 1965), pp. 716-717.

2. *Le cas Teilhard de Chardin*, dans la revue *Seminarium*, n. 4, 1965, pp. 720 et suiv.

nisme et Évolution, Suggestions pour servir à une théoolgie nouvelle : « D'une manière générale, écrit Teilhard, on peut dire que si la préoccupation générale de la Théologie durant les premiers siècles de l'Église fut de déterminer, intellectuellement et mystiquement, la position du Christ par rapport à la Trinité, son intérêt vital, de nos jours, est devenu le suivant : analyser et préciser les relations d'existence et d'influence reliant l'un à l'autre le Christ et l'Univers[1]. »

Teilhard pensait qu'« au premier siècle de l'Église, le Christianisme a fait son entrée définitive dans la pensée humaine en assimilant hardiment le Jésus de l'Évangile au Logos alexandrin[2] » (il se trompait en cela ; « c'est tout le contraire » qui s'est passé. « Les Pères Apologètes n'ont pas assimilé hardiment le Jésus de l'Évangile au Logos alexandrin », c'est le Logos alexandrin que, plus hardiment encore, ils «ont assimilé au Christ Sauveur de l'Évangile[3]»). Quoi qu'il en soit, ce que Teilhard a cru requis aujourd'hui, c'est de faire l'opération inverse de celle qu'il pensait que les Pères avaient faite. Il s'agit donc d'une « transposition complète de la christologie[4] », d'une « généralisation du Christ-Rédempteur en un véritable Christ évoluteur[5] ». Il faut « intégrer le christianisme à la cosmogénèse[6] » ; il faut que « la théologie assimile aujourd'hui le Christ à la

---

1. Cité par Claude Cuénot, *Teilhard de Chardin*, Paris, Seuil, 1963, p. 141. – « Je ne crois pas, note Gilson, qu'aucun texte du Père soit plus significatif, ni dise plus clairement et simplement le sens de son entreprise. » *Le cas Teilhard de Chardin*, p. 730.
2. Teilhard de Chardin, *op. cit.*, p. 141 (Gilson, p. 731).
3. Gilson, p. 732.
4. Gilson, p. 731.
5. Teilhard de Chardin, *Christianisme et Évolution*, p. 142.
6. Claude Cuénot, *Teilhard de Chardin*, Paris, Seuil, 1963, p. 145 (Gilson, p. 734).

force cosmique origine et fin de l'Évolution. Quelle révolution ! On nous invite simplement à ramener à sa juste place la foi au Rédempteur [1] ».

C'est ainsi que Teilhard « peut parler, d'un seul trait, de cette 'élévation du Christ historique à une fonction physique universelle' et de cette 'identification ultime de la Cosmogénèse avec une Christogénèse'. Note : *élévation !* On obtient ainsi le 'néo-logos de la philosophie moderne', qui n'est plus d'abord le rédempteur d'Adam, mais le 'principe évoluteur d'un univers en mouvement'. Voyez, nous dira-t-on, comme il a soin de conserver le Christ ! Oui, mais quel Christ ?... Je ne suis pas sûr qu'il existe un point oméga de la science, mais je me sens assuré que, dans l'évangile, Jésus de Nazareth est tout autre chose que le 'germe concret' du Christ Oméga. Ce n'est pas que la nouvelle fonction du Christ manque de grandeur et de noblesse, mais elle est autre que l'ancienne. Nous nous sentons un peu comme devant un tombeau vide : on nous a enlevé notre Seigneur et nous ne savons où ils l'ont mis [2] ».

On se tromperait, cependant, si on pensait que Teilhard ait jamais voulu substituer au Christ historique de l'Évangile un Christ « élevé à une fonction physique universelle », remplacer le Christ en lequel nous croyons par un Christ cosmique, – auquel, comme le note Gilson, « ne croit » du reste « aucun savant [3] », (bien qu'on l'ait imaginé en vue d'eux). Le retournement du christianisme en lequel consistait son « métachristianisme » est une opération de beau-

---

1. Gilson, p. 731.
2. Gilson, pp. 732-733. (Toutes les formules de Teilhard de Chardin citées là se trouvent dans le volume de Claude Cuénot, *op. cit.*, p. 142.)
3. Gilson, p. 732.

coup plus vaste envergure. Il s'agit de faire du Christ historique lui-même le Christ cosmique. Il me semble apercevoir comment Teilhard a pu concevoir cette entreprise, quand je pense à ce qui est impliqué dans une conception *purement évolutive* où l'être est remplacé par le devenir et où toute essence ou nature stablement constituée en elle-même s'évanouit.

Est-ce que, dès lors, *être homme* n'est pas être ou avoir été le cosmos lui-même dans tout l'immense processus par lequel il s'est hominisé ; est-ce que le Verbe pouvait prendre chair en Marie sans avoir « pris matière », si je puis dire, dans le cosmos tout entier et tout le long de son histoire ? Pouvait-il être Incarné, un jour, à un certain instant de l'histoire, sans d'abord avoir été (pourquoi serais-je le seul à avoir peur des néologismes ?) Immatérié et Encosmisé au cours de toute l'évolution qui a conduit là ? S'il s'est fait *homme*, c'est qu'il s'est aussi fait *monde*. Voilà la « généralisation du Christ rédempteur en un véritable Christ évoluteur », ou du moins l'unique manière dont je peux essayer de donner à une telle formule un sens intelligible (intelligible ? La langue m'a fourché ; disons : à peu près pensable).

Ce christianisme retourné est pour la pensée religieuse, si elle devenait purement imaginaire, une vision grandiose, l'enchantant du spectacle de la divine montée de la création vers Dieu ; mais que nous dit-il du sentier secret qui nous importe plus qu'aucun spectacle ? Que peut-il nous dire de l'essentiel, – du mystère de la croix et du Sang rédempteur ? comme de cette grâce dont la présence en une seule âme vaut mieux que la nature entière ? et de cet amour qui nous fait corédempteurs avec le Christ, et de ces larmes bienheureuses à travers lesquelles nous parvient sa paix ? La nouvelle gnose est comme toutes les gnoses, – une pauvre gnose[1].

Si nous voulons, au surplus, nous faire de celle-ci, et des « renversements de perspectives » qu'elle comporte, une idée plus complète, la lettre à Léontine Zanta mentionnée plus haut, et qu'il me faut citer de nouveau (à regret, mais les textes sont là, et ils rendent, quoique tirés d'une lettre privée, la pensée de l'auteur avec une indubitable exactitude) nous apporte quelques éclaircissements donnés par le Père Teilhard lui-même. « Il s'agit, écrit-il, non pas de superposer le Christ au monde, mais de 'panchristiser' l'Univers. Le point délicat (je l'ai en partie touché dans *Christologie et Évolution*) est que, en suivant cette voie on est conduit, non seulement à un élargissement des vues, mais à un renversement des perspectives ; le Mal (non plus châtiment pour une faute, mais 'signe et effet' de Progrès) et la Matière (non plus élément coupable et inférieur, mais 'étoffe de l'Esprit'), prenant une signification diamétralement opposée à la signification *habituellement* considérée comme chrétienne[2]. Le Christ sort de la transformation incroyablement grandi (au moins je l'estime, – et tous les inquiets d'aujourd'hui à qui j'en ai parlé pensent comme moi). Mais est-ce bien encore le Christ de l'Évangile ? Et si ce n'est pas Lui, sur quoi désormais repose ce que nous cherchons à construire[3] ? »

---

1. Voir l'Annexe II, *Sur la théologie de Teilhard*.
2. Dans la même lettre, p. 129, à propos de son *Esquisse d'un univers personnel*, qu'il allait bientôt rédiger, il écrit aussi : « De proche en proche, tout se transforme, le moral se fond avec le physique, l'individualité se prolonge en Universalité, la matière devient la structure de l'Esprit. »
3. *Lettres à Léontine Zanta*, Paris, Desclée De Brouwer, 1965, pp. 127-128.

On remarquera que regarder la matière comme un élément coupable est une notion platonicienne, tenue pour insensée par la pensée « habituellement considérée comme chrétienne » ; et que celle-ci croit que notre condition de nature déchue est une suite du péché originel, mais n'a jamais eu l'idée que le mal (une maladie, la perte d'un enfant, une affliction quelconque) est toujours « châtiment pour une faute » ; le Seigneur a dit expressément le contraire à propos de l'aveugle-né. On remarquera aussi cette « transformation » dont (parce qu'elle panchristise « *l'univers* ») le Christ sort « *incroyablement grandi* », – lui, le Verbe Incarné, dont la grâce, faisant jaillir en nous des fleuves de vie éternelle, nous élève à la vie même de Dieu. On notera enfin qu'un moment le Père Teilhard s'est posé à lui-même, à propos de son Christ cosmique, la question : « Est-ce bien encore le Christ de l'Évangile ? » (sans lequel, ajoute-t-il, et nous reconnaissons bien là la fidélité de son cœur, sa construction ne reposerait sur rien). Mais sa foi en le Christ de l'Évangile était trop forte, – et sa foi au monde aussi, – pour qu'il ne fût pas intérieurement assuré que la question posée ne pouvait se résoudre que par l'affirmative. « Une chose me rassure, poursuit-il dans la même lettre, c'est que, en moi, la lumière grandissante s'accompagne d'amour, et de renoncement à moi-même dans le Plus grand que moi. Ceci ne saurait tromper. » Hélas, puissent de telles preuves, si nobles soient-elles, ne jamais tromper. Le *ceci* sur lequel se rassurait le Père Teilhard en a confirmé beaucoup dans les pires illusions.

Gilson a sans doute raison de nous rappeler que, de fait, l'expérience religieuse du Père Teilhard compte beaucoup plus que sa doctrine. « L'illumination scientifique et le culte de l'évolution, un peu à la manière de l'évolutionnisme confus de Julian Huxley, l'invitèrent à conceptualiser en un langage imprécis, mais d'aspect scientifique, une expérience religieuse dont la profondeur ne fait aucun doute[1] », et qui, quelle que fût sa teneur en authenticité spirituelle, et quelques illusions qu'elle ait pu confirmer, a été la vie de sa vie[2], mais qui lui a été absolument propre, et sans laquelle, pourtant, « sa doctrine n'a aucun sens[3] ».

« C'est pourquoi, continue Gilson, je ne vois aucun péril en la demeure[4]. » Là-dessus je suis moins optimiste, parce que l'expérience religieuse du Père Teilhard n'est pas transmissible, cela est parfaitement exact, – mais le teilhardisme est transmissible, et il se transmet joliment bien, avec des mots, des idées confuses, une imagerie mystico-philosophique et tout un ébranlement affectif d'immense espérance illusoire, que bien des gens de bonne foi sont prêts à accepter comme une authentique et exaltante synthèse intellectuelle et une nouvelle théologie.

---

1. GILSON, pp. 735-736.
2. C'est ainsi que, pour citer encore Gilson (*loc. cit.*, p. 727), a toujours et malgré tout été maintenue en lui, « intacte et comme miraculeusement préservée sous de continuelles alluvions scientifiques ou autres, la pépite d'or pur de la piété et de la foi de son enfance. Lui-même a souligné cette continuité... Le Christ cosmique fut d'abord pour lui l'Enfant Jésus, et il devait toujours le rester. Le nouveau-né de Noël est exactement le même, qui devint 'l'enfant de Bethléem et le Crucifié, le Principe Moteur et le Noyau collecteur du monde lui-même'. » (Le passage de Teilhard reproduit là est cité par Claude CUÉNOT, *op. cit.*, p. 65.) Teilhard a senti tout cela dans une expérience spirituelle où se mêlaient bien des éléments hétérogènes, avant d'essayer de le traduire dans la conceptualisation dont il a été question plus haut (pp. 171-181).
3. GILSON, p. 728.
4. GILSON, p. 736.

J'ai idée pourtant que cette gnose teilhardiste, et son attente d'un métachristianisme, ont reçu du Concile un coup bien dur. Car enfin ce n'était rien pour Marx et Engels de retourner Hegel ; mais retourner le christianisme, en sorte qu'il ne soit plus planté dans la Trinité et la Rédemption, mais dans le Cosmos en évolution, c'est une tout autre affaire. L'effort d'aucun théologien, d'aucun mystique, d'aucun chercheur méditatif, si grand qu'il puisse être, ne suffit à ça ; ni même d'aucun thaumaturge. Il y faudrait celle que nous appelons dans le Credo l'*Unam, sanctam, catholicam et apostolicam* (c'est quand même l'Église qui enseigne le christianisme, n'est-ce pas, « meilleur » ou pas meilleur.) Cela veut dire qu'il y faudrait un Concile, et il se peut que certains teilhardistes aient espéré, à son annonce, sinon (c'était évidemment trop tôt) une confirmation dogmatique du Christ cosmique, du moins un encouragement, fût-ce l'ombre d'un encouragement à leur doctrine. Mais lisez les textes du Concile, regardez-les à la loupe, vous n'y trouvez pas l'ombre d'une ombre d'un tel encouragement. Avec une tranquillité magnanime, le Concile a totalement et parfaitement ignoré ce grand effort vers un *meilleur christianisme*. Et rien n'a été plus classique que ses deux Constitutions dogmatiques. Si les partisans du teilhardisme ne se promenaient pas dans les nuages, ils comprendraient un peu ce que cela signifie pour eux. Il faudra attendre un nouveau Concile, et un autre, et on ne sait pas combien. Ou bien, si on s'impatiente, faudra-t-il, comme avaient fait Marcion et ses disciples, se constituer en secte séparée, au risque de faire sortir le Père Teilhard de sa tombe pour être anathématisés par lui ? Tout ça n'est pas gai.

Pour revenir au Père Teilhard lui-même, je voudrais dire maintenant, pour conclure, qu'il n'a été bien servi ni par ses amis ni par ses ennemis, ni, d'abord, par lui-même. Il s'est efforcé de traduire en des ébauches ou suggestions de doctrine, – et ses amis et ennemis se sont empressés de durcir en une doctrine sûre d'elle-même et de son pouvoir de tout renouveler, – les idées en travail dans le feu même d'une expérience spirituelle d'une extraordinaire qualité, où la foi de son enfance, ardente et vivace jusqu'à sa mort, se débattait avec de grands rêves scientifiques : expérience qui, de soi, restait strictement incommunicable.

Quoi que Teilhard ait pu faire et quoi qu'il ait pu espérer, de telles idées ne pouvaient, en réalité, trouver leur expression que dans les fragments d'un vaste poème qu'il aurait écrit. D'un poème on n'attend pas qu'il nous apporte un savoir rationnel quelconque, scientifique, philosophique ou théologique. On attend seulement qu'il nous révèle un peu de ce que, dans un contact obscur, le poète a saisi de lui-même et des choses à la fois. Mais on peut admirer sa hardiesse et sa beauté ; et il peut, – en particulier le poème dont je parle, – éveiller en ceux qui l'aiment des pensées fécondes et de hautes aspirations, et aussi faire tomber en eux des préjugés et des barrières, et ouvrir leur esprit à la flamme de la foi vive qui brûlait dans l'âme du poète ; car c'est le privilège de la poésie de pouvoir faire passer une invisible flamme, et, par la grâce de Dieu, une flamme comme celle-là.

Eh bien, ce poème que Teilhard aurait écrit, et qu'il nous a livré sous une sorte de travesti, c'est cela qui a été vraiment son œuvre. Si on avait pris l'œuvre de Teilhard pour ce qu'elle a été vraiment (mais qu'il ne voulait pas qu'elle fût), ses amis trop ambitieux et ses ennemis trop pressés de le condamner auraient sans doute été déçus, et lui-même aurait été le premier à protester. Mais on aurait gardé à cette œuvre sa noblesse et sa dignité les plus authentiques, et on aurait épargné à Teilhard et au monde chrétien pas mal de tracas et d'infortunées méprises. Il est vrai qu'alors il n'y aurait pas eu de teilhardisme, ni de folle espérance en l'avènement d'un meilleur christianisme chantant la gloire du cosmos.

Ils sont nombreux, je crois, ceux dont le cœur a été ouvert à la grâce de la foi par le Père Teilhard de Chardin et par la lecture de ses livres. Non seulement il est juste qu'ils aient pour la mémoire de celui qui les a ainsi aidés gratitude et vénération, mais on comprend la reconnaissance et l'admiration qu'ils gardent envers ses ouvrages, et envers ce que Gilson et moi appelons sa gnose, et qui apparaît sans doute à leurs yeux comme une doctrine bien fondée. Pourtant ce n'est pas à cette doctrine qu'ils doivent en réalité d'avoir reçu la vérité qui délivre : c'est à la flamme dont j'ai parlé, et qui, du cœur du Père Teilhard, a passé, pour eux, à travers la doctrine, par la sainte grâce de Dieu et par la grâce de la poésie, qui n'est pas surnaturelle mais qui descend aussi du Père des lumières.

31 mars 1966

Chapitre VI

Le vrai feu nouveau

Les requêtes et les renouvellements du vrai savoir

Un grand sage

On se rappelle peut-être que dans la première partie du précédent chapitre j'ai cherché à montrer qu'il n'était pas impossible de soi que la raison humaine, si infirme qu'elle fût, parvînt quelque jour, au sujet des problèmes les plus hauts qu'elle pût aborder dans sa quête du vrai, et qui sont ceux de la philosophie et de la théologie, à une *doctrine essentiellement fondée en vérité*. C'est une chose possible, écrivais-je, ce n'est certainement pas une chose probable. Mais j'ajoutais que l'improbable arrive quelquefois.

L'Église catholique, – qui n'a charge que du dépôt révélé, mais qui pour le maintenir intact et progressif (là aussi il y a progrès : dans l'explicitation du dogme) a besoin d'un solide bon sens et a incontestablement reçu un don de discernement supérieur à celui de tous ses professeurs, – semble persuadée que par une singulière bonne fortune tel fut le cas pour la théologie (et la philosophie[1]). Et un vieux paysan comme moi, qui, n'ayant reçu la garde d'aucun dépôt sacré n'est tenu à aucune prudence particulière et se sent parfaitement libre de dire tout ce qu'il pense, a l'entière certitude que tel fut en effet le cas : grâce à une très longue histoire dans laquelle l'Orient et l'Occident chrétiens (voire, un moment, à travers l'Islam) ont été engagés de pair, et grâce au génie exceptionnel, et exceptionnellement favorisé par le moment historique (comme aussi par les grâces d'en haut), d'un Européen (hélas, il faut bien naître quelque part) qui n'a jamais pu parler que le napolitain et le latin (jamais de temps pour Berlitz) et qui ne se croyait aucune mission prophétique, – mais il avait lu tous les Pères, et « tous les livres[2] » alors connus, et il savait la Bible par cœur (qui sait ? c'est peut-être aussi le cas de Bultmann et de Vögtle, et de nos autres biblicistes). Et, non sans trembler ni pleurer, il se trouvait investi de la plus lourde des charges : ordonner et organiser l'immense travail de savoir et de sagesse grâce auquel les siècles de foi avaient cherché à acquérir par la raison quelque intelligence du mystère divin, annoncé fragmentairement par les prophètes, et pleinement par le Verbe Incarné. « Qu'est-ce que Dieu ? » demandait l'enfant à ses maîtres de l'abbaye du Mont-Cassin, à laquelle, à cinq ans, il avait été offert comme oblat par ses parents (qui le voyaient déjà Abbé-Évêque). Il n'a jamais fait que se demander ça.

---

1. « Nous approuvons tellement les grandes louanges accordées à ce très divin génie, déclarait Pie XI en 1923, que nous pensons que Thomas doit être appelé non seulement le Docteur Angélique, mais le Docteur Commun ou Universel de l'Église, car l'Église a fait sienne sa doctrine. » (Encycl. *Studiorum ducem.*)
2. *La chair est triste, hélas, et j'ai lu tous les livres* (Mallarmé).

Les requêtes et les renouvellements du vrai savoir

Thomas d'Aquin était un homme d'une extraordinaire humilité ; Guillaume de Tocco, son premier biographe, insiste beaucoup là-dessus. On sait qu'au couvent de Saint-Jacques, à Paris, il écoutait Albert le Grand sans jamais ouvrir la bouche, et que les étudiants l'appelaient le grand bœuf muet de Sicile ; un peu plus tard, à Cologne, où il avait suivi son maître, on prenait en pitié ce taciturne, jusqu'au jour où, un étudiant s'étant offert « par compassion » à lui répéter une leçon difficile, et achoppant soudain, c'est le bœuf muet qui tranquillement lui expliqua toute l'affaire, – vérité d'abord, n'est-ce pas.

C'est par sa douceur de cœur et son humilité, écrit Tocco, qu'il a mérité de connaître dans sa contemplation ce qu'il a enseigné. Au moment d'être fait Maître en théologie il s'effrayait tellement devant la grandeur de la tâche qu'il ne pouvait arrêter ses prières et ses larmes, « parce qu'on m'oblige à recevoir la dignité de Maître et il me manque la science nécessaire ». A la fin de sa vie tout ce qu'il avait écrit lui semblait « comme de la paille ». De son bonnet de Docteur il n'a jamais eu la moindre fierté, et il ne croyait pas manquer à ses devoirs envers ce bonnet en s'essoufflant (il était fort corpulent) pour suivre à Bologne un frère qu'il accompagnait en ville et qui le traitait de lambin.

Ce Docteur a beaucoup pleuré, et beaucoup supplié, chaque fois qu'il se mettait à l'ouvrage. C'est près de l'autel qu'il allait chercher la lumière. La tête appuyée contre le tabernacle, « il se tenait là avec beaucoup de larmes et de grands sanglots, puis il revenait à sa cellule et continuait ses écrits ». Il a été surtout un contemplatif grand parmi les plus grands, constamment en rapport avec le ciel par une oraison très pure et très humble. *Contem-*

plata aliis tradere, c'est une des devises de l'Ordre de Saint-Dominique, et c'est de saint Thomas que vient cette formule. Il la prenait au sérieux.

Il avait beaucoup d'humour avec ça ; il dessinait des têtes d'âne en marge de ses manuscrits, quand sa plume arrivait au nom de certains auteurs appréciés. Et quand un frère lui cria un jour (car il passait pour naïf), de vite venir voir à la fenêtre un bœuf qui vole, il y alla tout droit, pour dire ensuite au petit malin : « Il est moins étonnant de voir un bœuf qui vole que d'entendre un religieux mentir. »

Pourquoi me suis-je mis à parler ainsi de sa personne ? Parce que je l'aime. Et, aussi, dans l'espoir de me mettre un peu en train pour dire quelques mots de sa doctrine, dont je ne me sens pas digne de parler.

Car c'est bien elle, cette improbable doctrine essentiellement fondée en vérité, qui, au lieu de rester à l'état de simple possibilité, comme un terme virtuel auquel tendraient sans l'atteindre les essais contrastants de la pensée humaine, s'est trouvée *formée* et organisée à un moment privilégié de l'histoire, et grâce à un génie privilégié, selon les coutumes auxquelles j'ai déjà fait allusion d'une Providence aussi ironique que généreuse. La doctrine équipée par saint Thomas réunit toutes les propriétés, hautement exceptionnelles, qu'on peut souhaiter pour une si hasardeuse réussite. Elle n'est pas la doctrine d'*un* homme, c'est tout le labeur des Pères de l'Église, et des chercheurs de la Grèce, et des inspirés d'Israël (sans oublier les étapes antérieures franchies par l'esprit humain, sans oublier non plus l'appoint fourni par le monde arabe) qu'elle porte à l'unité : et non pas certes comme à un point d'arrêt ! Car elle est un organisme intelligible fait pour croître toujours, et étendre à travers les siècles son insatiable avidité de nouvelles proies. C'est une doctrine *ouverte* et sans frontières ; ouverte à toute réalité où qu'elle soit et à toute vérité d'où qu'elle vienne ; notamment aux vérités nouvelles que l'évolution de la culture et celle de la science la mettront en état de dégager (ce qui suppose un effort de l'esprit pour transcender un moment son propre langage conceptuel afin d'entrer dans le langage conceptuel d'autrui, et de revenir de ce voyage en ayant saisi l'intuition dont a vécu cet autre) ; c'est une doctrine ouverte, aussi, aux diverses problématiques dont il peut lui convenir de faire usage, soit qu'elle les suscite elle-même avec le progrès du temps, soit qu'elle aille les chercher, – en les renouvelant à la lumière de ses propres intuitions fondamentales, – dans d'autres univers de pensée formés sous d'autres ciels[1]. Je

---

1. Tout ce que j'ai dit plus haut se trouve excellemment marqué dans une page d'Olivier Lacombe. « Nous ne surprendrons personne, écrivait-il il y a quelques années, en disant qu'à nos yeux saint Thomas d'Aquin est, dans l'âge des Docteurs, le Docteur par excellence. Nous croyons que sa doctrine repose sur des fondements définitifs, mais reste progressive, fidèlement ouverte à tous les accroissements de la vérité en l'homme. Nous ne prétendons pas que les disciples de saint Thomas ont le droit de mépriser les voies d'invention, ni le zèle fécond, ni l'apport de vérités des penseurs et des écoles qui n'acceptent pas nos prémisses. Nous sommes sûrs au contraire qu'il nous incombe d'y être d'autant plus attentifs que nous tenons ces prémisses pour les plus certaines et les plus compréhensives. Nous croyons que vingt siècles de vie de la raison humaine dans le climat de la grâce chrétienne l'ont confirmée dans cette puissance de vérité. Elle s'affirme, ainsi sanctifiée, éminemment féconde. Dans la mesure où elle se veut fidèle à une tradition intellectuelle qui a su, par son ampleur et sa profondeur, délivrer et situer pour toujours les trésors intelligibles accumulés par la civilisation occidentale, nous ne voudrions être que les serviteurs inutiles dans lesquels elle poursuivra, à l'égard des grandes cultures orientales et le

songe à ce que pourrait nous apporter un hindou devenu chrétien, et disciple de saint Thomas, qui connaîtrait à fond, avec une sorte de piété et de connaturalité filiales, les écoles de pensée védantines et leurs modes propres d'approche intellectuelle.

Et parce qu'elle est ainsi une doctrine *ouverte*, une faim et une soif jamais rassasiées de la vérité, la doctrine de saint Thomas est une doctrine indéfiniment *progressive;* et une doctrine *libre* de tout sauf du vrai, et libre à l'égard d'elle-même, et de ses imperfections à corriger et de ses vides à combler, et de ses formulateurs et de ses commentateurs, et du maître lui-même qui l'a instituée, je veux dire libre de lui comme il était lui-même, prête, comme lui, aux changements et refontes requis par une meilleure vue des choses, et aux dépassements et approfondissements demandés par une enquête toujours en progrès. (Mon Dieu, je parle de la doctrine de saint Thomas telle qu'elle était en lui, et telle qu'elle est en elle-même, – la manière dont on l'a parfois enseignée est une autre affaire.)

Cette doctrine procède du plus grand maître en réalisme, – un réalisme intégral, aussi conscient de la réalité de l'esprit que de celle des corps, – qui ait jamais existé. Et en saint Thomas lui-même (bien qu'il ait dû prendre, pour initier ses écoliers, les méthodes du bé-a-ba rationnel), elle suppose un inépuisable fond d'intuitivité ; ses définitions, et ses grands profils architecturaux, n'auraient pu avoir une telle justesse s'il n'avait pas été aussi le poète de l'office du

---

monde nouveau en gestation, le travail d'assimilation créatrice qui révélera à ces systèmes et à ces grands mouvements humains leur signification la plus authentique pour eux-mêmes et pour l'humanité tout entière. » Olivier LACOMBE, *Sagesse*, Paris, Desclée De Brouwer, 1951, pp. 33-34.

Saint-Sacrement ; et ses conclusions mêmes, on sent si souvent qu'il les avait vues avant de les démontrer.

Et ce que je viens d'appeler un bé-a-ba rationnel, – questions, articles, objections numérotées, corps d'article, réponses numérotées, – est en réalité (car l'intuitivité ne suffit jamais) le dehors innocent d'un merveilleux appareil de rigueur intellectuelle (plus simple, toutefois, quand on lit saint Thomas lui-même, que ses successeurs ne l'ont fait croire) qui a appris au monde moderne ce que c'est que la science et l'implacable honnêteté du savoir.

Voilà donc les propriétés que même nos gentils contemporains pourraient discerner dans sa doctrine s'ils daignaient s'en approcher. On me dit qu'ils sont rebutés par son vocabulaire. Comment s'étonner que des gens qui comprennent si bien Hegel, Heidegger et Jean-Paul Sartre se trouvent un peu terrorisés par la rigueur scolastique, alors pourtant qu'ils savent bien que toute science a son vocabulaire technique ? Souhaitons qu'au lieu de lire la *Somme de théologie* ils ne tombent pas sur un manuel thomiste ; pour le coup, on les plaindrait sincèrement. Mais je reviendrai là-dessus. A présent je voudrais seulement noter que les propriétés dont je viens de parler dérivent de quelque chose de plus profond, – ce que la doctrine de saint Thomas est dans sa plus pure flamme, et dont il faut bien tâcher de dire quelques mots, si maladroitement que ce soit (ce n'est pas une précaution oratoire, croyez-le bien ; le vieux philosophe se connaît un peu).

L'intuition de l'être
et la contemplation de l'Être même subsistant par soi

Saint Thomas a été un théologien, absorbé toute sa vie dans la *sacra doctrina*, et toute son œuvre est essentiellement une œuvre théologique. Son affaire n'était pas de dire « j'ai raison » là où un autre a tort, mais, au contraire, de préserver et assimiler toute la vérité charriée (avec pas mal de scories et de bévues qu'il fallait écarter) par une immense tradition. De là son respect sacré pour tous les Pères, en particulier saint Augustin, dont pourtant les voies d'approche n'étaient pas les siennes, et consistaient plus dans une méditation amoureuse des choses de Dieu que dans la recherche d'une élucidation strictement fondée en raison. Son rapport avec saint Augustin est particulièrement intéressant à examiner. « On peut dire de l'augustinisme que sa substance est passée tout entière dans la Somme de théologie[1]. » Avec bien des retouches, cela va de soi. Mais saint Thomas s'employait seulement, comme c'était son office de théologien, à faire voir, et à sauver, la vérité que nous apportait telle ou telle thèse dont il n'admettait pas la formule. Sauver toutes les vérités qui avaient été dites (et souvent mal dites) avant lui, voilà la tâche qui lui était assignée.

Et pourtant il a bouleversé toutes les habitudes et les routines de l'École, et frappé ses contemporains par l'étonnante nouveauté de son enseignement. « Nouvelle méthode, écrivait Tocco, nouvelles raisons, nouveaux points de doctrine, nouvel ordre des questions. » Ça a été un fameux *aggiornamento*.

---

1. Étienne GILSON, *loc. supra cit.*, pp. 697-698.

Comment expliquer ce paradoxe? Oh, ce n'est pas sorcier, – il suffit de penser à l'extraordinaire génie *philosophique* de saint Thomas. Saint Thomas était un théologien, c'est-à-dire quelqu'un qui applique sa raison à acquérir quelque intelligence des mystères de la foi. De quel instrument est-il besoin pour cela? D'une philosophie. Et pas de n'importe quelle philosophie; mais, – surtout s'il s'agit de porter la théologie à l'état de science, ou de doctrine essentiellement fondée en vérité, – d'une philosophie qui soit elle-même essentiellement fondée en vérité. Entre les mains du théologien cette philosophie n'est qu'un instrument, une *ancilla*. Mais cet instrument est bigrement nécessaire. Comme une fusée pour un pilote qui veut explorer les espaces interplanétaires. Sans l'instrument approprié, rien à faire de bon.

Saint Thomas le savait bien; et il savait aussi que Platon s'était, au cours des siècles chrétiens précédents, mal acquitté de ce service. *Parce que saint Thomas était un théologien, il a pris soin de choisir, et bien choisir, son philosophe* (aidé en cela par Maître Albert et une grande chance historique, – l'introduction des livres d'Aristote dans les écoles médiévales par l'intermédiaire des Arabes), *et il n'a pas seulement choisi son philosophe, il l'a refait des pieds à la tête.*

C'est maintenant le rapport de saint Thomas avec Aristote qu'il est intéressant de considérer. C'est une grosse erreur, Gilson a bien raison d'insister là-dessus, de dire, comme le répètent tant de professeurs, que la philosophie de saint Thomas est la philosophie d'Aristote. La philosophie de saint Thomas est celle de saint Thomas. Et ce serait une grosse erreur aussi de dire que saint Thomas ne doit pas sa philosophie à Aristote, comme Dante doit sa

197

langue aux beaux parleurs de son pays. La rencontre inouïe de la perspicacité du coup d'œil (il faut être un peu poète pour ça) avec l'inflexibilité de la rigueur logique, nous trouvons cela aussi chez Aristote. Parce qu'il a été, dans le monde des philosophes, le plus grand réaliste et le plus perspicace découvreur des aperceptions premières de l'intellect, comme le plus sévère initiateur aux exigences qui ne pardonnent pas d'un travail strictement rationnel, le fondateur de la métaphysique a fourni les principes. Il a manqué pourtant les conclusions dont l'objet était le plus haut, et qui nous importent le plus. Mais saint Thomas n'a pas seulement dégagé ou rectifié des conclusions, ce qui, après tout, serait peu de chose. Il a eu des principes eux-mêmes une vision incomparablement plus profonde, son intuition métaphysique a poussé celui qu'il a toujours appelé le Philosophe infiniment au delà de l'aristotélisme et de toute la pensée grecque.

Saint Thomas ne s'est pas arrêté à l'*ens*, à l'*étant*, il est allé droit à l'*esse*, à l'*acte d'être* (dommage, je l'ai déjà noté, que Heidegger n'ait pas pu voir ça). Je m'excuse de recourir à un langage technique, il le faut bien pour une fois. Une métaphysique de l'*étant* reste en route ; une métaphysique du *bien* ou de l'*un*, qui sont des *passiones entis*, ou des « propriétés transcendantales » de l'être, se tient dans une perspective inévitablement partielle et particularisée, et est mal aiguillée dès le départ. Il faut autre chose. La métaphysique de saint Thomas n'est pas la métaphysique d'Aristote, parce que c'est la métaphysique d'Aristote *entièrement transfigurée :* ce qui veut dire que le théologien saint Thomas a, pour le service de la théologie, humblement, et sans s'en vanter, porté la sagesse métaphysique au degré de la saisie intuitive la plus foncière et la plus universelle dont la raison soit capable. Une métaphysique née de l'intuition de l'*acte d'être*, – et dont l'objet premier est cette absolument primordiale et tout-embrassante réalité intelligible – est de nature à tout embrasser, tout accueillir et tout rectifier.

Et c'est parce que la servante, – la *métaphysique de saint Thomas* (non celle d'Aristote), – a eu l'intuition de l'être et vu dans l'*esse* son objet premier, que la maîtresse, la théologie de saint Thomas, a pu contempler, dans la trans-lumineuse obscurité des mystères de la Foi, la Cause Incréée de l'être comme *l'Être même subsistant par soi, Ipsum esse per se subsistens*, vers lequel la servante avait déjà levé les yeux comme vers son terme suprême.

« Concevoir Dieu, écrit Gilson[1], comme l'acte d'être pur et premier, cause et fin de tous les autres êtres, c'est du même coup se donner une théologie capable de rendre justice à ce que peuvent avoir de vrai toutes les autres théologies, exactement comme la métaphysique de l'*esse* a de quoi rendre justice à tout ce que peuvent avoir de vrai les autres philosophies. Parce qu'elle les inclut toutes, cette théologie de l'acte d'être, ou du Dieu dont le nom propre est *Je Suis*, est aussi vraie que toutes ensemble peuvent l'être et plus vraie que ne l'est chacune d'elles prise à part. C'est là, si je ne me trompe, la raison secrète du choix qu'a fait l'Église de saint Thomas d'Aquin comme de son Docteur Commun. »

Et s'agit-il de la métaphysique qui sous-tend cette théo-logie, et sans laquelle celle-ci n'aurait pas été (car c'est elle qui, du côté de la raison, a donné l'étincelle indispensable), citons encore ces lignes si justes de notre ami : « Pour ceux

---

1. *Trois leçons sur le Thomisme, loc. cit.*, p. 700

qui en vivent, la métaphysique du Docteur Commun acceptée dans sa plénitude est un *nec plus ultra* de l'entendement. A la fois indépassable en soi et inépuisable en ses conséquences, elle est l'entendement humain lui-même dans son travail permanent d'interprétation rationnelle de l'homme et du monde[1]. »

Nous voilà amenés à une dernière considération, dont il faut bien dire un mot, si vexant que ce soit pour les esprits (si à leur sujet on ose employer ce mot) qui regardent les actualités de librairie et celles des *mass media of communication* comme la seule *actualité* concevable. Il nous faut considérer brièvement le rapport de saint Thomas avec le temps. Je m'excuse : il y a une actualité qui, tout en devant se manifester dans le temps, est, de soi, au dessus du temps, c'est celle de la vérité. Étant essentiellement fondée en vérité, et donc, comme il a été indiqué plus haut, ouverte à tout l'avenir, la doctrine de saint Thomas a, de soi, une actualité supra-temporelle.

Hélas, je viens de dire que l'actualité de la vérité, qui est, de soi, au dessus du temps, doit se manifester dans le temps. En d'autres termes, il fallait que la doctrine de saint Thomas manifestât dans le temps, après saint Thomas, sa vérité supra-temporelle. Si elle y a manqué un peu trop souvent, ce n'est pas la faute de saint Thomas, il était mort. C'est la faute de ses disciples, que nous payons aujourd'hui. Mais la chose demande à être considérée d'assez près, j'y reviendrai plus loin.

---

1. *Trois leçons sur le Thomisme, loc. cit.*, p. 707.

Les requêtes et les renouvellements du vrai savoir

La philosophie de saint Thomas

Une autre faute des disciples de saint Thomas (je parle « des disciples » en général, – *sauf exceptions*, naturellement) a été de ne pas s'appliquer à dégager pour elle-même, en la posant là, dans sa nature propre et avec son allure propre, – qui, par définition, n'ont rien de théologique, – la philosophie de saint Thomas (chez lui elle était tout ce qu'il y a de plus présente, mais sous-jacente à sa théologie ou enveloppée par elle). Ils ont, bien sûr, beaucoup parlé de la philosophie thomiste, et ils l'ont enseignée, dans des commentaires magistraux, des cours, ou des manuels où ils se contentaient le plus souvent de *pick up*, dans l'exposé théologique de saint Thomas, la substance philosophique qui se trouvait là, – portée là à la lumière de la théologie et enveloppée dans la théologie : substance magnifiquement riche, mais toute théologisée dans l'usage que saint Thomas en avait faite, et dont, une fois extraite de l'exposé théologique du maître, on n'avait plus qu'à décalquer les formules, souvent même l'ordre d'exposition, pour offrir en beaux syllogismes telle ou telle thèse philosophique, voire la « doctrine philosophique » de l'Ange de l'École[1].

---

1. Comme je l'ai remarqué, il y a eu des exceptions, certes, quoique rares à ma connaissance. En ce qui concerne les exposés d'ensemble ayant vraiment valeur philosophique, je nommerai ici le vieux Kleutgen, dont j'ai tiré profit jadis, et surtout deux excellents livres : celui du Père Garrigou-Lagrange, *La Philosophie de l'être et le Sens commun*, et celui de Gilson, *L'Esprit de la Philosophie médiévale*.

C'est un disciple un peu aberrant, Brentano, qui au siècle dernier avait eu l'initiative la plus remarquable ; mais négligeant ce qui importait avant tout, elle avait tourné court chez lui-même, et très mal tourné en Allemagne chez ceux qui ont fait dévier du côté de la phénoménologie ce qu'ils avaient reçu de lui.

Cette « philosophie thomiste » n'était pas théologie, puisqu'on l'avait retirée de la lumière propre de la théologie pour la transporter dans le royaume de la raison usant de ses seules forces naturelles, et elle était encore moins philosophie, puisqu'elle restait structurée d'après le traité théologique dont elle sortait, et ne possédait ni l'allure et la méthode propres, ni la lumière propre de la recherche philosophique. Ni lumière propre de la théologie, ni lumière propre de la recherche philosophique, elle n'avait guère de lumière. La *via inventionis*, la voie de découverte, qui est essentielle à la philosophie, y était ignorée ; et de même la procédure propre de la philosophie, qui a son point de départ dans l'expérience et dans un commerce prolongé avec le monde et la réalité sensible. L'atmosphère propre dans laquelle la philosophie prend forme, et qui est l'atmosphère de curiosité où elle vit avec ses sœurs les sciences, et d'où elle s'élève à l'atmosphère plus pure et plus raréfiée de ce qui vient *meta ta physica*, était pareillement absente. Et, surtout, absente aussi la lumière où la philosophie s'origine, et qui est intuitive avant d'être et pour être discursive, et qui se transfère de fil en aiguille tout au long du procès rationnel.

Laissons dans l'oubli qu'ils méritent nombre de manuels plus ou moins médiocres, pour choisir un ouvrage de grand mérite, rédigé de la façon la plus exacte et la plus consciencieuse : nous trouvons un parfait modèle du genre, – de ce genre de philosophie thomiste, – dans les *Elementa philosophiae aristotelico-thomisticae* du bon Père Gredt. C'est un précieux répertoire, qu'on n'a qu'à consulter si on se demande ce que saint Thomas a pensé sur tel ou tel point. Mais comment a-t-on pu jamais penser ça, c'est une autre histoire. On a en mains un aérolithe tombé du ciel, avec tout ce qu'il faut savoir écrit dessus.

Dégagée pour elle-même et dans sa nature propre, la philosophie thomiste a le comportement et l'allure caractéristiques de toute philosophie : un comportement et une allure de pleine liberté pour faire face au réel. Le philosophe ne jure fidélité à personne, ni à aucune école, – et non plus, s'il est thomiste, à la lettre de saint Thomas et à tous les articles de son enseignement. Il a grand besoin de maîtres et grand besoin d'une tradition, mais pour qu'on lui apprenne à penser en regardant les choses (ce qui n'est pas si commode que ça), et non, comme c'est le cas pour le théologien, pour assumer toute cette tradition dans sa pensée. Une fois qu'elle l'a instruit, il en est libre, il s'en sert pour son travail à lui. En ce sens il est seul en face de l'être. Son job à lui, c'est de penser ce qui est.

Quant à la méthode qu'il a à suivre, il est clair que la problématique, la recherche et la découverte viennent avant la systématisation. Et même, avant la recherche directe (et la bataille avec les choses, et la discussion, et la controverse, et finalement la synthèse doctrinale à laquelle il tend, et qui toutes ensemble constituent son œuvre propre) la voie d'approche la plus normale pour lui, c'est l'examen historique, – et non pas historique seulement, car il a déjà, bien sûr, son idée de derrière la tête et peut-être son système de référence (et l'histoire à elle seule ne suffit pas pour juger), – c'est l'examen *historique et critique* de ce qu'on a pensé avant lui. (Là aussi nous pouvons prendre des leçons auprès d'Aristote.) La voie d'approche en question n'est qu'une voie introductoire, mais, dans l'enseignement comme pour la recherche, elle est bien nécessaire.

Enfin le principe absolument premier dont, s'il est thomiste, et métaphysicien, tout dépend pour le philosophe, c'est cette intuition intellectuelle de l'être dont j'ai déjà beaucoup parlé. Ici je voudrais faire deux remarques. La première concerne cette intuition elle-même. Celle-ci, comme je le disais plus haut, n'a rien à voir avec l'intuition bergsonienne, elle suppose un intellectualisme plutôt farouche, en tout cas bien décidé. Et elle n'a rien à voir non plus avec je ne sais quelle intuition charismatique. C'est au sein de l'exercice le plus naturel de l'intelligence qu'elle se produit, et elle n'a d'autre charisme que celui de sa *simplicité*, – de la mystérieuse simplicité de l'intellection. Il n'y a rien de plus simple que de penser *je suis*, *j'existe*, ce brin de mousse existe, ce geste de la main, ce sourire adorables que l'instant va emporter *existent*, le monde *existe*. La grande affaire est que ça descende assez profondément en moi, et que la conscience que j'en prends un jour me frappe d'une manière assez vive (parfois violente) pour qu'elle ébranle mon intellect jusqu'à ce monde même d'activité préconsciente, par delà toute formule et tout mot, et sans bornes assignables, qui nourrit tout en lui. Et une telle descente jusqu'au fond de l'âme, c'est une chose *donnée*, sans doute, non *œuvrée*, – donnée par la grâce naturelle de la nature intellectuelle.

Et alors, si la chance s'en mêle, et que le regard de la conscience, s'il est assez habitué à la pénombre, pénètre un peu, comme un voleur, dans les limbes de ce préconscient, il se peut que ce simple *je suis* ait bien l'air d'une révélation dans la nuit ; et que cette secrète révélation éveille des échos et des surprises de toutes parts, et que soit pressentie l'inépuisable ampleur de ce qu'elle permet d'atteindre.

Et il se peut aussi, comme je l'ai noté dans le précédent chapitre, qu'elle se trouve réellement présente en quelqu'un mais qui n'y prend pas garde, soit parce qu'elle reste impliquée dans les couches plus ou moins superficielles de la conscience, soit parce que, comme chez l'enfant, elle ait lieu seulement dans le préconscient de l'esprit.

C'est dans un jugement (ou dans une actuation préconsciente ayant valeur de jugement non formulé), et dans un jugement d'existence, que l'intuition intellectuelle de l'être se produit. Le concept philosophique de l'*actus essendi*, de l'acte d'être, ne viendra qu'après. Et plus l'intuition aura été profonde et pure, plus sera juste aussi et compréhensive (sauf accident) la conceptualisation des diverses découvertes que la philosophie pourra faire en scrutant le réel à la lumière de ce principe absolument premier[1].

Ma seconde remarque a rapport à Bergson. J'ai dit que l'intuition intellectuelle de l'être n'a rien à voir avec l'intuition bergsonienne, que gâtait un anti-intellectualisme à vrai dire très accidentel, et que Bergson décrivait comme une sorte d'ineffable sympathie exigeant une torsion de la volonté sur elle-même ; et, surtout, elle ne portait pas directement sur l'être, mais seulement sur une *durée* qui n'est qu'un des aspects de l'être, et qui a joué dans sa doctrine le rôle d'un substitut de l'être. Cela dit, il faut ajouter qu'à travers la durée c'est l'*esse* que de fait, et sans se le dire, il atteignait en réalité, et qu'en tout cas le thomisme lui doit une fière chandelle, car si l'intuition de l'être n'a rien à voir avec son intuition, c'est cependant grâce à l'impact de son intuition, et de son génie métaphysique, sur la

---

1. « Plus l'intuition est vitale et centrale, et plus sa conceptualisation a des chances de l'exprimer droitement ; plus elle est limitée, et plus la conceptualisation risque de la trahir », écrit Louis Gardet (à propos des intuitions premières en général), dans sa pénétrante étude « Pluralité des philosophies et unité de la vérité », *Nova et Vetera*, Genève, 1965-IV, p. 268.

pensée moderne (le Père J.-H. Nicolas note que la « connaissance réelle » de Blondel a eu aussi sa part dans l'affaire), que les thomistes contemporains ont enfin reconnu (non sans fortes oppositions, et pas tous encore, il n'y a pas tant de métaphysiciens de par le monde) l'importance essentielle et absolument primordiale de l'intuition de l'être dans leur propre philosophie[1]. A ce point de vue on doit considérer Bergson comme un grand libérateur.

Pour conclure mes réflexions sur la philosophie thomiste rendue à sa nature propre de philosophie, je dirai qu'à mon avis elle se trouve, en ce dernier tiers du XXᵉ siècle, bien qu'elle n'ait pas les faveurs de la mode, en assez bon chemin, – je pense, en parlant ainsi, à son développement intrinsèque, aux nombreuses recherches qu'elle a suscitées, et en particulier, aux progrès qui lui sont dus (grâce aux travaux d'Olivier Lacombe et de Louis Gardet) dans l'intelligence de la pensée orientale (et la bonne intelligence avec ses représentants), et dans une théorie authentique (la seule authentique) de la mystique naturelle. Il faut avouer toutefois que pour le moment elle souffre d'un grand manque : elle n'a pas encore ré-élaboré la *philosophie de la nature* qui est une de ses pièces indispensables. Ce n'est

---

1. Je suis heureux de pouvoir invoquer ici l'autorité du R. P. Jean-Hervé Nicolas. Cf. son remarquable article de la *Revue Thomiste* (1947-I) sur *L'Intuition de l'être et les premiers principes*. Il y note, en particulier, que, dans un important texte de saint Thomas sur la connaissance métaphysique (*in Boet. de Trin.*, q. 6, a. 1) le mot *intellectus* doit se traduire par « intuition intellectuelle ». Et il conclut qu'en obligeant les thomistes « à prendre une plus vive conscience de cet aspect trop négligé de leur métaphysique, les philosophies nouvelles qui se sont développées à côté de la leur... leur ont rendu un immense service dont bénéficie avec le thomisme la pensée chrétienne en général. Elles les ont réveillés de leur sommeil abstractif. »

pas une consolation de se dire que pareil manque afflige toute la pensée d'aujourd'hui ; ni que les savants, dont la réflexion est mise par leurs grandes conquêtes elles-mêmes devant tant de problèmes (et que, par ailleurs, aucune fausse monnaie intellectuelle ne peut tromper longtemps), réclament plus que personne, mais en vain, cette philosophie de la nature qui s'obstine à ne pas se montrer. En ce qui concerne le thomisme, voilà bien longtemps que sa philosophie de la nature a besoin d'être refondue. La besogne (rêve évanoui de ma jeunesse) n'est certainement pas impossible, mais elle est difficile au plus haut point. J'ai confiance cependant qu'elle sera faite. Il y faudrait une équipe où savants et philosophes coopéreraient, et qui serait guidée par un philosophe compétent. Improbable, ce philosophe ? Je ne pense pas, j'ai son nom sur le bout de la langue.

Pas mal de patience sera quand même nécessaire. Et ce qui sera nécessaire aussi, – là est le *diabolus in musica*, – c'est un sens absolument sûr des exigences de cet art « subtil et délicat » qui consiste à *distinguer pour unir*. Je ne vais pas m'embarquer ici dans les problèmes ardus de l'épistémologie. Je noterai seulement que les sciences de la nature ont, toutes, prise sur le réel en tant seulement qu'observable (ou dans les limites de l'observable). Bien qu'elles soient très loin de former un ensemble de même teneur au point de vue épistémologique, toutes relèvent donc pareillement d'une intellection d'ordre *empiriologique* (soit simplement empiriologique, soit empirio-mathématique), ce sont des « sciences des phénomènes ». Au contraire, la philosophie de la nature relève d'un type d'intellection qui par l'observable, ou par les signes saisis dans l'expérience, atteint le réel dans son être, et qu'on doit appeler une intellection d'ordre *ontologique* (la plus naturelle à vrai dire ; l'autre demande une sorte spéciale de dressage ou d'ascèse.) Le fonctionnement de la pensée et le lexique conceptuel sont donc typiquement différents dans les sciences de la nature et dans la philosophie de la nature. L'erreur de l'antiquité a été de croire que le fonctionnement de la pensée et le lexique conceptuel propres à la philosophie de la nature s'étendaient aux sciences de la nature. L'erreur de quelques savants modernes, pour autant qu'ils sont en quête d'une philosophie, est de croire que le fonctionnement de la pensée et le lexique conceptuel propres aux sciences de la nature peuvent servir à construire une philosophie de la nature. Nous sommes là en face de deux claviers différents. Si une philosophie thomiste de la nature prend forme un jour, comme je l'espère, c'est à condition d'avoir une claire conscience de cette distinction ; et c'est par là, d'abord et avant tout (plus encore que par la nouveauté du matériel employé, et la complète transformation à laquelle il a été soumis), qu'elle sera une philosophie de la nature *entièrement renouvelée* (quoique dans la même perspective philosophique) par rapport à celle de saint Thomas et de son temps. Dans l'équipe qui travaillera à un tel renouvellement, chacun devra être capable de jouer (plus ou moins à son aise) sur deux claviers différents, l'un que son métier lui a rendu familier, l'autre dont, en homme de bonne volonté, il aura dû apprendre le maniement sur le tard [1] ; les philosophes devront savoir jouer, au moins en amateurs, du clavier scientifique ; les savants, du clavier philosophique. Que les anges du vrai savoir leur soient en aide !

---

[1]. Voir, à la fin du volume, Annexe III, *Petite digression épistémologique.*

Les requêtes et les renouvellements du vrai savoir

Philosophie et théologie

Entre la foi et la raison, comme entre la grâce et la nature, il y a *distinction* essentielle ; et on l'oublie quelquefois (bien plus souvent aujourd'hui, parce que nous sommes trop bêtes, maintenant qu'on nous a si bien instruits, pour savoir ce que cela peut bien être que de distinguer : avec la dialectique et l'élimination des « natures » au profit du devenir, ça ne saute-t-il pas aux yeux que tout diffère parce que tout est le même ? et que plus il y a de sauts à faire par dessus le discontinu, plus la continuité du mouvement qui va tout seul prend d'éclat et de jarret ?)

Mais entre la foi et la raison, comme entre la grâce et la nature, il n'y a pas *séparation ;* et l'on oublie aussi quelquefois (bien plus souvent jadis, parce que pas mal de nos ancêtres étaient aussi bêtes que nous ; et, une fois deux termes assis sur les chaises d'une solide distinction, trouvaient fatigant de les lever de leur chaise pour faire ensemble un tour de valse).

Quoi qu'il en soit de la bêtise de nos ancêtres et de beaucoup d'entre nous, les choses sont comme ça, et la vie est comme ça : il y a distinction sans séparation.

La raison a son domaine propre, et la foi le sien. Mais la raison peut entrer dans le domaine de la foi en y portant son besoin de regarder, son désir de découvrir l'ordre interne du vrai, son aspiration à une suprême sagesse, – c'est ce qui arrive avec la théologie. Et la foi peut entrer dans le domaine de la raison, en y apportant l'aide d'une lumière et de vérités supérieures, qui surélèvent la raison *dans son ordre propre,* – c'est ce qui arrive avec la philosophie chrétienne. (Ces diables de mots, comme « philosophie chrétienne », ou « politique chrétienne », sont bien gênants, ils ont l'air, – les gens comprennent toujours mal, – de cléricaliser une chose séculière par nature, et de lui imposer une étiquette confessionnelle. « Philosophie dans la foi » est peut-être meilleur que « philosophie chrétienne », mais prête aussi à équivoque. Enfin l'emploi de n'importe quel mot suppose quand même un petit peu d'intelligence.)

Laissons de côté le nom par lequel se désignent incongrûment les *Christian scientists*, secte peu recommandable : eux mis à part, on ne saurait parler de *science chrétienne*, parce que la science ne s'occupe que des phénomènes, et que ceux-ci, comme disait Pierre Termier, « n'ont pas l'air chrétien, » pas plus que l'œil ou le microscope qui les observe. Mais la philosophie s'occupe de *ce qui est* sous les phénomènes. Et la foi, de *Celui qui est*. Et la métaphysique s'occupe des vérités premières ; et la foi, d'autres vérités encore plus premières. Comment serait-il normal qu'elles s'ignorassent ?

Après tout, un chrétien peut être philosophe. Et si, pour philosopher il croit devoir enfermer sa foi dans un coffre-fort, – c'est-à-dire cesser d'être chrétien pendant qu'il philosophe, – il se mutile lui-même, ce qui est malsain (d'autant plus que philosopher lui prend le meilleur de son temps) ; et il se trompe lui-même, car ces coffres-forts-là sont toujours mal verrouillés. Mais si pendant qu'il philosophe il n'enferme pas sa foi dans un coffre-fort, il philosophe dans la foi, quoi qu'il en ait. Mieux vaut s'en apercevoir.

Quand on s'en aperçoit, alors on est bien forcé d'avouer qu'il y a une « philosophie chrétienne ». Elle est philosophie, son travail est un *travail de raison*. Mais elle est dans un *meilleur état* pour faire son travail de raison. Non seulement, en effet, la foi met sur notre chemin certains signaux (« tournants dangereux », etc.) grâce auxquels notre petite conduite intérieure court moins de risques ; mais surtout elle nous aide du dedans à surmonter des entraînements et des rêves irrationnels auxquels sans une confortation qui vient de plus haut que la raison nous céderions volontiers. En sorte qu'à vrai dire, étant donné les conditions générales, pas très brillantes pour la raison, où se trouve la nature déchue, l'état ou la « situation » de la philosophie chrétienne doit être regardé comme l'état ou la « situation » les plus désirables pour la philosophie chez les fils d'Adam. Cela ne veut pas dire qu'un philosophe chrétien ne peut pas se tromper aussi gravement qu'un autre, – la foi fait courir d'autres risques à des têtes philosophiques insuffisamment solides ; et, surtout, les reliquats de la foi des ancêtres (mais alors il s'agit de philosophies qui se proclament faussement chrétiennes, ou qui ne sont plus chrétiennes du tout) font courir les plus graves dangers à de fortes têtes rationalistes qui s'imaginent, comme Hegel, et depuis le pontificat de Hegel, devoir assumer tout le fardeau des vieilles théologies supposément dépossédées.

Saint Thomas avait la tête solide, et c'est lui qui nous a appris à distinguer vraiment sans jamais séparer. Si on pense aux divers caractères de sa philosophie que j'ai tâché de rappeler, et à la manière dont, pour se faire à lui-même cette philosophie, il a transfiguré la métaphysique d'Aristote, non pour courber la raison devant la foi, mais pour pousser la raison à mieux dominer son empire propre, et prendre conscience du principe absolument premier de l'*opus philosophicum*, on aura peut-être l'idée que la philosophie de saint Thomas (et, surtout, sa métaphysique) n'est pas seulement une philosophie chrétienne, mais est *la* philosophie chrétienne par excellence.

C'est une tentation très naturelle à des gens même très intelligents mais qui croient que tout se répète, de s'impatienter du privilège ainsi reconnu à une philosophie que du reste ils ignorent ou ne connaissent que superficiellement. Est-ce que la théologie ne devrait pas faire avec les philosophes modernes ce que saint Thomas a fait avec Aristote, – c'est évident, n'est-ce pas? On entend partout aujourd'hui cette question inepte. Elle est inepte pour bien des raisons. La première est que faire avec Hegel ce que saint Thomas a fait avec Aristote, ce serait d'abord se donner la peine de refaire Hegel des pieds à la tête. Qu'ils s'y essayent, ils se casseront les dents. On peut refaire des pieds à la tête un philosophe qui, resté en route, était bien parti, je veux dire était bien *dans l'axe* pour regarder le réel. Avec un philosophe (idéosophe) qui n'est dans l'axe que de la Pensée, c'est certainement moins commode ; et encore moins si cet idéosophe se regardait comme le sommet de toute la pensée humaine et comme le révélateur de la suprême sagesse. Ce n'est pas commode non plus avec une foule de philosophes (idéosophes) qui, ne connaissant d'autre tradition que celle de leurs prédécesseurs immédiats dans une lignée donnée, ne nous offrent que des tentatives individuelles, et qui, tels nos penseurs contemporains, sont de plus en plus résignés à passer dans l'air comme des lucioles ne brillant qu'un instant. De fait, il y a bien eu des essais de théologies cartésiennes, malebranchiennes, kantiennes, hégéliennes, elles n'ont pas jeté de grandes lumières dans l'Église. Et, à l'heure actuelle, c'est avec du tout-venant phénoménologique que travaillent les génies créateurs. Ce ne serait pas une petite besogne pour la théologie, – si toutefois elle se croyait toujours chargée d'apprendre aux hommes à gagner par leur raison quelque intelligence de l'éternelle Vérité révélée dans la foi, – de devoir renouveler ses modèles à chaque saison comme les fabricants d'automobiles.

Mais tout cela ne touche pas beaucoup les clercs et religieux, voire les innocents laïcs, que tourmente la question : pourquoi ne pas répéter avec les penseurs du jour ce que saint Thomas a fait avec Aristote, en sorte d'être débarrassés de ces deux gêneurs ? La chose, à vrai dire, est plus grave qu'il ne paraît. Essayons de discerner ce qui, tout au fond (et, sans doute, inconsciemment pour beaucoup) est caché là-dessous. C'est, avec une notion toute changée de la théologie, ce qu'on pourrait appeler un fidéisme dévoyé. Je résumerai en trois points ce que j'entends par là.

Primo. Selon ce fidéisme la théologie n'est pas, comme on l'a cru si longtemps, un *savoir rationnel* par où la raison humaine pénètre humblement, autant qu'elle peut (et en progressant toujours, comme il se doit), la Vérité sortie de la bouche de Dieu dans les mystères de la foi. Car non seulement la foi transcende la raison, mais la raison est impuissante à faire œuvre de science (c'est-à-dire de connaissance rationnelle assez solidement établie – sur le roc – pour pouvoir progresser toujours) en scrutant en quelque façon, dans leurs éternelles profondeurs intrinsèques, les vérités que la foi nous fait connaître et dont l'Église a le dépôt. Le théologien lève cependant les yeux vers la foi.

Secundo. Est-ce à dire que pour contempler ces mystères il serait déjà dans l'union transformante ? Non, sans doute. C'est un savant, et il use de la raison, donc de la philosophie (et des trésors d'une érudition aussi vaste et chicaneuse que possible), tout en levant les yeux vers la foi. Mais comme celle-ci est supposée répugner de soi à la raison, et à une œuvre de science accomplie par la raison, il peut et doit, en regardant la foi, user de n'importe quelle philosophie, du moment que c'est celle de son temps. Car il ne s'agit pas du tout de mieux comprendre, grâce à la raison, et d'arriver à *savoir* en quelque façon (toujours et indéfiniment progressive) les choses (immuablement vraies) que la foi nous fait connaître. Il s'agit (ce qui est bien plus humble, n'est-ce pas, de la part de la raison) de *réinterpréter* en chaque temps, par la philosophie du temps, la foi elle-même avec les choses (muablement vraies) qu'elle nous fait connaître. Du coup l'*ancilla* devient maîtresse. Et le fidéisme originel de la théologie ainsi conçue passe à la remorque d'un philosophisme dynamique qui met la théologie en possession de la félicité à laquelle elle aspire : être un enfant de son temps. Qu'est-ce qu'on peut demander de mieux pour une théologie essentiellement « pastorale » ? (Ce n'est pas de ma faute si ce mot vénérable a été prostitué par tant de journalistes zélés.)

Tertio. Et pourquoi donc tout cela ? Parce que si l'objet de la théologie demeure toujours la vérité des mystères de la foi (mais vérité désormais muable dans sa valeur intelligible et dans son sens, quelquefois mythique s'il le faut), – et aussi, bien entendu, les vérités d'érudition (absolues, elles, quoique pour le moment), – cependant la fin suprême de la théologie, en définitive, n'est plus la Vérité, mais l'Efficacité. Enfin nous y voilà. Et c'est ainsi qu'avec la nouvelle notion de la théologie sous-jacente à la fameuse question que j'ai irrévérencieusement, mais non sans raison, qualifiée d'inepte, on a affaire à un fidéisme *dévoyé*.

Cette analyse peut sembler un peu dure, à première vue. Si on y réfléchit sérieusement, on aura de la peine à ne pas la trouver exacte.

La théologie doit être de son temps, oui, c'est vrai, mais dans un sens entièrement différent, et à condition qu'on la maintienne ou rétablisse dans ce qu'elle est par essence : effort pour comprendre, autant que c'est possible, et ordonner dans un ensemble rationnel, les vérités de la foi en vue de cette fin suprême qu'est la Vérité, non l'Efficacité. Aussi bien l'objet d'un savoir ne fait-il qu'un avec sa fin.

« Refaire aujourd'hui ce qu'a fait Thomas d'Aquin », c'est « redescendre de la vérité révélée vers les philosophies de notre temps pour les éclairer, les purifier », et sauver les vérités qu'elles tenaient captives. « Tâche immense, comme l'écrivait Gilson[1], mais où Thomas d'Aquin nous a précédés et peut encore nous conduire. »

Dans cette tâche immense il peut nous conduire, oui, à condition que nous avancions avec lui. Et c'est diablement urgent. C'est un des renouveaux les plus nécessaires requis par le *vrai feu* que le Saint-Esprit a allumé, et avec lequel les lance-flammes du Concile ont inquiété tant de torpeurs. Quelques thomistes n'avaient pas attendu pour se mettre en route (petite troupe assez forte quand même, et où les jeunes lumières ne manquent pas, mais *operarii pauci*, comme toujours). Il reste que pour être conduits par quelqu'un il ne faut pas rester assis, et c'est un fait que, en ce qui regarde la tâche en question, les thomistes sont, trop souvent, restés assis sur leurs cathèdres magistrales.

Je n'aime pas beaucoup parler de cela, parce qu'on est toujours plus ou moins injuste quand on parle en général, comme j'ai dû le faire souvent dans ce livre. Je ne suis pas

1. *Loc. supra cit.*, p. 706.

grand-chose, mais qu'est-ce que je serais si je n'avais pas eu la chance imméritée d'être instruit par des maîtres comme le Père Clérissac et le Père Dehau et comme le Père Garrigou-Lagrange, et comme, parmi ceux qui sont encore parmi nous, et que je ne nommerai pas eu égard à leur modestie, un humble Cardinal auquel je dois tout ce que je sais sur l'Église, et qui ne serait encore qu'un petit abbé professeur de séminaire (professeur de séminaire, il l'est toujours) sans la perspicacité du Pape Paul VI.

Alors, de quoi est-ce que je me mêle en cherchant noise aux thomistes ? Mais le vieux paysan ne respecte rien, surtout pas l'immobilisme qui, depuis la canonisation de saint Thomas (avant cela, sa doctrine avait, comme de juste, connu les entourloupettes de ses frères d'Oxford et de l'évêque de Paris, Étienne Tempier) a laissé si longtemps le thomisme s'encroûter savamment. On a peur, surtout dans le bel et ingrat aujourd'hui, d'être ce que Sartre appelle un salaud si on dit du mal du passé. Il faut pourtant reconnaître que la gloire est dangereuse, ainsi que la haute mission de défenseurs attitrés de la vérité ; et qu'une grande École, avec des maîtres célèbres et de fameuses universités, avait de la peine à garder l'humilité chercheuse qui a joué un rôle si essentiel dans la vie de saint Thomas et dans son œuvre. Le bonnet de docteur dont saint Thomas tenait si peu compte, est vite devenu un insigne sacré couronnant des maîtres dont l'autorité faisait loi. (Après tout, cependant, ils n'étaient que des professeurs ; et comme ça leur aurait fait du bien, – ainsi qu'à tout professeur en principe, – d'aller périodiquement rafraîchir leur expérience du réel en trayant les vaches et poussant la charrue.)

L'humilité personnelle n'avait rien à voir là-dedans : c'est l'office à remplir qui savait trop bien sa grandeur ;

être au service de la science reine comporte forcément de hauts devoirs et il convient à un Maître en théologie d'être pénétré de ces sentiments. J'ai eu l'occasion de rencontrer un très estimable théologien tout rond, naïf, humble et charitable, et qui ne manquait pas d'humour, au sujet duquel on racontait une bonne histoire. Dans un cours de théologie morale (sur la question du moindre mal, je suppose) un exemple lui vient à l'esprit. Imaginez, dit-il à ses étudiants (sa mimique faisait leur joie), que je suis sur un navire qui fait naufrage ; il ne reste qu'un canot de sauvetage. Naturellement je me dis : à moi de me sacrifier, il y a juste un père de famille à côté de moi... Mais je réfléchis un petit instant, et je pense : Je suis Maître en théologie, *valde utilis sanctae Ecclesiae!* Alors, n'est-ce pas, il faut bien passer sur le canot avant les autres...

Ce n'est qu'une histoire pour rire (mais authentique). La hauteur avec laquelle un grand seigneur de l'esprit comme Cajetan s'adresse aux « apprentis » reste toujours inscrite dans son Commentaire de la Somme. C'est difficile, quand on a pour office d'enseigner la plus haute sagesse, de résister à la tentation de penser que tant qu'on n'a pas parlé rien n'a été dit. Comme *dispositio animae*, ça n'est guère favorable à l'inquiète recherche, ni au mouvement, ni au désir d'examiner les pauvres tentatives du commun du peuple. J'ai parmi les théologiens bien des amis très chers dont il faudrait dire tout le contraire, et dont l'humilité, même « professionnelle », fait mon admiration. Mais l'histoire de la confrérie ne donne pas à penser que tel a été le cas général. Et le plus curieux de l'affaire est que ceux qui aujourd'hui jettent aux orties saint Thomas et le reste, et se nourrissent du pain de l'existentialisme ou de la démythisation pour inventer des hypothèses de grand style semblent n'avoir gardé de leurs ancêtres qu'une instinctive persuasion de la supériorité *professionnelle* de leurs énoncés.

Dans le passé il y a eu bien des excuses. On aime songer à l'âge des grandes joutes et controverses, où il s'agissait pour le thomiste de donner de bons coups au scotiste ou au suarézien ; ces beaux tournois ont permis de maintenir de précieuses vérités et d'approfondir la doctrine (tout en la durcissant parfois, ou la rendant labyrinthine). Ces hommes-là connaissaient leur affaire. Comme il me plaît ce Dominicain, il s'appelait Thomas de Lemos, je crois, qui, au cours des fameux débats *de auxiliis*, en présence du Pape, se démenait tellement contre la science moyenne qu'il a fallu l'enfermer dans une cage de verre. Il reste que les disputes d'écoles, l'argumentation oratoire, le jeu des concepts et l'art des *distinguo* victorieux, le didactisme ont si bien pris le dessus que les thomistes ont peu avancé dans leur ligne propre, n'osant guère changer, quand il le fallait, des positions classiques, comme saint Thomas l'aurait fait s'il avait été là ; et que, lorsque la philosophie moderne et la science moderne ont commencé (et continué) de faire du bruit dans le monde, on est resté à peu près sourd à ces misérables murmures (sinon pour réfuter ; et, si nécessaire qu'elle soit, ce n'est pas la réfutation qui m'importe ici). Disons que le thomisme d'école a perdu peu à peu cette ouverture, ce sens de la recherche et du progrès, ce zèle d'aller sauver partout les vérités captives, ce commerce avec le réel et avec l'expérience qui l'activaient dans sa source originelle, et surtout cette intuitivité qui fait la vie de sa vie (dans la théologie aussi, qui, pourtant, n'a pas, comme la métaphysique avec l'*actus essendi*, l'intuition intellectuelle de son objet premier, mais qui a néanmoins, pour avancer à pas de raison dans les mystères de l'Être même subsistant par soi, la lumière de la foi, dont le théologien reçoit des atteintes plus pénétrantes dans l'expérience de la contemplation, grâce à laquelle la *sacra doctrina* peut devenir vraiment ce qu'elle est de droit, « une certaine impression en nous de la science divine, *quae est una et simplex omnium*[1] »).

La chute de potentiel due à cette perte de l'intuitivité toujours en alerte est la cause profonde du glissement fatal qui s'est produit vers le notionalisme et la fixation sur les essences abstraites (l'oubli, donc, en métaphysique, de l'intuition de l'être) dont Gilson a sans doute raison de tenir Cajetan pour un des grands responsables. (Je reconnais ça non sans chagrin, parce que j'admire par ailleurs cet incomparable raisonneur, sectateur d'Aristote, hélas, au sens même où saint Thomas ne l'était pas, et tout de même théologien d'une extraordinaire puissance. Mais le Commentateur dont je suis amoureux, – sans craindre de m'écarter de lui quand il le faut, – ce n'est pas Cajetan, c'est Jean de Saint-Thomas, qui, en dépit de ses phrases interminables et de sa charmante ivresse de technicité logique, était foncièrement, lui, un intuitif.)

Il n'est pas surprenant qu'à la fin le thomisme soit entré dans le « sommeil abstractif » dénoncé par le Père Jean-Hervé Nicolas. Et que dire de la prudente ignorance dans laquelle le théologien et l'exégète se sont si longtemps gardés l'un de l'autre ? Et de l'isolement dans lequel on s'est tenu si longtemps à l'égard des nouvelles conceptions du

---

1. Comme l'écrivait le Père Clérissac, « les joies et l'énergie vitale que dispense la théologie sont incomparables, parce que cette science n'est autre que l'illumination baptismale devenue consciente et progressant ». *Le Mystère de l'Église*, Paris, éd. du Cerf, 1917, p. 6.

monde avec lesquelles la science, et surtout ses vulgarisateurs, occupaient l'attention du *vulgum pecus*? On s'explique un peu comment tant de nos intellectuels s'imaginent encore que pour aborder le thomisme il faut « sortir de son temps ».

Si on se tournait du reste, non plus spécialement vers l'enseignement qui a été trop souvent celui des thomistes (et dont les manques étaient spécialement graves à raison du vivant dépôt qu'il aurait dû transmettre), mais vers l'enseignement commun qui a, lui aussi, trop souvent, – cette fois dans une douce indifférence doctrinale, – régné dans les écoles chrétiennes, ce serait pire encore. On n'a qu'à se rappeler le pieux outrage à l'intelligence qu'était le manuel latin de théologie du vénérable M. Tanquerey.

C'est tout cela qui doit changer, – et qui est en train de changer en vitesse. C'est là que le vrai feu nouveau doit porter la flamme.

★

Tout cela doit changer. Mais cela risque de changer mal.

En effet, le résultat de toutes les infortunes particulières que j'ai mentionnées a été un bien plus grand malheur. L'énorme travail de discernement et d'intégration, d'interprétation, de refonte, de purification et de libération que demandaient les aventures de la pensée et de la culture dans l'âge moderne, et qu'il fallait faire *au dedans* de la vérité, – toujours actuelle de soi mais au dessus du temps, et qui veut être manifestée dans le temps, – de la grande sagesse doctrinale que saint Thomas a donnée au monde, les thomistes ne l'ont pas fait[1]. Ils ont laissé ainsi à des théologiens de bonne volonté, mais de tête légère, le soin de faire, à la place de ce travail, un travail tout à fait différent, – destiné, non à sauver des vérités captives, mais à s'adapter à cela même qui les tient captives, – travail exécuté sous l'aiguillon du moment, et accompli *en dehors* de la vérité toujours actuelle (mais au dessus du temps) d'une sagesse doctrinale qu'ils ignorent, ou méprisent, ou trahissent, et en suivant les jupons de n'importe quelle philosophie attifée à la mode du jour, qui devient leur servante-maîtresse. Comme si une *ancilla* ambitieuse et phénoménologiste, qui est sûre d'en savoir plus qu'eux, pouvait les aider à autre chose qu'à changer la théologie en une espèce d'exégèse, à la fois hardie (bien sûr) et modestement conjecturale, des vérités auxquelles ont cru nos ancêtres, dûment ré-interprétées et habillées de neuf, sans oublier le béret, les lunettes, et l'air mutin, pour pouvoir paraître sans désavantage dans les rencontres internationales et les colloques où la Mentalité moderne respire à l'aise.

Aux réflexions que je viens de faire sur les fautes et négligences qui, dans le passé, ont peu à peu encroûté le thomisme, et sur la façon dont nous les payons aujourd'hui, on pourrait ajouter des réflexions semblables concernant

---

1. Il y a de l'injustice à s'exprimer ainsi, mais, comme j'ai déjà dit, je parle en général, – laissant de côté un certain nombre de maîtres qui, au siècle dernier, ont éclairé bien des problèmes et ouvert bien des voies. J'aurais envie de citer des noms, mais je ne veux pas avoir l'air de faire un palmarès. Au surplus les maîtres auxquels je fais allusion (le Père Schwalm, en particulier) ont contribué à l'approfondissement de la pensée thomiste plus qu'au travail dont il est question dans le texte. C'est en exégèse qu'un tel effort a été entrepris, avant tout par l'admirable Père Lagrange.

bien d'autres sujets, et, généralement parlant, la progressive sclérose à laquelle, au cours des siècles précédents, les mœurs, si je puis ainsi parler, ou les us et coutumes de la pensée chrétienne ont été soumises. C'est des incidences pratiques qu'il s'agissait là surtout, et la prudence ecclésiastique a joué un grand rôle dans l'affaire. Un dépôt sacré, et de saintes traditions de haute sagesse, quoique toujours à l'œuvre partout où passaient le sang et la vie, se sont trouvés peu à peu à demi enrobés dans une routine, une étroitesse d'esprit et une sorte de vigoureux et soupçonneux refus de penser qui faisaient fonction de précautions antiseptiques contre un tas de dangers de contagion. Et l'inévitable résultat a été de replier sur lui-même le peuple chrétien (où beaucoup gardaient vivants d'admirables trésors de foi et de piété, mais où beaucoup d'autres s'enfonçaient dans l'indifférence et une insondable ignorance) et de séparer, non pas le christianisme, certes, ni l'Église, mais les masses plus ou moins pratiquantes, et leurs soucis ordinaires, du monde de la culture avec ses beaux progrès dans l'impudeur et l'expérience de la déraison, mais aussi ses progrès bien réels dans l'expérience de la beauté, de la poésie, de l'intelligence, de la liberté d'esprit, et de la connaissance de l'homme.

Chacun dans sa perspective propre, Léon Bloy, Bernanos, Mauriac ont dit tout ce qu'il faut dire là-dessus. Malgré tout, on avait pris l'habitude de regarder tout cela, avec une espèce d'indulgence résignée, comme les inévitables faiblesses de toute grande institution humaine, ou l'inévitable crasse et routine des bureaux qui préparent l'équipement d'une héroïque chevauchée. On oubliait un peu trop la piétaille, et le pauvre petit peuple que les labeurs et les tracas du gagne-pain quotidien tenaient prisonnier des habitudes, et qui ne lisait pas les grands mystiques. On oubliait surtout qu'il ne s'agissait pas d'une institution humaine, ni d'une chevauchée militaire. L'Église le savait bien, et elle n'oubliait pas non plus le petit peuple. Tout le monde a été surpris par le Concile parce que tout le monde se soucie peu de ce qu'est l'Église. Elle a dit enfin qu'elle en avait assez des routines et d'un isolement contre nature. Elle a marqué la route du renouvellement et de la libération. Et elle y fera bien son chemin, n'ayons crainte.

Il reste que lorsque des barrières vermoulues craquent, une foule d'ahuris en profitent pour s'égailler aussitôt dans la nature, – ou dans la « culture », et y suivre avec joie ce qui y règne, c'est-à-dire la mode du jour. Ça aussi est inévitable. Et si nous voyons à l'heure actuelle beaucoup de choses bizarres, et un curieux déchaînement de niaiserie chrétienne (c'est toujours la même niaiserie, mais retournée) où un certain nombre de clercs et de religieux se gardent d'oublier leur rôle de leaders, – « pompiers qui prennent feu », comme disait Degas de certains peintres, – nous devons jeter un regard en arrière, avec un peu de la sagesse désabusée qui convient, et nous rappeler les lourdes erreurs et négligences d'un passé très peu lointain (car il s'agit avant tout du XIXe siècle) dont notre époque paye en ce moment le prix.

Cela dit, il faut avouer que le spectacle dont jouissent nos contemporains a bien des attraits douteux. Ce n'est pas seulement au brillant travail théologique auquel j'ai fait allusion plus haut qu'ils assistent sans rien dire (sinon des compliments). Ils ont à contempler aussi le travail de réfection demandé partout aux appareils statistiques et scientifiques, et à admirer notamment la substitution générale qu'on a entreprise des techniques, – surtout psychologiques, – aujourd'hui florissantes, non seulement à des pratiques de piété plus ou moins désuètes, et aux routines et précautions antiseptiques dont j'ai dit un mot, mais aussi aux traditions (toujours vivantes malgré les scléroses) de haute sagesse dont j'ai aussi parlé, et, en particulier, aux humbles et nobles disciplines de ce qu'on appelle encore quelquefois la vie spirituelle.

Certains de mes amis s'affligent du phénomène. Il y a bien des choses pourtant que le proverbe chinois que j'ai inventé pour servir d'épigraphe à ce livre nous conseille de ne jamais prendre trop au sérieux ; et, pour ma part, je confesse que je suis surtout frappé par la drôlerie du spectacle, dont il me paraît permis de s'amuser un peu. C'est, malgré tout, joliment plaisant d'imaginer d'innombrables familles chrétiennes penchées avec dévotion, non plus sur le *Combat spirituel,* mais sur des traités de Sexologie ; ou de penser à ce monastère mexicain qui, mû par un vaillant zèle de pionnier, a fait psychanalyser toute la communauté, avec pour résultat (non imprévisible) nombre d'heureux mariages, et de nouvelles familles chrétiennes dont on souhaite que les enfants soient psychanalysés dès le tragique événement qui les a fait sortir du paradis intra-utérin. Et c'est aussi bien amusant de se représenter des supérieurs de séminaires et de maisons religieuses, des maîtres et maîtresses de novices, ou des sujets d'élite préparés à cette fonction, prenant studieusement et passionnément des notes à des cours de psychologie dynamique qui les initient aux tests de projection, au Rorschach, au psychodrame de Moreno, moyennant quoi ils acquièrent un peu de la science de la *conduite* humaine, et pourront dire « quoi faire » aux âmes qui leur sont ou seront confiées, ou, dans les cas embarrassants, les envoyer au psychologue, qui, lui,

« sait » à coup sûr *(Domine, quid me vis facere)*. Ils pourront aussi repérer l'*autre discours* caché derrière les confidences de ceux qui leur parlent, et pratiquer avec eux le *counseling* de Rogers, en leur témoignant une « considération inconditionnelle » qu'ignorait la vieille charité. Mon regret est d'être trop vieux pour avoir l'occasion d'être réconforté par les jeunes générations ainsi préparées à se dédier au Seigneur, – épanouies dans leur nature, équilibrées, décomplexées, socialement conditionnées, adaptées spontanément aux réflexes de groupe, et enfin heureuses de vivre.

Une visite chez le psychologue ne m'attire pas plus qu'une visite chez le dentiste, mais je sais que dans certains cas ça peut être nécessaire. Les psychologues sont à même de rendre de grands services à ceux qui ont réellement besoin d'eux, et que les conditions de la vie moderne font probablement nombreux. En tout cas il serait ridicule de méconnaître la valeur de leurs travaux ; je n'ai aucune envie de tomber dans ce travers ; j'ai beaucoup d'admiration pour Freud, sinon pour les freudiens, et je tiens pour précieuses les découvertes de la psychologie contemporaine, si incomplètes soient-elles. Ce qui réjouit mon sens du comique, c'est le *rush* des personnes consacrées qui, en dépit d'une indécrottable incompétence, courent se faire endoctriner avec l'enthousiasme le plus pieux (et le moins scientifique).

Qui sait ? Tout ce branle-bas est peut-être nécessaire pour faire cesser certaines routines absurdes [1], et apprendre à se garder d'erreurs qu'un petit peu d'intelligence et pas

---

1. On peut y voir aussi une *rançon* des terribles erreurs, dues à une ignorance que la bonne foi ne rendait pas moins affreuse, qui jadis ont conduit au bûcher, comme « sorciers », tant de pauvres malades mentaux.

mal d'attention et compassion fraternelles suffiraient à éviter. D'autre part les connaissances psychologiques élémentaires devenues aujourd'hui normales pour chacun peuvent aider à voir plus clair dans le cas d'aspirants au sacerdoce ou à la vie religieuse dont la persévérance semble douteuse. Mais on a des espoirs beaucoup plus beaux. Il s'agit d'apprendre mieux qu'avec l'Évangile et l'amour de charité à conduire au service de Dieu et du prochain une communauté humaine ; il s'agit d'améliorer par une technique enfin sûre la fabrication des âmes efficacement dévouées à ce service. Il est clair que ces choses-là passeront comme elles sont venues.

Il est sûr aussi que l'Église trouvera pour son propre compte, – un peu tard peut-être, – à remédier au danger des nouvelles servitudes dues à l'empire de la technique (je n'en dirai pas autant du côté du monde et de l'État, si j'en crois le tableau tracé par M. Jacques Ellul dans son livre sur *La technique ou l'enjeu du siècle*[1]). Disons-le une fois de plus, c'est sans doute le christianisme qui sera la dernière ressource de la personne humaine, et des pauvres adultes qui après une enfance trop bien éduquée auront quand même gardé le souci de la liberté, et tenteront d'échapper au conditionnement universel.

★

Si nous retournons maintenant du côté de la théologie, ce sont encore des joies sinon très pures, du moins toniques et d'une rare qualité, qui nous sont offertes par les maîtres de la nouvelle Réinterprétation théologique. J'ai lu il y a

---

1. Paris, Armand Colin, 1954.

quelque temps, dans une revue catholique fort estimable et très répandue aux États-Unis [1], un article où le Révérend Robert T. Francœur fait l'éloge du génie créatif du Révérend Père Schoonenberg, et souhaite qu'un de ses livres, récemment traduit en anglais, *Man and Sin* [2], soit tenu, – quoiqu'il ne se présente nullement comme définitif, – pour un ouvrage classique. Va pour le *creative genius*. Mais il convient de regarder de près un livre sur le péché originel avant de le tenir pour un *classical work*. C'est pourquoi je me suis hâté de me procurer *Man and Sin*. Et ce que j'ai lu dans cet ouvrage (naturellement bardé d'érudition), que l'auteur prend soin, avec grande insistance, de donner comme un essai hypothétique et conjectural, mais dont il ne se dissimule sans doute pas la haute valeur rénovatrice, m'a procuré des plaisirs tout particuliers.

Ainsi que nous le savons tous, *the ancient church* [3] considérait le péché originel comme une faute commise une fois dans le passé par le premier couple humain, dont nous subissons les conséquences parce qu'elle a fait perdre à notre nature, avec les dons surnaturels et préternaturels de la grâce adamique, l'ordre interne qu'elle tenait de cette grâce. Tout homme naissait donc dans un état de nature déchue, qui, s'il n'en était pas délivré par la grâce rédemptrice du Christ, lui rendait impossible l'entrée dans la béatitude surnaturelle et la vision de Dieu [4].

---

1. *Jubilee*, February 1966.
2. *Man and Sin, A Theological View*, Notre Dame University Press, Notre Dame, Indiana, 1965. – Le titre original est *De Macht der Zonde*, L. C. G. Malmberg, 's-Hertogenbosch, 1962.
3. *Op. cit.*, p. 197.
4. Saint Thomas ajoutait que les enfants morts sans baptême, – avant d'avoir pu, dans un acte de liberté, accepter (ou refuser) la grâce du Christ offerte à tous, – étaient sans doute privés de la

Moi, j'ai toujours cru, et je crois toujours, que c'est de foi, et qu'il faut être prêt à mourir plutôt que de renier ça. Mais d'autres vues que celles de l'*ancienne église* sont possibles aujourd'hui, n'est-ce pas.

L'auteur n'admet pas les dons préternaturels ni la grâce propre à l'état d'innocence, qui lui semblent un peu féeriques ; il n'admet pas non plus leur perte, ni la trop « essentialiste[1] » notion de nature déchue. Sans suivre partout Teilhard (il critique la conception teilhardienne du mal comme simple rançon statistiquement nécessaire du progrès), il se tient dans la perspective et « l'esprit » de Teilhard, et cherche, en conséquence, une totale réinterprétation, conforme à notre vue évolutionniste du monde (ça, c'est sacré). On sait que, dans cette vue, le Christ n'est pas venu avant tout pour sauver, sa « première fonction » est une fonction d'accomplissement, de *fulfilling ;* mais les esprits renouvelés par la métaphysique de l'évolution ont trop souvent négligé les « autres fonctions » du Christ, « de restauration, de salut, et de destruction du péché ». Et c'est pour remédier à ce manque que le Père Schoonenberg s'est mis hardiment en route[2].

La réinterprétation qu'il propose substitue « un tableau évolutif et historique à un tableau statique[3] ». Le péché dit originel (parce qu'il a bien fallu que quelqu'un – ou quelques-uns – parmi les anonymes primitifs commence un

béatitude et de la vision de Dieu, mais entraient dans un état de félicité naturelle exempt de toute peine et de toute douleur. Cette doctrine des limbes, dédaignée aujourd'hui par tant de théologiens qui ne savent pas ce qu'ils font, devrait être tenue pour un précieux trésor par tout chrétien intelligent.

1. *Op. cit.*, p. 198.
2. *Ibid.*, pp. 193-194.
3. *Ibid.*, p. 192.

jour et mette en train l'histoire du péché[1]), est en réalité un péché historique ; le péché originel ou le péché du monde (que l'auteur tient pour identiques) s'étale tout le long de l'évolution et y grandit. Car le monde avance à la fois dans l'acceptation de la grâce et dans la perdition, *both salvation and doom grow apace*[2], en sorte que « le péché va contre l'histoire du salut plutôt que contre aucune loi de l'être[3] ». Et dans l'histoire du péché comme dans celle du salut ce à quoi nous avons affaire c'est à des mises-en-situation dans lesquelles nous sommes placés en raison de l'évolution historique qui nous a précédés : mises-en-situation de salut, où notre milieu humain nous dispose à recevoir la grâce, ou mises-en-situation de péché, où notre milieu humain nous dispose à pécher.

Le péché originel est ainsi une mise-en-situation *(a being-in-situation)* où, – du fait de l'histoire qui nous a précédés, et des refus de la grâce auxquels les milieux humains y ont été soumis par la faute d'une longue série d'ancêtres, nous nous trouvons placés avant toute décision personnelle de notre part[4], mais qui nous incline au péché[5]. Nous voilà débarrassés de l'état de nature déchue. Mais celui-ci nous affectait dans notre nature individuelle, en sorte qu'en venant au monde un enfant était dans un état

---

1. *Op. cit.*, p. 195.
2. *Ibid.*, p. 196.
3. *Ibid.*, p. 195.
4. *Ibid.*, p. 198.
5. *Op. cit.*, p. 181. Comme toute mise-en-situation, cette situation où nous sommes placés avant toute décision personnelle de notre part et toute attitude librement choisie de la personne (p. 198) « est en quelque façon assumée par la personne dans son procès de développement..., et annonce vaguement une décision personnelle, probablement un péché personnel » (p. 181).

intrinsèque d'où la grâce du Christ seule pouvait le tirer. Avec des mises-en-situation il n'y a plus d'état intrinsèque de privation de la grâce où nous soyons placés en naissant. On comprend un peu pourquoi le mot de rédemption a passé de mode, et pourquoi la *première fonction* du Christ n'est pas de sauver.

Quoi qu'il en soit de cette remarque, ce qu'il importe de retenir, c'est que la chute se produit « à travers une longue histoire du péché[1] », où toutefois il est loisible de supposer qu'avant le Christ certains milieux, que l'histoire avait par chance laissés pleinement ouverts à la grâce primévale, pouvaient se trouver indemnes du péché originel. Vous voyez qu'on a fait des progrès depuis *the ancient church*, et depuis ce saint Paul qui prétendait que le péché d'un seul avait passé « *dans tous les hommes* pour la condamnation[2] », et que de même la justice d'un seul opérait en eux pour leur justification.

Ceux qui naissaient dans les heureux milieux en question étaient dans un état d'« immaculée conception[3] » (avec cette différence, notée par l'auteur, que ce n'est pas par les mérites prévus du Christ rédempteur, comme dans le cas de Marie, qu'ils se trouvaient dans cet état). Alors que dire ? Est-ce que cette clause « *intuitu meritorum Christi Jesu Salvatoris humani generis,* par les mérites prévus du Christ Jésus Sauveur du genre humain », n'a pas été expressément

---

1. *Op. cit.*, p. 181.

2. *Rom.*, 5, 18. (Oui, c'est bien le sens du texte grec.)

3. *Op. cit.*, pp. 189 et 190. « In that hypothesis more people may have engaged an 'immaculate conception' not in the way in which the church professes it for Mary – that is, as a gift proceeding from Redemption – but as it may be said, and is sometimes explicitly said, of Adam and Eve ; that is, as a gift coming from primeval grace. »

placée dans la définition du dogme de l'Immaculée Conception pour maintenir un point de foi, – l'impossibilité qu'aucun être humain naisse indemne du péché originel sauf dans le cas unique de la grâce ainsi faite à Marie? Disons seulement, pour être polis, que ça doit cocassement mettre-en-situation de rêve éveillé d'être Professeur de théologie dogmatique au Centre Catéchétique de Nimègue.

En tout cas la crucifixion du Christ a mis fin à la possibilité de ces immaculées conceptions antérieures à celle de Marie et permises par l'histoire. Et si, auparavant, l'universalité du péché originel « ne doit pas être prise d'une façon stricte [1] », la mise à mort du Christ, parce qu'elle a rejeté hors du monde l'Auteur de la vie [2], a une importance et une gravité incomparablement plus grandes que n'importe quel possible premier péché [3]. C'est ce suprême

---

1. *Op. cit.*, p. 190.
2. *Ibid.*, p. 196.
3. Voilà le point essentiel pour le Père Schoonenberg. Nous croyions que la faute de ceux qui ont condamné le Christ, et qui n'avaient pas reconnu le Messie d'Israël et la lumière du monde, a consisté uniquement, – et ça suffisait! – dans la mise à mort de l'Agneau de Dieu, – *felix culpa*, elle aussi, grâce à laquelle le Christ a accompli le sacrifice rédempteur pour lequel il était venu. Mais non! La faute de ceux qui ont condamné le Christ va beaucoup plus loin. Ce qu'il faut voir avant tout dans la mort du Christ, c'est le fait physique ou cosmique qui en a été le résultat : le fait que l'Auteur de la grâce a été exclu du monde et de cette existence terrestre où il était venu partager notre vie et nous offrir le salut. Par là même « toute notre existence sur la terre est privée de la vie de la grâce, et chacun y commence sa propre existence dans la privation de la grâce » (*ibid.*, p. 190).
Il en est ainsi parce que, avant l'Incarnation, la grâce était, nous dit-on, communiquée par « voie interpersonnelle, charismatique » (quel plaisir d'entendre ça), et parce que cette voie est désormais « fermée pour tous », du fait que le Christ n'est plus parmi nous. De là la nécessité du baptême. Autant de perles dans cette précieuse *Theological View*.

couronnement du péché du monde, – la réjection du Christ hors du monde où il vivait parmi nous, – qui, comblant la mesure des péchés des pères, fait que désormais l'universalité du péché originel ne peut admettre aucune exception. Désormais nul n'y échappe sinon par la grâce du baptême et l'effusion de l'Esprit qui a suivi la Résurrection : en sorte que depuis la mort du Christ tout homme entre dans le monde à la fois dans la désastreuse situation du péché originel, et (à cause de la Résurrection) dans une situation de salut[1].

C'est donc pour ça que le Verbe s'est fait chair. Le trait de génie, c'est d'avoir vu que la mort de Jésus sur la croix nous apporte la perdition tout ensemble avec le salut. Elle met chaque homme venant au monde à la fois en situation d'être perdu par le péché originel désormais universel, et en situation d'être sauvé par la grâce du Christ ressuscité après sa crucifixion. (C'est la Résurrection qui importe ; du sacrifice rédempteur et des mérites de la passion cette *Theological View* ne dit rien.) Au vrai, la croix elle-même, la sainte croix n'est guère *spes unica* pour notre auteur. C'est « seulement du point de vue de Dieu, auquel rien n'est impossible, que le salut nous vient par la croix du Christ en connexion, bien entendu, avec la Résurrection. Du point de vue de l'homme la croix du Christ signifie le plus grand désastre[2]. »

_____

1. *Op. cit.*, pp. 196 et 197. – « Since Christ's death on the cross, every man enters the world in the disastrous situation of original sin. Everybody enters the world in that situation of perdition, but the opposite, too, is true. Every man enters the world in a situation of salvation, for the Lord has risen and his Spirit fills the earth » (p. 197).

2. « From man's point of view the cross of Christ means the greatest disaster. Only from the point of view of God, for whom

Les requêtes et les renouvellements du vrai savoir

L'Agneau de Dieu nous met sur le dos le péché du monde en même temps qu'il le prend sur lui. Rien de mieux pour la dialectique, et enfin tout s'éclaire. Mais c'est drôle quand même.

★

Le jugement mérité par les travaux des rénovateurs qui accommodent la théologie soit à la sauce teilhardienne, soit

---

nothing is impossible, salvation comes to us through the cross of Christ, in connection, of course, with the Resurrection, for if Christ has not risen, we are still in our sins » (*1 Cor.*, 15, 17). *Ibid.*, p. 197. – L'auteur semble penser que la Croix n'est qu'une préface mettant fin à la vie du Christ ici-bas (en ayant l'air d'oublier tout à fait qu'Il s'est offert Lui-même et a déposé sa vie de son plein gré), afin que le salut soit opéré par la Résurrection. C'est une hardie réinterprétation, – à mon avis désastreuse et intolérable, – de toute la pensée chrétienne, qui a toujours tenu que le sacrifice de la croix et les mérites de la Passion, – victoire sur le péché, – ont accompli l'œuvre de salut et de rédemption du genre humain, et que la Résurrection, – victoire sur la mort, – a consommé cette œuvre en inaugurant le royaume de la gloire à venir, et en rendant possible, – pour nous, dès ici-bas, – l'envoi du Paraclet par le Fils ressuscité monté chez son Père, en sorte que, « comme le Christ est ressuscité des morts par la gloire du Père, *de même* nous aussi nous entrions dans la nouveauté de la vie. » (*Rom.*, 6, 4.) N'est-ce pas ce que la liturgie sacrée déclare elle-même explicitement ? On n'a qu'à lire d'un trait ce qui est dit dans la *Préface* de la Sainte Croix et dans celle de l'Ascension : « *Qui salutem humani generis in ligno Crucis constituisti* », « *Qui post resurrectionem suam est elevatus in coelum, ut nos divinitatis suae tribueret esse participes.* » – Le Père Schoonenberg détourne de son sens obvie le texte de la première aux Corinthiens qu'il invoque ; ce que saint Paul nous dit là, c'est que si la Résurrection n'a pas eu lieu, – qui, en manifestant la divinité du Christ, est la preuve et le gage de notre foi en la rédemption accomplie par lui sur la croix, – cette foi serait vaine ; et si notre foi en la rédemption est vaine, alors évidemment nous sommes encore dans nos péchés.

à la sauce phénoménologique, n'est pas difficile à porter : ce sont les œuvres d'une fatuité passionnée de servir les idoles du temps. Si éphémères qu'ils soient, ces beaux travaux menacent de déconcerter complètement la conscience chrétienne et la vie de la foi ; et au lieu du vrai feu nouveau demandé par notre âge, ils n'apportent que la fumée d'un bois pourri qui n'arrive pas à flamber. Les prétendus rénovateurs dont il s'agit sont d'infortunés retardataires qui veulent revenir au point zéro pour tout recommencer, bref faire reculer notre pensée à travers les siècles et nous ramener aux tâtonnements de l'enfance (d'une enfance moderne, naturellement, entraînée aux méthodes audio-visuelles, et tapotant sur de petites machines à écrire). Ce n'est pas comme ça qu'on avance.

Il est sans doute souhaitable que des théologiens sérieux prennent la peine de réfuter les assertions, constructions et hypothèses de ces retardataires balbutiants qui se croient des pionniers ; cela risque toutefois d'être du temps perdu, car on ne gagne jamais grand-chose en s'attaquant de front à ce que Léon Bloy, à propos des épurations bien-pensantes de la littérature auxquelles s'adonnait l'abbé Bethléem, et qui paraissent maintenant bien antédiluviennes, appelait une « crue extraordinaire de bêtise ». Ce que le peuple de Dieu attend de la sagesse théologique, c'est qu'elle prenne les devants, et coupe l'herbe sous le pied des vains docteurs, en renouvelant sa propre problématique là où il le faut, et en découvrant, dans une fidélité absolue aux vérités déjà acquises, de nouvelles vérités qui s'ajouteront aux anciennes, et de nouveaux horizons qui enrichiront et élargiront la connaissance, non par quelque tentative imbécile de tout casser pour tout réadapter, au goût du jour, mais par un effort de l'esprit pour voir plus profondément dans le mystère qu'il n'aura jamais fini de scruter.

Il reste que les sottises du présent sont bien souvent un phénomène biologique (un phénomène intellectuel serait trop dire) de réaction contre les sottises du passé, surtout du passé récent. De sorte qu'une autre conclusion ressort de l'examen des pseudo-renouvellements que la fatuité chronolâtrique fait foisonner sous nos yeux ; on a là une remarquable confirmation d'un fait dont on était déjà bien sûr : à savoir que ce que l'on appelle l'intégrisme est une misère de l'esprit néfaste à un double titre. Premièrement en elle-même ; secondement, par les conséquences qu'elle entraîne.

En elle-même, d'abord. L'intégrisme est, de soi, un abus de confiance commis au nom de la vérité : c'est-à-dire la pire offense à la Vérité divine et à l'intelligence humaine. Il s'empare de formules vraies qu'il vide de leur contenu vivant et qu'il gèle dans les réfrigérateurs d'une inquiète police des esprits. En ces formules vraies ce n'est pas *la vérité* qui lui tient réellement à cœur et qu'il voit avant tout, – la vérité qui demande à être comprise dans sa juste mesure et dans son sens exact, et qui n'est jamais de tout repos (car elle implique toujours le dangereux désir d'aller plus loin, et d'engendrer des vérités nouvelles, et d'intégrer aussi, soit spéculativement les vérités d'un autre ordre que le progrès de la pensée fait surgir, soit pratiquement les vérités que les nouvelles conditions historiques par où passent les sociétés humaines exigent de découvrir). Dans les formules qu'il gèle l'intégrisme voit et chérit *des moyens humains de sécurité*, – soit pour la commodité d'intellects que la fixité rassure en leur donnant à peu de frais une bonne assiette de fidélité, de cohérence intérieure et de fermeté, – soit pour la protection, pareillement à bon marché, que ces formules gelées offrent à des personnes constituées en autorité qui s'épargnent tout risque en les brandissant, prudemment à leur propre égard, et rudement à l'égard des autres, – soit pour les facilités de gouvernement qu'elles procurent comme instruments de prohibition, de menace plus ou moins occulte et d'intimidation. En définitive la primauté passe ainsi à la sécurité humaine, et au besoin de se rassurer soi-même, psychologiquement et socialement, grâce aux divers systèmes de protection appelés par ce primat de la sécurité, et dont le principal est une vigilante ardeur à dénoncer quoi que ce soit qui risquerait de troubler celle-ci : tout cela, et voilà l'abus de confiance, en prenant Dieu à témoin et au nom de la sainte Vérité ! et avec cet effet d'inhiber la recherche que l'intelligence, quand elle est droite, n'aime pas pour le plaisir de chercher, mais pour la joie de trouver, et qui, à ce titre-là, et comme moyen d'entrer en possession de plus de vérité, est inhérente à son activité.

C'est l'intégrisme pris en lui-même que j'ai décrit ici. Il va de soi que bien des esprits plus ou moins touchés par lui sont de bonne foi, et qu'il y en a même qui sont de haute valeur ; c'est dans leur inconscient qu'il travaille et répand son venin. Mais là n'est pas la question.

Quant aux conséquences que l'intégrisme entraîne, elles sont d'autant plus dangereuses que le plus souvent il est lié à une philosophie politique et sociale qui, dominée, elle aussi, par un besoin secret de sécurité avant tout, non plus cette fois en face du mouvement des idées, mais en face du mouvement de l'histoire, se fixe dans la revendication utopique de l'ordre à rétablir (il a été dérangé, n'est-ce pas, par cette maudite fièvre de justice dont il importe de guérir les hommes), chérit la force et l'autoritarisme brutal, surtout quand ils viennent d'un pouvoir usurpé, méprise le peuple et la liberté, et, malgré des dehors parfois démagogiques, sert de renfort aux intérêts des possédants, et à un régime de longue injustice sociale qui, enfin ébranlé, cherche à tout prix à se perpétuer au milieu d'un monde en désarroi mais en progrès. Comment s'étonner que les conséquences entraînées par l'intégrisme, avec son cortège politique et social ordinaire, et par les frustrations qu'ils produisent dans l'intelligence et la sensibilité chrétiennes, soient inévitablement, en vertu du mouvement pendulaire des choses humaines biologiquement considérées, une explosion d'anarchie puérile en sens contraire? Comment s'étonner qu'avant tout chez certains des maîtres chargés de nous instruire, fragiles maîtres emportés par la vaine gloire, mais aussi dans bien des âmes généreuses qui ne demandent qu'à les suivre, en brouillant ensemble, elles aussi, le politique et le religieux, et en confondant l'authentique rigueur doctrinale avec l'abus de confiance intégriste, les conséquences en question se manifestent par le joli débordement d'inepties théologiques, philosophiques ou exégétiques dont on nous rebat les oreilles aujourd'hui? Car c'est un fait qu'aux degrés les plus divers et sous des formes plus ou moins larvées, l'intégrisme a sévi parmi nous au siècle dernier et dans les premières décades de celui-ci. Alors, vlan, le pendule se porte maintenant à l'extrême opposé.

Cette constatation n'est nullement une excuse pour le débordement néo-moderniste que je viens de mentionner, et pour la fatuité, la faiblesse ou la lâcheté d'esprit qu'il révèle. Elle nous fait simplement voir qu'à tout prendre, la bêtise et l'intolérance gardent toujours dans l'histoire humaine à peu près le même volume, et passent seulement d'un camp à l'autre en changeant de mode et étant affectées de signes opposés. Si j'emploie le mot intolérance, c'est qu'en ce moment quiconque n'emboîte pas le pas, et refuse de croire aux fables les plus « avancées » lancées sur le marché, est traité comme un rebut bon pour la poubelle. J'ai pas mal souffert moi-même des procédés et des accusations et dénonciations intégristes. Mais j'espère n'en avoir pas perdu la tête, et avoir maintenu ma raison assez libre des traumatismes du ressentiment pour ne pas céder au délicieux et si « consolant » mouvement pendulaire qui entraîne tant de mes chers contemporains.

★

La crise dans laquelle la théologie se débat aujourd'hui est un phénomène évidemment transitoire. Dans le *Dasein* il y a sans doute l'infatuation humaine, mais il y a aussi le Saint-Esprit, et la théologie est un ingrédient nécessaire du Corps mystique. Les théologies conjecturales et imaginaires passeront comme elles sont venues, de même que les vains espoirs en les techniques psychologiques dont il a été question plus haut.

Soyons bien persuadés, également, que la théologie thomiste, – ça prendra un bout de temps, – rattrapera l'avance perdue ; elle se renouvellera elle-même là où il faut, et ses méthodes d'enseignement de même ; et elle entreprendra enfin – au dedans de la vérité (toujours actuelle au dessus du temps, mais qui veut se manifester dans le temps) de la grande sagesse de saint Thomas – le vaste travail de discernement et d'intégration dont l'Église et la pensée humaine ont besoin. Ayons confiance aussi que l'Ordre de Saint-Dominique surmontera sa présente crise (c'est tout de même mieux d'être en crise que de faire bonne figure en jouant sur deux tableaux), si seulement ceux de ses membres qui voient clair se laissent moins intimider par les grandes vedettes et les chers étudiants.

Ce que, de son humble cabane, le paysan de la Garonne voudrait faire remarquer maintenant, c'est que dans les grands renouvellements, les vrais renouvellements que nous attendons, la philosophie chrétienne aura sans doute, – et cela aussi sera une nouveauté dans l'histoire, – son rôle propre à jouer, et qui ne manquera pas d'importance.

J'ai dit plus haut que la métaphysique de saint Thomas est la philosophie chrétienne par excellence. Chez saint Thomas lui-même cette métaphysique (pas celle d'Aristote, *celle de saint Thomas*, faut-il le répéter), si décisive que fût sa part, restait dans l'état de servante, parce qu'elle était un instrument entièrement engagé au service de la théologie ; elle n'était pas établie dans l'autonomie qui lui convient naturellement, comme philosophie ; elle n'avait pas pignon sur rue, et n'avait pas installé ses ateliers à son compte.

La question est de savoir si elle va le faire aujourd'hui, malgré tant d'oppositions, injustifiées mais trop naturelles, du côté des philosophes (s'il y en a encore) et du côté des théologiens (qui semblent parfois préférer avoir à leur service quelqu'un qui n'est pas de la maison). Pourtant la philosophie chrétienne est philosophie. Et, à ce titre, quand elle travaille pour ses fins propres et à son propre compte, elle est reine aussi, quoique d'un royaume inférieur et profane, qui relève seulement des pouvoirs naturels de la raison, et où, malgré l'autonomie qui convient à son état, elle reconnaît, étant chrétienne, les droits supérieurs de la foi, et de la reine du savoir sacré.

Dans ces conditions, il peut lui arriver, si elle s'est suffisamment instruite en théologie, de jeter les yeux, – sans nulle intention, du reste, de trancher la question en définitive, – sur les matières elles-mêmes qui sont l'objet propre du théologien. Et alors elle ne les considère pas du point de vue de la théologie et dans les perspectives de la théologie, mais dans sa propre perspective philosophique. C'est risqué, mais c'est possible. Comme je le notais ailleurs [1], la lumière de la philosophie chrétienne n'est pas la lumière de la Foi illuminant la Raison pour faire acquérir à celle-ci quelque intelligence des mystères révélés, c'est la lumière de la Raison confortée par la Foi pour mieux faire sa propre œuvre d'investigation intellectuelle : ce qui autorise la philosophie chrétienne, au sommet de ses possibilités, à s'occuper selon son mode propre de matières qui relèvent de la théologie. En pareil cas c'est dans un état libre, quoique subordonné, qu'elle peut éventuellement rendre service à la théologie, du fait même qu'elle se trouve par nature plus disponible à un travail de recherche et d'invention ; à ce moment l'*ancilla* devient *research-worker*. Le dernier mot appartiendra naturellement au théologien. Mais c'est le philosophe qui aura présenté au théologien l'hypothèse de recherche.

C'est là, me semble-t-il, un des aspects du rôle que la philosophie chrétienne aura à jouer dans l'avenir. Et on peut déjà discerner quelque chose de ce genre dans les

---

1. Cf. mon étude *De la grâce et de l'humanité de Jésus*, dans *Nova et Vetera*, 1966-I et 1966-III.

recherches, auxquelles j'ai déjà fait allusion, d'Olivier Lacombe et de Louis Gardet sur la mystique naturelle. Si
la philosophie chrétienne est, par nature, plus disponible
que la théologie à un travail de recherche et d'invention,
c'est qu'elle n'a pas les mêmes responsabilités, ni la même
obligation de se régler sur une grande tradition vénérable,
et toujours, à chaque pas, sur la révélation transmise par
les Écritures. Dans un âge où il y a tant de choses à renouveler, cette plus grande disponibilité de la philosophie
chrétienne (thomiste) à un travail de recherche et d'invention,
si elle est admise comme *research-worker* dans les ateliers
du théologien, sera peut-être d'une aide appréciable dans
l'œuvre de renouvellement que la théologie (thomiste) a
elle-même à opérer.

Mais il s'agit évidemment là, pour la philosophie chrétienne, d'une tâche exceptionnelle, et un peu périlleuse.
Dans son comportement ordinaire, et selon qu'elle travaille en des domaines qui ne relèvent que d'elle, le rôle
qu'il lui appartient de jouer a bien d'autres aspects.

Il y a d'abord, cela va de soi, et c'est l'essentiel, sa
tâche même d'avancer dans la vérité philosophique, et le
travail de discernement et de libération dont il a été si
souvent question ici, – et qu'elle aussi doit mener à
bien, – à l'égard des divers courants de pensée contemporains.

Et il y a autre chose que je voudrais signaler, – c'est un
à-côté, mais dont l'importance pratique n'est pas négli-
geable dans les perspectives œcuméniques ouvertes par le
Concile. En tant même que philosophie, il paraît clair que
la philosophie chrétienne est, à son plan, mieux « en situation » que la théologie pour le dialogue (le vrai dialogue,
naturellement, pas celui qui se tient sur les estrades). Du

241

fait même qu'elle relève par nature de la raison, non de la révélation, elle n'a pas, comme la théologie, à s'engager dans un dialogue fraternel, mais qui se heurte inévitablement à des oppositions douloureuses et parfois irréductibles, avec les systèmes théologiques des familles chrétiennes non catholiques, et des religions non chrétiennes. Les divergences dogmatiques ne la concernent pas, au moins directement. L'objet de sa recherche est d'ordre naturel, et a affaire à l'œcuménisme naturel dont le désir, quoique frustré, ou par là même que frustré, hante naturellement l'esprit humain. Non seulement le dialogue avec les non-chrétiens est beaucoup plus facile pour elle, et chacun des interlocuteurs y peut plus facilement recevoir de l'autre de précieuses contributions pour sa propre pensée, mais en ce domaine les possibilités d'accord intellectuel sont aussi beaucoup plus vastes. L'intérêt spontané que, de nos jours, des penseurs musulmans ou hindous prennent à certaines recherches de la philosophie thomiste est un signe de ce que j'avance là.

Si enfin la philosophie est, de soi, encore moins un savoir réservé aux laïcs que la théologie n'est, de soi, un savoir réservé aux clercs, il se trouve cependant que, de fait, les laïcs jouissent en ce domaine, depuis environ trois siècles, de la supériorité numérique. Supposons que la philosophie chrétienne prenne tous ses développements. Le travail (pas trop mal fait, supposons-le aussi) des laïcs qui seront à l'œuvre là serait, à sa manière, un petit signe de l'appréciable changement que l'histoire peut constater dans la conception catholique du laïcat, depuis le temps où Conrad de Megenburg disait si savoureusement que le « genre » propre « des laïcs », c'est d'être « un peuple ignare, qui doit être régi par le clergé, en vertu du principe qu'il appartient au sage de régir[1] ». Sans contredire ce principe, et tout en payant ses respects à la sagesse supérieure de la théologie, la philosophie chrétienne est peut-être en état d'apporter sa modeste contribution à ce qu'on appelle dans le jargon de notre temps la *promotion du laïcat*.

Vérité et liberté

On sait que l'Église a fait de saint Thomas son Docteur commun, et que, surtout depuis Léon XIII, les Papes n'ont cessé de recommander sa doctrine dans les termes les plus pressants[2]. Paul VI, dans une lettre aux Dominicains des États-Unis (7 mars 1964), reprenait, après Pie XI, les mots si vrais de Jean de Saint-Thomas : « En saint Thomas c'est quelque chose de plus grand que saint Thomas qui est reçu et défendu[3]. » On sait aussi que le Canon 1366, § 2, » du Code de Droit Canonique prescrit aux professeurs qui tiennent leur fonction de l'Église de traiter les matières philosophiques et théologiques *ad Doctoris Angelici rationem, doctrinam et principia*, selon les principes, la doctrine et l'approche rationnelle du Docteur Angélique.

---

1. « Genus laicorum est populus ignarus... Debet regi a clero, quoniam sapientis est regere. » Cité par Jerzy Kalinowsky et Stefan Swiezawski dans leur livre, que j'ai beaucoup aimé, *La philosophie à l'heure du Concile*, Paris, 1965, Soc. d'Éditions Internationales.

2. Cf. plus haut, p. 190, note 1, le texte célèbre de Pie XI, disant que saint Thomas doit être appelé « le Docteur *Commun* ou *universel* de l'Église, car l'Église a fait sienne sa doctrine ».

3. *Cursus theol.*, éd. Solesmes, I, p. 222 (Vivès, I, p. 289) : « Majus aliquid in sancto Thoma quam sanctus Thomas suscipitur et defenditur. »

De fait, cette prescription canonique et toutes les exhortations des Souverains Pontifes ne semblent pas avoir impressionné très profondément les professeurs chargés d'enseigner par l'Église. Je suppose cependant que ceux qui suivent ces directives du mieux qu'ils peuvent sont un peu plus nombreux qu'on ne croit. Il reste que pas mal d'autres n'en tiennent aucun compte, estimant que tout cela est aujourd'hui périmé, et que la suprême autorité ne continue ses exhortations que par une sainte habitude (le vent a tourné, c'est ça qui est péremptoire pour les génies créateurs qui sont dans le vent). Et beaucoup d'autres professeurs encore, – je crains que ce ne soit depuis des années le cas général, – se sentent mal à l'aise pour enseigner des choses dont la vérité leur échappe, et le *ad Angelici Doctoris doctrinam* signifie surtout pour eux : invoquer de temps à autre le nom du Docteur commun, en prenant de ce qu'il a dit ce qui leur paraît d'accord avec la pensée d'autres maîtres (ou d'autres manuels) qui leur sont plus chers, dans un éclectisme de bon aloi.

Si des morts ressuscitaient pour rendre témoignage aux recommandations de l'Église, la situation ne changerait pas. Est-ce parce que nombre de professeurs seraient comme ces gens dont il est question dans l'Évangile à propos du mauvais riche et du pauvre Lazare ? Ce n'est pas du tout mon idée. Car on ne doit sans doute pas oublier l'attachement séculaire à des doctrines rivales, ni surtout le démon du jour et le prurit aux oreilles ; mais il y a autre chose qu'il ne faut pas oublier non plus : la nature et les lois de l'intelligence, pour laquelle l'argument d'autorité, dans le domaine de la recherche humaine, est, comme dit saint Thomas, le plus faible des arguments.

Rien de moins élevé que les exigences mêmes des vérités

de la foi, et du maintien du dépôt révélé, n'a entre les mains de l'Église pouvoir pour obliger les esprits. Et quand elle recommande, si énergiquement que ce soit, une doctrine humaine, elle ne saurait le faire, bien évidemment, au nom de la Vérité divine, comme dans une proclamation dogmatique ; elle le fait seulement, – au nom de sa propre sagesse éclairée d'en haut, mais humaine, – pour rendre témoignage à une doctrine que, selon le mot de Pie XI, elle a faite sienne, et où elle voit la seule garantie philosophique et théologique bien assurée du maintien et du rayonnement de la foi dans les esprits : témoignage qui suffit, certes, à bien des âmes amoureuses de la vérité pour se sentir inclinées vers la doctrine ainsi désignée à leur attention, et pour se mettre à l'étudier avec espoir et ferveur, mais qui ne pèse pas lourd pour les professeurs. Une telle confiance dans l'Épouse du Christ et un tel amour pour sa sagesse leur paraissent d'ordre mystique, et c'est du juridique qu'il leur faut. Alors on leur donne le canon 1366, § 2, qui leur apporte une prescription disciplinaire, et, ne pouvant rien leur imposer au nom de la vérité de la foi, leur fait un devoir, au nom de la prudence, reine des vertus morales, d'enseigner la doctrine de saint Thomas parce qu'elle est *la plus sûre.* C'est pourquoi je n'ai guère de sympathie pour ce canon. Une telle procédure, en effet, est certes légitime de soi, mais, de fait, elle risque de provoquer le résultat contraire à celui qu'elle se propose : car c'est la vérité, non la sécurité, et les « beaux dangers » dont parlait Platon, plus que la prudence, qui attirent l'intelligence dans son effort vers le savoir.

Quoique je n'aie guère de sympathie pour ce canon, je me garde de souhaiter son abrogation, qui serait comprise tout de travers, et à tous points déplorable. Mais il me semble que nous sommes là devant un drame fort grave, et qui le dépasse de beaucoup. Si irrespectueux que je sois à l'égard des professeurs en général[1], je sais que tous, même les plus infatués, c'est la vérité qui est l'objet de leur recherche (quand ils cherchent) et celui de leur enseignement (quand ils enseignent pour de bon). Même ceux d'entre eux qui aujourd'hui, en vertu d'une disjonction contre nature entre la *fin* et l'*objet* du savoir, mettent leur fin la plus aimée dans l'Efficacité, ils le font parce qu'ils croient (à tort) que c'est vraiment mieux comme ça ; et s'ils ne brillent pas spécialement dans leur amour pour la Vérité, ils brûlent quand même d'amour pour les vérités d'érudition. Aussi bien n'est-ce pas l'amour qui est en jeu ici, mais l'intelligence. Et, si égarée qu'elle soit, le vrai reste toujours son objet. (Rappelons, pour les philosophes, que l'objet relève de la « causalité formelle », non de la « causalité finale ».) Et la vérité va de pair avec la liberté.

Sans doute les professeurs de théologie ont des obligations spéciales envers l'Église, la théologie étant chose d'Église, tandis que la philosophie est chose du monde, ou de la culture. Mais avoir des professeurs de théologie qui, ne tenant pas pour vraie la doctrine de saint Thomas, l'enseigneraient par obéissance et comme des perroquets, ce n'est sûrement pas un idéal. Le problème est qu'ils soient

---

1. Je parle ici des professeurs, et de leur propre vie intellectuelle (qui joue un rôle central dans l'affaire) ; je ne parle pas de leurs élèves, pour lesquels, évidemment, il restera toujours vrai que *oportet addiscentem credere*. – Et je ne parle pas non plus (Dieu m'en garde) de l'épineuse question, toute différente et beaucoup plus générale, des publications, au sujet desquelles il sera toujours désirable que le public soit éclairé (par quelles voies, maintenant que le vieil Index est heureusement défunt, ce n'est pas moi que ça concerne).

amenés à voir la vérité de saint Thomas, ce qui suppose chez eux une foule de conditions dont le culte de la mentalité du temps les prive, mais ce qui suppose aussi pour eux un climat de liberté.

J'ai conscience d'empiéter ici sur un domaine qui n'est nullement le mien. Mais il est peut-être permis à un vieil ermite d'exprimer un très humble souhait. Je rêve du jour où l'Église se tournerait, même en ces si délicates matières, vers les voies de la liberté. De sa propre vie intellectuelle elle a une conscience particulièrement claire (parce que particulièrement assistée du Saint-Esprit) dans le chef qui sur la terre a charge de son universalité. Et c'est dans l'exercice de sa propre liberté de Corps mystique du Christ qu'elle a adopté pour sienne la doctrine du Docteur Angélique. Est-ce qu'une sorte de renversement ne pourrait pas se produire dans la manière pratique dont elle recommande cette même doctrine? avec plus de ferveur que jamais, mais en s'adressant moins à l'obéissance et à la docilité qu'à la liberté de l'intelligence dans sa poursuite du vrai, et en invoquant moins son autorité disciplinaire que sa propre et indéfectible confiance en la vérité de la doctrine dont il s'agit?

Serait-il à craindre que dans un tel climat de liberté le nombre des professeurs qui ignorent ou méprisent saint Thomas ne vienne à augmenter? Il est si grand à l'heure actuelle qu'une augmentation n'est guère concevable. Ce serait déjà beau que les opinions qu'ils tiennent pour vraies, et enseignent, ne contiennent rien qui, au plan théologique, mette trop en péril le dépôt révélé, et qu'au plan philosophique elles respectent à peu près les vérités d'ordre naturel qui sont en connexion nécessaire avec lui. Mais avec un statut explicite de liberté ne deviendraient-ils pas moins soucieux du juridique, et plus sensibles, du moins certains d'entre eux, au témoignage rendu par l'Église à la *vérité* de son propre discernement rationnel, éclairé par sa foi, quand elle recommande avec une extraordinaire insistance une doctrine, humaine sans doute, mais que dans son esprit à elle, divinement assisté, elle tient pour essentiellement fondée en vérité ? Si de son côté l'Église, tout en maintenant ses prescriptions canoniques, mais en leur donnant, en ce qui concerne le thomisme pris dans sa spécificité, la valeur d'un simple conseil (c'est comme cela du reste que la plupart les entendent déjà), se décidait à user des suprêmes ressources maternelles qu'on est en droit de croire plus efficaces, et qui sont de supplier plus que de commander ; si elle adressait un appel urgent à tous ceux qui ont des oreilles pour entendre, et déclarait à grands cris le besoin où elle est – elle, la Mère bénie anxieuse du salut de ses enfants – que la vivante tradition de saint Thomas continue à se développer et à progresser d'âge en âge, n'est-il pas à croire qu'un tel appel serait entendu de beaucoup de fidèles, et même de professeurs en nombre suffisant, et suffisamment zélés à étudier le Docteur Commun, et devenus par là suffisamment convaincus de la vérité de sa doctrine, pour assurer, en si faible proportion qu'ils se trouvent d'abord, le maintien, le progrès et le rayonnement de celle-ci ?

Voilà le rêve d'un vieil ermite qui s'égare peut-être. Si c'est le cas, il ne demande qu'à être remis dans le droit chemin.

Vitaï lampada tradunt

C'est toujours les petites équipes et les petits troupeaux qui ont fait le grand travail. Il semble que dans notre âge il doive en être ainsi plus que jamais, précisément parce qu'il sera (il l'est déjà) un âge de massification par la technique. Il est sans doute possible de massifier complètement toutes nos activités et tous nos plaisirs, et notre imagination et notre inconscient, et, par voie indirecte, les habitudes intellectuelles d'un grand nombre. On ne réussira jamais à massifier complètement l'esprit (et le supraconscient de l'esprit), ni à aliéner complètement d'elle-même la personne individuelle, cette mystérieuse et scandaleuse pauvresse qui s'obstine à exister, et qui a des moyens à elle (un brimborion prononce, ne fût-ce que mentalement, quelques paroles en nommant un ami et en priant le ciel pour lui, et voilà, ça aussi, ça agit). Dans l'hypothèse (à laquelle je ne crois pas, malgré les voies dans lesquelles on travaille aujourd'hui) d'une totale massification du genre humain, il resterait à la personne individuelle, dans les cas (qui se rencontreront toujours) où elle ne serait pas complètement aliénée d'elle-même, de fuir soit dans la névrose, soit en Dieu : ce qui promettrait beaucoup de fous et quelques saints.

Je ne pense pas cependant que nous arrivions jamais là. Dans son livre (fort pessimiste) déjà cité sur la technique[1], M. Ellul fait remarquer quelque part que, de fait, le technicien (qui a pouvoir d'inventer de nouvelles techniques, voire de modifier celles qui existent) importe plus que la technique ; et il me semble que cette remarque (faite en

---

1. Cf. plus haut, p. 226.

passant par l'auteur) a une portée considérable. Car le technicien est un homme, et mieux à même de s'interroger sur la technique que les récipiendaires des bienfaits de celle-ci. Je n'ignore pas que dans le monde des techniciens beaucoup sont, eux aussi, victimes des lieux communs dont on nous régale sur la Technique au service de l'Homme, la Libération de l'Homme par la Technique, l'Humanisme technique, etc. Mais si j'en crois ce qui m'est rapporté par des amis dignes de foi, les meilleurs représentants du monde des techniciens se sentent beaucoup plus anxieux devant le mystère de l'homme *vrai*, et beaucoup plus ouverts à un réalisme authentique, que les membres du monde de l'intelligentzia. Ce qui leur manque, c'est une juste et complète idée de l'homme, que personne dans l'intelligentzia ne leur fournit, et qu'il appartiendrait à des philosophes et des théologiens dignes de ce nom de leur proposer.

En d'autres termes, à supposer qu'un jour ils trouvent les lumières intellectuelles qu'ils cherchent, et à supposer qu'en pareil cas les meilleurs d'entre eux (ce qui n'est pas invraisemblable) prennent le dessus, c'est moins dans les politiciens et les hommes d'affaires que dans les techniciens (éclairés) que, du côté des activités temporelles et dans l'ordre propre du temporel, le monde aurait le plus de chances d'échapper à la complète massification et aux autres servitudes vers lesquelles l'empire de la technique nous entraîne de soi, tant que des changements révolutionnaires ne s'y produisent pas, et aurait du même coup son meilleur espoir de survivre ; ce qui semble assez obvie, puisqu'ils en sont les véritables maîtres. Ça suppose, je le répète (et c'est peut-être utopique), que la technique soit un jour prise en main par des techniciens qui, ayant trouvé les lumières intellectuelles après lesquelles ils courent en vain pour le moment, et animés eux-mêmes par un humanisme authentique, soucieux de respecter *tout* ce qui est dans l'homme, seraient devenus capables de renverser bien des choses dans le royaume qu'ils gouvernent, et d'y accomplir les révolutions nécessaires.

Il semble par ailleurs que, devant le procès de massification technique en train sous nos yeux, l'ordre du spirituel aurait, lui avant tout, son rôle à jouer en une affaire qui intéresse si gravement l'humanité. A ce point de vue, et du moins pour le moment, le *prospect* n'est, à parler franc, guère rassurant. En employant des moyens de masse les chrétiens obtiendront sans doute un certain nombre de résultats immédiats de nature à réjouir leurs pasteurs ; mais recourir de préférence et sur une grande échelle, fût-ce pour les fins les plus élevées et avec les intentions les plus pures, à ce qui relève de l'empire de la technique, c'est contribuer du même coup à fortifier cet empire, avec toutes les menaces dont il regorge à présent, et (pour autant qu'on lui donne prise sur des choses qui, de soi, relèvent du spirituel lui-même) dans ce qu'il a de plus redoutable : ce qui rend le résultat final plutôt douteux.

Si l'on tient compte de toutes les considérations précédentes, il apparaît clairement, me semble-t-il, que c'est plus que jamais l'affaire des petites équipes et des petits troupeaux de se battre le plus efficacement pour l'homme et pour l'esprit, et, en particulier, de rendre le plus efficace témoignage aux vérités auxquelles les gens aspirent désespérément, et dont ils sont, à l'heure présente, dans une jolie disette. Car c'est seulement de petites équipes et de petits troupeaux qui peuvent se réunir autour d'une chose qui échappe complètement à la technique et au processus de massification, et qui est l'amour de la sagesse et de l'intelligence, et la confiance en le rayonnement invisible de cet amour. De tels rayonnements invisibles portent loin, ils ont dans l'ordre de l'esprit la même sorte d'incroyable pouvoir que la fission de l'atome et les miracles de la microphysique dans l'ordre de la matière.

Et nous voilà revenus à nos réflexions sur la philosophie chrétienne (thomiste) et la théologie (thomiste). Exercer une action de masse est en ce qui les concerne un rêve interdit. Et si, dans l'enseignement de l'Église, on peut espérer qu'un jour elles reprendront (si elles l'ont jamais eu) ou prendront enfin le rôle décisivement animateur que le royaume de Dieu pérégrinant voudrait tant leur voir jouer, elles n'auront jamais dans le monde, je dis *le monde*, qui a tant besoin d'elles, ni succès publicitaire ni grande multitude d'ouvriers.

Il se trouve que des eaux vives de la commune pensée humaine, qui depuis le plus lointain passé ont cheminé souterrainement, a surgi, une fois qu'elles ont été rassemblées par les anges de Dieu pour jaillir comme une source à la surface de la terre, un courant fécondant qui jamais ne s'arrêtera, fût-il parfois fort mince en volume, sinon en intensité. Ce qu'il faut absolument, c'est qu'il existe et agisse, et qu'il continue d'agir et d'exister.

Pour transmettre à travers le monde et tout le tracas du siècle le flambeau de la sagesse de saint Thomas, et faire progresser cette sagesse comme, là aussi, elle le demande, ce n'est pas une grande foule de porteurs, parfois un peu ivre et trébuchante, qui est requise. Les petites équipes et les petits troupeaux y suffiront, qui travaillent à leurs risques et périls, sans autre objet ni autre fin que la vérité, et en comptant pas mal sur les secours du Paraclet, qui n'agit pas seulement, – pour l'œuvre propre du Corps mystique,

Les requêtes et les renouvellements du vrai savoir

– dans les Conciles de la sainte Église ; Il agit dans le monde aussi, d'une tout autre manière, et apparemment plus hasardeuse, parmi les essais maladroits et les faux-pas, mais aussi les efforts passionnés vers le vrai, et l'amoureuse prière des hommes (fussent-ils du *genus laïcorum*) qui y balbutient : ne sait-on pas qu'Il renouvellera la face de la terre ? *Et renovabis faciem terrae.*

28 avril 1966

Chapitre VII

Le vrai feu nouveau

Les affaires
du royaume de Dieu

I

L'UNE ET SAINTE

Peut-être parce que j'ai passé ma vie à philosopher, et que même un vieux paysan a de la peine à oublier ça, j'ai parlé longuement des demandes et tracas de l'intellect humain ; il m'a fallu deux chapitres pour sortir mon paquet. Parce que je ne suis qu'un vieux philosophe, et qui n'aborde qu'en tremblant un sujet très au-dessus de lui (fini de plaisanter, mon bonhomme), je m'étais promis d'être plus bref dans ce chapitre de conclusion. Hélas, il est plus long que tous les autres. J'aurais sans doute mieux fait d'y renoncer, – il fallait bien pourtant, puisque je m'étais mis à disserter sur le vrai feu nouveau, ne pas omettre les choses où sa flamme est la plus haute.

Puisque dans ce chapitre il s'agit des affaires du royaume de Dieu, c'est naturellement par une section concernant l'Église qu'il convient de le commencer. J'avais d'abord eu l'idée de faire une sorte de florilège des principaux textes de la Constitution du Concile consacrée à l'Église, auxquels j'aurais joint, en guise d'illustration, d'autres textes tirés de théologiens sûrs (il y en a encore, et il y en aura toujours). Je me suis vite aperçu qu'un tel travail demanderait trop de pages, et m'embarquerait dans une longue affaire trop lourde pour ce livre. Alors je me bornerai à proposer le plus simplement possible quelques idées que des lectures et méditations depuis longtemps poursuivies m'ont mises dans la tête, et que l'enseignement de *Lumen Gentium* y a enfoncées davantage. Je m'excuse auprès des théologiens d'avoir quelquefois recours à un vocabulaire qui n'est pas le leur, là où, tâchant d'éviter trop de technicité, j'ai préféré user de mots plus à la portée du commun des hommes.

Bien des gens ne voient trop souvent dans l'Église qu'une vaste Administration juridique chargée de leur rappeler que Dieu existe, et à l'appareil externe de laquelle ils arrêtent leur regard. Ils ne savent pas ce qu'est l'Église. L'Église est un mystère aussi profond que l'Incarnation, et c'est bien pourquoi le Concile a intitulé comme il l'a fait (« Le mystère de l'Église ») le premier chapitre de la Constitution dogmatique *Lumen Gentium*.

La personnalité de l'Église

« Au deuxième siècle, Hermas[1] représentait déjà l'Église sous l'image d'une femme âgée, et il en donnait la raison :

---

1. *Le Pasteur*, Vis. II, ch. IV.

'Elle a été fondée avant toutes choses, et c'est pour elle que le monde a été créé[1].' »

L'Église, écrit le Père Clérissac, a une personnalité mystérieuse qui nous est signalée par la quatrième section du Symbole de Nicée : *Unam, Sanctam, Catholicam et Apostolicam Ecclesiam*, et qui reflète en elle « l'Être divin, le plus universel et le plus personnel des êtres[2] ». C'est à cette personnalité que saint Irénée pensait quand il disait : « Ayant reçu cette prédication (apostolique) et cette foi,... l'Église, bien que disséminée dans le monde entier, en garde le dépôt avec un soin fidèle, comme si réellement elle avait son habitation dans un seule maison ; et à ces choses elle croit de même, je veux dire comme n'ayant qu'une seule âme et un seul cœur ; et c'est avec la même unité qu'elle les prêche et les enseigne et les transmet aux générations, comme ne possédant qu'une seule bouche[3]. »

Et c'est avec la même unité qu'elle profère la prière du Seigneur : « L'oraison dominicale est proférée par la personne commune de toute l'Église[4]. »

Rien n'importe davantage que d'essayer de se faire quelque idée de cette personnalité, qui dépasse à l'infini toute notion purement humaine de personnalité, puisqu'elle est celle d'une multitude qui s'étend sur toute la terre et sur tous les âges, et qu'elle a cependant au suprême degré l'unité d'être et de vie, la conscience, la mémoire, le discernement, la voix (« la Voix sensible de l'Église, c'est le Pape[5] »), et la tâche à accomplir, – une, elle aussi, à travers

---

1. R. P. Humbert CLÉRISSAC, *Le mystère de l'Église,* 1918 (5ᵉ éd., Paris, Le Cerf).
2. *Ibid.,* p. 43.
3. *Adv. Haer.,* liv. I, c. 10, 2. (*Ibid.,* p. 49.)
4. Saint THOMAS D'AQUIN, *Sum. theol.,* II-II, 83, 16, **ad 3**.
5. Humbert CLÉRISSAC, *op. cit.,* p. 55.

le temps et l'espace – qui sont les marques de la personne.

Pour désigner l'Église en tel ou tel de ses aspects, il y a des noms consacrés, – tous vrais, et tous synonymes malgré leur grande diversité, dans la profondeur du mystère, mais tous inadéquats en tant qu'ils sont des images tirées des choses de la terre. La Constitution sur l'Église a énuméré tous ces noms. Je n'en retiendrai ici que quelques-uns.

L'Église, Corps mystique et Épouse

L'Église est le *Corps du Christ* et elle est *son Épouse.*
« Saint Paul l'appelle un 'Corps', ayant le Christ pour 'Tête'. Il apparaît par là que le Christ et l'Église s'achèvent mutuellement à la manière de la tête et du corps en l'homme ; le Christ étant d'une part l'achèvement (formel) de l'Église : 'Vous avez été achevés en lui, qui est la tête de toute principauté et de toute puissance[1]' ; et l'Église, avec ses grandeurs de hiérarchie et de sainteté, étant d'autre part l'achèvement (matériel) du Christ : Dieu 'l'a donné pour Tête à l'Église entière, qui est son Corps, l'achèvement de celui qui s'achève de toutes manières en toutes choses[2]'. En sorte que saint Jean Chrysostome peut écrire que 'le plérôme (c'est-à-dire l'achèvement, la plénitude) de la Tête est le Corps, et le plérôme du Corps, la Tête[3]'. »

La personnalité présuppose l'unité ; il n'y a pas de personnalité sans complète unité d'être et de vie. C'est à

---

1. *Col.*, 2, 10.
2. *Ephes.*, 1, 23. – Cf. Const. *Lumen Gentium*, chap. 1, § 7.
3. Charles JOURNET, *L'Église du Verbe Incarné*, Paris, Desclée De Brouwer, 1951, t. II, p. 53. – Le passage cité de saint Jean Chrysostome est tiré de *In Epist. ad Ephes.*, cap. 1, hom. 3.

raison de sa complète unité que l'Église ou le Corps mystique a sa personnalité ; autrement dit, c'est à raison de la complète unité où ses membres sont rassemblés par l'unité de la foi apostolique, celle du Baptême et des autres sacrements, et celle de l'obéissance à Pierre. Ainsi en possession de sa complète unité et de sa personnalité, l'Église est à la fois mystérieuse et visible. Elle est visible ou manifestée au dehors par les trois caractères que je viens de mentionner : profession de la même Foi, régénération par le même Baptême, reconnaissance de l'autorité des évêques, successeurs des apôtres, et de la suprême autorité du Souverain Pontife. En même temps elle est « mystérieuse » par la grâce et la charité qui la font vivre. Puis-je dire qu'au lieu de s'en tenir à ce terme « mystérieuse » classiquement préféré (sans doute pour écarter des malentendus, et l'idée hérétique de « l'Église invisible » opposée à l'Église visible), il n'y aurait, semble-t-il, que des avantages à dire que l'Église (qui tout entière est un mystère), cette même Église *visible* dans sa structure, sa prédication, son culte, et par l'extraordinaire fécondité avec laquelle elle ne cesse d'engendrer des saints, est, aussi, *invisible* dans ce qui est principal en elle et dans sa réalité la plus profonde : puisque la grâce est chose invisible, et que, comme l'écrit saint Thomas, « ce qui prévaut dans la loi du Nouveau Testament, et fait toute sa vertu, c'est la grâce de l'Esprit-Saint donnée par la foi au Christ. La loi nouvelle est à titre principal la grâce même de l'Esprit-Saint répandue dans les fidèles du Christ[1]. » Les baptisés qui sont en état de péché

---

1. *Sum. theol.*, I-II, 106, 1. – Cf. Charles JOURNET, *op. cit.*, pp. 39-40. « De l'Église, commente Bañez, c'est la partie principale qui est invisible, à savoir son être surnaturel ; mais elle-même se manifeste au dehors et elle est visible. » (*Ibid.*, p. 42.)

mortel sont toujours membres du Corps mystique, membres aliénés de la vie du tout (la charité[1]), mais qui tiennent encore au tout et sont encore *de lui* en vertu d'une relation toute spéciale à cette vie : car le caractère sacré dont ils sont marqués par le Baptême porte Dieu à les revendiquer spécialement, et la foi qui demeure en eux, fût-elle obscurcie chez beaucoup, demande de soi à se parfaire par la charité ; et ces deux choses suffiraient déjà pour leur appartenance au Corps mystique, à moins qu'ils ne se séparent de lui par un acte explicite de reniement de la foi. Mais il y a bien d'autres choses saintes en eux qui les relient indirectement à la vie du tout : la grâce les sollicite toujours, fût-ce par les blessures qu'elle a laissées, et la solitude de l'âme dont ils ressentent l'effroi. Le repentir et l'Espérance portent un nombre immense d'entre eux à recourir au sacrement de pénitence (un sacrement qui a été institué *pour eux*). Car elle est là aussi, l'Espérance ; et elle est là aussi, la Douleur acceptée. Et, messagères du souvenir que la Tête du Corps mystique garde d'eux, des grâces actuelles, avec les mouvements intérieurs qu'elles entraînent, passent en eux ; chez les grands pécheurs de tels

---

1. Peut-on les appeler, ainsi qu'on le fait quelquefois, des membres « morts » (comme un membre « mort », ou plutôt paralysé, dans un corps vivant) ? Cette métaphore risque d'induire en erreur. En effet, membres « *morts* » sans doute puisqu'ils n'ont plus la grâce et la charité, ils ne sont pas seulement *appelés* à revivre, ils sont aussi *travaillés par la vie :* car la vie du tout les travaille toujours du dedans d'eux-mêmes (par toutes les choses saintes qui restent en eux et dont il est question dans le texte) et au dehors d'eux-mêmes par les influences qu'ils reçoivent de la charité collective de l'Église. C'est pourquoi les théologiens disent qu'ils sont membres de l'Église *re, non voto*, « en acte achevé » mais seulement « par influx » non salutaire (cf. *L'Église du Verbe Incarné*, t. II, pp. 1072, 1080).

mouvements singulièrement profonds peuvent à certains moments faire surgir des actes bien imprévus. Et il y a aussi les influences secrètes dont continue de les atteindre, – eux les préférés de la miséricorde (car c'est pour eux qu'Il est venu), – la charité qui anime collectivement l'Église. La vie du Corps mystique, c'est la grâce et la charité. « Tout est à l'amour, en l'amour, pour l'amour et d'amour en la sainte Église », disait saint François de Sales[1]. Ça n'en a pas toujours l'air. Que de signes cependant de cet amour ! Et saint François de Sales avait les yeux de la foi, qui cherchent l'invisible sous le visible, il parlait de l'Église selon ce qui fait sa vie. L'Ame incréée de l'Église, c'est le Saint-Esprit[2] ; son âme créée, c'est la charité[3].

---

1. Préface au *Traité de l'Amour de Dieu*.
2. Cf. Const. *Lumen Gentium*, chap. I, I 7.
3. Cf. Charles JOURNET, *Théologie de l'Église*, Paris, Desclée De Brouwer, 1958, pp. 193-213. (Cet ouvrage est un abrégé des deux premiers tomes du grand traité *L'Église du Verbe Incarné*.) Le Cardinal Journet précise que l'âme créée de l'Église est la charité « en tant que cultuelle, sacramentelle et orientée (par l'enseignement et les directives du pouvoir pastoral) » : en d'autres termes, dirai-je, c'est la charité en état de faire le corps qu'elle anime *assez un* pour recevoir, tout ensemble avec elle, une subsistence collective surnaturelle absolument propre à l'Église, ou le sceau de la personnalité de l'Église. – « L'achèvement du Corps mystique n'est possible que là où la hiérarchie est plénière et le primat de Pierre reconnu » (*ibid.*, p. 246). C'est là seulement que nous sommes en face de la *personnalité* de l'Église.

Je m'excuse de la technicité des remarques qui suivent ; je les crois nécessaires, parce que sur ce point je vais, – dans la même direction, – un peu plus loin que le Cardinal Journet (*L'Église du Verbe Incarné*, t. II, pp. 492-508).

Voici donc les positions qui me semblent vraies : l'unité qui rassemble entre eux les fidèles n'est évidemment pas une unité substantielle, c'est l'unité d'une multiplicité. Contrairement à tout ce qui se passe ici-bas, et que les philosophes ont à considérer (*rationalis naturae individua substantia*), la subsistence dont je

Et « le corps de l'Église est coextensif à son âme ; où est l'âme de l'Église, là est son corps. Où est l'Église, là

---

parle n'informe ou ne parfait donc pas (par rapport à l'exister) *une substance*. Elle informe ou parfait *une multiplicité*, dont l'âme est la charité (avec les caractères mentionnés par le Cardinal Journet), et dont l'unité (un seul et même baptême, une seule et même foi, une seule et même juridiction) est complète, et où elle porte surnaturellement l'image de l'unité de Dieu. Elle présuppose (à la place de la substance) cette unité complète ou achevée de la multiplicité dont la charité fait la vie. Et elle transcende la personnalité de chacun des membres de ce tout, parce que c'est la vie surnaturelle en tant que reçue de Dieu *dans l'unité complète ou achevée de la multiplicité elle-même* (et non pas, évidemment, dans chacun de ses membres) qu'elle informe ou parfait. Elle est donnée par le Saint-Esprit, avec et par l'effusion de grâce et de charité qui provient du Christ, – mais c'est une *subsistence créée* (demandée par l'âme créée de l'Église comme par le corps créé qu'elle anime), une subsistence *surnaturelle créée*. Nous sommes là devant le mystère de l'Église en sa plus grande profondeur, et qu'on ne saurait *expliquer* (pour autant qu'on s'y essaierait, on le méconnaîtrait), mais qu'il faut admettre dans la foi, et dont la raison peut seulement montrer qu'il n'implique aucune contradiction. Dieu me garde de nier cette infiniment sainte assistance de l'Esprit de Dieu en raison de laquelle mon maître et ami regarde le Saint-Esprit comme « la personnalité extrinsèque et efficiente de l'Église » ; je ne puis toutefois y voir qu'un influx permanent du Saint-Esprit, qui, source suprême de la vie de l'Église, fait que, comme disait saint Irénée, « où est l'Église, là est l'Esprit de Dieu, et où est l'Esprit de Dieu, là est l'Église et toute grâce », mais qui ne saurait constituer la personnalité, au sens propre du mot, que nous devons reconnaître à l'Église ; car la personnalité proprement dite est une perfection *intrinsèque* et *formelle*, – non extrinsèque et efficiente, comme est pour l'Église l'assistance et la motion du Saint-Esprit. Je n'oublie pas non plus que la personnalité du Christ *marque* la personnalité de l'Église d'une manière incomparablement profonde (il y a de cela une analogie chez les époux d'ici-bas, ce n'en est toutefois qu'une pâle figure.) Mais si profondément qu'elle imprime sa marque sur celle de l'Épouse (au point de ne faire, – *spirituellement* ou *mystiquement*, – qu'une seule personne avec elle), la personnalité de l'Époux ne

est aussi son Ame incréée, l'Esprit de Dieu ; et où est l'Esprit de Dieu, là est l'Église et toute grâce[1]. »

On comprend mieux ainsi que là où manque la parfaite unité du Corps mystique, requise par la personnalité, et où la charité n'est pas en situation de porter le sceau de la personnalité de l'Église, il y ait à considérer deux cas distincts. Le premier est celui des familles religieuses chrétiennes non-catholiques, je pense tout particulièrement aux Églises d'Orient séparées du Siège Apostolique. Dans le cas de ces Églises, qui pourtant adorent le même Christ, usent pareillement du rite baptismal, se glorifient des saints qu'elles ont engendrés, et dont certaines jouissent d'une hiérarchie authentique, on se trouve en présence d'hommes qui sont *visiblement* membres en acte de l'Église, mais d'une manière qui, ne se consommant pas dans la parfaite unité, reste non plénière ou non achevée. (J'ajoute que si, dans les Églises orthodoxes, l'âme et le corps de l'Église ne portent pas le sceau de la personnalité de celle-ci, ils sont cependant, si je puis dire, attirés de très près par elle : cela est propre à l'exemple particulier que j'ai choisi. S'agit-il des autres confessions chrétiennes non-catholiques, les remarques faites plus haut s'appliquent encore d'une manière analogue, mais à un moindre, parfois beaucoup moindre degré.)

Le second cas à considérer est celui des familles religieuses non-chrétiennes, comme de la diaspora des incroyants, et des formations athées. Là aussi il y a des hommes qui appartiennent au Christ et à son Église. Malgré

---

saurait constituer celle de l'Épouse, ni le support intellectuel et moral de l'Époux dispenser l'Épouse d'avoir sa personnalité à elle.

1. Charles JOURNET, *L'Église du Verbe Incarné*, t. II, pp. 951-954 ; *Théologie de l'Église*, pp. 272-276.

les interdits de la religion ou de la contre-religion qu'ils professent, mais aidés sans doute par leur droiture naturelle et par leur expérience spirituelle, ils n'ont pas refusé le don divin offert à tous, ils vivent – sans le savoir – de la grâce du Christ. Ils sont membres en acte de son Église, mais cette fois d'une manière *invisible aux hommes, et à eux-mêmes*, qui ne dépend que de la liberté de l'Esprit, et de celle des individus humains. Qu'est-ce à dire, sinon que le corps et l'âme de l'Église s'étendent, – très loin du centre où ils possèdent leur parfaite unité, et non seulement privés du sceau de la personnalité qui dans l'Église pleinement formée constitue leur achèvement normal, mais ne subissant plus que de très loin l'attraction de celle-ci, – partout dans le monde où il y a des cœurs qui s'ouvrent à la grâce du Christ, ignorassent-ils son nom. Car « nous savons qu'il n'y a pas d'âme qui ne soit nommément appelée par Dieu[1] ». Ceux qui ont ainsi la grâce du Christ et la charité, – non pas hors de l'Église visible, mais comme lui appartenant seulement d'une façon « latente » – sont invisiblement[2] des

---

1. Charles JOURNET, *Théologie de l'Église*, p. 351. – Sur l'*appartenance latente* à l'Église, qu'elle soit « normale » avant le Christ ou « anormale » après lui, voir le même ouvrage, pp. 360-364.

2. Dans le comportement visible de ces hommes, qui ont en eux la grâce et la charité, il y a certes (cf. *op. cit.*, p. 374) une qualité qui, de soi, manifeste leur appartenance à l'Église, mais nul ne le sait – et eux non plus – parmi les hommes. Ceux qui les entourent l'attribuent plutôt à une éminente grandeur ou vertu personnelle ; et, s'ils en font des saints, ils verront en eux des saints de leur propre famille spirituelle. Autrement dit, ils sont sans doute eux-mêmes, ainsi que leurs actes, quelque chose de visible, et qui est du corps de l'Église ; mais qu'ils soient ainsi du corps de l'Église, ni eux ni personne (sauf peut-être, ici ou là, quelque ami chrétien qui s'en doute) ne le voit, sinon Dieu et ses anges. Ainsi c'est d'une manière *invisible aux hommes* que le corps de l'Église s'étend aux dispersés qui, n'étant pas compris dans sa parfaite unité, ne sont

membres de l'Église visible[1]. Ils sont des membres vivants du Corps mystique, mais des membres dans un état anormal et imparfait ; ils ne sont pas intégrés en acte[2] à la personnalité de l'Église, dont ils reçoivent cependant le rayonnement invisible, et qui les atteint par les influences secrètes de la Prière ou du Sacrifice, portées par l'Esprit de Dieu qui seul en connaît l'immesurable puissance[3].

★

L'Église est le Corps mystique du Christ. Et elle est aussi son Épouse.

> *Je t'épouserai dans la justice et le jugement,*
> *Dans la grâce et la tendresse[4].*

---

pas intégrés en acte à sa personnalité. (On trouvera là-dessus des explications plus complètes dans l'Annexe IV.)

Ils sont comme des pétales d'une rose parfaitement une et belle, fleur normale d'un rosier planté et cultivé par Dieu, qui pousseraient ailleurs au milieu de la fleur éclose sur tel ou tel rosier sauvage.

1. Voir, à la fin du volume, l'Annexe IV, *Sur l'unité et la visibilité de l'Église.*

2. Je dirai qu'ils *tendent* (sans le savoir) à s'y intégrer, puisqu'ils appartiennent invisiblement à l'âme et au corps de l'Église visible, qui *demandent* de soi l'achèvement normal que constitue cette personnalité.

3. « Le témoignage des saints des Églises orthodoxes, ou des Églises protestantes, ou du judaïsme, ou de l'Islam, ou de l'Inde, si leur sainteté est authentique, n'affaiblirait l'éclat de la sainteté de l'Église catholique que si celle-ci enseignait qu'il n'y a de vie surnaturelle et de sainteté authentique que dans ceux qui lui appartiennent visiblement et corporellement, et qu'il n'y a ni vie surnaturelle ni sainteté authentique en ceux qui lui appartiennent invisiblement et spirituellement, sans le savoir, par la tendance même de la grâce qu'ils ont reçue du Christ. Elle enseigne le contraire. » Charles JOURNET, *op. cit.*, p. 247.

4. *Os.*, 2, 19.

> *Ne crains point, car tu ne seras pas confondue...*
> *Car ton Époux, c'est ton créateur*[1].

« Le Christ, dit le Concile[2], aime l'Église comme son Épouse, se faisant le modèle de l'époux qui aime son épouse comme son propre corps. »

C'est dans le rapprochement de ces deux noms que devient sensible au cœur l'insondable profondeur du mystère de l'Église. Car lorsqu'on dit qu'elle est le Corps mystique du Christ, ou, selon le mot de Bossuet, « le Christ répandu et communiqué », on insiste sur le fait qu'elle est le Corps et les membres dont la Tête est le Christ, lui dont cependant la personnalité divine ne saurait être communiquée ni participée. C'est donc en un sens spirituel ou mystique, – et en vertu des grâces par où le Christ répand et communique sa propre vie hors de sa personne elle-même, – non au sens où dans les vivants d'ici-bas le corps et la tête ne font qu'un, que l'Église fait avec le Christ une seule personne. Mais elle a en même temps sa personnalité à elle, cette personnalité créée dont j'essaie de parler ici, et qui n'est pas la personnalité incréée du Christ. C'est sur cette personnalité créée, autre que celle du Christ, qu'on insiste lorsqu'on dit qu'elle est l'Épouse du Christ. Vraiment *une seule personne mystique* avec le Christ, et vraiment *une personne en elle-même* (ici-bas et au ciel), voilà ce qu'est l'Église, et ce qui confond l'esprit, comme tout mystère caché en Dieu. Vraiment chair de la chair du Christ, et vraiment distincte de lui.

---

1. *Is.*, 54, 4-5.
2. Const. *Lumen Gentium*, chap. I, § 7.

« L'Église comme épouse, écrivait Bossuet[1], est à Jésus-Christ par son choix ; l'Église comme corps est à Jésus-Christ par une opération très intime du Saint-Esprit de Dieu. Le mystère de l'élection par l'engagement des promesses, paraît dans le nom d'épouse ; et le mystère de l'unité, consommée par l'infusion de l'Esprit, se voit dans le nom de corps. Le nom de corps nous fait voir combien l'Église est à Jésus-Christ ; le titre d'épouse nous fait voir qu'elle lui a été étrangère, et que c'est volontairement qu'il l'a recherchée. Ainsi le nom d'épouse nous fait voir unité par amour et par volonté ; et le nom de corps nous porte à entendre unité comme naturelle. De sorte que dans l'unité du corps il paraît quelque chose de plus intime, et dans l'unité de l'épouse quelque chose de plus sensible et de plus tendre... Le nom d'épouse distingue pour réunir ; le nom de corps unit sans confondre... »

L'Église, dit le Concile[2], « est l'Épouse immaculée de l'Agneau immolé, que le Christ a aimée, pour laquelle il s'est livré afin de la sanctifier, qu'il s'est attachée par un lien indissoluble, qu'il ne cesse d'entretenir et de protéger, qu'il a voulu, l'ayant purifiée, s'unir et se soumettre dans l'amour et la fidélité, qu'il a comblée à jamais des biens célestes, pour que nous puissions comprendre quel est, à notre égard, cet amour de Dieu et du Christ qui passe toute connaissance ».

---

1. *Lettre à une demoiselle de Metz sur le mystère de l'unité de l'Église et les merveilles qu'il renferme.*
2. Const. *Lumen Gentium*, chap. I, § 6.

L'Église, Royaume de Dieu commencé ici-bas

L'Église est le *royaume de Dieu :* le royaume que Jésus est venu annoncer, et mystérieusement inaugurer, – commencé dès maintenant sur la terre et avançant à travers les souffrances de la croix vers la plénitude où il sera dans le monde de la gloire et des ressuscités.

Le Christ « a inauguré sur la terre le royaume des cieux et nous a révélé son mystère, et par son obéissance a opéré notre rédemption. L'Église, ou le royaume de Dieu déjà présent en mystère, effectue sa croissance visible dans le monde par la vertu de Dieu [1]. » Voilà ce qu'enseigne le Concile. Et il dit encore [2] : « Ce royaume brille aux yeux des hommes dans la parole, les œuvres et la présence du Christ... Les miracles de Jésus sont la preuve que le royaume est déjà arrivé sur la terre : 'Si c'est par le doigt de Dieu que je chasse les démons, c'est donc que le royaume de Dieu est arrivé parmi vous [3].' » Et l'Église qui « reçoit mission d'annoncer le royaume du Christ et de Dieu et de l'instaurer dans toutes les nations », constitue sur la terre « le germe et le commencement de ce royaume ».

C'est quelque chose, n'est-ce pas, pour nous tous qui demandons chaque jour qu'il arrive, – et pour les désespérés qui espèrent malgré tout, dans l'angoisse et les ombres de cette existence qu'ils ont reçue sans avoir été consultés, – et même pour les penseurs néo-chrétiens qui ont découvert que le Monde a droit à nos extases, – c'est quand même quelque chose de penser qu'il est là, ce royaume de Dieu, si caché qu'il soit à nos yeux charnels dans la vie profonde

---

1. Const. *Lumen Gentium*, chap. I, § 3.
2. *Ibid.*, § 5.
3. Lc., 11, 20 ; cf. Matt., 12, 28.

du Corps mystique, derrière les nécessaires chancelleries épiscopales et Codes de Droit canon.

« Le royaume est déjà sur la terre et l'Église est déjà dans le ciel[1]. » « Le royaume, comme son roi, connaît deux phases, l'une voilée et pérégrinante, l'autre glorieuse et définitive[2]. » Pour reprendre la formule décisive du Cardinal Journet, le royaume est, ici-bas, « à l'état pérégrinal et crucifié ». Car « l'Église de la Croix » doit précéder « l'Église de la gloire[3] ». Et pourquoi le royaume est-il ici-bas crucifié avec le Christ, sinon pour faire avec le Christ l'œuvre du Christ, accomplir cette mission corédemptrice dont quelques mots de saint Paul ont marqué pour tous les siècles l'importance et la nécessité (« j'achève dans ma chair ce qui manque aux tribulations du Christ, pour son Corps qui est l'Église[4] »), et qui vient « de la surabondance du mérite du Christ se propageant en ses membres vivants[5] ». Car « à partir d'un Seul et par un Seul, nous sommes sauvés et sauvons les autres », comme dit admirablement Clément d'Alexandrie[6]. Et de même le Pseudo-Denys, que saint Jean de la Croix aimait tellement citer : « De toutes les choses divines, la plus divine est de coopérer avec Dieu pour le salut des âmes[7] » : ce qui se fait par la prédication de la Vérité et par tout témoignage vrai rendu à l'Amour, mais

---

1. Charles Journet, *L'Église du Verbe Incarné*, t. II, p. 57.
2. Charles Journet, « Le mystère de l'Église selon le IIe Concile du Vatican », *Revue Thomiste*, 1965-I, p. 11.
3. *L'Église du Verbe Incarné*, t. II, p. 91.
4. *Col.*, I, 24.
5. Cajetan, cité dans *L'Église du Verbe Incarné*, t. II, p. 225.
6. *Stromates*, livre VII, chap. II. – Cité dans *L'Église du Verbe Incarné*, t. II, p. 326.
7. Témoignage d'Élisée des Martyrs, 6e avis, *Obras*, Silverio, t. IV, p. 351. Trad. Lucien-Marie de St-Joseph, p. 1369.

surtout par la Croix portée avec le Christ à travers tous les âges et par tous les chemins du monde.

Comme l'a dit le Concile à propos du Corps mystique du Christ : « Encore en pèlerinage sur la terre, suivant ses traces dans la tribulation et la persécution, nous sommes associés à ses souffrances *(passionibus suis)*[1] comme le Corps à la Tête, unis à lui dans sa passion *(Ei compatientes)*, pour lui être unis dans sa gloire[2]. »

L'Église, sainte et pénitente

L'Église est *sans tache ni ride*, et elle est *pénitente*. – C'est là peut-être l'énigme la plus troublante, et la plus magnifique. L'Église est *sine macula, sine ruga*, elle est immaculée, il n'y a pas de nom pour elle qui soit plus cher à Celui qui l'aime : *Veni columba mea*, viens ma colombe, ma toute belle[3], sans tache ni ride, sainte et immaculée, *sancta et immaculata*[4]. Et j'ai toujours pensé, en songeant à nos frères dissidents scandalisés qui lui refusent ce titre, et à certains catholiques intimidés qui hésitent à le lui reconnaître, que le Christ pardonne plus volontiers les crachats sur sa face que le moindre doute sur la sainteté de sa Bien-Aimée.

---

1. « Passionibus suis. » Le Concile a employé le même mot que celui dont use la Vulgate pour traduire τῶν θλίψεων τοῦ Χριστοῦ, dans le texte de l'épître aux Colossiens (1, 24) cité p. 269.

2. Const. *Lumen Gentium*, chap. 1, § 7.

3. *Cant.*, 2, 10.

4. Saint Paul. – « Le Christ a aimé l'Église et s'est livré pour elle, afin de la sanctifier,... car il voulait se la présenter à lui-même toute resplendissante, sans tache ni ride ni rien de tel, mais *sainte et immaculée*. » *Ephes.*, 5, 25-27.

Et pourtant cette même Église s'accuse elle-même, souvent dans des termes très durs, elle pleure ses fautes, elle supplie d'être purifiée, elle ne se lasse pas de demander pardon (elle le fait chaque jour dans l'oraison dominicale), elle crie parfois vers Dieu du fond de l'abîme comme du fond de son angoisse celui qui serait réprouvé.

En profiter pour frapper nous-mêmes à grands coups sur sa poitrine à elle, quand nous parlons en réalité soit des fautes de la hiérarchie, soit des misères quelquefois atroces du monde chrétien, c'est une vilenie, – à laquelle ne manquent pas bien des jeunes abbés de nos jours, et bien des péroreurs qui pensent se donner un air de liberté d'esprit, et capter par cette lâcheté la bienveillance d'un auditoire farci de préjugés, et qu'un peu de courage aurait pu éclairer.

La vérité est qu'à l'image du Christ immaculé l'Église aussi est immaculée, mais pas de la même manière que lui. Rappelons-nous la distinction marquée plus haut entre la personnalité de l'Église, qui est créée, et la personnalité du Christ, qui est la personnalité même du Verbe : le Christ est « saint, innocent, sans tache[1] », parce que sa personnalité est celle du Verbe, auquel sa nature humaine est hypostatiquement unie, et parce que dans les membres de ce corps humain qui marchait sur les routes de Galilée et siégeait dans les synagogues, et qui a été crucifié sous Ponce Pilate, dans ces pieds que Marie-Madeleine a couverts de baisers, et qui ont été percés, dans ces mains dont l'attouchement guérissait les malades, et qui ont été percées, il n'y a jamais eu le moindre contact de péché. En prenant sur lui les péchés du monde, il a assumé quelque chose qui

---

[1]. Const. *Lumen Gentium*, chap. I, § 8.

lui était absolument étranger, et qu'il a fait sien par pur amour, pure volonté de se substituer comme victime à l'humanité pécheresse ; c'est en ce sens que saint Paul dit qu'il a été fait péché pour nous sauver[1]. Il n'a jamais eu lui-même l'expérience du péché. C'est par *union d'amour avec les pécheurs* qu'il a *revêtu tout le péché*[2].

Mais la personnalité de l'Église est une personnalité créée, et les membres qui constituent son corps sont eux-mêmes exposés à pécher. « Elle embrasse en son propre sein les pécheurs[3]. » Elle a donc, et avec quelle profondeur, elle a elle-même l'expérience du péché, – « elle est toute mêlée au péché[4] » – dans la multitude innombrable de tous ces pauvres pécheurs qui sont ses membres (et qui sont toujours, comme au temps où Il descendait manger chez Zachée, « les amis de Jésus[5] »). Elle-même cependant, selon qu'elle constitue une unique personne, – autrement dit dans sa personnalité elle-même, en laquelle tous ceux

---

1. *2 Cor.*, 5, 21.

2. « Au mont des Oliviers Jésus a tenu devant ses yeux le sujet de son oraison, tout le péché à revêtir et la déréliction des hommes et de Dieu...

» Ténèbres de la contemplation du péché, nuit vraiment implacable, nuit mystique et insondable, expérience fondée dans la charité et dans l'union d'amour du Christ avec les pécheurs...

» Il goûte l'amertume infinie de nos fautes, comme dans les ténèbres de la divine contemplation les pauvres saints goûtent la douceur essentielle de Dieu.

» Ici les ténèbres sont pleines, Jésus se voit abandonné, toute justice est accomplie, tout est donné... » (Raïssa MARITAIN, « La Couronne d'épines », dans *Lettre de Nuit, la Vie donnée*, Paris, Desclée De Brouwer, 1950.)

3. Const. *Lumen Gentium*, chap. I, § 8. « Elle est donc », conclut ce paragraphe, (et c'est justement le mystère qui nous occupe ici), « à la fois *sainte et toujours en travail de purification.* »

4. Charles JOURNET, *Théologie de l'Église*, p. 239.

5. Léon Bloy.

qui sont en acte et visiblement ses membres sont intégrés pour en recevoir le sceau, mais qui n'est pas leur personnalité à eux, et qui la transcende, – elle-même, dans sa propre personnalité, dans sa personnalité d'Épouse, est sans nulle trace de péché. C'est pourquoi lorsqu'elle fait pénitence et demande pardon, et s'accuse, et supplie d'être purifiée, elle aussi, à l'image de l'Agneau de Dieu, prend sur elle ce qui n'est pas à elle, mais elle ne le prend pas sur elle en la même manière que Jésus l'a fait : c'est quelque chose qui est en elle, dans ses propres membres, qu'elle prend sur elle, – quelque chose cependant dont elle-même comme personne est absolument indemne, parce que sa personnalité transcende celle de ses membres. C'est une personnalité créée, mais qui, *spirituellement* ou « *mystiquement* », – en d'autres termes par amour, je veux dire par l'amour du Christ qui a voulu se l'unir *parfaitement et indissolublement dans l'amour* (non hypostatiquement, ce qui est bien impossible), – ne fait *qu'une personne* avec celle du Seigneur, Tête du Corps mystique. Et c'est bien pourquoi on ne peut refuser à l'Église comme personne, – comme personne créée ne faisant *spirituellement* mais *vraiment* qu'une personne avec la personnalité incréée du Sauveur, – le nom de sainte et immaculée[1] sans porter atteinte à l'amour du Christ pour la Bien-Aimée qu'il s'est unie.

Telle est la porte par laquelle le vieux paysan entre dans la doctrine que le Cardinal Journet a mise en lumière et qui est un des bienfaits que nous lui devons. Je pense qu'on a souvent méconnu cette doctrine parce qu'on oubliait de

---

1. « *Indefectibiliter sancta* », dit le Concile (Const. *Lumen Gentium*, chap. v, § 39).

penser à la personnalité de l'Église, qui est constamment à l'arrière-plan de ce qu'il a dit sur le sujet dont nous parlons en ce moment.

« Toutes les contradictions sont levées, écrit-il [1], dès qu'on a compris que les membres de l'Église pèchent, certes, mais en tant qu'ils trahissent l'Église ; que l'Église n'est donc pas sans pécheurs, mais qu'elle est sans péché. »

« L'Église comme personne prend la responsabilité de la pénitence. Elle ne prend pas la responsabilité du péché. Si elle ressemble alors à la pécheresse de l'Évangile, ce n'est qu'au moment où celle-ci répand son parfum sur les pieds de Jésus. Ce sont ses membres eux-mêmes, laïques, clercs, prêtres, évêques ou papes qui, en lui désobéissant, prennent la responsabilité du péché ; ce n'est pas l'Église comme personne. On tombe dans une grande illusion... quand on invite l'Église comme personne à reconnaître et à proclamer ses péchés. On oublie que l'Église comme personne est l'épouse du Christ, qu'il 'se l'est acquise par son propre sang' (*Act.*, 20, 28), qu'il l'a purifiée pour qu'elle fût devant lui 'toute resplendissante, sans tache ni ride, ni rien de tel, mais sainte et immaculée' (*Ephes.*, 5, 27), qu'elle est la 'maison de Dieu, colonne et support de la vérité' (*I Tim.*, 3, 15) [2]. »

---

1. *Théologie de l'Église*, p. 239.

2. *Op. cit.*, p. 241. – Comme dit si justement le Père J.-H. Nicolas, « En elle il n'y a aucune ténèbre, bien que, hélas, les péchés de ceux qui lui appartiennent voilent sa beauté aux yeux du monde, lui vaillent reproches et avanies, et la fassent souffrir devant Dieu. Si elle demande pardon c'est parce qu'elle reconnaît pour siens, devant Dieu et devant les hommes, ceux qui commettent ces péchés, mais non ces péchés eux-mêmes, qu'ils ne commettent au contraire qu'en se distançant d'elle. » *La Plume et la Pourpre*, dans *La Liberté*, Fribourg, 27-28 février 1965, p. 6.

« Ses frontières propres, précises et véritables, ne circonscrivent que ce qui est pur et bon dans ses membres, justes et pécheurs, prenant en dedans d'elle tout ce qui est saint, même dans les pécheurs, laissant au dehors d'elle tout ce qui est impur, même dans les justes ; c'est en notre propre comportement, en notre propre vie, en notre propre cœur que s'affrontent l'Église et le monde, le Christ et Bélial, la lumière et les ténèbres [1]. »

« C'est en notre propre cœur que s'affrontent le Christ et le monde », – autrement dit les frontières de l'Église passent au travers de notre propre cœur. « L'Église divise

---

1. *Op. cit.*, p. 244. – « La frontière de l'Église et du monde, de la lumière et des ténèbres passe à travers nos propres cœurs. » *Nova et Vetera*, 1963, p. 302 (cf. *Nova et Vetera*, 1958, p. 30).

Cela est vrai avant tout de ceux qui, tout en faisant des actes mauvais dont ils se confessent bien vite ou qui ne sont que des fautes vénielles, vivent habituellement de la vie de la grâce (vrai également des justes qui appartiennent à l'Église d'une manière seulement invisible, – le mot « frontières » se rapportant alors, non plus à la personnalité de l'Église, qui est propre à l'Église pleinement formée, mais à son âme et à son corps – anormalement privés du sceau de sa personnalité, – et dont ces justes font invisiblement partie).

Et cela est vrai aussi des baptisés qui sont en état de péché mortel : la ligne de démarcation passe toujours au travers de leur cœur, séparant le mal qui vient d'eux seuls et le bien (surnaturel à quelque degré, quoique non salutaire) qui continue de venir de l'Église (des grâces actuelles qui passent en eux, et de toutes les choses saintes qui restent en eux, et dont il a été question plus haut, p. 260), comme aussi le bien d'ordre simplement naturel qui, parce qu'ils sont toujours membres *(re, non voto)* de l'Église, continue de leur venir de ce grand Corps qui enveloppe toute bonté en la vie morale de l'homme. C'est là un privilège dû au caractère du baptême. (Ceux qui n'ont pas ce caractère et qui vivent dans le péché ne sont membres de l'Église que d'une façon toute *potentielle*, et les frontières de l'Église ne passent pas en acte à travers eux comme elles passent, quoique en un sens diminué, à travers les justes qui n'appartiennent à l'Église qu'invisiblement.)

en nous le bien et le mal. Elle retient le bien et laisse le mal. Ses frontières passent à travers nos cœurs[1]. » C'est il y a bien des années, à Meudon, que l'abbé Journet a dit cela pour la première fois, et depuis lors l'impression que j'ai reçue de ces paroles est restée en moi, je les tiens pour particulièrement précieuses et profondément éclairantes. Qu'on me pardonne de tirer d'un de mes livres une page où j'ai essayé de les commenter. « La ligne de démarcation essentielle à considérer passe à travers le cœur de chacun de nous. Quand un homme agit dans la grâce et la charité, il vit, il tire sa vie de la vie de l'Église, – qui est une vie de grâce et de charité. Il en est ainsi parce que tout homme qui a la grâce et la charité appartient vitalement à l'Église d'une manière soit visible, soit invisible. En conséquence, les actions en question ne sont pas seulement siennes, elles manifestent aussi en lui la vie même du tout dont il est une partie. Elles sont de l'Église précisément pour autant qu'elles sont vivifiées par la grâce du Christ, indépendamment de toutes les imperfections secondaires qu'elles peuvent comporter.

» Mais quand des hommes agissent sans la grâce et la charité, même si les membres en question sont des membres visibles de l'Église, ils se retirent de sa vie, ils se dérobent à la vie de l'Église. Et les actions qu'ils commettent ne sont pas des taches sur l'Église, sur le royaume de Dieu, parce qu'elles ne sont pas siennes.

» C'est ainsi que la ligne de partage des eaux entre les fleuves qui jaillissent de l'Église et les autres est à chercher dans les recès intérieurs du cœur des hommes[2]. »

---

1. *Théologie de l'Église*, p. 236.
2. *Pour une philosophie de l'histoire*, Paris, Seuil, 1960, pp. 150-151.

Les affaires du royaume de Dieu

L'Église, Peuple de Dieu

Je voudrais, pour terminer cette première partie d'un long chapitre, mentionner encore un autre des noms de l'Église, – le nom de *peuple de Dieu,* qui a été mis en vive lumière par le Concile[1]. Peuple de Dieu, « peuple messianique », ce nom insiste sur la « dimension historique » de l'Église, et tourne nos regards vers les grandeurs des préparations du passé comme vers l'avenir de gloire.

Quand nous le prononçons, notre cœur se ressouvient de l'Ancienne Alliance et du nom béni d'Israël, – et de cette filiation d'Abraham, et de cette *Israelitica dignitas* en lesquelles l'Église demande que passe la plénitude du monde entier[2]. Il se ressouvient aussi « qu'il ne nous eût servi à rien de naître, si nous n'avions pas été rachetés[3] », et il se ressouvient de cette *beata nox* où « brisant les chaînes de la mort, le Christ a surgi en vainqueur[4] » ; et il se tourne vers le royaume en pèlerinage inauguré par la Résurrection, qui est destiné à croître jusqu'au jour où viendra en gloire le Fils de Dieu.

« En tout temps et toute nation, dit le Concile[5], est agréable à Dieu quiconque le craint et pratique la justice. Cependant le bon vouloir de Dieu a été que les hommes ne reçoivent pas la sanctification séparément, hors de tout lien mutuel ; il a voulu au contraire en faire un peuple qui le connût dans la vérité et le servît saintement. C'est pour-

---

1. Il a fait l'objet du chap. II de la Const. *Lumen Gentium.*
2. « Praesta, ut in Abrahae filios, et in Israeliticam dignitatem, totius mundi transeat plenitudo. » (Oraison du Samedi-Saint, après la quatrième prophétie.)
3. Bénédiction du cierge pascal.
4. *Ibid.*
5. Const. *Lumen Gentium,* chap. II, § 9.

quoi il s'est choisi Israël pour être son peuple, avec lequel il a fait alliance et qu'il a progressivement instruit, se manifestant lui-même et son dessein, dans l'histoire de ce peuple, et se l'attachant dans la sainteté. Tout cela cependant est arrivé en préparation et en figure de l'alliance nouvelle et parfaite qui serait conclue dans le Christ, et dans la pleine révélation qui serait apportée par le Verbe de Dieu lui-même fait chair... Cette alliance nouvelle, le Christ l'a instituée : c'est la nouvelle alliance dans son sang ; il appelle juifs et gentils pour en faire un peuple rassemblé dans l'unité, non selon la chair mais dans l'esprit, et qui soit le nouveau Peuple de Dieu. Ceux, en effet, qui croient au Christ, nés à nouveau, non d'un germe corruptible mais du germe incorruptible qui est la Parole du Dieu vivant, – non de la chair, mais de l'eau et de l'Esprit-Saint, – ceux-là deviennent ainsi finalement 'une race élue, un sacerdoce royal, une nation sainte, un peuple que Dieu s'est acquis, ceux qui jadis n'étaient pas un peuple et sont maintenant le peuple de Dieu.' (*1 Petr.*, 2, 9-10.) »

« La condition de ce peuple, c'est la dignité et la liberté des fils de Dieu, dans le cœur desquels l'Esprit-Saint habite comme en son temple. Il a pour loi le commandement nouveau d'aimer comme le Christ lui-même nous a aimés. Sa destinée enfin, c'est le royaume de Dieu inauguré sur la terre par Dieu lui-même, et qui doit se dilater ultérieurement jusqu'à ce que, à la fin des siècles, il reçoive enfin de Dieu son achèvement, lorsque sera apparu le Christ, notre vie [1]. »

Race élue, sacerdoce royal, nation sainte, peuple que Dieu s'est acquis, – ces mots désignent l'Église entière et tous ses

---

[1]. Const. *Lumen Gentium*, chap. II, § 9.

membres. Le sacerdoce royal dont il est question là, et qu'on appelle aussi « le sacerdoce des fidèles », est commun aux clercs et aux laïcs[1]. Saint Pierre, dans ce grand texte, parle de tous les rachetés, de tout le *peuple de Dieu*[2].

Ainsi que l'écrit le Père Labourdette[3], « participée de la grâce capitale du Christ, acquise aux rachetés par l'acte *sacerdotal* de la croix qui est la grande victoire du *Roi* messianique, la grâce chrétienne, en l'ensemble de l'Église et en chacun de ses sujets, est une grâce à la fois sacerdotale et royale : *gens sancta, populus acquisitionis, regale sacerdotium...* Tout chrétien, en ce sens-là, est 'prêtre', prêtre et roi, comme son Chef : homme ou femme, ayant précédé le Christ depuis Adam ou l'ayant historiquement suivi, tout racheté a, en raison même de sa grâce, ce sacerdoce-là. » Il le possède « au même titre et au même degré

---

1. Le sacerdoce ministériel ou hiérarchique diffère de lui « en essence et non pas seulement en degré », ils « sont cependant ordonnés l'un à l'autre ; l'un et l'autre, en effet, chacun selon son mode propre, participent de l'unique sacerdoce du Christ. » *Ibid.*, § 10.

2. Comme le dit Mgr Garrone dans l'Introduction au chap. II de la Constitution *Lumen Gentium* (Paris, Centurion, 1965, p. 38) « le Peuple de Dieu tel que l'entend ce chapitre, c'est l'Église entière, et non les sujets de la hiérarchie. Tout le monde fait partie de cette Église au même titre fondamental. Il n'y a qu'une vocation comme il n'y a qu'une destinée. » Il suit de là que « la Hiérarchie ne pourra prendre, à l'intérieur du Peuple de Dieu, que l'allure d'un service : celui de l'autorité ». Et le Laïcat sera la grande multitude en marche, sous cette autorité, vers l'accomplissement final du royaume qui n'est pas de ce monde.

3. R. P. Michel Labourdette, *Le Sacerdoce et la Mission Ouvrière*, éd. Bonne Presse, Paris, 1959, pp. 14-15. Ce petit livre, préfacé par Mgr Garrone, est une Note doctrinale approuvée par la Commission théologique constituée pour étudier, au plan des principes, les problèmes posés par l'apostolat en milieu ouvrier, et présidée par Mgr Garrone.

que la grâce[1] », ce sacerdoce-là est « inscrit dans la grâce chrétienne. Au ciel, où le 'sacerdoce royal' sera pleinement épanoui dans le peuple de Dieu et en tous ses membres, le culte de louange et d'action de grâces ne sera plus ni moyen de grâce, ni figure d'une consommation encore à venir, mais une expression de la gloire intérieure, ni le sacrifice sacramentel ne sera plus célébré, ni le sacerdoce sacramentel n'aura à s'exercer, ni les fidèles n'auront à y participer. Que le chrétien soit prêtre et roi, cela se vérifiera alors aussi bien pour les élus qui n'ont jamais eu le caractère ni baptismal, ni sacerdotal, que pour les autres. Ce 'sacerdoce royal' demeurera pour l'éternité comme fruit du sacrifice de la croix[2]. »

Résumant le chapitre IV de la Constitution, – *De Laïcis*, – le Cardinal Journet fait remarquer que le Concile a repris là « à propos des laïcs ce qui avait été affirmé en général de tout le peuple chrétien. Les laïcs, y est-il dit, sont membres du peuple de Dieu où il n'y a 'aucune inégalité au regard de la race ou de la nation, de la condition sociale ou du sexe[3]', ils sont frères du Christ qui est venu pour servir, non pour être servi. Ils ont part à la mission salvifique de l'Église, à sa mission prophétique, à son service royal[4]. L'innovation ici, elle est sensible dans la Constitution *De Ecclesia* comme dans l'orientation générale du Concile, c'est en l'Église entière la prise de conscience non plus secrète et douloureuse mais impérieuse, – non certes d'une inadéquation au monde de sa catholicité essentielle

---

1. R. P. Michel LABOURDETTE, *Le Sacerdoce et la Mission Ouvrière*, p. 54.
2. *Ibid.*, p. 56.
3. Const. *Lumen Gentium*, chap. IV, § 32.
4. *Ibid.*, §§ 34-36.

et structurelle, – mais de l'immensité de l'effort à accomplir, deux mille ans après la venue du Christ, pour rejoindre la masse toujours grandissante de l'humanité... L'Église se tourne vers ses enfants laïcs avec le souci moins de les *préserver* du mal que de les *envoyer* au milieu des dangers avec Dieu dans leur cœur, pour témoigner de l'Évangile[1]. »

Si nous voulons entrer dans l'esprit du Concile, et suivre vraiment son inspiration, ce n'est pas seulement notre comportement et nos activités, c'est d'abord, ainsi que je l'ai déjà noté au début du chapitre v, notre régime ordinaire de penser qu'il importe de renouveler : ce qui exige un sérieux travail de raison, en vue de saisir la réalité plus à fond. Et la première réalité à considérer, la réalité qui commande tout quand il s'agit du feu nouveau apporté par le Concile, c'est évidemment l'Église elle-même qu'il nous faut mieux servir, – mais, *d'abord*, mieux connaître. Elle s'est elle-même occupée de cela dans sa Constitution dogmatique *Lumen Gentium*. Et elle a ses théologiens pour expliquer et commenter cette Constitution. Alors de quoi un vieux philosophe est-il venu se mêler ? Ce n'est sûrement pas à lui de faire mieux connaître l'Église, et il le sait mieux que personne.

Mais si le Concile a ému le monde entier, pas très nombreux cependant, et c'est fort regrettable, sont ceux qui s'appliquent à lire ses Documents (bien que traduits en toute langue et largement publiés) ; et moins nombreux encore ceux qui s'appliquent à lire les théologiens. Dès

---

1. Charles JOURNET, *Le Mystère de l'Église selon le II*e *Concile du Vatican*, dans *Revue Thomiste*, 1965, pp. 34-35.

lors la moindre incitation, de si bas qu'elle vienne, à faire un saut chez le libraire pour acquérir ces documents et se mettre à les étudier, – en particulier la *Constitution sur l'Église*[1], dont le langage est beaucoup plus accessible que celui des théologiens, – peut avoir son utilité.

Et puis un témoignage vaut ce qu'il vaut, mais vaut toujours quelque chose, fût-ce seulement pour irriter un peu (ce qui est toujours bon), et pour déranger des habitudes de pensée trop confortables et souvent de mauvais aloi, comme c'est le cas chez tant de non-chrétiens qui n'ont aucune idée de ce qu'est l'Église, et tant de chrétiens qui en ont une idée médiocre (ce n'est guère leur faute ; on ne s'était guère soucié de les instruire là-dessus) et déplorablement superficielle. Alors, allons-y! A contre-cœur, car je n'ignore pas tout à fait mes insuffisances, il me fallait bien donner mon pauvre témoignage à moi.

Ce qui me vexe dans l'aventure, c'est que je risque d'avoir l'air de m'être pris au sérieux, voire de m'être imaginé capable, bonnet en tête, d'apprendre quelque chose à quelqu'un. Je ne me suis pas pris au sérieux, c'est mon sujet qui était sérieux. Sur un tel sujet je n'ai rien voulu apprendre à personne, j'ai simplement dit ce que je pense : ce qui, après tout, n'est pas tellement téméraire. Il est vrai pourtant qu'on ne peut parler des choses auxquelles on croit de tout son cœur sans s'engager soi-même à fond. C'est ce que j'ai fait, bien sûr, tout en m'abritant soigneusement derrière le puissant *shelter* des enseignements du Concile et de ceux qui en savent plus long que moi, et ont titre à enseigner sur ces matières.

---

1. Je connais deux traductions de cette Constitution, l'une par Mgr Garrone (éd. du Centurion, 1965), l'autre (avec le texte latin) par le Père Camelot (éd. du Cerf, 1965).

J'ai bien peur que la même histoire ne m'arrive avec les prochaines sections. Tant pis, j'affronte le risque ; je vais parler encore de choses qui me dépassent infiniment, – et dont d'autres que moi ont eu véritablement l'expérience. On pensera ce qu'on voudra du vieux paysan ; à son âge on n'a rien à perdre.

2

LA CONTEMPLATION DANS LE MONDE

En guise d'Introduction

Parlant à Marthe de sa sœur Marie, le Seigneur a dit : *unum est necessarium*, ce qui ne signifie pas, comme le pense un de ces traducteurs qui aujourd'hui contribuent tellement à notre édification : « un seul plat suffit ».

Une seule chose est nécessaire, c'est d'être avec Jésus, donné à son amour. Et l'Église a toujours, dans son pèlerinage, regardé la part de Marie comme celle qui importe le plus à la vie du Corps mystique.

Il faut ajouter que dans aucunes questions, je crois, plus que dans celles qui concernent Marthe et Marie la tendance de notre raison rampante à rapetisser, durcir et matérialiser les notions qu'elle emploie n'a contribué à exciter les vaines controverses et à embrouiller les choses. Nulle part on n'a plus grand besoin de distinguer pour unir, ce qui, – j'ai déjà eu, si je me souviens bien, l'occasion de le noter, – est ressenti par nos contemporains comme une suprême incongruité. Voilà qui fait trembler plus que jamais le vieux philosophe, non par peur de ses contemporains, dont il n'a cure, mais par peur de mal s'acquitter d'une difficile besogne.

Les Chartreuses, les Trappes, les Carmels, tous les grands Ordres religieux contemplatifs qui, pour être mieux à Dieu seul, ont adopté un mode de vie essentiellement *séparé du monde*, seront toujours regardés par l'Église comme des colonnes nécessaires de son temple, ou comme des centres profondément cachés de son ravitaillement spirituel dont elle ne peut pas se passer. En ces années post-conciliaires eux aussi, autant que je sache, sentent l'urgence d'un renouvellement, pour faire plus ardente en leur propre vie la flamme de l'Évangile, et, du même coup, prendre encore davantage dans leur prière et leur intercession les angoisses du monde, comme pour lui rendre encore davantage ces services qu'en surplus, dans les travaux accessoires propres à leur état de séparés, ils lui ont toujours rendus, – mais non pas, grâce à Dieu, pour abattre ou fissurer de la moindre fente les murailles sacrées qui gardent retranchés du monde leur solitude et l'esprit qu'ils tiennent de leurs fondateurs et du Paraclet.

Mais parmi ceux qui se vouent à la pratique des conseils évangéliques dans une vie *essentiellement contemplative* on a vu surgir de nos jours d'autres formes de consécration à cette vie, non plus cette fois dans la séparation du monde, mais au contraire en plein milieu du monde, et « au cœur des masses ». Sainte Thérèse de l'Enfant Jésus et le Père de Foucauld ont été les préparateurs providentiels de cette grande nouveauté, qui assigne à ces religieux *dans le monde*, comme aux Ordres séparés du monde, et à côté d'eux, la part de Marie dans le Corps mystique.

J'ai eu le privilège de connaître depuis de longues années quelques-unes de ces nouvelles familles religieuses.

J'ai assisté, à la Basilique du Sacré-Cœur, à la messe de fondation des Petits Frères de Jésus, qui maintenant m'ont accueilli au milieu d'eux comme une espèce de vieil ermite qui les a toujours aimés. Depuis longtemps aussi j'ai connu et admiré les Petites Sœurs de Jésus. Et depuis longtemps aussi j'ai connu une communauté dominicaine qui, comme les Petits Frères mes amis, dispersés sur cette ingrate planète ou réunis pour quelques années dans leurs baraques d'études de Toulouse, est toute proche de mon cœur, – le Tiers-Ordre régulier de Catherine de Ricci, – contemplatives non cloîtrées dont la forme de pauvreté consiste semblablement à vivre du travail de leurs mains (mais à l'intérieur de leur couvent) : avant de se fixer plus tard à Crépieux, elles ont d'abord résidé à Bellevue, à côté de ce Meudon où Raïssa, Véra et moi avons passé le meilleur de notre pauvre existence ; et elles ont maintenant une maison à Toulouse. De sorte que par un singulier cadeau de la Providence je peux recevoir à la fois les bienfaits de ma vie commune avec mes chers Petits Frères, et l'aide fraternelle qu'elles me prodiguent généreusement. Voilà une bonne occasion de remercier Dieu d'avoir gardé parmi nous les grandes âmes auxquelles il a inspiré l'initiative de ces fondations, et de saluer affectueusement Sœur Magdeleine, la fondatrice des Petites Sœurs, comme de prier le Père Voillaume, fondateur des Petits Frères de Jésus, et Mère Marie-Madeleine, fondatrice et prieure des Dominicaines de Crépieux, de laisser le vieux paysan exprimer publiquement ici l'extrême gratitude et la très profonde amitié qui le lient à eux pour toujours.

Je viens de parler des familles de consacrés que je connais personnellement parmi celles qui mènent dans le monde une vie essentiellement vouée à la contemplation.

Il y a certes d'autres institutions qui, soit sous l'état proprement religieux, soit sous d'autres formes, notamment sous la forme d'Instituts séculiers, se donnent pour objet la vie contemplative dans le monde. Je crois qu'elles sont toutes une bénédiction pour notre temps.

Mais puisque j'ai dit un mot des dons immérités que j'ai reçus de Dieu, je veux mentionner le plus grand : avoir partagé pendant près de cinquante-cinq ans, depuis notre baptême à tous trois (le 11 juin 1906), la vie de deux êtres bénis, Raïssa et sa sœur, qui au sein des tribulations d'une existence très agitée ont été, sans défaillir un instant, fidèles à l'oraison contemplative, toutes données à l'union d'amour avec Jésus, à l'amour de sa Croix, et à l'œuvre que par de telles âmes il poursuit invisiblement parmi les hommes. Elles m'ont appris ce que c'est que la contemplation dans le monde. J'étais, moi, un traînard, un ouvrier de l'intellect, exposé par là même à croire que je vivais réellement certaines choses parce que ma tête les comprenait un peu, et que ma philosophie dissertait sur elles. Mais j'ai été instruit, et bien instruit, par l'expérience, les douleurs et les lumières de ces deux âmes fidèles. C'est ce qui me donne le courage d'essayer de leur rendre témoignage en parlant ici de choses qui sont au-dessus de moi, tout en sachant bien qu'avoir été instruit par l'exemple et sur le chantier ne rend pas plus facile, loin de là, de traduire en idées et en mots ce qu'on a ainsi appris.

Quoi qu'il en soit, et pour passer à des considérations plus générales, il y a une vérité que je vois clairement : ce qui importe très spécialement, et peut-être avant tout, pour notre âge, c'est la vie d'oraison et d'union à Dieu menée dans le monde, non seulement par les nouvelles familles religieuses dont il a été question plus haut, mais aussi par ceux qui sont appelés à cette vie dans le siècle lui-même avec toute son agitation, ses risques et son fardeau temporel. Et ils sont moins rares qu'on ne croit, et ils seraient plus nombreux si on ne les en détournait pas, soit parce qu'on les en suppose incapables, soit parce qu'on a de la contemplation une ignorance ou une mésestime pareillement profondes et inexcusables, soit parce qu'on tient pour plus urgent d'engager tous les laïcs de bonne volonté dans la fascinante efficacité de l'action collective autant que possible technicisée.

Il y a eu un temps, – celui de l'« âge baroque », – où, apparemment chez quelques théologiens, et en tout cas dans la masse des bons catholiques un peu pourvus des biens de la terre, l'état religieux, c'est-à-dire l'état de ceux qui se vouent à rechercher la perfection, était regardé comme l'état des parfaits, et, conséquemment, l'état séculier comme celui des imparfaits, en telle sorte que le devoir et la fonction providentiellement assignés aux imparfaits était d'être imparfaits et de le rester ; de mener une bonne vie mondaine pas trop pieuse et solidement plantée dans le naturalisme social (avant tout dans celui des ambitions familiales [1]). On se serait scandalisé que des laïcs essayassent de vivre autrement ; qu'ils fassent seulement prospérer sur terre, par des fondations pieuses, des religieux qui en échange leur gagneront le ciel, ainsi l'ordre sera satisfait.

« Cette manière de concevoir l'humilité des laïcs semble avoir été assez répandue au XVIe et au XVIIe siècles. C'est

---

1. On trouve là-dessus des indications remarquables dans le grand ouvrage de Louis Ponnelle et Louis Bordet sur la vie de saint Philippe Néri et la société romaine de son temps (Paris, 1929).

ainsi que le catéchisme expliqué aux fidèles du dominicain Carranza, alors archevêque de Tolède, fut condamné par l'Inquisition espagnole sur le rapport du célèbre théologien Melchior Cano[1]. » Celui-ci déclarait « tout à fait condamnable la prétention de donner aux fidèles une instruction religieuse qui ne convient qu'aux prêtres... Il s'élevait aussi avec vigueur contre la lecture de l'Écriture sainte en langue vulgaire, contre ceux qui prennent à tâche de confesser toute la journée. Le zèle que déployaient les spirituels pour amener les fidèles à se confesser et à communier souvent lui était fort suspect, et on lui attribue d'avoir dit dans un sermon qu'à son avis l'un des signes de la venue de l'Antéchrist était la grande fréquentation des sacrements[2]. »

Nous sommes loin de Melchior Cano et de son temps, – peut-être pas si loin qu'il ne semble, et le préjugé devait être tenace, puisque aujourd'hui un Concile de la sainte Église a dû prendre soin de mettre, si je puis dire, le laïcat sur le pavois, de marquer explicitement son rôle essentiel dans le Corps mystique, et de rappeler au monde que, selon l'enseignement du prince des apôtres, tous les membres du peuple de Dieu, pour autant qu'ils vivent de la grâce du Christ, participent à son sacerdoce royal.

Et ce que je veux surtout retenir ici, c'est la force avec laquelle le Concile a insisté sur la portée universelle de la grande parole du Seigneur : « Vous donc, soyez parfaits comme votre Père céleste est parfait[3]. » D'où l'on peut conclure que le précepte de tendre à la perfection de la

---

1. *Humanisme Intégral*, p. 129.
2. SAUDREAU, *Le mouvement antimystique en Espagne au XVIe siècle*, dans *Revue du Clergé français*, 1er août 1917.
3. Matt., 5, 48. – Const. *Lumen Gentium*, chap. v, § 40.

charité s'étend à tous[1]. « Il est évident que l'appel à la plénitude de la vie chrétienne et à la perfection de la charité s'adresse à tous ceux qui croient au Christ, quels que soient leur état ou leur forme de vie[2]. » Les laïcs, contrairement à ce que pensait Melchior Cano (et bien avant lui Conrad de Megenburg[3]), « doivent chercher à connaître toujours plus profondément la vérité révélée, et demander instamment à Dieu le don de sagesse[4] ».

Une digression
(sur la mission temporelle du chrétien)

Ce n'est pas ce don-là que semblent spécialement convoiter ceux qui tiennent la vocation du laïcat pour purement temporelle, et toute ordonnée au bien du monde. A leurs yeux les laïcs chrétiens auraient pour unique vocation de travailler à transformer le monde, vocation sacrée qui doit porter le monde, grâce surtout à la mission messianique du prolétariat, au terme suprême où il sera pleinement humanisé dans le Christ, et installé dans un règne final de la justice, de la paix, et de l'épanouissement humain, qu'ils confondent avec le royaume de Dieu décidément arrivé.

Il est clair que des prophètes qui embrouillent à tel point les choses qui sont à César et les choses qui sont à Dieu sont de faux prophètes. Ils ont pourtant le mérite de

---

1. C'était là le thème central du livre du Père Garrigou-Lagrange, *Perfection chrétienne et Contemplation*.
2. Const. *Lumen Gentium*, chap. v, § 40.
3. Cf. plus haut, p. 243, note 1.
4. Const. *Lumen Gentium*, chap. iv, § 35.

289

nous obliger à nous demander en quel sens il faut prendre cette « mission de transformer le monde » qui enveloppe dans la même formule équivoque une vérité et des erreurs également capitales.

Transformer *spirituellement* le monde par l'Évangile, en vue de la fin ultime qui est la parousie, et le royaume de Dieu dans la gloire des ressuscités, les chrétiens savent depuis la Pentecôte qu'ils sont appelés à cela. Mais ce dont il s'agit avec ce qu'on nomme de nos jours la mission de « transformer le monde », c'est quelque chose d'entièrement différent : il s'agit alors de transformer *temporellement* le monde en vue d'une fin qui, loin d'être ce qu'un chrétien tient pour la fin absolument ultime, est *le bien du monde lui-même en développement ;* et, de plus, on se reconnaît alors *consciemment et explicitement* le devoir ou la mission de travailler à une telle transformation.

On peut dire que depuis l'âge de l'homme primitif jusqu'à ce que nous appelons l'âge moderne, la notion explicite, qui occupe aujourd'hui la scène avec tant d'éclat, d'un tel devoir ou d'une telle mission est restée absente de l'esprit des hommes et n'a pas joué de rôle dans leur histoire. C'est après une immense durée d'histoire pré-moderne (ou, si l'on préfère ainsi parler, de pré-histoire moderne) qu'elle a commencé de s'ébaucher, – depuis environ trois siècles, disons, un peu allégoriquement, depuis que Descartes a déclaré que l'homme devait devenir *maître et possesseur de la nature.* Faut-il dire aussi que depuis belle lurette les chrétiens auraient dû s'apercevoir qu'en plus de leur vocation spirituelle dont la fin ultime est l'éternité ils avaient aussi une tâche *temporelle* à l'égard du monde et du bien du monde et de la transformation du monde ? Ce serait là dire une sottise d'idéaliste, car (sans oublier du reste l'extraordinaire effort – tout nouveau dans l'histoire par son ampleur et sa continuité – des œuvres de miséricorde qui ont occupé tous les siècles chrétiens, à la fois suppléance et préparation réelle de la prise de conscience d'une « transformation du monde » à opérer), les conditions historiques, concrètement parlant, n'étaient, ni du côté social et culturel, ni du côté spirituel, mûres pour une telle prise de conscience. A vrai dire, celle-ci s'est faite d'abord ailleurs que chez les chrétiens, dans un athéisme messianique qui était à la fois un fruit de la philosophie moderne et « la dernière hérésie chrétienne ». De là les redoutables équivoques dont nous souffrons aujourd'hui.

La mission qui incombe à l'homme de transformer temporellement le monde, Marx l'a mise en lumière ; mais *mal*, à cause de son athéisme, et de sa philosophie (hégélianisme retourné) où toute « nature » est résorbée dans le devenir et le mouvement dialectique, et à cause de son faustianisme (exister, c'est créer, l'existence précède l'essence, l'homme se crée lui-même par son travail). L'homme est alors appelé à une œuvre titanique (debout, les titans de la terre) qui lui donnera une pleine et entière maîtrise du monde et fera de lui comme le dieu du monde.

Il me semble qu'un des aspects de l'effort de Teilhard de Chardin a été (sans que lui-même se fût délibérément proposé un tel objectif) d'essayer de redresser cette notion ; mais il l'a *mal* redressée, à cause de son évolutionnisme, très différent de celui de Marx, mais aussi radical, ou plus radical encore, et de sa cosmisation du Christ et du christianisme, sorte de réplique au « matérialisme dialectique » faite par un messianisme cosmo-christique. L'homme est alors appelé à une œuvre divinisatrice par où il accomplira pleinement et totalement le destin du monde, dans la gloire du Ressuscité, et qui fera de lui comme l'esprit du monde, dans le Christ enfin vainqueur.

Je pense que c'est aujourd'hui la tâche de la philosophie chrétienne et de la théologie de donner son vrai sens à cette mission de transformer temporellement le monde, présentée jusqu'à présent dans des perspectives si aberrantes. Tout ce que je peux faire, moi, vieux philosophe qui ai déjà un peu défriché le terrain, et qui suis maintenant à la fin de ma vie, c'est de tâcher d'indiquer quelques idées que je crois vraies (et, naturellement, quelques distinctions, que je crois fondées, et terriblement nécessaires).

Il faut d'abord, me semble-t-il, distinguer deux manières fondamentalement différentes dont les hommes engagés dans la vie du siècle travaillent dans le monde *pour le bien du monde.* Depuis les temps primitifs ils y ont travaillé, dans leurs affaires ordinaires, pauvres besognes quotidiennes ou grandes entreprises impériales, – *inconsciemment* (comme la mousse ou le lichen en train d'envahir peu à peu un territoire) ; et ils continueront toujours de le faire ainsi, entraînés sans le savoir dans le grand mouvement de l'histoire du monde. C'est un premier plan d'action, celui des tâches *ordinaires* de la vie temporelle.

Le second plan, c'est celui d'une tâche *spéciale* dans la vie temporelle ; la mission de transformer temporellement le monde, assumée cette fois *consciemment*, à la manière d'intellects éveillés, ou d'agents libres capables de vues universelles.

Les chrétiens, comme les autres, ont travaillé et travailleront toujours sur le premier plan d'action. Et ils ont aujourd'hui (en notre âge de civilisation et nos régimes de démocratie libre ou contrainte) à travailler aussi sur le second, et à vrai dire eux seuls sont à même d'y travailler bien (à supposer naturellement qu'ils ne perdent pas la tête). Pour cela il est nécessaire que ceux qui prennent charge de guider un tel travail dans des mouvements ou des partis d'inspiration chrétienne, et qui ont une lourde responsabilité à l'égard des masses qui les suivent, aient une formation doctrinale et une sagesse pratique particulièrement riches, les éclairant à la fois sur les choses du royaume de Dieu et sur celles de la terre, et assurées sur une théologie et une philosophie fondées en vérité.

Mais en quoi consiste-t-elle, cette transformation du monde qui est l'objet de la mission temporelle du chrétien [1] ? *Maître et possesseur* de la nature et de l'histoire, titan du monde ou divinisateur du monde, l'homme ne le sera jamais, c'est un mensonge de le lui faire croire. Ce qui lui est demandé, c'est *d'intervenir* dans la destinée du monde, en gagnant à grand-peine et au prix de mille dangers (par la science et par l'action sociale et politique) un pouvoir sur la nature et un pouvoir sur l'histoire, mais en restant, quoi qu'il fasse, un agent plus que jamais *subordonné* : serviteur de la Providence divine, et activateur ou « libre associé » d'une évolution qu'il ne dirige pas en maître, et au service de laquelle il est aussi [2], selon qu'elle se produit

---

1. Pour préciser le vocabulaire et éviter toute équivoque, notons que ce que j'appelle « *la mission temporelle du chrétien* » est réservé à cette tâche de *travailler à la transformation du monde ;* tandis que l'expression « *la vocation temporelle du chrétien* » a un sens beaucoup plus large, sur lequel j'insisterai plus loin. Dommage d'avoir à employer des mots si voisins l'un de l'autre : leur sens est tout à fait différent.

2. J'aimerais bien trouver une comparaison tirée de nos affaires humaines, mais je n'en vois pas de bonne. Je me contente de penser à des équipes d'assistantes sociales et de planificateurs qui seraient envoyées d'un pays plus évolué à la reine de Babylone et à son empire (et qui, naturellement, seraient soumises aux lois de celui-ci).

selon les lois de la nature et selon les lois de l'histoire (fondées elles-mêmes sur le dynamisme des « natures »).

Il faut comprendre, en outre, que le chrétien peut, et doit, demander l'avènement du royaume de Dieu dans la gloire, mais qu'il ne saurait demander, – ni proposer pour fin à son activité temporelle, – un avènement définitif de la justice et de la paix, et du bonheur humain, comme terme du progrès de l'histoire temporelle : car, à vrai dire, ce progrès n'est capable d'aucun terme final.

Ici quelques considérations philosophiques sont nécessaires. L'histoire temporelle tend à une fin, c'est vrai, puisqu'elle comporte un progrès. Mais la fin à laquelle tend l'histoire temporelle ne peut pas être la fin ultime ; elle ne peut être qu'une fin « infravalente » : celle à laquelle tend un monde en devenir, et dont le devenir, – dans l'ordre cosmique (astrophysique) comme dans l'ordre humain, est une évolution, une genèse, une croissance (mais sans terme final assignable ici-bas). Deux hypothèses en effet, et deux seulement, sont ici possibles (c'est à la seconde que je suis incliné). On peut penser que le devenir du monde physique est indéfini, autrement dit qu'il se produit par des phases cosmiques successives d'expansion et de rétraction, de progrès et de régression, – alors l'histoire humaine aurait à repartir chaque fois d'un nouveau palier en recul sur le terme de la phase progressive (quoique sans doute plus élevé que le point de départ de celle-ci : ce qui se poursuivrait sans fin). Il y aurait un terme pour chaque phase, mais pas de terme final. Et dans cette hypothèse la fin absolument ultime à laquelle croit le chrétien (l'avènement du royaume de Dieu) arriverait comme une *interruption* d'un devenir (à la fois cosmique et humain) qui de lui-même aurait toujours continué indéfiniment.

Dans l'autre hypothèse (où le devenir cosmique ne comporterait pas de telles phases), l'histoire humaine tendrait vers un terme final qui ne saurait être que la *parfaite félicité naturelle* du genre humain, la fin des gémissements de la créature, et qui à cause de cela même *ne pourrait pas être atteint :* car tandis que progresseraient les conditions d'existence de la communauté humaine ici-bas, la mort et la corruption seraient toujours là, – et les aspirations de la personne humaine, qui transcendent le bien-être terrestre de la communauté, et auxquelles, à supposer que la personne devienne de plus en plus consciente, la mort et la corruption répugneront de plus en plus. – Et la liberté humaine serait toujours là, pouvant user soit pour le bien soit pour le mal des moyens de plus en plus puissants mis à sa disposition, en sorte que progression dans le bien et progression dans le mal continueraient leur route ensemble, – tout ce qu'on peut espérer c'est que la première prendra le pas sur la seconde.

Espoir et angoisse grandiraient ensemble, le gémissement de toute la création « en travail d'enfantement[1] » serait toujours là, et l'attente qu'il exprime deviendrait toujours plus impatiente : l'enfant dont le monde est en gestation ne sortirait pas du sein de la créature. Et la courbe du progrès du monde continuerait encore indéfiniment, mais en une autre acception que dans la première hypothèse, ce serait une courbe asymptotique, l'histoire humaine ten-

---

1. Cf. saint Paul, *Rom.*, 8, 22-23 : « Nous le savons en effet, toute la création jusqu'à ce jour gémit en travail d'enfantement. Et non pas elle seule : nous-mêmes qui possédons les prémices de l'Esprit, nous gémissons aussi intérieurement dans l'attente de la rédemption de notre corps. » – Voir l'Annexe I à la fin du volume.

dant sans le savoir vers le royaume de Dieu, mais étant de soi incapable de joindre ce terme final. L'avènement du royaume ne serait pas alors une simple interruption d'un devenir sans terme final, il serait plutôt une *éruption* par où la gloire divine interromprait le devenir terrestre, mais pour l'amener, par un enfantement miraculeux, à ce terme final auquel il tend sans pouvoir l'atteindre : non plus félicité naturelle, mais béatitude surnaturelle.

Si vous n'êtes pas satisfait de cet intermède de philosophie chrétienne, il vous reste du moins, à supposer que vous ayez la foi, d'écouter la révélation dont l'Église a le dépôt, et qui interdit de confondre les ordres de finalité en assignant pour but à la mission temporelle du chrétien l'avènement terrestre du royaume de Dieu. Il y faudra une nouvelle terre et de nouveaux cieux, et la résurrection des morts. Dans le combat temporel il faut être prêt à tout souffrir pour la justice, mais ce combat ne prétend pas éliminer définitivement le mal ni faire triompher définitivement le bien, il est livré pour faire obstacle autant que possible au progrès du mal, et accélérer autant que possible le progrès du bien dans le monde : voilà l'affaire propre des chrétiens luttant en chrétiens pour le bien du monde dans un monde soumis à la loi du temps et du devenir.

La mission temporelle du chrétien, sa mission de transformer le monde, a des fins plus modestes que celles qu'assignent à l'homme un Marx ou un Teilhard, mais bien plus importantes pour l'homme, du simple fait qu'elles ne sont pas illusoires (ça compte quand même) : rendre la cité temporelle plus juste et moins inhumaine, assurer à chacun les biens fonciers de la vie du corps et de l'esprit, et le respect, en lui, des droits de la personne humaine, conduire les peuples à une organisation politique supranationale capable de garantir la paix du monde, bref coopérer à l'évolution du monde en telle sorte que l'espoir terrestre des hommes en l'Évangile ne soit pas frustré, et que l'esprit du Christ et de son royaume vivifie en quelque façon les choses mêmes de la terre. Une telle œuvre a besoin d'être ainsi vivifiée, car sans les confortations de la grâce du Christ notre nature est trop faible pour la mener à bien. La justice est inhumaine sans l'amour, et l'amour pour les hommes et pour les peuples, « qui va bien au delà de ce que la justice peut apporter[1] », est lui-même fragile sans la charité théologale. Sans l'amour de charité on aura beau faire, on ne fera *rien*.

Et ces fins elles-mêmes de la mission temporelle du chrétien, qui ne se confondent ni avec la fin absolument ultime qui est le plein avènement du royaume de Dieu, ni avec un terme final imaginé décidément atteint du devenir terrestre, on sait bien que si elles sont possibles de soi (non illusoires), cependant elles ne seront, de fait, jamais atteintes d'une façon pleinement achevée et pleinement satisfaisante ici-bas. Ceux qui luttent pour elles savent qu'ils seront toujours combattus, n'auront que des succès disputés, et bien des échecs. Mais ce qu'ils font, ils le feront bien, s'ils le font vraiment en chrétiens.

Ajoutons enfin que le combat qu'ils mènent dans l'ordre temporel, en pleine fidélité à l'esprit et aux enseignements du Christ, est la tâche propre (à des degrés bien divers, car les uns guident et les autres suivent) des chrétiens qui vivent dans le siècle : ils le mènent à leurs risques et périls. Ils sont *aidés* dans ce combat par les lumières qu'ils reçoivent de l'Église, et sans lesquelles ils ne feraient rien de

---

1. Const. *Gaudium et Spes*, chap. V, n. 79, § 2.

bon ; et ils peuvent même y être *aidés* par l'Église d'une autre façon, dans des cas particuliers, lorsque ses ministres, en face de quelque situation spécialement grave, jugent de leur devoir d'élever la voix, et d'intervenir dans le temporel par une parole de vérité rendant témoignage aux divins préceptes. De toute façon il ne s'agit jamais pour l'Église que d'aider le monde à résoudre ses problèmes, non de les résoudre pour lui.

Autre digression (sur la condition de laïc) et fin de l'Introduction

Je m'excuse de cette longue digression. A vrai dire elle en annonçait une autre. Car la mission temporelle dont je viens de parler, et dont la notion n'est apparue que dans notre âge moderne, est loin de constituer toute l'activité temporelle du chrétien engagé dans le siècle. Il nous faut donc passer à un tout autre ordre de questions, plus général et plus fondamental, qui concerne non plus la mission temporelle (de transformer le monde) que se reconnaît aujourd'hui le laïc chrétien (j'en ai fini avec elle, je n'en parlerai plus), mais ce laïc lui-même.

Dès qu'on réfléchit un peu sérieusement (oh, me voilà bien pédant) à la condition de celui-ci, on s'aperçoit qu'elle n'est pas si facile qu'il semble à comprendre exactement, et qu'au surplus elle enveloppe un problème assez troublant, qu'il faut tâcher de mettre au clair. Le laïc chrétien, en effet, a deux vocations différentes, l'une spirituelle, l'autre temporelle, à chacune desquelles cependant il doit répondre pleinement, et même, pour la plus large partie de ce qui occupe son temps, au sein d'une même tâche. Et de plus il est lui-même le lieu d'une déplorable ambiguïté du vocabulaire, au moins dans une langue comme la langue française : en sa qualité de laïc le laïc est *du* monde, n'est-ce pas, comme il est du siècle (ce qui se marque en latin par le génitif : « est aliquid *mundi* »), et il œuvre (fût-ce sans le moindre propos délibéré) pour cette fin qui n'est pas la fin ultime, et qui est la bonne marche du monde, son bien, sa beauté, son progrès. Et en sa qualité de membre de l'Église il œuvre pour la fin ultime qui est le royaume de Dieu pleinement consommé, et il n'est pas *de ce monde ;* il est dans le monde sans être *du monde* (ce qui se marque en latin par l'ablatif : « non est *de hoc mundo,* non est *de mundo* »). Il est du monde sans être de ce monde ? Diable, il convient de regarder ça de près.

Notons tout d'abord que le mot laïc appartient originairement à la langue de l'Église. « La notion de laïc inclut toute la positivité et la richesse de l'appartenance à l'Église, toute la plénitude que recouvre le nom chrétien. Laïc désigne un membre du Christ, membre qui peut être pécheur, donc actuellement mort, mais qui est normalement vivant des activités de la grâce royale et sacerdotale reçue du Christ. Par les sacrements de l'initiation chrétienne, Baptême et Confirmation, il est entré pleinement dans la société ecclésiale, Corps mystique du Christ ; il a reçu, outre la grâce, des 'caractères' qui l'intègrent à l'organisation sacramentelle de l'Église militante et le députent de façon permanente à prendre part à la célébration du culte sauveur, non pour faire les sacrements, mais pour en recevoir les effets – ce qui est aussi un pouvoir, une capacité surnaturelle participée du sacerdoce du Christ,

mais cette fois dans la ligne de l'économie sacramentelle...
Au sens propre, le laïc n'est pas moins d'Église que le
prêtre ; comme baptisé et confirmé, c'est à l'Église qu'il
appartient, c'est vers elle et ses activités de grâce qu'il est
tourné, c'est par là qu'il se définit. Il fait partie du royaume
eschatologique dont il doit s'efforcer de mener la vie et
dont la communauté chrétienne tout ensemble doit porter
témoignage aux yeux du monde[1]. »

Ainsi le laïc, – disons, pour nous conformer au langage
courant, le laïc chrétien, – est au plein sens du mot membre
de l'Église. D'où il suit qu'il n'est pas de ce monde *(de
hoc mundo)* comme l'Église n'est pas de ce monde : *Regnum
meum non est de hoc mundo*[2]. *Ego non sum de hoc mundo*[3].
« Ils sont dans le monde[4] », mais « ils ne sont pas du
monde, comme moi-même je ne suis pas du monde[5] ».
De là suit également que le laïc a une vocation spirituelle,
et qu'il est assigné à travailler pour le royaume de Dieu
(royaume déjà venu à l'état pérégrinant et crucifié, à venir
dans sa plénitude).

Qu'en est-il alors de son rapport au monde ? Et comment peut-il être quelque chose du monde, et député au
bien du monde ? La réponse, à mon avis, tient dans le fait
de sa double naissance : il est né deux fois, comme tout
chrétien. Il est *né du monde*, et dans le péché originel, comme
tout homme ici-bas sortant du sein maternel. Et par le
baptême il est né à nouveau, il est *né de Dieu*. (On peut en

---

1. Michel LABOURDETTE, O. P., *Le Sacerdoce et la Mission
ouvrière*, Paris, éd. Bonne Presse, 1959.
2. Joan., 18, 36.
3. *Ibid.*, 8, 23.
4. *Ibid.*, 16, 11.
5. *Ibid.*, 17, 16.

dire autant, quoique en un sens beaucoup moins complet, de ceux qui sont invisiblement membres de l'Église visible, et qui, sans avoir le caractère ni la grâce du baptême, sont cependant nés à nouveau, eux aussi, et s'ouvrent à la grâce du Christ et à la charité ; mais ce n'est pas d'eux que je parle ici.) C'est par cette nouvelle naissance que, depuis le jour de son baptême, il est membre de l'Église et n'est pas *de ce monde.*

Et de sa première naissance il ne garde rien en ce qui concerne le péché d'Adam (sinon les faiblesses héritées de lui par notre nature), – rien non plus de ce péché en ce qui concerne l'empêchement d'entrer dans la béatitude et la vision de Dieu. Il est lavé, délivré, racheté par la grâce du Christ. Mais il garde, comme chacun, d'être un homme dans le monde ; et de plus – s'il ne décide pas de se consacrer soit au culte et au pouvoir de donner les sacrements, en se faisant ordonner prêtre, soit à la vie des conseils et à la recherche de la perfection en embrassant l'état religieux (ce qui pour autant le sépare du monde, et de l'ordinaire condition et vocation humaines qui nous viennent de notre naissance au monde, plus profondément encore dans le second cas que dans le premier[1]), il garde aussi l'ordinaire

---

1. Des religieux qui vivent en plein monde (non séparés ou retranchés de lui au sens plus extérieurement visible où des religieux cloîtrés sont séparés de lui) sont cependant, de par leurs vœux et leur état de consacrés, et les devoirs qu'il leur impose, *intrinsèquement séparés du monde.*

Et à un certain degré le prêtre aussi (cela ne plaît pas beaucoup, aujourd'hui, à pas mal d'entre eux, mais c'est comme ça) est séparé du monde de par sa consécration au culte et à l'administration des sacrements. Il n'est plus un tâcheron du monde, ni assigné à une mission temporelle visant le bien du monde. Il ne relève plus de l'ordre temporel qu'en se prêtant à lui, si je puis

condition humaine et vocation humaine qui nous viennent de notre première ou naturelle naissance (lavée du péché par la seconde). Membre du Christ et de l'Église, il n'est plus *né du monde*, il n'est plus *de hoc mundo*; mais se trouvant dans l'état de vie ordinaire où les hommes sont mis de par leur naissance au monde, il a à travailler pour le bien du monde et il est quelque chose du monde (au génitif, *aliquid mundi*) : comment dire? Il est un *tâcheron* ou un *journalier* du monde (je ne dis pas un « membre » du monde, car le monde n'a pas d'unité organique). Le laïc n'est *membre* que d'un Corps universel, – l'Église, qui embrasse le ciel et la terre. Et comme tâcheron du monde il est aussi *du monde*, ce qui n'empêche nullement qu'en vertu de sa seconde naissance il ne soit plus *né du monde*, il ne soit plus *de hoc mundo*.

Voilà comment se dénoue, si j'ai correctement raisonné, l'ambiguïté enveloppée dans le mot laïc.

Et voilà du même coup comment le laïc a deux vocations distinctes : une vocation spirituelle comme membre de l'Église ; et une vocation temporelle comme tâcheron du monde, comme *membre de l'Église tâcheron du monde*. Les deux vocations sont distinctes, elles ne sont pas séparées. Il n'est pas *d'une part* tâcheron du monde et *d'autre part* membre de l'Église : c'est le membre de l'Église qui est tâcheron du monde, envoyé au pays des choses qui sont à César.

---

dire, et pour « ne pas le scandaliser », comme Jésus le disait à Pierre à propos des collecteurs du didrachme, *ut non scandalizemus eos* : « Afin toutefois de ne pas les scandaliser, va à la mer, jette l'hameçon ; le premier poisson que tu prendras, ouvre-lui la bouche, tu y trouveras un statère ; et donne-le-leur *pour toi et pour moi*. » Matt., 17, 27.

Sa vocation temporelle, sa vocation de tâcheron du monde (qui ne couvre qu'une partie de sa vie et de ses activités – visiblement la plus large, et qui requiert le plus de son temps), c'est d'assumer les tâches ordinaires de la condition séculière. Sa vocation spirituelle, sa vocation de membre de l'Église, – qui est distincte de sa vocation temporelle mais qui doit l'inspirer, car elle couvre *toute sa vie et toutes ses activités*, – c'est de vivre de plus en plus à fond de la vie du Corps mystique, et donc d'abord de veiller sur sa propre âme et de répondre du mieux qu'il peut au précepte de tendre à la perfection de la charité, adressé à tous dans l'Église ; et de participer aux sacrements de l'Église et à son culte ; et de participer aussi, c'est un point que le Concile a spécialement mis en lumière, à l'apostolat de celle-ci.

Cette participation à l'apostolat de l'Église, sous quelles formes se produit-elle ? Sous bien des formes différentes (dont une seule, comme j'y insisterai tout à l'heure, est absolument fondamentale et requise de tous). Allons, encore des distinctions ! Tant pis, la chose en vaut la peine.

Il y a bien des cas différents à considérer : celui, par exemple, de l'Action Catholique proprement dite, où certains laïcs participent à l'apostolat de l'Église comme spécialement mandatés par elle, dans des organisations dont l'activité engage, en raison même de ce mandat, l'Église elle-même et la hiérarchie. Ces organisations, nées de l'initiative de Pie XI, jouent sans doute un rôle important, mais dans une sphère limitée.

Il y a ensuite une extrême variété de cas, dont je ne peux parler qu'en gros, depuis le cas de certains laïcs qui (toujours laïcs et tâcherons du monde, parfois même à des postes de commande) participent à l'apostolat de l'Église dans des groupements qui tiennent plus ou moins de l'état religieux (de soi, séparé du monde), – jusqu'au cas, beaucoup plus répandu, où des laïcs comme tous les autres participent à cet apostolat en apportant leur concours à des mouvements ou à des œuvres dédiés au développement de la spiritualité (retraites, par exemple), ou empreints d'un caractère plus ou moins missionnaire. Ces formes variées de participation à l'apostolat de l'Église ont ce trait commun d'être, à un degré ou à un autre, sous la mouvance du clergé, et d'être, d'autre part, pour les laïcs qui y dévouent une partie de leur temps, des activités de surcroît. Bonnes, utiles, excellentes, ne nous dissimulons pas que nous risquons, – du fait même que ce sont des formes particulières, et particulièrement remarquables, de participation à l'apostolat de l'Église, et dont l'utilité saute aux yeux, – de nous méprendre à leur sujet. Comment cela ? En limitant à elles, un peu étourdiment, la participation des laïcs à l'apostolat de l'Église, et en croyant qu'en elles seules consiste cette participation.

Il n'en est pas ainsi. Car ces diverses formes d'apostolat des laïcs sont toutes facultatives. Mais il y en a une qui est absolument foncière et *nécessaire pour tous*, et celle-là a une importance proprement fondamentale : c'est l'apostolat que les laïcs exercent *dans leurs tâches quotidiennes elles-mêmes* (dans les travaux *ordinaires* de la vie du siècle[1]), et dans toutes leurs activités, s'ils s'acquittent *en chrétiens* de ces tâches et de ces activités. Alors leur vocation spirituelle et leur vocation temporelle concernent *le même travail* : la vocation temporelle concernant l'objet de ce

---

1. C'est là le premier plan d'action temporelle que j'ai noté plus haut (p. 292), – celui qui est absolument général, et où tout laïc (chrétien) est à l'œuvre depuis qu'il y a des chrétiens.

travail, la vocation spirituelle concernant *le mode* ou la manière dont il est accompli, *l'esprit* dans lequel il est fait[1].

Qu'un laïc vive de la vie du Christ et du Corps mystique dans les profondeurs de son âme, et qu'il ne s'imagine pas qu'il est de son devoir, sous prétexte qu'il est un laïc, de sceller dans ces profondeurs de son âme, quand il fait sa tâche ordinaire de laïc, la foi, la charité fraternelle, l'amour de Jésus qu'il a dans le cœur ; qu'il laisse en lui-même sa liberté à la Bonne Nouvelle qu'il porte en lui ; bref, qu'il *n'oublie jamais*, quoi qu'il fasse, qu'il est chrétien ; autrement dit, que tout ce qu'il fait il le fasse *en chrétien*[2] : alors l'esprit dont il est rayonnera de lui, il portera témoignage à l'Évangile, non en le prêchant, mais en le vivant, et par le *mode* dont il s'acquitte des tâches les plus banales. Et cela se fera sans qu'il ait besoin de penser à *exercer un apostolat :* le moins il y pensera, mieux cela vaudra! C'est de soi-même, et comme d'instinct, que passera par lui le témoignage de l'Église dont il est un membre ; il suffit que ce chrétien ne cache jamais, – ni à lui-même ni aux autres, – qu'il est chrétien ; il suffit qu'il n'ait jamais devant autrui,

---

1. « Ils vivent au milieu du siècle, c'est-à-dire engagés dans tous les divers devoirs et ouvrages du monde, dans les conditions ordinaires de la vie familiale et sociale dont leur existence est comme tissée. A cette place, ils sont appelés par Dieu pour travailler comme du dedans à la sanctification du monde, à la façon d'un ferment, en exerçant leurs propres charges sous la conduite de l'esprit évangélique, et pour manifester le Christ aux autres avant tout par le témoignage de leur vie, rayonnant de foi, d'espérance et de charité. » (Const. *Lumen Gentium*, chap. IV, § 31.)

2. C'est ce que nous dit l'enseignement des apôtres : « Soit que vous mangiez, soit que vous buviez, et quoi que vous fassiez, faites-le pour la gloire de Dieu. » *I Cor.*, 10, 31 (cf. *Col.*, 3, 17, et *I Petr.*, 4, 11).

305

au nom de ce qu'il croit les convenances du monde, je ne sais quelle honte d'être chrétien.

Il est clair que pour agir en chrétien il faut être instruit des vérités chrétiennes aussi bien qu'on le peut, selon l'état de chacun, et le rôle qu'on peut avoir à jouer dans la vie culturelle et la vie politique[1]. Il est clair aussi que des laïcs animés de l'esprit de l'Évangile peuvent être amenés à former des groupements plus ou moins éphémères qui naissent spontanément de l'*amitié*, et qui ne soient ni de dénomination confessionnelle ni sous la mouvance du clergé, mais qui demanderont toujours chez ceux qui les inspirent une formation doctrinale plus poussée. Ce sont là toutefois des cas particuliers, et c'est, au contraire, de ce qui est *commun à tous* que je parle en ce moment, du rayonnement de l'Évangile à travers la tâche quotidienne elle-même. Alors le véhicule par lequel passera ce rayonnement, ce pourra être parfois un simple mot fraternel, un regard, un geste, la façon spontanée de réagir à un événement, un de ces signes presque imperceptibles (et tellement plus importants qu'on ne croit d'ordinaire), un de ces *microsignes* de la physique de l'âme qui s'enregistrent dans l'inconscient, et que le prochain perçoit avec une si redoutable infaillibilité. Ou bien ce sera un témoignage plus visible, une parole de vérité, un engagement concret, un pardon accordé, un acte de dévouement, un risque peut-

---

1. De la *mission temporelle du chrétien* (qui a pour objet de « transformer le monde », et qui se tient sur un autre plan de l'activité temporelle, où le laïc est non seulement un tâcheron du monde, mais un activateur du monde, – pour agir *en chrétiens* ceux qui guident les autres ont alors besoin d'une formation doctrinale particulièrement complète) il a été question plus haut (pp. 289-298) ; je n'en parle pas ici parce que c'est une tâche *spéciale* de la vie du siècle.

être grave à courir pour le bien d'autrui ou pour la justice. Cette vérité est toujours là, que, quelque tâche qu'il accomplisse, un chrétien peut, et doit, l'accomplir *en chrétien*. J'ai assez dit dans ce livre qu'on peut philosopher en chrétien. On peut aussi enseigner l'histoire, la littérature, les mathématiques mêmes en chrétien, – non en essayant de faire dire aux mathématiques quelque chose de chrétien, mais en priant pour ses élèves et en les aimant, et par la manière même dont on traite ceux-ci, et par la manière même dont on enseigne, car enseigner est une affaire concrète où passent sans qu'on s'en aperçoive bien des choses qu'on a dans l'esprit, et où on s'adresse à d'autres esprits dans une relation humaine avec eux. On peut exercer la médecine en chrétien, on peut diriger une maison de commerce en chrétien, on peut être charpentier, tourneur, garagiste en chrétien, ouvrier d'usine en chrétien (non pas sans doute quand on travaille à la chaîne, mais il y a quand même les camarades, et aussi le bistrot où on prend un verre avec eux). Il y a partout des relations humaines. Et partout où il y a des relations humaines, l'Évangile, si on en vit, introduit de lui-même son témoignage, dans la manière dont on agit.

J'insiste sur tout cela, parce que c'est la conséquence même de la vérité majeure mentionnée plus haut au sujet du laïc chrétien, membre de l'Église qui *est* tâcheron du monde, et dont la vocation spirituelle couvre la vie tout entière.

Notre civilisation occidentale a souffert depuis bien des siècles d'un séparatisme funeste, d'une coupure ou scission contre nature, – et partout, dans tous les ordres d'activité, – entre la tâche temporelle du laïc chrétien et la vocation spirituelle qu'il tient de ce qu'il est : membre du Peuple de Dieu. C'est à ce mal qu'il faut avant tout remédier.

*

Mes deux digressions sont terminées. Elles nous aident peut-être à mieux voir les implications et les conséquences pratiques de cette vocation de tous à la sainteté, et à une participation réelle et personnelle à la vie du Corps mystique, que le Concile a rappelée à grande voix à tous les membres du Peuple de Dieu, aux laïcs comme aux autres.

« Maître divin et modèle de toute perfection, le Seigneur Jésus a enseigné à tous et chacun de ses disciples, quelle que soit sa condition, cette sainteté de vie dont il est à la fois l'initiateur et le consommateur : 'Vous donc, soyez parfaits comme votre Père céleste est parfait.'...

» Il est donc bien évident pour tous que l'appel à la plénitude de la vie chrétienne et à la perfection de la charité s'adresse à tous ceux qui croient au Christ, quels que soient leur état ou leur forme de vie[1]. »

Tous sont appelés à la sainteté, – je pense à mon vieux parrain Léon Bloy, et à cette grande parole dont l'écho a été si puissant dans bien des cœurs : « Il n'y a qu'une tristesse, c'est de n'être pas *des saints*. »

Je pense aussi que pour répondre à cet appel adressé à tous, l'important est de se mettre en route, où qu'on soit, en s'en remettant à la grâce de Dieu ; mais qu'il y a, pour avancer dans ce chemin où tout est si difficile en ce qui vient de l'homme et si merveilleusement disposé en ce qui vient de Dieu, des aides normalement indispensables, que nous recevons, d'une part, de la vie liturgique de

---

1. Const. *Lumen Gentium*, chap. v, § 40.

l'Église, et avant tout du sacrifice de la Messe, d'autre part de la communion de l'âme avec son Dieu dans l'oraison et dans cette union d'amour qu'on appelle la contemplation. Certaines questions sont à élucider à ce sujet, qui ne sont pas faciles, et dont il faut bien que je tâche de dire un mot dans la prochaine section.

Les deux aides nécessaires
sur la route qui n'en finit pas

Ce que je voudrais proposer ici, ce sont quelques réflexions seulement, et de caractère très général, sur les deux aides normalement nécessaires aux hommes qui ont entendu l'appel adressé à tous, et qui cheminent en trébuchant sur une route dont le terme final n'est pas de ce monde (la route non plus n'est pas de ce monde, bien qu'on y avance dans le monde, et c'est bien pour ça qu'on n'en voit pas le bout). Les deux aides en question, c'est, d'une part, la prière commune de l'Église (« commune » est le mot, « communautaire » est, dans le cas présent, un vocable bâtard qui ne plaît tant que parce qu'il vient du langage social-terrestre). Et c'est d'autre part l'oraison qu'on appelle « privée » (encore un mauvais mot, car là où on est avec Jésus, Marie et tous nos amis du ciel, en plein dans l'invisible communion des saints, on ne manque certes pas de compagnie), – disons plutôt l'oraison contemplative qui se fait *clauso ostio* (où dans le désert où il n'y a pas de portes, voire dans la solitude intérieure quand les portes ont été forcées).

D'une part, donc, la prière liturgique, qui a le privilège

inouï d'être centrée sur la Messe. D'autre part la contemplation qui a le merveilleux privilège de mettre, dans une union de personne à personne, le cœur aux écoutes de Jésus présent en lui. Ces deux privilèges sont des signes éminents de l'essentielle distinction qu'il faut faire entre la liturgie de l'Église catholique (et de ses sœurs d'Orient séparées) et les rites cultuels des autres familles religieuses, si vénérables soient-ils parfois, comme entre la mystique surnaturelle et la mystique naturelle, si loin qu'aille parfois celle-ci dans la concentration intérieure. Ces deux distinctions ne se recouvrent pas, du reste : la première concernant le culte, qui est visible, la seconde concernant une expérience spirituelle qui, lorsqu'elle est surnaturelle, suppose le régime habituel des dons de l'Esprit, – ce qui n'est pas le cas pour la mystique naturelle, fût-ce en les âmes habitées par la grâce.

Liturgie

Raïssa et moi avons publié, il y a quelques années, un petit livre intitulé *Liturgie et Contemplation*[1]. Je ne reviendrai pas ici sur les positions que nous y avons défendues, sinon pour déclarer que je m'y tiens plus que jamais. Mais je désire insister sur un point qui, en ce qui concerne la liturgie, me paraît d'importance première.

Dans le culte public que l'Église rend à Dieu, c'est à la fois par le Corps mystique et par sa Tête, par l'Église et par le Christ lui-même qu'est accompli l'œuvre sainte à

---

1. Paris, Desclée De Brouwer, 1959.

laquelle nous participons. « La sainte liturgie est le culte public que notre Rédempteur rend au Père, comme Chef de l'Église ; c'est aussi le culte rendu par la société des fidèles à son Chef, et, par lui, au Père éternel : c'est, en un mot, le *culte intégral du Corps mystique de Jésus-Christ, c'est-à-dire du Chef et de ses membres*[1]. »

Cela est vrai de toute fonction liturgique, – liturgie des sacrements ou récitation commune des heures canoniques : le Christ est toujours là, soit pour agir par le ministère de celui qui donne le sacrement, soit pour se tenir au milieu de ceux qui sont rassemblés en son nom. Mais cela est vrai de la Messe à un titre absolument éminent. Car la Messe est l'acte ou le mystère sacramentel par lequel le Christ perpétue sur la terre et dans le temps, jusqu'à la fin des siècles, le sacrifice dont l'Église tient sa vie. C'est pourquoi, à supposer les pires perspectives de persécution universelle, Dieu ne permettra jamais, je crois, qu'un seul jour une messe au moins ne soit pas célébrée dans le monde. La Messe est ainsi le centre, joignant le ciel et la terre, de la vie du royaume de Dieu dans son pèlerinage terrestre. Elle est aussi le centre du culte que l'Église rend au Christ et à son Père. Le sacrifice de la Messe est le centre auquel tout se rapporte dans la liturgie[2].

A un certain moment, pendant la Messe (et c'est pour-

---

1. Pie XII, Encyclique *Mediator Dei et hominum*, 20 novembre 1947.

2. Tout dans la liturgie se rapporte à la Messe, soit directement et explicitement, comme tout ce qui, pendant la Messe elle-même, se fait avant le sacrifice (lectures et prédication) et se fait après lui, – soit indirectement et implicitement, comme dans la liturgie des sacrements et des sacramentaux, ou dans la récitation des heures canoniques, ou dans le cycle de l'année liturgique. C'est la raison pour laquelle je parle ici spécialement de la Messe.

quoi le « silence sacré[1] » est alors de rigueur), il y a comme un coup de foudre divin ; aux paroles de la double consécration (qui, du fait qu'elle sépare sacramentellement le Corps du Sang du Seigneur, est un signe à portée réelle de sa mort sur la croix), Jésus se rend présent sur l'autel, en l'état de victime : voilà soudain mystérieusement devant nous, pendant quelques minutes du temps où nous vivons, le sacrifice où il s'est donné pour nous, sa suprême offrande de lui-même au Père, l'acte par lequel il a conquis la grâce rédemptrice pour tous les hommes. A la Messe, les fidèles ne sacrifient pas avec le prêtre ; c'est au prêtre seul qu'a été confié, en vertu du sacrement de l'Ordre, le pouvoir de sacrifier. Les fidèles tiennent de leur Baptême une autre sorte de pouvoir, la capacité de s'unir au prêtre dans l'offrande de la victime sacrifiée (comme d'être, ainsi que lui, nourris du Corps du Christ après qu'il s'en est nourri dans la communion sacramentelle par laquelle il consomme le sacrifice). Ils agissent alors au titre même de membres visibles ou sacramentellement *marqués* de l'Église qui, en union avec son Chef, et dans un rite sacré accompli en commun avec lui, offre à Dieu l'Agneau qui porte les péchés du monde. S'il y a dans le même sanctuaire des non-baptisés qui cherchent Dieu, il se peut que pendant la messe ils reçoivent des grâces plus grandes que tel ou tel des baptisés qui sont là. Ne portant pas en eux le caractère du Baptême, ils ne sont pas inclus dans le souverain acte d'adoration et d'action de grâces que l'Église accomplit.

Quand on pense un peu à tout cela, il me semble qu'on voit un peu mieux un certain nombre de choses. On voit

---

1. Const. *de Sacra Liturgia*, § 30.

un peu mieux, en premier lieu, le caractère essentiellement collectif ou commun de la célébration liturgique. C'est un seul Corps qui agit, en union avec son Chef lui-même, et c'est en tant même que membre de ce Corps, pris dans l'action du Corps et participant à elle, que chacun des fidèles rassemblés dans la célébration commune rend à Dieu le culte qui lui est dû.

En second lieu, on voit un peu mieux pourquoi il faut dire que l'acte le plus élevé qui puisse avoir lieu sur la terre est la célébration de la Messe, et que « la liturgie est le sommet auquel tend l'action de l'Église, et en même temps la source d'où découle toute sa vertu[1] ». C'est évident, puisqu'à la Messe, centre de toute la liturgie, c'est le Chef même du Corps mystique, le Verbe Incarné, qui tout en restant au ciel se rend invisiblement présent aussi sur la terre et y rend présent l'acte suprême qu'il a accompli sur la croix ; et c'est à son action, à une action de *Dieu fait homme*, que le prêtre et la communauté des fidèles sont unis, celui-ci comme celle-là en vertu du sacrement (Ordre pour l'un, Baptême pour tous) dont ils portent le caractère.

En troisième lieu, on voit un peu mieux comment le but que le Christ lui-même (avec l'Église tout entière) se propose et atteint dans la célébration de telle messe ici ou là, disons le but *divinement atteint* de cette célébration, est l'acte commun d'offrande et d'adoration qu'accomplissent le Christ lui-même et l'Église par le moyen d'un infime organe de celle-ci, – une assemblée locale rendant en tel jour et telle église ou chapelle son culte à Dieu. Que le prêtre ait toutes les faiblesses humaines qu'on voudra ; que les fidèles (comme dans tant de messes de funérailles,

---

1. Const. *de Sacra Liturgia*, chap. I, § 10.

bien émouvantes pourtant quand les vieilles traditions du peuple des pauvres y font cortège, et dans tant de messes de « rentrée annuelle » des institutions civiles) soient aussi distraits et inattentifs qu'on voudra, et aussi insoucieux qu'on voudra de l'appel de tous à la perfection de la charité : si l'un fait ce qu'il a à faire, en effectuant le sacrifice qui sanctifie l'Église, quoi qu'il en soit des autres, qui devraient s'unir dans le même moment à l'offrande de l'Agneau sacrifié, le but *divinement atteint* aura certes été atteint, l'œuvre d'offrande et d'adoration que l'Église voulait faire aura été faite, la Messe aura été célébrée.

Sans doute ; mais, à supposer les conditions que je viens de mentionner, le but *divinement atteint* par le moyen des hommes, aura été atteint, mais *mal atteint* du côté des hommes, l'œuvre que l'Église voulait faire aura été faite, mais *mal faite* du côté des hommes, la Messe aura été célébrée, mais *mal célébrée* du côté des hommes. Car il s'agit d'une œuvre sainte, et il convient donc que le célébrant comme les fidèles y soient autant que possible recueillis en Dieu ; il convient que le célébrant lui-même mène autant que possible une vie sainte, et que les fidèles aussi tendent à une telle vie. C'est la raison pour laquelle la réforme liturgique, si nécessaire et si longtemps attendue, demande avec tant d'instance que les fidèles « *participent consciemment, pieusement et activement à l'action sacrée*[1] » : ce qui se

---

1. En sorte qu'« ils apprennent *à s'offrir eux-mêmes* et, de jour en jour, soient *consommés par la médiation du Christ dans l'unité avec Dieu et entre eux* pour que, finalement, Dieu soit tout en tous. » Const. *de Sacra Liturgia*, § 48. – Je me permets de remarquer que, dans l'application, bien des commentateurs insistent avec beaucoup de vigueur, quand ils en viennent à la formule (tout entière en italiques dans la Constitution elle-même) citée ici dans mon texte, sur le mot *activement*, sans prêter la même

fait par la parole et par le chant, comme l'exige un culte public ; mais ce à quoi la parole et le chant tout seuls ne suffisent pas, il y a faut aussi l'attention intérieure de l'âme et le désir de Dieu[1]. A dire vrai, les fidèles n'assistent

---

attention au mot *pieusement*, qui est également souligné dans la Constitution ; je note aussi que le mot *activement* lui-même se rapporte à l'activité intérieure de l'âme autant (et même beaucoup plus, selon les enseignements de l'Encyclique *Mediator Dei*) qu'à l'activité extérieure de la voix.

Je note enfin, tout en sachant que ça déplaira à beaucoup, mais tant pis, la vérité m'y oblige, que si, parmi ceux qui assistent à la Messe, il y a des âmes d'oraison qui se trouvent tellement attirées au recueillement intérieur qu'elles ne peuvent ni parler ni chanter, et ne participent activement à la liturgie que de la façon la plus haute, il convient de les laisser à leur silence, et de respecter en elles la liberté de l'Esprit de Dieu.

Je lis dans une brochure publiée en 1957 par Mlle Madeleine Basset sur la petite servante de Dieu Anne de Guigné, morte à dix ans et demi, que vers l'âge de huit ou neuf ans elle demanda un jour à sa mère : « Maman, voulez-vous me permettre de prier sans livre pendant la Messe, parce que je sais par cœur les prières de mon paroissien et que je suis souvent distraite en les lisant, tandis que lorsque je parle au Bon Jésus je ne suis pas distraite du tout. C'est comme quand on cause avec quelqu'un, Maman, on sait bien ce qu'on dit. – Et que dis-tu au Bon Jésus ? – Que je l'aime, puis je lui parle de vous, des autres (ses frères et sœurs, ses proches), pour que Jésus les rende bons. Je lui parle surtout des pécheurs. Et puis, je Lui dis que je voudrais Le voir... » Cette petite fille n'avait pas pour devoir d'état, comme le prêtre à l'autel et le servant de messe, de prononcer les mots requis par la fonction sacrée. Le silence dans lequel elle parlait à Jésus avait sans aucun doute beaucoup plus de prix devant Dieu, – et pour sa propre participation pieuse et active à la Messe, – que si elle avait chanté, sous la férule, même le Gloria ou le Credo.

1. Après avoir rappelé que la liturgie est un culte extérieur et intérieur à la fois, Pie XII, dans l'Encyclique *Mediator Dei*, marque fortement que « *l'élément essentiel du culte doit être l'intérieur*, car il est nécessaire de vivre toujours dans le Christ, de lui être tout entier dévoué, pour rendre en lui, avec lui et par lui, gloire au Père des cieux. La sainte liturgie requiert que ces deux

bien à la messe, et n'y participent *bien*, que si, selon toute l'immense diversité des conditions de chacun, il y a en eux, fût-ce parfois au degré le plus implicite et le plus « éloigné », par un soupir de l'âme, une réponse à cet appel de tous à la sainteté sur lequel le Concile a aussi insisté.

Enfin, en quatrième lieu, et c'est là que je voulais en venir, on comprend un peu mieux pourquoi la vie liturgique est une aide *normalement nécessaire* à ceux qui se mettent en route vers la perfection de la charité. Car dans l'Église, et d'une façon infiniment plus réelle que dans toute « société » digne de ce nom, se vérifie le principe que le bien commun est un bien commun *au tout et aux parties,* autrement dit se reverse finalement sur les parties, qui sont des personnes humaines. C'est *en vertu de l'œuvre commune*

éléments soient intimement unis, et elle ne lasse jamais de le répéter chaque fois qu'elle prescrit un acte extérieur de culte...

» Il est vrai que les sacrements et le sacrifice de la Messe ont une valeur intrinsèque en tant qu'ils sont les actions du Christ lui-même ; c'est lui qui communique la grâce divine de Chef et la diffuse dans les membres du Corps mystique ; mais pour l'efficacité requise, il est absolument nécessaire que les âmes soient bien disposées... Ce sont des membres vivants, doués de raison et de volonté personnelle ; en approchant leurs lèvres de la source, ils doivent donc nécessairement s'emparer vitalement de l'aliment, se l'assimiler, et écarter tout ce qui pourrait en empêcher l'efficacité. »

La Constitution *de Sacra Liturgia* suppose les enseignements de *Mediator Dei,* elle n'avait pas à les répéter, parce que son objet est avant tout de réorganiser pratiquement la liturgie. Elle ne manque pas cependant de marquer que « pour obtenir cette pleine efficacité, il est nécessaire *que les fidèles accèdent à la liturgie avec les dispositions d'une âme droite,* qu'ils harmonisent *leur âme avec leur voix,* et qu'ils *coopèrent avec la grâce d'en haut pour ne pas recevoir celle-ci en vain* » (de Sacra Liturgia, § 11). Formules concises qui, à les lire avec l'attention qu'il faut, vont extrêmement loin (comme celles citées plus haut au début de la note précédente), et qui confirment ce que j'ai tâché de dire ici.

accomplie par la célébration liturgique, et de la sanctification qu'elle reverse sur chacun de ceux qui ont vraiment participé à cette œuvre, que les chrétiens qui s'efforcent de marcher vers la sainteté sont mis en état d'y mieux avancer. Ce qu'ils *ont fait* dans la célébration, ils l'ont fait comme *membres* du tout. Ce qu'ils *reçoivent*, ils le reçoivent finalement comme *personnes*.

Et je ne parle pas des grâces particulières de lumière et d'amour que l'un ou l'autre peut recevoir d'un seul mot de la liturgie, qui frappe le cœur à l'improviste (et semble parfois avoir été dit *pour vous*), ni de cette sorte de déliement et de libération [1] que le chant sacré (mettant en œuvre une grâce naturelle de la musique) a la vertu de produire souvent dans la gracilité native de la voix humaine (ce qui n'est pas le cas avec les haut-parleurs).

La conclusion qui ressort de ces réflexions, il me semble qu'on peut la formuler ainsi : il est essentiel au chrétien d'être à la fois *personne* et *membre ;* et ça, il l'est toujours, ces deux aspects de lui sont distincts mais ne sont pas séparables. J'ai remarqué à l'instant que dans la célébration liturgique c'est avant tout par la réversion, sur chacun, du bien achevé par l'œuvre commune que le chrétien est sanctifié : ce n'est donc pas avant tout *par* ce qu'il *fait* comme *membre* du tout, en tenant sa part dans l'œuvre du tout, c'est avant tout *par* ce qu'il *reçoit* finalement, comme *personne* sur laquelle se reverse le bien du tout, que le

---

1. « Laisser agir en soi les chants, la musique, laisser l'âme 's'ouvrir aux choses divines' (saint Thomas). L'action libératrice de la musique, lorsqu'elle se produit, délivre subitement de la contrainte de l'effort et des distractions, des images étrangères, et comme de la distance entre le temps et l'éternité. L'amour brûlant envahit l'âme, illumine la foi. Le cœur vaincu nous donne la douceur des larmes. » *Journal de Raïssa*, n. 161, p. 304.

chrétien est alors sanctifié, et que la liturgie est pour lui une aide indispensable dans son progrès vers Dieu.

Je viens de dire que cette aide est indispensable, qu'elle est *normalement nécessaire*. Il convient d'ajouter que les mœurs divines sont infiniment douces [1], et tiennent compte des conditions et possibilités de chacun dans leur variété sans bornes. Tant mieux si on a la chance de pouvoir assister chaque jour à la Messe. Le plus grand nombre des laïcs ne le peut pas. Et même de la messe du dimanche les malades sont privés (et même parfois les bien portants par quelque obstacle insurmontable). Dieu trouvera bien moyen de leur envoyer une miette du grand repas commun. Il y a le sacrement des malades, il y a le Corps du Christ qu'un prêtre peut leur apporter. Et même si cela est impossible, et si l'homme n'a plus la force de prononcer un mot, ni de s'unir intérieurement à ce que fait l'Église, ni de pousser un soupir vers Dieu, la charité suffit, si elle est dans son cœur.

Contemplation

Pati divina, souffrir les choses divines, dans une expérience intérieure où l'âme est agie plutôt qu'elle n'agit, et est agie par Dieu, sous le régime des dons de l'Esprit-Saint, voilà les mots qui me viennent dans l'instant que je veux tâcher, si mal qualifié que je sois pour cela, de parler de la contemplation. Ce mot « contemplation » est, comme tous les mots quand on désigne avec eux des choses très hautes, apte à trahir celles-ci. Il y a une contemplation naturelle

---

1. Cf. l'opuscule *Des Mœurs divines*, cité plus loin, p. 346.

ou philosophique[1], qui est d'ordre tout intellectuel et tout spéculatif. La contemplation chrétienne n'a rien à voir avec cette contemplation-là, car elle vient de l'amour et tend à l'amour, et elle est l'œuvre de l'amour. *Per amorem agnoscimus*, là « nous connaissons par l'amour », disait saint Grégoire le Grand[2]. C'est seulement par égard pour cette mystérieuse connaissance, donnée par l'amour, que la tradition chrétienne a gardé le mot de contemplation.

Mais avec le mot contemplation le vocabulaire nous joue bien d'autres tours, sur lesquels je voudrais dire un mot dès l'abord. Supposez que vous cherchez à savoir ce qu'est la poésie : vous irez tout de suite voir chez les poètes ; en les lisant vous apprendrez, espérons-le, en quoi consiste la poésie, ou ce qu'elle est dans sa nature, et vous pourrez parler de la poésie comme connue ou saisie *en elle-même* ou *dans ses traits typiques*. En même temps et du même coup, vous parlerez de la poésie *des poètes*.

Après cela vous vous apercevrez que la poésie n'existe pas seulement chez les poètes. Il y a une admirable poésie dans la vie d'un Christophe Colomb ou d'un Benoît Labre, dans la pensée d'un Platon ou d'un Einstein, dans la marche des voies lactées. Allez-vous chercher là ce que la poésie est *en elle-même* ou *dans ses traits typiques?* C'est impossible, elle est là sous un mode *atypique, occulte ou masqué*. C'est la poésie des grands découvreurs et des grands saints, des génies philosophiques ou scientifiques, du monde stel-

---

1. Il y a aussi une « contemplation théologique », dans laquelle le théologien, au terme de son travail de raison, contemple intellectuellement, mais avec la saveur de la grâce, la vérité qu'il a atteinte comme un sommet de *l'opus theologicum*. Ce n'est point là, non plus, la contemplation infuse de laquelle je parle ici.

2. *Moralia*, X, 8, 13.

laire. Vous devrez reconnaître l'existence de cette poésie, qui n'est pas celle des poètes (ni des musiciens et des autres servants de l'art).

Mais en fixant votre attention et celle des gens, comme il convient de le faire quand vous décrivez ce que la poésie est *en elle-même* ou *dans ses traits typiques,* sur ce qu'est la poésie *des poètes,* vous risquez de vous faire croire à vous-même et de faire croire aux gens que la poésie *n'est que* chez les poètes (ou les autres servants de l'art). Et la poésie qui *est* ailleurs risque d'être ainsi méconnue.

C'est un peu ce qui se passe, mais en posant des problèmes beaucoup plus graves, avec la contemplation. Il y a la contemplation *des contemplatifs* au sens strict du mot, des âmes vouées à la contemplation : c'est d'elle qu'il s'agit quand on parle (comme je vais tâcher de le faire à présent) de ce que la contemplation est en *elle-même* ou *dans ses traits typiques.* Mais il ne faut pas oublier qu'il y a aussi la contemplation de ceux qui ne sont pas des contemplatifs au sens strict du mot, des âmes vouées à la contemplation, et qui ont cependant passé un certain seuil dans la vie spirituelle que les contemplatifs passent aussi. On aime à opposer Marthe et Marie, mais il ne faut pas oublier que Marthe n'était pas une directrice des œuvres de prosély-tisme du Temple ne priant que des lèvres, comme il arri-vait sans doute à certaines d'entre elles. (Ça se trouve par-fois.) Marthe priait dans son cœur, comme Marie ; elle s'occupait à beaucoup de choses, mais elle faisait oraison et contemplait secrètement, peut-être à l'égal de Marie, tout en faisant la cuisine et en s'affairant aux choses dont sa sœur lui laissait le soin. Peut-être aussi était-elle pourtant (mais dans son cas particulier cela me semble bien impro-bable) de ces âmes fidèles dont la contemplation reste atypique et masquée ? En tout cas elle répondait, et répondait *bien*, comme toute âme qui avance vers Dieu (et comme toute sainte, nous la vénérons comme telle) à l'appel à la contemplation adressé à tous. Je reviendrai un peu plus loin sur ces questions d'importance majeure. C'est par parenthèse, et comme avis préalable, que j'y ai fait allusion. La parenthèse est fermée.

J'ai rappelé il y a un instant le mot de saint Grégoire le Grand : dans la contemplation « nous connaissons par l'amour ». Dans la contemplation chrétienne l'intelligence est là, et à son point suprême, instruite dans une nuit supérieure à tout concept : aveuglée quant à son mode naturel de s'exercer, elle ne connaît qu'en vertu de la *connaturalité* que l'amour crée entre l'âme qui aime et le Dieu qu'elle aime, et qui l'aime le premier.

« La contemplation, disait le Père Lallemant, est une vue de Dieu ou des choses divines, simple, libre, pénétrante, qui procède de l'amour et qui tend à l'amour... C'est l'emploi de la plus pure et plus parfaite charité. L'amour en est le principe, l'exercice et le terme[1]. »

On peut dire aussi, plus brièvement, que « la contemplation est une prière silencieuse, qui se fait dans le recueillement au secret du cœur, et est directement ordonnée à l'union à Dieu[2] ».

D'après la doctrine commune des théologiens, la contemplation relève à la fois des vertus théologales, surnaturelles dans leur essence, et des dons du Saint-Esprit, « doublement surnaturels, non seulement dans leur essence comme

---

1. *La Doctrine spirituelle*, éd. Pottier, Paris, Téqui, 1936, pp. 430-432.
2. Raïssa, dans *Liturgie et Contemplation*, p. 33.

les vertus théologales, mais dans leur mode d'action[1] ».
Ce mode d'action dépasse la mesure humaine, parce que
« l'âme est dirigée et mue immédiatement par l'inspiration
divine[2] ».

★

J'écrivais tout à l'heure que le chrétien est inséparablement *personne* et *membre* à la fois.

Dans le cas de la liturgie (et par excellence de la Messe)
ce n'est pas avant tout *par* ce que le chrétien *fait*, comme
membre du Corps mystique, en participant à la célébration,
– en parlant, en chantant, et surtout en s'unissant de cœur
à l'œuvre d'offrandre et d'adoration accomplie par le Corps
mystique et par son Chef ; c'est avant tout *par* ce qu'il
reçoit, par ce qui est reversé sur lui, comme *personne*, de
cette œuvre commune qu'il est aidé dans son progrès vers
la perfection de la charité.

Dans le cas de la contemplation, les termes sont inter-
vertis : c'est avant tout *par* ce que le chrétien fait, ou plutôt
reçoit lui-même, comme *personne* « immédiatement mue
par l'inspiration divine », qu'il est aidé dans son progrès
vers la perfection de la charité. Et du même coup, puisque
cette personne est, inséparablement, *membre* du Corps
mystique, tous les biens communicables, tous les trésors
de grâce rédemptrice qui débordent de sa contemplation
sont faits partie du bien commun du Corps mystique, et

---

1. R. P. GARRIGOU-LAGRANGE, *Perfection chrétienne et Contemplation*, Paris, Desclée De Brouwer, 5ᵉ éd., t. I, p. 34. Il
s'agit de la contemplation que les théologiens appellent « infuse »
(celle dont il est ici question).

2. *Ibid.*

viennent enrichir le commun trésor de la communion des saints.

Et d'une autre façon encore, plus visible, mais moins essentielle et moins immanquable, si je puis dire, quoique certes requise de soi, le contemplatif, par sa présence et son témoignage au milieu des hommes, est utile et nécessaire à la vie spirituelle de ceux-ci. « S'ils défaillent, n'est-ce pas parce qu'ils ne se souviennent plus de la saveur de Dieu et de sa Lumière? Les leur faire connaître, tel est l'office extérieur du contemplatif : la Lumière incréée, la Sagesse éternelle qui est le Christ ; la Saveur substantielle qui est le Saint-Esprit. Les œuvres extérieures elles-mêmes, les œuvres de miséricorde doivent leur excellence au pouvoir qu'elles ont de révéler la bénignité de Dieu... Il faut qu'il y ait des âmes uniquement occupées à boire à cette source d'En-Haut. Par elles, ensuite, l'eau vive de l'amour et son goût divin arrivent à ceux dont la vocation comporte plus d'activité. La contemplation est comme une pompe aspirante et foulante qui attire l'eau, et la fait passer dans les canaux. Si la contemplation cessait entièrement les cœurs seraient bientôt desséchés... L'amour du prochain comme l'amour de Dieu oblige donc le contemplatif à demeurer auprès de la source divine[1]. » Tout cela, qui est si vrai, est comme le signe qui manifeste parmi nous la fonction tout à fait invisible dont je viens de parler, et qui est essentiellement, dans le Corps mystique, la fonction (« mystique » elle-même, au même sens du mot) du contemplatif comme *membre* de ce Corps.

Membre et personne à la fois, le membre qui participe à la liturgie reçoit le fruit de celle-ci comme personne, en

---

1. *Journal de Raïssa*, p. 67.

vertu de la réversion du bien commun sur la partie. Personne et membre à la fois, la personne humaine qui contemple Dieu dans l'amour donne son fruit comme membre, en vertu de l'intégration du bien de la partie au bien du tout.

On voit que nous sommes là dans deux perspectives différentes et complémentaires. Et on voit du même coup combien il est absurde d'opposer liturgie et contemplation. Elles s'appellent et s'impliquent l'une l'autre. La liturgie demande que pour y participer vraiment, car elle est un culte en esprit et vérité, ceux qui y participent aient dans l'âme l'amour de Dieu et le désir de s'unir à lui ; elle ne demande pas qu'ils soient tous des contemplatifs, ce qui serait demander l'impossible, ni qu'ils soient tous coutumiers de la vie d'oraison (tant mieux pourtant s'ils pouvaient l'être !). Mais elle demande qu'il y en ait parmi eux qui soient coutumiers de la vie d'oraison, et elle demande que les autres aient du moins en eux sans le savoir, par l'attention de leur cœur à ce que leurs lèvres prononcent, le tout premier germe de cette vie. Et la liturgie a pour fruit d'aider tous ceux qui y participent à avancer, de si loin que ce soit peut-être pour certains, vers la perfection de la charité, – et, en ce qui concerne ceux qui aspirent à la prière contemplative, de les aider à avancer dans cette voie.

Et la contemplation développe dans l'âme du contemplatif le désir de se joindre au culte rendu par l'Église qu'il aime à Celui qu'elle aime et qu'il aime, et avant tout le désir de participer à la célébration de la Messe, où le sacrifice de l'Agneau est perpétué parmi nous, et où son Corps nous est donné en nourriture. Et la contemplation a pour fruit d'augmenter le trésor commun des biens de la communion des saints.

Les affaires du royaume de Dieu

On voit aussi que loin d'être opposées l'une à l'autre, les deux grandes assertions du Concile et du Pape Paul VI se complètent et se confirment mutuellement : l'assertion du Concile, quand il nous dit que « la liturgie est le sommet auquel tend l'action de l'Église, et en même temps la source d'où découle toute sa vertu[1] » ; et celle de Paul VI quand il nous dit que « la contemplation est la forme la plus noble et la plus parfaite de l'activité humaine, par rapport à laquelle se mesure, dans la pyramide des actes humains, la valeur propre de ces actes, chacun selon son espèce[2] ».

Car la première assertion est proférée dans la perspective de l'œuvre commune accomplie par l'Église, qui se reverse finalement sur la personne individuelle, et la seconde est proférée dans la perspective de l'acte le plus élevé dont la personne individuelle est capable, et qui se reverse finalement sur l'Église.

Il reste que dans l'égale prééminence de l'œuvre commune accomplie par le Corps et son Chef, et de l'acte par où le contemplatif ne fait qu'un avec son Dieu, la liturgie garde un privilège inaliénable : à la messe le ciel vient sur la terre ; Jésus, aux paroles du prêtre, y est soudain sous des voiles pour y perpétuer mystérieusement son unique Sacrifice, et sa présence parmi nous dans le Saint-Sacre-

---

1. Cf. plus haut, p. 313.
2. Discours du 7 décembre 1965, prononcé par le Pape à la clôture du Concile.
    « ... Adeo ut homo, cum mentem et cor suum in Deo defigere nititur, contemplationi vacando, actum animi sui eliciat qui omnium nobilissimus ac perfectissimus est habendus ; actum dicimus a quo nostris etiam temporibus innumeri humanae navitatis campi suae dignitatis gradum sumere possunt ac debent ». - A. A. S. du 31 janvier 1966, p. 53.

ment. Mais la contemplation aussi garde un privilège inaliénable : dans la contemplation un homme qui est un *soi*, un univers à lui-même, est uni à Jésus dans une union d'amour de personne à Personne, et il joint dans la nuit de la foi la Fin pour laquelle lui-même et tout l'univers ont été créés. Dans la contemplation le ciel commence sur la terre (car la contemplation continuera au ciel, tandis que la Messe n'y continuera pas). Le Corps mystique est composé de personnes humaines dont chacune est faite à cette fin de voir Dieu dans l'éternité, et de lui être unie par l'amour sur la terre, et pour chacune desquelles le Christ a donné sa vie dans son suprême acte d'amour. Il l'a donnée pour l'Église entière et tout le Peuple de Dieu, mais cela n'était possible qu'en la donnant *pour chacun* comme s'il était seul au monde. Et c'est le devoir de chacun, pour autant qu'il sait ce que Dieu a fait pour lui, de répondre à un tel amour par un total don de soi dans l'amour.

« L'amour de Dieu est toujours de Personne à personne, et notre amour pour Dieu est toujours de notre cœur au sien qui nous a aimés le premier, dans notre singularité même[1]. » « Membre d'un Corps dont le bien commun est identique au bien ultime lui-même de chaque personne », chacun est aidé par ce Corps à aimer Dieu mais « chacun est seul devant Dieu pour l'aimer, pour le contempler ici-bas et pour le voir au ciel, comme pour être jugé par Lui, – chacun sur son amour[2] ».

★

---

1. *Liturgie et Contemplation*, pp. 84-85.
2. *Ibid.*, p. 84.

Dès lors on comprend un peu mieux l'importance de l'injonction du psalmiste : « Arrête et vois que je suis Dieu [1] », « Goûtez et voyez combien le Seigneur est doux [2] ». Et on comprend un peu mieux pourquoi les saints ne se sont jamais lassés d'affirmer que pour quiconque a un ferme désir d'avancer vers la perfection de la charité, l'oraison (qui tend de soi à la contemplation) est une voie normalement nécessaire. C'est ce que nous rappelle la Constitution sur la Liturgie : « Le chrétien est appelé à prier en commun ; néanmoins il doit aussi entrer dans sa chambre, pour prier le Père dans le secret, et même, enseigne l'Apôtre, il doit prier sans relâche [3]. » Et c'est ce qu'enseignaient saint Irénée au deuxième siècle, saint Ambroise et saint Augustin aux quatrième et cinquième siècles, Cassien au cinquième, et puis saint Grégoire le Grand, saint Jean Climaque, saint Bernard, sainte Hildegarde, saint Albert le Grand, saint Bonaventure et saint Thomas (il nous dit que la contemplation « concerne directement et immédiatement la dilection de Dieu lui-même », et qu'elle « est ordonnée non pas à une dilection de Dieu quelconque, mais à la parfaite dilection [4] »), sainte Gertrude, sainte Catherine de Sienne, et plus tard, en un âge où une réflexion sur soi plus poussée avait ses inconvénients mais marquait de soi, comme toute prise de conscience, un progrès certain, sainte Thérèse (« il n'y a qu'un chemin pour arriver à Dieu, c'est l'oraison ») et saint Jean de la Croix (le même saint qui a dit : « au soir de cette vie vous serez jugés sur l'amour », disait aussi : « l'oraison mentale doit prévaloir

---

1. *Ps.* 46 (45).
2. *Ps.* 34 (33).
3. Const. *de Sacra Liturgia*, § 12.
4. *Sum. theol.*, II-II, 182, 2 ; 182, 2, ad 1.

sur toute autre occupation, elle est la force de l'âme »), et, après eux, les grands spirituels jésuites, Lallemant, Surin, Grou, Caussade, et puis sainte Thérèse de Lisieux.

« Sans la contemplation, écrivait le Père Lallemant, jamais on n'avancera beaucoup vers la vertu… on ne sortira jamais de ses faiblesses et de ses imperfections. On sera toujours attaché à la terre, et l'on ne s'élèvera jamais beaucoup au-dessus des sentiments de la nature. Jamais on ne pourra rendre à Dieu un service parfait. Mais avec elle on fera plus, et pour soi et pour les autres, en un mois, qu'on ne ferait sans elle en dix ans. Elle produit… des actes d'amour de Dieu très sublimes qu'on ne fait que très rarement sans ce don…, et enfin elle perfectionne la foi et toutes les vertus [1]… »

Toute cette longue tradition était fidèle à l'enseignement de saint Paul, pour lequel, comme l'écrit le Père Lebreton, la charité, qui « à la mort s'épanouira en vie éternelle », est « la voie et le terme de la contemplation » [2].

Et il y a plus grand que saint Paul. Le Christ lui-même, comme saint Bonaventure y insiste sans cesse, promet à ceux qui l'aiment cette expérience des choses divines quand il dit en saint Jean [3] : « Celui qui m'aime sera aimé de mon Père, et moi je l'aimerai et je me manifesterai à lui. » Et c'est lui qui nous dit : « Quand tu pries, entre dans ta chambre, et fermant ta porte, prie ton Père dans le secret : et ton Père qui voit dans le secret, te le rendra [4]. » *Clauso ostio !* C'est la porte de la chambre et c'est la porte de l'âme. Et c'est aussi Celui qui est la Porte [5], et qui nous

---

1. *La Doctrine Spirituelle*, pp. 429-430.
2. *Dict. de Spiritualité*, col. 1715 et 1711.
3. Joan., 14, 21.
4. Matt., 6, 6.
5. Joan., 10, 9.

enclôt en lui quand nous nous recueillons dans l'oraison.

Et c'est le Christ qui a dit : « Il faut prier toujours [1]. » – *Sine intermissione orate* [2], dira saint Paul après son maître. Ce précepte, l'Église l'applique par sa liturgie. Mais il s'adresse à chacun ; et cela n'est pas impossible.

Comment arriver à prier toujours ? En répétant si assidûment une brève formule qu'elle finit par s'enraciner dans l'âme ? C'est à ce moyen que depuis des siècles les chrétiens des Églises d'Orient ont recours avec la « prière de Jésus » (Seigneur Jésus-Christ, Fils de Dieu, ayez pitié de moi pécheur) incessamment répétée. On peut craindre qu'un tel moyen, – qui, en définitive, relève d'une sorte de technique psychologique utilisant une pratique (l'« oraison jaculatoire »), sainte en elle-même (à condition de jaillir du cœur), – n'aboutisse à la longue à une habitude en effet enracinée dans l'âme, mais où une formule verbale rendue incessamment présente par un automatisme naturel a beaucoup plus de part que cet acte vital (et surnaturellement vital) qu'est la prière.

La vraie réponse est à chercher du côté de cet acte vital lui-même, qui, chez une sainte Thérèse quand elle était occupée à ses fondations ou un saint Vincent de Paul quand il était occupé à ses pauvres se poursuivait *virtuellement*, toujours prêt à jaillir, à raison même de la profondeur et de l'intensité avec lesquelles il occupait leur âme dans les heures de recueillement réservées à l'oraison.

Et c'est sans doute dans ce que le Père Osende, dans une page remarquable de son livre *Contemplata* [3], appelle

---

1. Lc., 18, 1.
2. *I Thess.*, 5, 17.
3. Traduit en anglais sous le titre « Fruits of Contemplation », St Louis, Herder, 1953. – Je signale ici que les pages où il est

l'oraison du cœur que cette vraie réponse nous est donnée de la façon la plus décisive. C'est, je crois, par cette sorte de prière ou de contemplation, tellement silencieuse et tellement enracinée dans les profondeurs de l'esprit qu'il la décrit comme « inconsciente », que nous pouvons le mieux et le plus vraiment mettre en pratique le précepte de prier *toujours*[1]. Et n'est-ce pas à elle que faisait allusion saint Antoine ermite, quand il disait qu'« il n'y a pas de prière parfaite si le religieux s'aperçoit lui-même qu'il prie[2] » ?

La prière que le Père Osende appelle l'oraison du cœur, et qu'il décrit comme inconsciente (elle relève de ce supra-conscient de l'esprit dont j'ai beaucoup parlé ailleurs), peut et doit, dit-il, être continuelle dans l'âme contemplative. « Car nous ne pouvons pas fixer notre entendement sur deux objets en même temps ni continuer de penser toujours, tandis que nous pouvons aimer toujours » (du

---

question de l'oraison du cœur et du Père Osende dans *Liturgie et Contemplation* ont besoin d'être corrigées. En rédigeant ces pages j'ai par inadvertance (sans doute à cause du caractère « inconscient » de cette prière) parlé de la contemplation « atypique » ou « masquée » dont il sera question plus loin. C'était une sérieuse erreur. L'oraison du cœur relève du supra-conscient de l'esprit, mais ce n'est nullement une contemplation « masquée », c'est une forme de contemplation *typique*, et des plus précieuses.

1. L'idée de la prière perpétuelle ou indiscontinue, qui se prolonge jusque dans le sommeil par une activité mentale inaccessible à la conscience, joue un rôle central chez Cassien. (Cf. *Dict. de Spiritualité*, art. Contemplation, col. 1924 et 1926.) Le Père Grou, au XVIIIe siècle, note aussi (*Manuel*, pp. 224 ss.) que la prière indiscontinue est une prière qui échappe à la conscience. Cf. ARINTERO, *The Mystical Evolution in the Development and Vitality of the Church*, St Louis, Herder, 1951, p. 45.

2. « Non est perfecta oratio in qua se monachus vel hoc ipsum quod orat intelligit. » Cassien, IX, 31.

moins dans le supra-conscient de l'esprit, là seulement en effet l'amour peut être continuellement *en acte*). Alors on n'a plus seulement affaire à l'élan vital de la prière toujours *virtuellement* présente dans la conscience ; la prière du cœur demeure elle-même en acte, – dans le supra-conscient de l'esprit ; c'est un acte d'amour informulé qui, là, peut se poursuivre toujours, comme celui d'une mère, – c'était un exemple cher à Bergson, – qui pendant son sommeil veille encore sur l'enfant au berceau. « Qui ne comprend que cela est possible, et très possible ? Ne voyons-nous pas, même dans l'ordre naturel, que quand le cœur est possédé par un grand amour, peu importe ce que fait une personne, son âme et sa vie sont à ce qu'elle aime, non à ce qu'elle fait, bien qu'elle puisse appliquer à son travail tout son entendement et son attention ? Si l'amour naturel peut faire cela, combien plus l'amour divin[1]... » Celui qui est entré dans l'oraison du cœur accomplit donc le mieux possible le précepte de prier *toujours*.

La diversité des Dons de l'Esprit

C'est de la contemplation considérée en soi et dans ses traits typiques, autrement dit chez ceux qui y sont voués, qu'il vient d'être question. Attention ! De grandes méprises sont possibles si l'on entend de travers la doctrine des saints, je veux dire si on l'entend à la manière d'une assertion « univoque », proposition mathématique ou article de loi, sans tenir compte de la liberté, de la largeur et de la variété des voies de Dieu.

---

1. V. Osende, *Fruits of Contemplation*, pp. 157-159.

Le mot de contemplation fait peur à beaucoup, et j'ai noté plus haut qu'il n'est pas lui-même sans risquer de tromper son monde, comme tout mot humain qui désigne des choses très hautes. Et puis, la sublimité même de ceux qui nous enseignent a de quoi faire peur. Est-ce que pour avancer comme il faut vers Dieu il m'est prescrit, à moi, agent d'affaires ou ouvrier d'usine, ou médecin accablé de clientèle ou père de famille pliant sous le fardeau, de parler avec Dieu comme sainte Gertrude ou sainte Catherine de Sienne, et d'aspirer à l'union transformante et au mariage spirituel comme sainte Thérèse et saint Jean de la Croix? Non vraiment, il ne s'agit pas de ça.

La contemplation est chose ailée et surnaturelle, libre de la liberté de l'Esprit de Dieu, plus brûlante que le soleil d'Afrique et plus fraîche que l'eau du torrent, plus légère qu'un duvet d'oiseau, insaisissable, échappant à toute mesure humaine et déconcertant toute notion humaine, heureuse de déposer les puissants et d'exalter les petits, capable de tous les déguisements, de toutes les audaces et de toutes les timidités, chaste, hardie, lumineuse et nocturne, plus douce que le miel et plus aride que le roc, crucifiante et béatifiante (crucifiante surtout), et parfois d'autant plus haute qu'elle est plus inapparente.

Quand, après nous avoir bien montré la sublimité du terme, et nous avoir un peu terrifiés avec elle, les théologiens nous parlent de l'appel de tous à la contemplation, ils mettent la sourdine avec non moins d'énergie, et nous expliquent que cet appel (c'est un appel, non un précepte, car à l'égard de l'unique fin, qui est la perfection de l'amour, la contemplation – et de même la participation à la liturgie – sont seulement des moyens, si normalement nécessaires qu'ils soient), il nous expliquent que cet appel est semblable

à l'appel (qui, lui, est un précepte) à la perfection de l'amour :
c'est d'abord un appel « éloigné », qui un jour peut-être se
fera « prochain[1] ». Et c'est l'appel éloigné qui est adressé à
tous ; il suffit, pour n'y pas manquer, qu'on se mette en
route, fût-ce sans le savoir[2].

Mais ce qu'il importe encore davantage, me semble-t-il,
ce qu'il importe avant tout de remarquer, c'est que la réponse à l'appel prochain, autrement dit l'entrée dans la
voie de la contemplation, coïncide avec un fait d'ordre

---

1. Saint Bonaventure et saint Thomas enseignent, conformément à la tradition des saints, que toutes les âmes sont appelées
d'une manière éloignée à la contemplation, considérée comme
épanouissement normal de la grâce des vertus et des dons de
l'Esprit. L'appel prochain « n'existe que lorsque se peuvent constater les trois signes mentionnés par saint Jean de la Croix et
avant lui par Tauler : 1° la méditation devient impraticable ;
2° l'âme n'a aucun désir de fixer l'imagination sur aucun objet
particulier, intérieur ou extérieur ; 3° l'âme se plaît à se trouver
seule avec Dieu, fixant en lui son attention affectueuse. »
R. P. GARRIGOU-LAGRANGE, *Perfection chrétienne et Contemplation*,
II, pp. 421-422.

2. On ne pèche pas contre le précepte, écrit saint Thomas à
propos du précepte de la perfection de la charité, par cela seul
qu'on ne l'accomplit pas de la manière la meilleure ; il suffit, pour
qu'il ne soit pas transgressé, qu'il soit accompli d'une manière ou
d'une autre. » (*Sum. theol.*, II-II, 184, 3, ad 2.) Et Cajetan commente : « La perfection de la charité est commandée comme une
fin, il faut vouloir atteindre la fin, toute la fin ; mais précisément
parce qu'elle est fin, il suffit pour ne pas manquer au précepte
d'être dans l'état d'atteindre un jour cette perfection, fût-ce dans
l'éternité. Quiconque possède, même dans le degré le plus faible,
la charité, et marche ainsi vers le ciel, est dans la voie de la charité
parfaite, et dès lors il évite la transgression du précepte. »
Semblablement, on n'est pas sourd à l'appel à la contemplation
si on n'y répond pas de la manière la meilleure. Quiconque a en
lui, même au degré le plus faible, la volonté de prier Dieu, fût-ce
en ânonnant des *paters* ou en jetant un cri, est sans le savoir en
marche vers la contemplation.

beaucoup plus profond, et beaucoup plus caché, dont elle est un des aspects manifestés à la conscience, et qu'on peut appeler *l'entrée dans la vie de l'esprit* : je veux dire qu'elle se produit au terme d'une phase de transition pendant laquelle, d'une manière inaccessible à la conscience (il y en aura des signes plus tard, mais cette phase elle-même prend place au plus profond du supraconscient de l'esprit), l'âme a été progressivement introduite à un nouveau régime de vie ; alors, une fois parvenue à ce nouveau stade de son cheminement spirituel, l'âme ne reçoit plus seulement de temps à autre, pour se tirer de quelque difficulté exceptionnelle ou de quelque tentation, le secours des dons du Saint-Esprit (qui sont nécessaires au salut, je l'ai rappelé plus haut). Quand l'âme est parvenue à ce nouveau stade, quand elle a franchi ce seuil, elle commence à être *habituellement* aidée par les dons de l'Esprit, c'est ce que les théologiens appellent l'entrée sous le régime habituel des dons.

Or ces dons du Saint-Esprit, dont la théologie catholique tient d'Isaïe [1] l'énumération, ont des objets divers. Les uns, comme les dons de Conseil, de Force, de Crainte, de Piété, se rapportent surtout à l'action, – les autres, comme les dons de Sagesse, d'Intelligence et de Science, surtout à la contemplation.

Il suit de là que des âmes entrées les unes et les autres dans la voie de l'esprit peuvent y cheminer de façons très diverses et selon des styles extrêmement différents. Chez les unes ce sont les dons les plus élevés, les dons de Sagesse, d'Intelligence et de Science, qui s'exercent éminemment, celles-là représentent la mystérieuse vie de l'esprit dans sa plénitude normale, et elles auront la grâce de la contempla-

---

1. *Is.*, 11, 2. – Cf. *Sum. theol.*, I-II, 68, 4 à 8.

tion dans ses formes typiques, soit arides soit consolantes. Chez les autres, ce sont les autres dons qui s'exerceront avant tout, elles vivront de la vie de l'esprit mais surtout quant à leurs activités et à leurs œuvres, et elles n'auront pas les formes typiques et normales de la contemplation.

« Ce n'est pas cependant qu'elles soient privées de la contemplation, de l'expérience amoureuse des choses divines ; car selon l'enseignement de saint Thomas tous les dons du Saint-Esprit sont connexes entre eux[1], ils ne peuvent donc pas exister dans l'âme sans le don de Sagesse, qui, dans le cas dont nous parlons, s'exerce encore quoique d'une manière moins apparente. Ces âmes dont le style de vie est actif auront la grâce de la contemplation, mais d'une contemplation *masquée,* inapparente ; peut-être seront-elles capables seulement de réciter des rosaires, et l'oraison mentale ne leur procurera que le mal de tête ou le sommeil. La mystérieuse contemplation ne sera pas dans leur prière consciente, mais peut-être dans le regard dont elles regarderont un pauvre, ou regarderont la souffrance[2]. »

On ne peut rien comprendre aux choses dont nous parlons en ce moment si on ne tient pas le plus grand compte de ces formes atypiques, diffuses ou déguisées de la contemplation. Si j'insiste ainsi sur elles, c'est qu'après toutes ces explications j'espère un petit peu qu'un lecteur même formé par le clergé d'aujourd'hui, sera moins scandalisé par l'idée que la contemplation (ouverte ou masquée) est dans la voie normale de la perfection chrétienne. Mais je pense, aussi, qu'à tout prendre, (c'est uniquement une question de vocabulaire, et afin d'épargner à la « mentalité moderne » des

---

1. *Sum. theol.*, I-II, 68, 5.
2. *Action et Contemplation,* dans *Questions de conscience,* Paris, Desclée De Brouwer, 1938, p. 146.

malentendus pour lesquels elle-même, du reste, a une singulière avidité) mieux vaudrait peut-être, au lieu de dire « appel de tous les baptisés à la contemplation », dire, ce qui est la même chose, « appel de tous les baptisés à l'expérience amoureuse des choses de Dieu ».

Quoi qu'il en soit, si l'appel est adressé à tous, il faut reconnaître aussi qu'en fait, étant donné notre chère nature, si chère à nos chrétiens rénovés par l'Évolution, et étant donné les conditions générales de la vie humaine, ceux parmi les baptisés qui répondent à l'appel en question, mais mal, en paresseux et en traînards, et qui s'assoient vite au bord de la route, seront toujours les plus nombreux. Dommage, mais c'est comme ça. Et ce fait montre de quelle importance, pour la vie du royaume de Dieu pérégrinant ici-bas, est la part de ceux (quand même *moins rares* qu'on ne pense), qui ont franchi le seuil dont je parlais plus haut, et compensent le grand manque pour l'Église, – et la cruelle privation infligée à soi-même par chacun des traînards, – que la mystérieuse patience de Jésus tolère dans la majeure partie de son troupeau.

La contemplation sur les chemins

Je parlerai encore ici, et assez longuement, des choses qui ont trait à la vie intérieure et à la recherche de la perfection de la charité. Est-ce là oublier que *Le paysan de la Garonne* est écrit par « un vieux laïc qui s'interroge à propos du temps présent » ? Certes non, je n'oublie pas mon sous-titre ; et mes réflexions concernent toujours – et plus que jamais – notre temps. Car si notre âge ne pense guère à ces choses (aucun temps dans l'histoire y a-t-il jamais beaucoup pensé ?) il n'y a rien cependant – précisément parce qu'il se nourrit d'un tas d'illusions flatteuses – dont il ait plus besoin que de l'attention donnée à ces choses par un certain nombre d'êtres humains : nombre relativement petit sans doute, mais qui pourrait, certes, et devrait être beaucoup plus grand. A vrai dire, c'est en songeant à un petit nombre que tout le *Paysan* a été écrit, j'entends pour offrir à des amis connus ou inconnus l'occasion de pousser un instant un soupir d'allégement (ça fait toujours plaisir d'entendre balbutier par quelque imprudent des vérités qui ne sont pas bonnes à dire).

Quant à cette dernière section, le fait est qu'elle ne m'appartient guère. Elle est de Raïssa plus que de moi. Ma tâche a été surtout de joindre entre eux, dans l'ordre qui m'a paru convenir à mon exposé, maints textes écrits par elle et qui se suffisent à eux-mêmes, parce qu'on y sent passer l'expérience de cette profonde vie chrétienne dont ils éclairent un peu pour nous le mystère.

La contemplation sur les chemins, c'est le titre d'un livre que Raïssa désirait écrire (nos amis l'y avaient encouragée), et qui était adressé, dans sa pensée, à ceux – beaucoup moins rares qu'on ne croit – qui, vivant de ce qu'on appelle la vie ordinaire du bon chrétien dans le monde (devoirs familiaux et devoirs d'état, la messe le dimanche, coopération à quelque œuvre apostolique, souci d'aider le prochain comme on peut, et quelques instants de prière vocale à la maison) sont prêts à aller plus loin, et dont le cœur brûle d'aller plus loin, et qui se trouvent empêchés par bien des craintes et des obstacles plus ou moins illusoires, – ou

337

parfois détournés par ceux-là même qui ont charge de les guider.

J'ai idée que l'engouement général qui sévit aujourd'hui pour l'action, la technique, l'organisation, les enquêtes, les mouvements de masse, et les ressources que sociologie et psychologie nous découvrent, – toutes choses qui sont loin d'être méprisables, mais qui à elles seules mèneraient à un singulier naturalisme au service (espère-t-on) du surnaturel, – causera un jour bien des déceptions.

Pour faire passer dans la vie les enseignements du Concile, le peuple chrétien n'allait-il pas tâcher avant tout de se rendre attentif, lui aussi, aux désirs de cet Esprit sans l'assistance duquel « il n'est rien d'innocent dans l'homme » ? Un tel vœu oublierait un peu trop le conditionnement historique auquel le monde est soumis. Quoi qu'il en soit de la façon dont les activités auxquelles je viens de faire allusion lui répondent, le fait est qu'en ce moment beaucoup d'âmes meurent de soif, et ne reçoivent guère de secours que des obscurs foyers mais invisiblement rayonnants, que, soit chez les consacrés, soit dans le peuple laïc, la contemplation s'est réservés sur cette pauvre terre, et par où l'Esprit de Dieu vient les toucher. Je l'ai déjà noté, j'y reviens encore. Le titanisme de l'effort humain est la grande idole de notre temps. Et dès lors il est clair qu'une invisible constellation d'âmes adonnées à la vie contemplative, je dis dans le monde lui-même, au sein même du monde, voilà en définitive, notre ultime raison d'espérer.

A la différence des actifs, qui, s'ils avancent dans les voies de Dieu comme il le leur est demandé, vivent de la contemplation « masquée » dont il a été question plus haut, c'est d'une contemplation « ouverte » que vivent les âmes dont je parle. Mais leur voie est très humble, elle ne demande rien que la charité et l'humilité, et un recueillement en Dieu sans grâces apparentes. Cette voie est celle des « pauvres gens », c'est la « petite voie » que sainte Thérèse de Lisieux a été chargée de nous enseigner : espèce de raccourci, – singulièrement abrupt à vrai dire, – où toutes les grandes choses décrites par saint Jean de la Croix se trouvent divinement simplifiées et réduites au pur essentiel, mais sans rien perdre de leurs exigences.

L'âme y est bien dépouillée, et son oraison elle-même est bien dépouillée, – si aride parfois qu'elle semble fuir dans les distractions et dans le vide. C'est une voie qui demande un grand courage. L'abandon à Celui qu'on aime se charge de tout, il fera passer par toutes les étapes par où Jésus voudra qu'on passe, – à Lui de le savoir, – et conduira là où Jésus voudra, dans la lumière ou dans la nuit. Dans Son cœur seul ces êtres-là veulent avoir leur abri, et du même coup ils veulent aussi que le prochain ait un abri dans leur cœur.

Du sujet même qu'elle voulait traiter Raïssa a dit quelques mots seulement, dans un court chapitre de *Liturgie et Contemplation*, dont je reproduirai ici quelques passages.

« En vérité la contemplation n'est pas donnée seulement aux Chartreux, aux Clarisses, aux Carmélites... Elle est fréquemment le trésor de personnes cachées au monde, – connues seulement de quelques-uns, – de leurs directeurs, de quelques amis. Parfois, d'une certaine manière, ce trésor est caché aux âmes elles-mêmes qui le possèdent, qui en vivent en toute simplicité, sans visions, sans miracles, mais avec un tel foyer d'amour pour Dieu et le prochain que le bien se fait autour d'elles sans bruit et sans agitation.

« C'est de cela que notre époque a à prendre conscience, et des voies par lesquelles la contemplation se communique de par le monde, sous une forme ou une autre, à la grande multitude des âmes qui ont soif d'elle (souvent sans le savoir), et qui sont appelées à elle au moins d'une manière éloignée. Le grand besoin de notre âge, en ce qui concerne la vie spirituelle, est de mettre la contemplation sur les chemins.

« Il convient de marquer ici l'importance du témoignage et de la mission de sainte Thérèse de Lisieux... C'est une grande voie en vérité que la 'petite voie', – et héroïque, – mais qui cache rigoureusement sa grandeur sous une absolue simplicité, héroïque elle-même. Et cette simplicité absolue en fait par excellence une voie ouverte à tous ceux qui aspirent à la perfection, quelle que soit leur condition de vie. C'est là le trait qu'il nous importe particulièrement de retenir.

« Sainte Thérèse de l'Enfant Jésus a montré que l'âme peut tendre à la perfection de la charité par une voie où n'apparaissent pas les grands signes que saint Jean de la Croix et sainte Thérèse d'Avila ont décrits... Du même coup, croyons-nous, sainte Thérèse dans son Carmel préparait d'une manière éminente cette diffusion plus large que jamais de la vie d'union à Dieu que le monde demande pour ne pas périr.

« Ajoutons que dans cette contemplation sur les chemins au développement de laquelle l'avenir assistera sans doute, il semble que la constante attention à Jésus présent et la charité fraternelle soient appelées à jouer un rôle majeur, à l'égard même des voies de l'oraison infuse[1]. »

Une constante attention à Jésus présent ; la charité fraternelle : sur ces deux caractères « majeurs » de la contemplation sur les chemins il nous importe spécialement de porter notre attention. Au sujet du premier une note du *Journal de Raïssa* nous apporte les précisions nécessaires.

« Certains spirituels pensent que la plus haute contemplation, étant délivrée de toutes les images de ce monde, est celle qui se passe tout à fait d'images, même de celle de Jésus, et où, par conséquent, n'entre pas l'Humanité du Christ.

« C'est là une profonde erreur, et le problème disparaît dès qu'on a compris avec quelle vérité et avec quelle profondeur le Verbe a assumé la nature humaine, en telle sorte que tout ce qui est de cette nature, souffrance, pitié, compassion, espérance..., toutes ces choses sont devenues pour ainsi dire des attributs de Dieu. – En les contemplant ce sont donc des attributs de Dieu, c'est Dieu lui-même qui est contemplé.

« Puisqu'en deçà des perfections divines le Verbe Incarné possède des qualités humaines qui sont *de Dieu,* – elles sont l'objet d'une contemplation aussi spirituelle quoique avec images.

« Et l'âme ne doit pas craindre de passer par les états humains et la pitié humaine de Jésus, et de Lui faire des demandes et de prier pour une guérison par exemple, toutes ces choses étant des participations aux désirs et à la com-

---

1. *Liturgie et Contemplation,* Paris, 1959, pp. 76-78.

passion du Christ, qui appartenaient à la Personne divine elle-même [1]. »

Je trouve dans quelques lignes du Père Marie-Joseph Nicolas une remarquable confirmation de ces vues. En Jésus « l'homme trouve Dieu lui-même, écrit le Père M.-J. Nicolas [2]. L'humanité assumée par le Verbe n'a pas de consistance propre et d'existence séparée qui feraient d'elle une créature entre le monde et Dieu. *Aimer l'Homme Jésus, s'unir à l'Homme Jésus, c'est aimer Dieu* ».

Que dirai-je, moi, sur le second caractère de la contemplation sur les chemins signalé par Raïssa ? Si la charité est appelée à jouer un rôle majeur dans cette contemplation. il me semble que c'est dans la mesure où l'oraison peut et doit se poursuivre dans ces relations mêmes avec les hommes auxquelles ceux qui vivent dans le monde sont constamment soumis. Alors, en regardant nos frères et en les écoutant, en étant attentifs à leurs problèmes et en compatissant à leurs peines, nous ne tâcherons pas seulement de les aimer comme Jésus les aime ; en même temps une grâce plus secrète nous sera accordée. Que nous leur donnions toute l'attention que nous pouvons de notre cœur à nous, ce n'est pas grand-chose à vrai dire ; mais qu'en même temps l'amour de Jésus pour eux, qui leur donne le cœur de l'Agneau de Dieu lui-même, tire à lui le regard de notre âme et les profondeurs de notre cœur, ça compte bien davantage, et pour nous et pour nos frères. Le Père Voillaume me disait un jour que c'était là *voir Jésus en eux ;* et Mère Madeleine, de Crépieux, dans une

---

1. *Journal de Raïssa*, pp. 361-362.
2. *Revue Thomiste*, 1947-I, pp. 41-42.

formule plus développée et à laquelle je voudrais me tenir, que c'était là *pénétrer en regardant et aimant ses frères un peu du mystère de Jésus lui-même et de son amour pour chacun de nous.* « Car, ajoutait-elle, parce qu'il n'y a qu'un seul commandement, l'amour constant de nos frères, l'amour jusqu'à s'épuiser pour eux, est accomplissement en acte de l'amour de Dieu et de l'union à Jésus ; et c'est l'amour qui donne à la contemplation de croître, de s'approfondir, d'exulter. »

Voir Jésus dans nos frères, c'est une formule abrégée, et qui pourrait être mal entendue. Jésus, pourtant, ne s'est-il pas identifié à eux, n'a-t-il pas fait siennes toutes leurs douleurs ? « J'ai eu faim et vous m'avez donné à manger ; J'ai eu soif et vous m'avez donné à boire ; J'étais étranger, et vous m'avez accueilli ; nu, et vous m'avez vêtu ; malade, et vous m'avez visité ; en prison, et vous êtes venus à Moi[1]. » C'est vrai, mais il reste que nos frères sont de pures créatures devant nos yeux, et non pas, comme est l'humanité de Jésus, Dieu devant le regard de notre âme (à nous qui n'avons pas eu la chance de le voir de nos yeux). Ce n'est pas proprement *en eux*, c'est plutôt à travers eux et *derrière eux* que nous voyons Jésus et son amour pour eux. Et, du même coup, c'est *en arrière* de notre attention à autrui et de nos échanges avec lui, en arrière du bruit qu'il fait et du bruit que nous faisons, c'est dans un silence intérieur où le préconscient spirituel beaucoup plus que la conscience est absorbé, que notre âme est occupée par Jésus qui est là et par son amour pour nos frères qui sont ses frères. Et ce silence intérieur en nous, – que celui qui nous parle perçoit aussi d'une manière beaucoup plus incon-

---

1. Matt., 25, 35.

sciente que consciente, – est sans doute ce qu'il reçoit de meilleur de notre si désarmée charité fraternelle.

Contempler seul à seul Dieu dans l'humanité de Jésus ; contempler Jésus à travers le prochain qu'il aime et que nous aimons, voilà les deux voies les plus hautement désirables de la contemplation pour l'homme engagé dans les travaux du monde. Mais ni l'une ni l'autre n'est facile pour lui.

Dans la première, qui de soi est toujours requise (elle est prescrite par le Seigneur), on est constamment en butte aux difficultés créées par le manque de temps ; il faut tout faire néanmoins pour y persévérer quand même.

Avec la seconde voie ce n'est pas de cet inconvénient-là qu'on a à se plaindre, le temps qu'on y peut donner serait plutôt trop largement offert. Et cette voie comporte une oraison très pure, d'où le danger des formules, des notions, des routines, voire de l'assoupissement, a été balayé ; c'est dans la pauvre pâte humaine que nous apprenons alors à connaître Jésus et beaucoup de ses secrets. Mais c'est une oraison aride et presque trop pure pour notre faible cœur, parce que, beaucoup plus inconsciente que consciente, elle se produit dans la fatigue de nos membres et de nos facultés conscientes plus que dans le repos où elles peuvent goûter « combien le Seigneur est doux ».

Pour retrouver ce repos il nous faut retourner à l'oraison *clauso ostio* où nous sommes seuls avec Jésus.

★

Le manque de temps auquel je faisais allusion tout à l'heure, c'est là le problème pratique qui fait hésiter bien des laïcs attirés par l'oraison, et dont souffrent le plus tous ceux qui s'y adonnent dans le monde. Sans parler de la « seconde voie » dont il vient d'être question, il y a bien des réponses particulières, variables à l'infini selon le cas de chacun. (On peut faire oraison dans le train, dans le métro, dans la salle d'attente du dentiste. On peut aussi avoir fréquemment recours à ces courtes prières lancées comme un cri, que les anciens recommandaient tant[1].) Il n'y a pas de réponse définitive, sauf celle que donnait un jour Dom Florent Miège : *Il faut aimer vos chaînes.* Les obstacles matériels à chaque instant rencontrés par qui mène la vie d'oraison dans le monde sont une partie intégrante de cette vie, en font la nécessaire face douloureuse. « J'ai le sentiment que ce qui nous est demandé, à nous, c'est de vivre dans le tourbillon, sans rien retenir de notre substance, sans retenir pour nous ni repos ni amitiés ni santé ni loisir, – prier sans cesse et cela même sans loisir, – enfin nous laisser rouler dans les vagues de la volonté divine jusqu'au jour où elle dira : *c'est assez*[2]. »

Il reste que le Seigneur nous dit de prier dans notre

---

1. Cf. l'excellent article de Mrs. Etta GULLIK, *Les courtes prières*, dans *La Vie Spirituelle*, février 1966 (original anglais dans *The Clergy Review*). L'auteur rappelle que saint François d'Assise passa une nuit entière à répéter « Mon Dieu et mon Tout ». « Jésus nous a demandé de prier sans cesse. Mais comment cela pourrait-il se faire dans l'affairement du monde moderne, quand tant de gens se plaignent de manquer de temps pour prier régulièrement chaque jour ? Les oraisons jaculatoires ne donnent-elles pas une solution ? Elles valent pour le chrétien instruit comme pour celui qui ne l'est pas... Les Pères du désert se servaient de ce genre de prière à tout moment... Cassien recommandait de réciter les premiers mots du psaume 70 (69) : 'O Dieu, viens vite à mon aide, Seigneur, hâte-toi de m'aider.' »

2. *Journal de Raïssa*, p. 212.

chambre, et je crois qu'il faut y tenir tant qu'on peut. Dans l'état présent de notre civilisation les femmes sont réduites en esclavage par l'absence d'aide humaine dans la vie domestique ; une mère de famille a tout à faire toute seule chez elle, et plus elle a de *gadgets* mécaniques à sa disposition, plus elle est esclave. Les hommes aussi (un peu moins esclaves) sont accaparés par leur travail et souvent accablés par les tracas du gagne-pain quotidien. Malgré tout je ne crois pas qu'il soit impossible, alors qu'on trouve encore pas mal de minutes pour le bavardage ou la télévision, de donner d'abord chaque jour un peu de temps, *si court soit-il*, à l'oraison dans la chambre.

C'est la seule règle à peu près fixe, me semble-t-il, dans un état de vie qui n'en comporte pas. Et quand on est forcé d'y renoncer, il reste toujours le désir du cœur, et cette bénignité des mœurs divines dont il a été déjà question précédemment : « S'il arrive que quelqu'un ne peut pas pleurer, une seule parole d'un cœur contrit suffit à Dieu. Et si quelqu'un perdait l'usage de la langue, Dieu agréerait pleinement le gémissement de son cœur[1]. »

*

Sur les chemins du monde on ne rencontre pas seulement les misères du monde, on connaît aussi sa beauté ; on le voit « resplendir de ses étoiles sans nombre ». A tout moment on a affaire aux égarements de notre nature et de notre amour naturel du créé ; à tout moment on a affaire

---

1. *Des Mœurs divines*, opuscule attribué à saint Thomas d'Aquin (trad. par Raïssa Maritain, Paris, Libr. de l'Art Catholique, 1921).

aussi à la grandeur et à la dignité de notre nature, comme à la douceur et à la noblesse de notre amour naturel du créé.

On n'est pas plus tenté dans le monde que dans le désert. On y est moins bien armé toutefois contre la tentation que dans le désert ou dans le cloître. C'est la mauvaise fortune de la vie dans le monde. Mais en revanche on y est mieux en situation pour ne pas calomnier[1] la nature que Dieu a faite, pour reconnaître encore sa grandeur et sa dignité au sein même de la tentation[2], pour comprendre que ce n'est jamais le mal comme tel qui nous tente, – c'est toujours un bien « ontologique », – et souvent même moralement innocent, parfois noble *en lui-même,* – mais que la loi de Dieu et son amour nous commandent de refuser, parce que pour l'atteindre par tel moyen ou dans tel cas donné il faudrait violer l'ordre des choses.

Et puis c'est bien vrai que la grâce parfait la nature et ne la détruit pas, mais ça veut dire pratiquement qu'elle la

---

1. J'aurais dû mettre ma phrase au passé. Qui calomnie aujourd'hui la nature? Certainement pas les congrès de religieux ou de religieuses. Tout le monde la vénère ; mais bêtement, à travers la science de l'homme et l'utilisation qu'il fait d'elle. Elle est plus chaste et plus mystérieuse qu'on ne croit. Pour la regarder et la respecter vraiment il n'y a que le poète et le contemplatif, et les peintres comme les Chinois, ou Breughel ou Jean Hugo. Si nous la vénérons si bêtement aujourd'hui, c'est sans doute parce que nos ancêtres l'ont trop longtemps bêtement calomniée, en lisant de travers les grands auteurs ascétiques. Il reste que lorsqu'il se répand dans les milieux consacrés, c'est là qu'un naturalisme prétentieux est le plus drôle et le plus sot.

2. « La nature se lamente, elle plaide sa cause avec une prodigieuse éloquence, avec une terrible force de séduction. Elle n'est pas révoltée, elle n'est pas perverse. Elle est elle. Et ne pouvant désirer que la vie, il lui faut consentir à la mort... » *Journal de Raïssa,* p. 51.

parfait en la dépassant, et la transforme (selon la loi de toute transformation) en lui faisant quitter ce à quoi, dans son ordre à elle, et non sans raison, elle tient le plus chèrement.

Allons, il faut quitter pour Dieu la beauté même,
Il contient dans sa main l'univers étoilé[1].

« Le sacrifice est une loi absolument générale du perfectionnement de la créature. Tout ce qui passe d'une nature inférieure à une nature supérieure, doit passer par le sacrifice de soi, la mortification, la mort. Le minéral assimilé par la plante devient matière vivante. Le végétal consommé se transforme dans l'animal en matière vivante sensible. L'homme qui livre toute son âme à Dieu par l'obéissance de la foi, la retrouve dans la gloire. L'ange qui a renoncé à la lumière naturelle de son intelligence pour se plonger dans l'obscurité de la foi, a trouvé la splendeur de la lumière divine [2]... »

Une âme d'oraison dans le monde, et dans la beauté du monde, est ainsi mieux placée pour acquérir quelque intelligence, mais ça coûte cher, du mystère propre de la tentation (laquelle peut remuer en nous beaucoup de fange humaine, mais ne comporte en elle-même aucun péché tant que nous n'y cédons pas) : je veux dire que le contemplatif dans le monde est mieux placé pour pressentir que ce que la tentation a pour objet d'opérer en nous, c'est moins une destruction qu'une transfiguration, et c'est moins de tuer quelque chose en nous que de faire passer cette chose – à travers la mort – à une vie plus haute, où elle devient digne d'être donnée à Dieu et d'unir à lui.

---

1. RAÏSSA, *Douceur du monde* (dans *Lettre de Nuit*).
2. *Journal de Raïssa*, p. 55.

Quand je t'aurai défait, dur attrait du bonheur
Et que j'aurai conquis ma liberté céleste
... Et que j'aurai choisi le chemin le plus dur
... Sera mon cœur dans l'équilibre de la grâce
Mais je t'aurai gardé – amour
De toi j'aurai gardé la vie et non la mort
Ayant à mon Seigneur tout donné de moi-même...
Comme un navire fortuné
Qui s'en revient au port sa cargaison intacte
J'aborderai le ciel le cœur transfiguré
Portant des offrandes humaines et sans tache[1].

Je citerai ici quelques passages du *Journal de Raïssa*, où ce que je voudrais indiquer est dit bien mieux que je ne saurais le faire : « Dans le cœur de l'homme fort la tentation peut acquérir un degré d'acuité d'autant plus grand que Dieu, qui assiste au combat dans l'âme du juste (ou de qui désire le devenir) sait qu'il en triomphera par sa grâce. Le cœur humain est alors fouillé dans toute sa profondeur... La richesse, la complexité de la nature est quelque chose d'éblouissant. Et pourtant l'homme tenté à ce point, qui résiste fort dans la foi, admire une merveille plus grande encore. Toute cette nature magnifique et bouleversée il la survole par l'élan de son esprit[2]. »

« Dieu veut qu'on lui offre de toute chose et de toute affection ce qu'il y a en elles d'être et de beauté.

« Il ne veut pas d'offrandes mortes. Il veut des offrandes pures et pleines de vie. Mais, naturellement, là où la purification a passé quelque chose a dû mourir. Et ce qui est

---

1. « Transfiguration », dans R. M., *Lettre de Nuit*, pp. 80-81.
2. *Journal de Raïssa*, p. 61.

resté est transformé. L'affection est entrée dans l'ordre de la charité.

« De l'amour humain ce qu'il faut ôter – pour le rendre pur, bienfaisant, universel, et divin, – ce n'est pas l'amour lui-même : non, ce qu'il faut supprimer ou plutôt dépasser, c'est les limites du cœur. D'où la souffrance – dans cet effort pour sortir de nos étroites limites. Car, dans ces limites, dans *nos* limites est *notre* joie humaine.

« Mais il faut dépasser ces limites du cœur ; il faut sous l'action de la grâce et par le travail de l'âme quitter notre cœur limité pour le cœur illimité de Dieu. C'est seulement quand on a accepté cette mort que l'on entre ressuscité dans le cœur illimité de Dieu avec tout ce que l'on aime, avec les proies de l'amour, en se donnant soi-même comme proie à l'amour infini.

« La mort à nous-mêmes fait place libre à l'amour de Dieu. Mais elle fait en même temps place libre à l'amour des créatures selon l'ordre de la divine charité.

« Porter soi-même son cœur sous le pressoir. Coucher soi-même son cœur sur la Croix [1]. »

« Il faut transformer tout amour en amour comme – sous le pressoir – le raisin en vin [2]. »

Dieu ne veut pas d'offrandes mortes. Il faut lui porter des offrandes humaines et sans tache. Il faut dépasser les limites du cœur. Il faut transformer tout amour en amour. Voilà ce que celui qui prie dans le monde est, je crois, mieux situé pour comprendre un peu que celui qui prie séparé du monde.

★

---

1. *Journal de Raïssa*, p. 221.
2. *Ibid.*, p. 220.

« L'Église est toute mêlée au péché », on nous a dit cela plus haut[1]. D'une autre manière cela est vrai aussi pour ceux qui s'adonnent à l'oraison sur les chemins du monde, plus vrai sans doute pour eux que pour les cloîtrés. Et c'est un privilège pour leur vie d'oraison. Car c'est un grand mystère que le péché, et il convient à ceux qui prient d'approcher un peu ce mystère. « Dans le péché lui-même de la créature subsiste un mystère qui nous est sacré ; cette blessure au moins lui appartient, c'est un misérable bien pour qui elle engage sa vie éternelle, et dans les plis duquel sont cachées la justice et la compassion de Dieu. Pour guérir cette blessure le Christ a voulu mourir. Pour voir aussi loin que lui dans l'âme pécheresse, il faudrait l'aimer avec autant de tendresse et de pureté[2]. » Quand on rencontre un pécheur on doit être saisi d'un grand respect, comme devant un condamné à mort, – qui peut revivre et avoir au paradis, auprès de Jésus, une meilleure place que nous.

En écrivant ces lignes j'ai sous les yeux le *memento* de Jacques Fesch, « né le dimanche de la Passion, 6 avril 1930, condamné à mort le 6 avril 1957, dans la nuit du dimanche de la Passion, exécuté à l'aube du 1er octobre 1957 ». Il était revenu à Dieu dans sa prison. Dans ses dernières lettres on trouve ceci : « Les clous dans mes mains sont réels, et les clous *acceptés*. Je comprends mieux toute la pureté du Christ opposée à mon abjection. Parce que j'accepte de tout cœur la volonté du Père, je reçois joies sur joies » (16 août). « L'exécution aura lieu demain matin, vers quatre heures du matin, que la volonté du Seigneur soit faite en toute chose... Jésus est tout près de moi. Il

---

1. Charles JOURNET, *Théologie de l'Église*. Cf. plus haut, p. 272.
2. *Frontières de la Poésie*, « Dialogues », p. 115.

m'attire de plus en plus à Lui et je ne peux que l'adorer en silence, désirant mourir d'amour... J'attends l'amour! Dans cinq heures je verrai Jésus! Il m'attire doucement à Lui, me donnant cette paix qui n'est pas de ce monde... » Il note un peu plus tard : « La paix est partie pour faire place à l'angoisse, j'ai le cœur qui saute dans la poitrine. Sainte Vierge, ayez pitié de moi!... » Et puis : « Je suis plus tranquille que tout à l'heure, parce que Jésus m'a promis de m'emmener tout de suite au Paradis, et que je mourrai en chrétien... Je suis heureux, adieu. » (Nuit du 30 septembre au 1er octobre, 60e anniversaire de la mort de sainte Thérèse de l'Enfant Jésus.)

L'énigme du péché éveille en nous bien des questions, et tout d'abord sur l'énigme de l'être humain dans sa relation avec Dieu. « On peut dire qu'il y a deux catégories d'hommes : ceux qui sont capables, par quel mystère, d'assimiler le péché, et ceux qui n'en sont pas capables (par quel mystère de prédestination...).

« Ceux qui sont capables d'assimiler le péché, de vivre avec le péché, presque d'en vivre ; d'y puiser une expérience utile, un certain enrichissement humain, un développement, un perfectionnement même, dans l'ordre de la miséricorde et de l'humilité, – d'aboutir enfin à la connaissance de Dieu, à une certaine théodicée, par l'expérience extrême de la misère du pécheur. Tels sont les Russes, personnages de Dostoïevsky. Ils ont ceci de rare qu'ils ont conscience de cette capacité de profiter finalement du péché. La foule des pécheurs est telle aussi, sans le savoir.

« Ceux qui sont incapables d'assimiler le péché parce que le moindre péché délibéré leur est comme une arête au travers de la gorge, ils n'ont de cesse qu'ils s'en soient délivrés par la contrition et par la confession. Ceux-là sont appelés à l'assimilation au Christ. Ils peuvent accepter ou refuser. Redoutable est le moment où ils ont entendu cet appel, – c'est la voix de Jésus lui-même[1]. »

Pourquoi le moindre péché délibéré est-il à ceux-là comme une arête au travers de la gorge? Parce qu'ils ont peur de l'enfer? Certainement non. La crainte de la damnation peut les envahir à certains moments d'épreuve et d'extrême déréliction, elle n'est sûrement pas le fond de leur vie. La sainte crainte de Dieu est une crainte de l'offenser, toujours présente à cause de son infinie transcendance, elle n'a pas peur *de lui*. La peur est un mauvais régime pour l'âme humaine. C'est parce que tant d'hommes sont encore loin de Dieu qu'ils ont une peur tout autre que la sainte crainte de Dieu, et qui les ravage, des sanctions de sa loi, – et de Dieu lui-même.

« Si ton œil droit te scandalise, arrache-le[2] », c'est par amour, non par une crainte de n'être pas obéi propre aux souverains de la terre, que cela nous a été dit ; et c'est l'amour qui le répète en nous. Plus l'homme approche de Dieu, plus il connaît son amour et sa miséricorde, – est-ce que Jésus n'est pas venu « pour les pécheurs, non pour les justes[3] », est-ce qu'il n'a pas dit à Pierre de pardonner soixante-dix-sept fois sept fois? Et la parabole du fils prodigue, et Jésus à la table de Lévi fils d'Alphée, et à celle de Zachée, et Jésus au puits de Jacob confiant des secrets inouïs à la Samaritaine, et Jésus devant la femme adultère, et Jésus tandis que Madeleine embrasse ses pieds et les couvre de parfums? Est-ce que Dieu n'a pas la passion de

---

1. *Journal de Raïssa*, pp. 226-227.
2. Matt., 5, 29.
3. Matt., 9, 13.

pardonner, est-ce que, si l'on peut dire, ce n'est pas *plus fort que lui*, si seulement on se reconnaît pécheur ? « Si quelqu'un dit un mot contre le Fils de l'homme, il lui sera pardonné, mais à qui blasphème contre le Saint-Esprit il ne sera pas pardonné[1]. » Le péché contre le Saint-Esprit, c'est le péché contre l'Amour et la Miséricorde, qui empêche de dire pardon à Dieu. « Beaucoup de péchés lui sont pardonnés, parce qu'elle a beaucoup aimé. Celui à qui il est moins pardonné, a un moins grand amour[2]. »

Est-ce que lorsqu'ils pensent à de telles paroles les saints ne sont pas tentés d'envier les pécheurs, et cette espèce de confiance proprement insensée, énorme au point de briser toute norme, par laquelle en blessant Dieu et en violant sa loi ils rendent encore hommage (sans le savoir, – mais les pécheurs de Dostoïevsky s'en doutent un peu) à l'infinité de sa miséricorde ? tandis que la confiance obéissante des saints *paraît* moins folle ? Elle *est* plus folle en réalité, parce qu'il y a en elle la crainte d'offenser Dieu, mais que la peur du châtiment pour eux-mêmes, pour leur propre peau, a été éclipsée ; ils ne demandent rien de moins que l'Infini, l'Inaccessible, la Vie divine, le baiser de Dieu ; leur confiance est folle d'amour. Qu'ils ne craignent pas d'avoir un moins grand amour parce qu'il leur a été moins pardonné : c'est à eux qu'il a été le plus pardonné (ils ont demandé pardon de toute la faiblesse humaine et de tous les péchés des hommes, ils se sont plus ouverts à ce suprême don et pardon qu'est la grâce) ; qu'ils aient connu le péché comme Madeleine ou Augustin, ou gardé toujours l'innocence du baptême comme Thomas d'Aquin ou saint Louis de Gon-

---

1. Lc., 12, 10.
2. Lc., 7, 47.

zague, c'est tout pareil, – c'est eux qui ont le plus grand amour.

Qu'est-ce donc, ce qui est comme une arête au travers de la gorge aux hommes qui sont « incapables d'assimiler le péché »? Ce n'est pas la peur, c'est l'amour. Ils savent ce que c'est que l'amour, et ce que c'est que le péché, « le mal de Dieu », du Dieu qu'ils aiment. Ils ont l'amour fou de Dieu et de Jésus. Par cet amour ils sont rivés à Jésus, et au désir d'entrer dans son cœur et dans son œuvre, et de porter avec lui cette croix qui sauve le monde.

Quant aux pécheurs de Dostoïevsky, ce qu'ils ont en propre, me semble-t-il, c'est qu'à la différence des autres ils sont, dans le péché, – et même avec je ne sais quelle complaisance, – attentifs à la misère du péché, et ont aussi en eux une obscure conscience, enracinée dans les irrationnelles profondeurs de l'âme, de cette *confiance énorme et insensée* dont je parlais tout à l'heure, et sur laquelle ils jouent leur partie, – tant que n'arrivent pas le désespoir et le suicide. Et ils ne savent pas ce que c'est que l'amour, parce qu'ils ont peur de lui.

★

On ne peut pas aimer Jésus sans vouloir entrer dans son œuvre. Tous ceux qui sont dédiés à l'oraison contemplative, dans les communautés religieuses ou sur les chemins du monde, savent cela pareillement. Je crois volontiers que c'est dans les communautés religieuses, parce qu'on y a tout quitté pour Dieu, qu'il y en a davantage à mettre en pratique, héroïquement parfois, un tel savoir. Mais ceux qui avancent sur les chemins du monde, privés du secours que les religieux trouvent dans leur règle et leurs vœux, trouvent du moins dans leur vie, je crois, une espèce de compensation : cette chose qu'il faut savoir leur est constamment rappelée, parce qu'ils vivent au milieu des pécheurs.

Entrer dans l'œuvre de Jésus, c'est participer à l'œuvre rédemptrice qu'à lui seul il a pleinement accomplie, poursuivre avec lui et par lui, comme ne faisant qu'un avec lui, un travail de corédemption qui ne sera achevé qu'à la fin du monde, et auquel, à un degré ou à un autre, et sous une forme ou une autre, tous les chrétiens sont appelés.

Ce n'est pas par quelque geste de royale amnistie comme Il aurait si bien pu le faire (un seul cri de pitié devant le Père pouvait, venant de lui, sauver le genre humain), que le Christ s'est acquitté de la mission pour laquelle il était homme comme nous ; il a satisfait en rigueur de justice[1] et pour tous les péchés de tous les hommes parce qu'il a voulu prendre tous les hommes en lui, et « toute la souffrance humaine[2] ». Et il a voulu aussi, à cause de son amour pour eux, et de par la « folle » surabondance qui est propre à Dieu, qu'eux-mêmes ils consomment avec lui et par lui présent en eux cette œuvre rédemptrice, – chacun pour sa propre affaire personnelle d'abord, en recevant librement la grâce, avec les mérites qui lui sont communiqués par elle et par les mérites infinis de Jésus, – et chacun *pour les autres*, en payant aussi pour eux, non en rigueur de justice (ça c'est le propre du Christ), mais par un effet des surabondances de l'amour dans lequel il se les unit, et en vertu de ces « droits » d'une autre nature, droits de surcroît libre-

---

1. Seul il a mérité et pouvait mériter *pour les autres* en rigueur de justice et *par un droit* ainsi acquis.
2. M.-J. NICOLAS, *art. cité* plus loin, p. 102.

ment accordés par l'Aimé à l'aimant, que crée l'union d'amour[1].

Voilà cette corédemption dont la notion est d'importance si capitale, et est appelée, je crois, à éclairer et aider de plus en plus la conscience chrétienne, – cette corédemption par laquelle, – à la suite de la Vierge qui est Corédemptrice au sens unique et absolument suréminent propre à elle seule, – tous les rachetés (à des degrés infiniment divers, où la pénurie chez les uns est compensée par l'excès chez les autres) poursuivent avec le Christ, et par lui, et en lui, son œuvre rédemptrice, étant élevés par son amour et sa générosité à n'être pas seulement rachetés, mais aussi racheteurs.

« 'Jésus sera en agonie jusqu'à la fin du monde.' Il faut qu'il y ait des âmes en qui il continue d'agoniser[2]. »

Les « chrétiens raisonnables » qui ne comprennent pas ces choses feraient bien, me semble-t-il, de se demander pourquoi l'Être par lui-même subsistant, qui consomme en lui seul et dans son infinie transcendance toute la plénitude et la perfection de l'être, a quand même voulu *créer* d'autres êtres, qui n'ajoutent absolument rien à l'Être, mais en lesquels se répandent, infiniment distantes de sa Perfection infinie, des participations finies de lui. Les mêmes chrétiens raisonnables feraient également bien, me semble-t-il, de se demander pourquoi le Christ, qui a tout sauvé d'un seul coup par le sacrifice du Calvaire, a voulu que ce sacrifice

---

1. C'est ce que les théologiens, dans un jargon traditionnel chéri des spécialistes, mais qui est bien dommageable quand il s'agit de ce qu'il y a de plus précieux au monde, appellent le mérite *de congruo*, par opposition au mérite *de condigno*, dont seul le Verbe Incarné était capable. On dirait qu'ils prennent plaisir à ne se comprendre qu'entre eux, à l'exclusion des autres mortels...

2. *Journal de Raïssa*, pp. 233-234.

soit perpétué tous les jours de notre temps par la Messe qui le rend sacramentellement présent sur l'autel.

Il y a sur la corédemption une admirable étude[1] du Père Marie-Joseph Nicolas, qui, avec une autorité de théologien à laquelle je suis loin de prétendre, nous donne là-dessus de précieuses lumières, et où il a soin d'établir la distinction essentielle qu'il faut faire entre l'unique corédemption de Marie médiatrice, – participante, à son rang inférieur de créature (mais immaculée), et en recevant tout de son Fils, à l'œuvre de Jésus rédempteur dans l'acte même de la rédemption, – et la commune corédemption à laquelle tous les chrétiens sont appelés, et qui les fait participer à l'œuvre de Jésus rédempteur seulement quant à l'application des fruits de la rédemption. Je regrette de ne pouvoir reproduire ici toute cette étude. Mais je voudrais cependant citer quelques passages qui m'ont particulièrement frappé.

« Il est plus grand à l'homme de *se racheter lui-même*, de *réparer lui-même le mal qu'il a fait*, de *se réhabiliter*, que d'être sauvé sans rien faire lui-même. Il en résulte que l'économie de la Rédemption est tout entière et jusque dans ses derniers détails dominée par l'idée que *l'homme doit se sauver lui-même*. C'est parce que l'homme en est incapable que Dieu se fait homme. Mais il ne faudra pas qu'en se faisant homme il détruise la part que doit prendre l'homme dans la Rédemption. Il l'accomplira au contraire et la rendra pleinement possible[2]. »

« Le Christ n'a pas voulu profiter de ce qu'il était Dieu pour avoir moins à souffrir. Il a porté sur lui tout le poids

---

1. M.-J. Nicolas, *La Co-rédemption*, dans *Revue Thomiste*, 1947-I.
2. *Art. cit.*, p. 30.

qu'un pur homme aurait eu à porter, il nous a rachetés *en tant qu'homme*, sa divinité ne diminuant rien de la charge humaine, mais la prenant sur elle et donnant à ses actes d'homme la valeur suprême de sainteté infinie et la portée universelle que la plus douloureuse des passions purement humaines n'aurait jamais atteinte. Dieu ne s'est pas fait homme pour dispenser l'homme de satisfaire et de réparer, mais au contraire pour lui permettre de le faire. De là vient, autant que nous puissions comprendre le profond mystère de la Croix, que la Volonté Divine a attaché notre salut à un acte qui par sa nature comporterait tout ce que l'humanité aurait eu à souffrir en vue de se purifier elle-même de ses fautes. *Christus sustinuit omnem passionem humanam*[1]. »

Il résulte de là « que le Christ, loin de nous dispenser de souffrir et de mourir par son sacrifice, nous invite à le suivre, et à reproduire en nous-mêmes, pour nous et nos frères, cette Passion pourtant capable de nous mériter surabondamment toute grâce et toute béatitude... Si la Passion du Christ ne se poursuivait pas dans l'humanité, elle ne serait pas assez œuvre humaine... » Comme le dit saint Thomas à propos du fameux mot de saint Paul[2], « il manquait aux souffrances du Christ d'avoir été souffertes par lui dans le corps de Paul et des autres chrétiens[3] ». En conséquence il faut dire que « l'Église tout entière est Corédemptrice[4] puisqu'elle coopère à la rédemption des

---

1. *Art. cit.*, p. 31. – Le texte cité est tiré de la *Somme théologique*, III, 46, 5.
2. *Col.*, I, 24.
3. *Art. cit.*, p. 32.
4. Toute l'Église est corédemptrice et les saints avant tout, mais aussi tous les « braves gens » dont parle Tauler, bref tous

hommes, non seulement comme instrument de la grâce du Christ mais par l'offrande de son propre sacrifice [1]. » Et il faut dire du même coup que « tous les chrétiens sont des corédempteurs [2] ».

« Bien entendu, beaucoup d'hommes seront sauvés sans avoir donné leur part entière. D'autres au contraire auront donné une part surabondante. A mesure que la charité s'accroît, s'accroît aussi le souci et le pouvoir de coopérer au salut de beaucoup d'âmes. Certaines, par *fonction spéciale* et par *état*, sont ainsi vouées au salut de l'Église, et la charité qu'elles dépensent à son service inspire non seulement une action apostolique, mais un sacrifice d'elles-mêmes dont la portée va bien au delà de l'efficacité de leur

---

les baptisés, dit de même le Cardinal Journet dans les pages du tome II de *L'Église du Verbe Incarné* qu'il a consacrées à la corédemption (pp. 221-227 et 323-340).

« 'Nous avons tous reçu de sa plénitude, grâce pour grâce' (*Jean*, 1, 16). En passant de la tête aux membres, du Christ à l'Église, la grâce ne perd pas ses propriétés ; et comme elle avait poussé le Christ à satisfaire, elle poussera les chrétiens à entrer, à sa suite, dans le grand mouvement de réparation à Dieu pour l'offense du monde. Ce que le Christ a fait, les chrétiens essaieront de le faire à son exemple : 'Le Christ a souffert pour vous, vous laissant un modèle, pour que vous marchiez sur ses traces' (*1 Pierre*, 2, 21). Comment y aurait-il, entre la Tête et le Corps, symbiose et synergie, si l'action commencée dans la Tête ne se propageait dans le reste du Corps, si la souffrance endurée par le Christ ne se parachevait dans ses disciples ? 'Je me réjouis à présent de mes souffrances pour vous et j'achève ce qui manque encore aux épreuves du Christ dans ma chair, pour son Corps qui est l'Église' (*Col.*, 1, 24). La difficulté n'est pas d'expliquer une vérité si simple ; elle est plutôt d'expliquer comment le protestantisme en est venu à la rejeter » (*op. cit.*, p. 221).

La question de la corédemption a déjà été touchée plus haut pp. 269-270.

1. *Art. cit.*, p. 44.
2. *Ibid.*, p. 33.

parole. A d'autres c'est la seule charité qui donne cette destination. Telle une sainte Thérèse de Lisieux qui, dans le Corps de la sainte Église, se sentait être *le cœur*[1]. »

« Cette conformité absolue de la volonté du Saint avec celle de Dieu qui lui vaut, dit saint Thomas, qu'en retour Dieu accomplisse sa volonté en exauçant ses prières pour ses frères, est à la fois le fondement du mérite de par surcroît dû à l'amour, et du pouvoir d'intercession. Plus la charité d'un saint est grande, plus puissante est sa prière. Et plus particuliers et personnels sont ses liens avec les membres du Corps mystique, plus aussi son droit à être exaucé s'applique à ceux-ci[2]... »

« Qu'on ne craigne pas de voir trop de créatures associées à cette Créature unique qu'est l'humanité du Christ. Car à parler strictement, l'humanité du Christ est créée, mais n'est pas une créature, elle appartient substantiellement et personnellement au Créateur. Elle est à cause de cela un instrument de Dieu dans un sens unique et incommunicable. Elle reçoit à son tour le pouvoir de s'associer le reste du monde créé comme une sorte de prolongement d'elle-même, et de communiquer à d'autres de sa plénitude sans cesser d'être la source et le premier principe. Quand on a compris que le sens profond de l'Incarnation est la diffusion la plus large possible du divin parmi les créatures, tout le mystère, non seulement de la divinisation de l'homme, mais de la coopération de l'homme à sa propre divinisation, devient plus clair[3]. »

J'ai tenu à rappeler les fondements de la doctrine de la corédemption, tels qu'un éminent théologien les propose

---

1. *Art. cit.*, p. 33.
2. *Ibid.*, p. 40.
3. *Ibid.*, p. 43.

à notre réflexion. A vrai dire la notion de corédemption est aussi ancienne que le christianisme et que la Messe. C'est parce qu'elle ne fait absolument qu'un avec la foi chrétienne en la rédemption qu'elle a mis du temps à se dégager explicitement (dans les derniers siècles du moyen âge et les siècles suivants), et surtout à se trouver dénotée par un mot à part (depuis un demi-siècle, je crois) et conceptualisée dans une doctrine théologique articulée (avec l'élément de controverse qui ne manque jamais en pareil cas). Le mot a maintenant complètement droit de cité dans l'Église (il figure dans deux décrets du Saint-Office[1], et des termes équivalents ont été employés dans des documents solennels des Souverains Pontifes). Et c'est sur les vues exprimées par le Père Nicolas, je n'en ai nul doute, que l'unanimité doctrinale se fera parmi les théologiens catholiques. Ce serait chose faite aujourd'hui sans la crainte de causer du tort à ce bon Luther éprouvée par quelques uns de nos docteurs, et qui n'a rien à voir avec un esprit authentiquement œcuménique. Mais ce genre de zèle accommodant passe vite, et si l'unanimité en question n'est pas pour aujourd'hui, elle est sûrement pour demain.

En tout cas la réalité de la corédemption, avec et par Jésus présent en nous par sa grâce, les âmes contemplatives n'ont pas attendu, pour la vivre dans leur prière et leurs agonies, que l'intellect spéculatif en ait progressivement dégagé la doctrine et exposé les raisons. Elles savaient cette vérité-là par expérience, elles savaient que comme la vérité (dont elle n'est qu'un aspect essentiel) de la rédemption par le « Fils de l'homme », Tête du Corps mystique, elle est plus chère que la prunelle de l'œil à la foi et à la

---

1. Denzinger, éd. 21-23, 1937, n° 1978 a, note 2.

vie chrétiennes. Sainte Catherine de Sienne, sainte Cathe-rine de Ricci et sainte Angèle de Foligno, Tauler, saint Paul de la Croix, Marie de l'Incarnation, saint Jean de la Croix et sainte Thérèse de Lisieux, et tant d'autres, ce n'est pas mon affaire de rappeler tous les grands témoi-gnages que depuis l'apôtre Paul les contemplatifs lui ont rendus.

Mais puisque ce livre peu conventionnel (ou cette espèce de testament) écrit en hâte au soir de ma vie, est tout en-tier dédié dans ma pensée à celle qui a instruit des choses de Dieu ma mauvaise tête de philosophe ; et puisque ce dernier chapitre, en particulier, n'aurait pu être écrit sans l'assistance que j'ai toujours reçue d'elle, il me sera bien permis de la citer encore, et de rapporter ici quelques unes de ses pensées sur le sujet qui nous occupe.

A une mère torturée par la perte de son enfant, Raïssa écrivait : « Cette Pâque dont le Seigneur a dit : 'J'ai ardem-ment désiré de manger cette Pâque avec vous', – vous la mangez maintenant avec Notre Sauveur : la Pâque de la Passion et de la Crucifixion, par laquelle le salut vient aux hommes. Par votre douleur et votre patience vous êtes corédempteurs avec le Christ.

« C'est la vérité sublime et pourtant ordinaire du chris-tianisme, que la souffrance unie à l'amour opère le salut...

« Dieu vous a plongés subitement au cœur même de cette ultime réalité : la douleur rédemptrice. Et lorsqu'on sait par la foi (c'est-à-dire avec toute la certitude possible) les merveilles qu'il opère avec notre souffrance, avec la sub-stance de nos cœurs broyés, – peut-on Lui rien refuser froidement [1] ? »

---

1. *Journal de Raïssa*, p. 105. – Plus loin, à propos de ceux qui par la grâce du Christ appartiennent invisiblement à l'Église dans

Je lis encore dans les notes de Raïssa : « Je fais l'expérience, d'une certaine manière, de ce grand mystère énoncé par saint Paul, accomplir *ce qui manque* à la Passion du Christ.

« Étant la Passion de Dieu elle est à jamais remassée dans l'éternel. Ce qui lui manque c'est *le développement dans le temps.*

« Jésus n'a souffert que pendant un certain temps. Il ne peut lui-même développer sa Passion et sa mort dans le temps. Ceux qui consentent à se laisser pénétrer par lui jusqu'à une parfaite assimilation, accomplissent tout le long du temps ce qui manque à sa Passion. Ceux qui consentent à devenir *la chair de sa chair.* Terrible mariage, où l'amour est non seulement fort comme la mort, mais commence par être une mort, et mille morts.

« 'Je t'épouserai dans le sang.'

« 'Je suis un époux de sang.'

« 'Il est terrible de tomber entre les mains du Dieu vivant.'

« Et, parole de Jésus à sainte Angèle de Foligno : 'Ce n'est pas pour rire que je t'ai aimée'. [1] »

Tous les chrétiens, comme Raïssa l'écrivait dans la lettre citée juste avant ce texte, et comme le Père M.-J. Ni-

---

les terres non-chrétiennes : « Ne peut-on dire que les âmes qui sont sauvées ainsi ne collaborent pas activement au salut du monde. Elles sont sauvées, mais ne sauvent pas... » (Du moins, c'était notre idée, ne collaborent-elles activement au salut du monde que par la ferveur de leur intercession individuelle, non en vertu de la grande œuvre corédemptrice commune accomplie par le Corps dont le Christ est la Tête, et auquel les baptisés sont incorporés d'une manière assez parfaite pour que la partie agisse *par le tout,* le membre *par le corps tout entier.*) *Ibid.,* pp. 191-192.

1. *Journal de Raïssa,* p. 228.

colas nous le rappelait plus haut, sont appelés à l'œuvre corédemptrice, les uns « sans donner leur part entière », les autres « en donnant une part surabondante [1] ». Cette part-là est celle des contemplatifs, et c'est d'elle que Raïssa parle ici.

« Il y a aussi, ajoute-t-elle, un *accomplissement* de la Passion qui ne peut être donné que par des créatures faillibles, et c'est la lutte contre la chute, contre l'attrait de *ce monde* comme tel, contre l'attrait de tant de péchés qui représentent le bonheur humain. Ce don-là, Jésus ne pouvait le faire au Père ; nous seuls pouvons le faire. Il y a une manière de racheter le monde, et de pâtir, qui n'est accessible qu'aux pécheurs. En renonçant aux biens de ce monde que dans certains cas plus nombreux qu'on ne pense le péché nous aurait procurés, – en donnant à Dieu notre béatitude humaine et temporelle nous lui donnons proportionnellement autant qu'il nous donne, parce que nous lui donnons *notre tout*, l'obole de la pauvresse de l'Évangile [2]. »

Pourquoi ai-je traité dans une section intitulée *La contemplation sur les chemins* de choses qui concernent tous les contemplatifs, et d'abord, sans doute, ceux qui ont tout quitté pour se consacrer à Dieu ?

D'abord parce qu'il m'a semblé opportun de rappeler qu'elles concernent *aussi* ceux qui cherchent l'union à Dieu sur les chemins du monde. Ensuite parce que, malgré toutes les difficultés et les obstacles qu'ils rencontrent sur cette route, – et qui les obligent à faire leur loi d'une « profonde et universelle humilité », d'une perpétuelle action de grâces

---

1. Cf. plus haut, p. 360.
2. *Journal de Raïssa*, pp. 228-229.

pour tous les bienfaits gratuitement reçus, et d'une confiance tout abandonnée en la miséricorde de Dieu, – ils ont quand même, à l'égard de la prise de conscience des choses en question, un certain avantage : à savoir, comme je l'ai déjà indiqué, qu'ils vivent plus que les autres en contact constant avec les pécheurs et le péché, et donc avec le grand mystère où « tant de pécheurs dans le monde » forcent à entrer quiconque se dit : c'est pour eux que le Christ est venu et qu'il est mort sur la croix, et il ne cesse pas de les aimer et de vouloir leur salut, et son œuvre de rédemption continuée par l'Église ne peut être vaine.

Les disciples. – Jacques et Jean

Dans la vie de tout contemplatif, – ça dépend du choix de Jésus, autrement dit des demandes (inconscientes parfois, peut-être) de l'âme, et de la réplique qu'elles attirent, – dans la vie de tout contemplatif il peut arriver un moment où il faut répondre, – fût-ce en n'osant pas dire oui, parce qu'on a peur (et on a joliment raison d'avoir peur), mais en sachant qu'il faut bien passer par là, et en comptant sur la grâce de Dieu, et en acceptant de fait, parce qu'on ne se dérobe pas et qu'on ne dit pas non, – à la grande et redoutable question posée à Jacques et à Jean par le Seigneur, – la question du Calice : « *Potestis bibere calicem, quem ego bibiturus sum,* pouvez-vous boire le calice, que moi je boirai[1] ? » Ce moment est un moment crucial à coup sûr.

Le Père Lallemant nous dit d'autre part, dans *La Doctrine Spirituelle* : « Il ne faut que renoncer une bonne fois

---

1. Matt., 20, 22.

à tous nos intérêts et à toutes nos satisfactions, à tous nos desseins et à toutes nos volontés, pour ne dépendre plus désormais que du bon plaisir de Dieu. » Et le moment où l'âme fait cette renonciation, il l'appelle le moment de *franchir le pas*. Cela aussi dépend du libre choix de Jésus, autrement dit des désirs de l'âme et de la réplique qu'ils attirent.

Je pense que le *moment du Calice* et le *moment de franchir le pas* ne sont qu'un seul et même moment[1] ; et qu'il se présente d'une façon sans doute différente à tel et tel d'entre nous, à raison du fait que parmi les âmes qui ont passé sous le régime des dons du Saint-Esprit, les unes se trouvent surtout sous le régime des dons (Sagesse, Intelligence et Science) qui concernent davantage la vie contemplative, les autres surtout sous le régime des dons qui concernent davantage la vie active (les trois premiers dons étant toujours là, bien sûr, dans cette lyre à sept cordes dont Dieu joue comme il veut dans l'âme, mais vibrant alors sous des touches moins fréquentes et plus légères, ou comme accompagnant en sourdine le son plus fort des autres cordes).

Parmi les âmes entrées dans la vie de l'esprit il y en a donc qui sont engagées surtout dans la vie active (elles ont

---

1. Le moment dont je parle ici ne doit pas être confondu avec celui, qui lui est antérieur (cf. plus haut, p. 334), où l'âme passe *sous le régime des dons*, ou entre dans la vie de l'esprit. Dans le moment où elle est entrée sous le régime des dons, elle a franchi, d'une manière toute cachée dans le supra-conscient spirituel, un seuil, terme d'une phase de transition également trop profonde pour être perçue par la conscience. Elle vivra désormais sous la motion habituelle des dons du Saint-Esprit.

Dans le moment dont je parle ici elle est déjà sous le régime des dons, et c'est à un appel consciemment perçu, à une *question* qu'il lui faut répondre.

aussi la contemplation d'amour, mais atypique ou *masquée*), – disons qu'elles sont dans la mouvance de Marthe, ou de l'apôtre Jacques ; et il y en a qui sont engagées surtout, ou exclusivement, dans la vie contemplative, disons qu'elles sont dans la mouvance de Marie, sœur de Marthe, ou dans la mouvance de Jean, dont à la sainte Cène la tête reposait sur le cœur de Jésus. Et pour ces dernières le moment dont il est question maintenant, s'il arrive et quand il arrive, se présente sans doute avec une clarté et une acuité particulières.

Quoi qu'il en soit, c'est pour les unes et pour les autres un seul et même moment : le moment où elles sont appelées à devenir des *disciples*, et où elles acceptent ou non l'appel (m'est avis que le refus doit être bien rare, mais enfin il y a le cas du jeune homme riche qui aurait bien voulu être parfait et qui *s'en alla triste*[1]...).

Je touche là à quelque chose qui me paraît terriblement mystérieux, mais dont le rôle est d'importance première dans l'économie générale du christianisme, et dont il faut tâcher de prendre un peu conscience : la distinction qu'on doit reconnaître, parmi les membres du Peuple de Dieu, entre les disciples et la grande masse, – ne disons pas, mot bien inepte, « des chrétiens ordinaires », un chrétien n'est jamais *ordinaire*, – disons des toujours aimés de Jésus, pour lesquels il a donné son Sang, et qu'il a soif de sauver, et sur lesquels sa Mère pleure dans la béatitude. Alors, quoi ? Ce sont les disciples qu'il charge en particulier de faire avec lui et par lui la besogne.

Il faut avouer qu'ils ne sont probablement pas nombreux. Je cite ici Raïssa :

---

1. Matt., 19, 22.

« 'Si quelqu'un vient à moi et ne hait pas son père, sa mère, sa femme, ses enfants, ses frères, ses sœurs et même sa propre vie, *il ne peut être mon disciple*' (Luc, 14, 26).

« Les exigences du Christ à l'égard de ses disciples sont absolument inhumaines, elles sont divines. Aucun doute, celui qui veut être le disciple du Christ, *il doit haïr sa propre vie*. L'image de Jésus Crucifié est *pour le disciple*.

« Mais de telles exigences ne sont *que* pour les disciples. A l'égard de la communauté des hommes le christianisme est *humain* en ce sens qu'il prend les hommes dans leur faiblesse et leur inconstance, et aussi dans leur nature attachée à des biens naturels (père, mère, etc.). Ils ne sentiront jamais un appel aussi sévère que celui que rapporte saint Luc.

« Il leur est seulement demandé de croire, d'aimer, et d'espérer encore après les plus grands égarements.

« Ainsi ce n'est pas le pécheur, le 'mondain', qui ont la plus grande crainte de Dieu, – c'est plutôt ceux qui ayant été choisis comme disciples savent qu'ils sont et seront plus sévèrement traités. A ceux-là *tout* est demandé[1]. »

Et Raïssa a dit encore : « J'en arrive à prendre l'humanité tranquillement, – pour ce qu'elle est. Sans exclamations, – regrets, – soupirs, – et gémissements. En un sens tout autre que celui de l'optimisme leibnitzien, – tout est pour le mieux. *Dieu sait ce qu'il permet.*

« Il n'est pas comme un homme qui permettrait avec regret ce qu'il ne peut empêcher. Il a laissé aller les hommes munis de leur liberté, – et ils vont, jouent et travaillent, risquent tout, – gagnent plus ou moins, et finiront peut-être par tout gagner. Simplement Dieu s'est réservé dans

---

1. *Journal de Raïssa*, p. 345.

369

l'humanité un Homme qui est son Fils. Et cet Homme-Dieu appelle à lui, pour son travail à lui qu'il a aussi à faire avec la liberté, – il appelle un petit nombre d'hommes, – une poignée par siècle, à travailler à sa manière. 'Celui qui veut être mon disciple, qu'il prenne *sa* croix et me suive' – et cela suffit.

« A tous est donné le précepte de la charité, – le devoir de l'espérance, – et cette parole qui fonde l'espérance 'Il lui sera beaucoup pardonné parce qu'elle a beaucoup aimé'[1]. »

Je disais tout à l'heure que ce livre écrit par le vieux Jacques avec la liberté de ceux qui en ont trop vu est tout entier dédié à Raïssa. Il convient donc qu'il s'achève par un texte d'elle, où l'on sent passer l'urgence de certaines choses « qu'il faut dire aux hommes », et dont je pense que notre temps a particulièrement besoin.

LE VRAI VISAGE DE DIEU

OU

L'AMOUR ET LA LOI

(texte de Raïssa[2])

LES âmes éprouvées, tentées, sentent confusément que la loi dont l'observation leur est si contraire ne peut être identifiée à Dieu qui est Amour.

Mais ce sentiment ou bien reste confus, ou bien conduit à un certain mépris de la loi, ou bien tourne l'âme contre

---

1. *Journal de Raïssa*, p. 341.
2. *Ibid.*, pp. 365-370.

Dieu considéré alors comme un maître dur et exigeant, – ce qui est nier Dieu, – ou serait nier Dieu si l'âme poussait jusqu'au bout de telles pensées, jusqu'à leurs conséquences logiques.

Eh bien il est salutaire de *distinguer* (pour parler en termes juridiques) *la cause de Dieu de la cause de la Loi.*

De là seulement peut découler l'attitude que l'âme doit avoir à l'égard de Dieu, – et à l'égard de la Loi.

Quand Jésus s'est senti délaissé de Dieu sur la Croix, c'est que le visage de l'Amour lui était alors caché, et son humanité était tout entière soumise à la loi, sans aucune atténuation, – ce que nul homme sinon l'Homme-Dieu n'aurait pu supporter sans mourir.

Jésus sur la Croix, et tout particulièrement à cet instant de la totale déréliction, a souffert dans toute sa rigueur la loi de la transmutation d'une nature dans une autre, – *comme si* il n'avait pas été Dieu : c'est l'humanité comme telle, prise de la Vierge, qui devait connaître cette loi. Parce que le chef doit éprouver la loi qu'il impose à ses membres. Parce qu'ayant pris la nature humaine il devait connaître cette suprême loi à laquelle est soumise la nature humaine appelée à la participation à la nature divine.

Et s'il n'avait souffert de la rigueur de cette loi on n'aurait pu dire que le Verbe a pris un cœur semblable au nôtre pour compatir à nos souffrances.

Cette loi de la transformation des natures, – qui comprend en elle toutes les lois morales et divines, – est quelque chose de nécessaire, de physique, d'ontologique si l'on veut, – Dieu lui-même ne peut l'abolir, comme il ne peut produire l'absurde.

Mais cette loi – la Loi – n'est pas Lui – Lui est l'Amour.

Alors quand une âme souffre, et souffre de cette Loi inexorable de transmutation d'une nature en une nature supérieure, – et c'est le sens de toute l'histoire humaine, – Dieu est avec cette nature qu'il a faite et qui souffre, – il n'est pas contre elle. S'il pouvait transformer cette nature en la sienne en abolissant la loi de la souffrance et de la mort, il l'abolirait, – parce qu'il ne se plaît pas au spectacle de la peine et de la mort. Mais il ne peut abolir aucune loi inscrite dans l'être.

Le visage de la loi et de sa rigueur, le visage de la douleur et de la mort n'est pas le visage de Dieu ; Dieu est amour.

Et son amour lui a fait tenir à l'égard des hommes une conduite qui peut paraître capricieuse.

Aux Anciens comme Abraham et les autres Patriarches il n'a pas révélé toute la loi ; dans cet état de nature il n'a pas même révélé aux hommes toutes les lois morales inscrites dans la nature. Parce que l'observation de l'ensemble de ces lois aurait supposé réalisée la perfection de la nature humaine, – et cela n'était pas, – ou bien aurait demandé le secours des grâces christiques[1] qui n'étaient pas encore acquises. D'où cette étrange liberté laissée aux hommes dans l'état de nature, – même quand ces hommes sont

---

1. Toutes les grâces reçues par les hommes depuis la chute d'Adam sont des grâces christiques. Mais Raïssa parle ici des grâces du Christ *venu*, ou des grâces *sacramentellement christiques*. (J.)

Abram, Isaac et Jacob, – et puis Moïse et les Juifs, jusqu'à l'avènement du Christ. Et c'est dans cet état cependant que Dieu a choisi Abram pour être le Père des Croyants.

Abram, cet homme simple, au cœur sans résistance à la voix de Dieu. *Il croit Dieu* qui lui parle. Il fait ce que Dieu lui dit de faire. Il va de sacrifice en sacrifice : d'abord il quitte son pays et son père, – les feux d'Ur en Chaldée, – il accepte la vie nomade. Et puis il quitte la foi facile : il est relativement facile de croire Dieu qui promet d'abondantes bénédictions, – et une postérité immense ; – mais lorsque le fils unique, l'enfant encore stérile doit être sacrifié, qu'il est douloureux de croire ! Et il serait même impossible d'obéir, puisqu'ici l'obéissance fait commettre ce qui apparaît comme un crime, si la foi ne conduisait Abram comme par la main.

Jamais plus grande grâce de foi n'a été donnée à un homme. Et jamais homme n'a été plus grand dans sa fidélité, – si nous exceptons Joseph et Marie.

Abraham a ainsi connu, lui aussi, la dure loi de la transmutation de l'homme naturel en homme spirituel et divin, – mais avec une large zone de liberté humaine où étaient mises entre parenthèses bien des lois laissées par Dieu dans l'ombre.

Et quant à nous, il nous a révélé toutes les terribles exigences de la divinisation de l'homme.

Mais pour nous les révéler il est venu lui-même, – non avec le sang des boucs et des taureaux, – mais avec le Sang du Christ par lequel nous est rendu visible son Amour pour nous.

Ainsi la Loi nouvelle est plus dure que la Loi ancienne.

Mais en même temps l'amour de Dieu (qui adoucit tout) est plus répandu.

C'est dans le Sang de Jésus crucifié que sont nés les Sacrements,

soit qu'ils purifient, – le Baptême

soit qu'ils vivifient, – la Pénitence

soit qu'ils accroissent, – l'Eucharistie…

La loi, – toutes les lois, – étant devenues si clairement, et si terriblement visibles,

le visage de Dieu risque d'en être obscurci.

C'est pourquoi il est plus que jamais nécessaire de distinguer l'Amour et la Loi.

Quand la nature mise en demeure d'obéir gémit et souffre, elle n'est pas odieuse à Dieu, car quitter sa forme propre est pour toute nature une perte, – pour les natures sensibles une souffrance.

Quand dans ce travail la nature humaine recule et tombe, elle n'est pas odieuse à Dieu ; il l'aime, il désire la sauver, – il la sauve pourvu qu'elle désire ne pas être séparée de lui, pourvu qu'elle reconnaisse la nécessité de la purification pour le salut : – si un pécheur reconnaît cela à l'heure de sa mort seulement, il est sauvé et va se purifier au Purgatoire.

Alors ce qu'il faut avant tout et toujours dire aux hommes, c'est d'aimer Dieu, – de savoir qu'il est l'Amour et de se fier jusqu'à la fin à son Amour.

La loi est juste. La loi est nécessaire, – de la nécessité de la transformation pour le salut, c'est-à-dire pour la vie éternelle avec Dieu.

Mais la loi n'est pas Dieu.

Et Dieu n'est pas la loi. – Il est Amour.

Si Dieu a pour les hommes le visage de la loi, – les hommes s'éloignent parce qu'ils sentent que l'amour est plus que la loi, – ici ils se trompent seulement en ceci qu'ils ne reconnaissent pas la nécessité salutaire de la loi.

Mais l'observation de la Loi sans l'amour ne serait pas salutaire.

Et l'amour peut sauver l'homme même au dernier instant d'une vie mauvaise, – si à cet instant l'homme a trouvé la lumière de l'amour, – peut-être s'il a toujours cru que Dieu est Amour.

Il faut délivrer les âmes de ce sentiment d'inimitié qu'elles éprouvent (passivement et activement) à l'égard de Dieu si elles le voient dans l'appareil des lois qui leur est une image ennemie de l'amour, – et qui masque le vrai visage de Dieu.

La Croix, – c'est la Loi qui l'a imposée à Jésus, – alors Jésus l'a prise pour partager avec nous la dureté de la loi.

Il faut dire ces choses aux hommes. Si ces choses n'étaient pas dites, ils s'éloigneraient de Dieu quand ils souffrent, parce que la loi est une chose qui paraît séparer de Dieu, et alors elle se présente à nous, – si nous ne pensons pas à l'amour, – comme une *ennemie* de nous, et jamais Dieu ne peut se présenter comme un ennemi.

Elle est d'une certaine manière opposée à l'amour. Dieu l'a faite en tant que Créateur de l'être. Mais en tant que notre fin et notre béatitude il nous appelle au-delà.

La loi est extérieurement proposée, elle implique une sujétion, – en elle-même elle paraît n'avoir rien à faire avec la miséricorde, – ni avec l'égalité d'amitié, – ni avec la familiarité.

Elle est vraiment une nécessité ; seulement une nécessité.

L'amour *donne par-dessus* la Loi.

L'amour crée la confiance, – la liberté d'esprit, – l'égalité, – la familiarité.

ANNEXES

ANNEXE I

SUR UN TEXTE DE SAINT PAUL
(Cf. Chap. V, p. 177)

Pour essayer d'établir son idée d'un Christ cosmique, Teilhard fait appel à saint Paul, mais en le teilhardisant de façon tout à fait inacceptable.

Relisons le grand texte de l'épître aux Romains (8, 18-22) : « J'estime en effet que les souffrances du temps présent sont sans proportion avec la gloire future, qui sera révélée en nous. Car la création en attente aspire à la révélation des fils de Dieu. Elle est en effet soumise à la vanité, – non de son gré, mais de par celui qui l'y a soumise, – en vue de l'espérance. Car la création elle-même sera délivrée de la servitude de la corruption, pour entrer en partage de la liberté de la gloire des fils de Dieu. Nous savons en effet que jusqu'à ce jour-là toute la création gémit, et est dans les douleurs de l'enfantement. »

On n'a pas attendu le Père Teilhard pour entendre, comme il se doit, les paroles de saint Paul en un sens cosmique, c'était déjà le cas pour les Pères Grecs, et aussi pour saint Thomas quand il parlait à ce sujet (*Comm. sur l'ép. aux Rom.*, chap. IV) des *elementa hujus mundi*. Mais il serait insensé de regarder le terme final en question, – la délivrance attendue par la création, – comme l'aboutissement de l'Évolution du créé dans sa montée vers Dieu et vers le point Oméga, –

Évolution qui est d'*ordre naturel* (même à supposer qu'un Christ cosmique en soit le Principe moteur et le Noyau collecteur). Car si le texte de saint Paul donne beaucoup de mal aux exégètes, une chose pourtant est parfaitement claire en lui, c'est que ce que la création attend est un certain accomplissement *d'ordre surnaturel*, puisqu'il est lié à la *révélation des fils de Dieu*, et à *la gloire future qui sera révélée en nous*, et à *l'entrée en partage de la liberté de la gloire des fils de Dieu*, autrement dit au monde nouveau qu'inaugurera la Résurrection des morts.

« La création est *soumise* à la *vanité*, non de son gré » (autrement dit, contre un désir qui lui est consubstantiel, – il s'agit d'un désir ontologique, même chez l'homme, où il se double d'un désir conscient), elle « sera délivrée de la *servitude* de la *corruption* ». Quelle plus grande *vanité* et quelle pire *servitude* que celles d'êtres soumis à la corruption, et de vivants soumis à la mort ? (« Qui me délivrera de ce corps de mort ? » disait aussi saint Paul.) Le désir de nature dont il s'agit, c'est le désir d'échapper à la corruption et à la mort. Il est inscrit en tout être ici-bas. Mais c'est l'homme qui l'amène à la lumière de la conscience et qui lui donne une voix, – voix qui n'est pas seulement celle de l'homme, mais celle de la création (matérielle) tout entière, que l'homme résume en lui : de telle sorte qu'en l'homme qui gémit de la corruption et de la mort, ce n'est pas seulement le désir de l'homme, c'est le désir, porté à son comble, de la création tout entière qui gémit. Et, en même temps, pour toute créature, dans ce monde, quoi de plus impossible à la nature que d'échapper à la corruption et à la mort ?

C'est par la transfiguration *surnaturelle* de l'homme, tête de toute la création (entendons, engagée dans la matière, l'homme lui-même est un être de chair), et en vertu de cette transfiguration, c'est par *la gloire future qui sera révélée en nous*, c'est par la *révélation des fils de Dieu*, c'est par *l'entrée en partage de la liberté* propre à leur gloire, que toute la création (engagée dans la matière) se trouvera elle-même *surnaturellement* transfigurée, transférée dans un monde nouveau, où (d'une manière du reste parfaitement inimaginable) elle ne sera plus soumise à la corruption et à la mort, et sera délivrée.

Jusqu'à ce jour-là elle gémit, et elle est dans les douleurs de l'enfantement. Ce qui ne veut pas dire que l'avènement du monde de la gloire sera le fruit de l'Évolution cosmique! La grande rupture due au coup de foudre de la Résurrection, qui changera tout, aura mis fin à l'Évolution du monde pour inaugurer l'âge éternel de la matière et de l'homme glorifiés. Le monde nouveau sera enfanté par les douleurs et les gémissements de la créature, mais comme un fruit de sa transfiguration par un acte de Dieu supérieur à tout l'ordre de la nature et à toute l'Évolution du monde.

Il serait absurde de s'étonner qu'un désir de nature aspire à un objet qui passe la nature, et ne puisse pas être satisfait par elle ; c'est le contraire qui serait étonnant. Il y a un autre cas, classique en théologie, de désir de nature dont l'accomplissement ne peut être que surnaturel, c'est celui du désir de voir l'essence de Dieu. L'homme a naturellement ce désir ; il désire, de par sa nature intellectuelle elle-même, voir la Cause de l'être dans son essence ; et rien dans l'équipement de son intellect (ni dans celui de l'ange) ne lui donne un tel pouvoir. Pour voir Dieu (voir Dieu en tant même qu'il est Dieu, non en tant même qu'il est Cause de ce qui n'est pas Dieu), il faut que l'intellect humain soit surnaturellement transfiguré, et qu'il voie Dieu, non par aucune des formes intelligibles par lesquelles, en les recevant, il peut être naturellement actué, mais *par Dieu lui-même*, par l'*essence divine elle-même* remplissant de son intelligibilité infinie l'intellect créé, et remplaçant au dedans de lui toute forme intelligible dont cet intellect peut user comme moyen naturel de connaître.

La texte de saint Paul qui fait l'objet de cette note **ayant** été soumis tout au long de l'histoire de l'Église aux interprétations les plus variées (non incluse celle des teilhardiens), et étant, paraît-il, regardé comme « la croix des exégètes », j'ai pensé qu'il était permis à un philosophe de proposer l'interprétation qui lui paraît s'imposer à une réflexion suffisamment libre de pré-opinions intimidantes.

Quant à la clause *de par celui qui l'y a soumise* (la création est « soumise à la vanité, non de son gré, mais de par celui qui l'y a soumise »), elle se rapporte, croyons-nous, à la peine subie par la création tout entière du fait du péché originel, celui-ci ayant non seulement fait perdre à l'Homme l'immortalité due aux dons préternaturels de l'état d'innocence, mais ayant aussi obligé le cosmos à rester [1] dans la servitude dont il aspire à être délivré. (Je suppose que dans ce que dit saint Paul est impliquée l'idée que si l'Homme n'avait pas péché, lui et le cosmos auraient été transférés après un délai relativement bref dans un état final certes moins haut que celui dont ils jouiront de fait par la vertu du Christ crucifié et ressuscité, mais qui aurait été la consommation en quelque sorte « glorieuse » de la grâce primévale reçue par l'Homme dès sa création.)

---

1. Il est clair que la non-satisfaction des aspirations transnaturelles de la nature ne pouvait pas avoir de caractère *pénal* pour le cosmos avant la création de l'homme. Si elle devient *pénale* pour le cosmos, c'est donc seulement selon que le péché de l'Homme se répercute sur celui-ci en *retardant* à l'excès (par rapport aux visées premières de l'*opus creativum*) la satisfaction des aspirations transnaturelles de la création (matérielle) tout entière.

ANNEXE II

SUR DEUX ÉTUDES CONCERNANT
LA THÉOLOGIE DU PÈRE TEILHARD
(Cf. Chap. V, p. 182)

Je regrette d'avoir connu trop tard pour la citer dans mon texte la remarquable étude de Claude Tresmontant sur « Le Père Teilhard de Chardin et la Théologie » (dans le périodique *Lettre*, n°s 49-50, septembre-octobre 1962), et de ne pouvoir m'y référer que dans cette Annexe ajoutée sur épreuves.

Le Père Teilhard n'était ni métaphysicien ni théologien ; mais Claude Tresmontant montre d'une façon décisive qu'une intense préoccupation métaphysique et théologique, – entièrement dominée, hélas, par son culte de physicien visionnaire pour le Monde et la Cosmogénèse, – a été constamment en travail dans sa pensée et a constamment animé celle-ci.

Teilhard n'a jamais pu se faire à l'idée chrétienne de la création. Pour lui, « créer c'est unir » (*Comment je vois*, 1948, § 29 ; Tresmontant, p. 30) : ce qui n'est vrai que dans l'ordre des choses effectuées ou « créées » par la nature et par l'homme. Créer, dit-il encore, c'est « unifier » (*La Lutte contre la Multitude*, 26 février 1917 ; Tr., p. 14), unifier le « multiple pur », – « ombre éparpillée de son Unité » que « de toute éternité, Dieu voyait sous ses pieds » (*ibid.*; Tr., p. 13), et « sorte de Néant positif » (*L'Union créatrice*,

novembre 1917 ; Tr., p. 16), « imploration d'être à laquelle…
tout se passe comme si Dieu n'avait pas pu résister » (*Comment je vois*, § 28 ; Tr., p. 28). En sorte que « Dieu ne s'achève qu'en s'unissant » (*ibid.*, § 27 ; Tr., p. 24) : ce qui est une vue de théogonie hégélienne, non de théologie chrétienne (cf. Tr., p. 27). En 1953, Teilhard écrivait : « Ce n'est pas le sens de la Contingence du créé, mais c'est le sens *de la Complétion mutuelle du Monde et de Dieu* qui fait vivre le Christianisme » (*Contingence de l'Univers et goût humain de survivre ;* Tr., p. 32) : « plérômisation », comme il dit encore (*Lettre à C. Tresmontant*, 7 avril 1954 ; Tr., p. 33), en invoquant à faux saint Paul. Encore un thème hégélien qui peut faire sans doute vivre le métachristianisme teilhardien, mais blesse à mort le christianisme lui-même.

A propos d'un autre texte de Teilhard (*Comment je vois*, § 29 ; Tr., p. 39) : « Nous nous apercevons que pour créer (puisque, encore une fois, créer c'est unir), Dieu est inévitablement amené à s'immerger dans la Multitude, afin de se 'l'incorporer' », Claude Tresmontant note (p. 40) que Teilhard fait là allusion à l'Incarnation, et que la pensée chrétienne n'acceptera jamais « d'associer par un lien de nécessité la création et l'Incarnation, ni d'appeler l'Incarnation une 'immersion' dans le Multiple » : ce qui rejoint les remarques que j'ai faites dans le chapitre v (p. 181).

Un autre point sur lequel les vues métaphysiques et théologiques de Teilhard s'écartent décidément de la pensée chrétienne, c'est le problème du Mal, problème qui, selon lui, « dans nos perspectives modernes d'un Univers en état de cosmogénèse…, *n'existe plus* » (*Comment je vois*, §§ 29-30 ; Tr., p. 41) : car le Multiple, « parce que multiple, c'est-à-dire soumis essentiellement au jeu des chances dans ses arrangements », « ne peut absolument pas progresser vers l'unité sans engendrer du Mal ici ou là – *par nécessité statistique* » (*ibid.*).

« Le mal, écrit là-dessus, très justement, Claude Tresmontant, n'est pas seulement un défaut provisoire dans un arrangement progressif. Les six millions de juifs morts dans les camps de concentration, le renouveau de la torture dans les guerres coloniales, ne proviennent pas du Multiple mal arrangé, – mais de la liberté perverse de l'homme, de ce qui est proprement la méchanceté, le mépris de l'homme, le goût de la destruction, le mensonge, la volonté de puissance, les passions, l'orgueil de la chair et de l'esprit » (Tr., pp. 42-43). « Le mal est l'œuvre de l'homme, et non de la matière. L'homme est pleinement responsable du mal qu'il fait à l'homme, du crime contre l'homme commis dans l'humanité entière et sous toutes les latitudes » (Tr., p. 43). C'est cela que Teilhard n'a jamais su ni voulu voir. (Il n'a pas eu un cri de protestation contre l'extermination des juifs par les nazis ; alors que, malgré la noblesse de son cœur, sa passion pour l'univers en cosmogénèse lui a fait écrire des mots inadmissibles sur les « intuitions profondes » des systèmes totalitaires, sur la guerre d'Abyssinie, sur les mythes du fascisme et du communisme. Cf. Charles JOURNET, *Nova et Vetera*, avril-juin 1966, pp. 148 et 149.)

Claude Tresmontant a raison de conclure : « Non, le péché, le démoniaque, ne s'expliquent pas par un 'désordre statistique'. C'est là transposer dans un autre ordre, spirituel, des procédés de pensée qui valent dans l'étude des mouvements browniens » (Tr., p. 45).

Quant au péché originel, il s'explique, « pour Teilhard, comme le mal dont il n'est qu'un cas particulier, par le Multiple. C'est en somme la matérialité qui est responsable du mal, du péché, et plus particulièrement du péché originel. – Explication de type platonicien, mais non chrétien » (Tr., p. 51). « Pour Teilhard, le péché originel est coextensif à la création tout entière, physique aussi bien, et biologique » *(ibid.)*. Il faut lire, à ce sujet, la lettre du 19 juin 1953, trop longue pour que je la cite en entier, et où Teilhard déclarait que « fondamentalement, notre Univers a toujours été

385

(et aucun Univers concevable ne saurait ne pas être) dans sa totalité, et depuis ses origines, mêlé de bonnes et de mauvaises chances ; – c'est-à-dire imprégné de Mal ; c'est-à-dire en état de péché originel ; c'est-à-dire baptisable » (Tr., p. 51). Ici encore Claude Tresmontant a raison de conclure (p. 52) : « Le péché n'est rien de tel, il est acte de liberté, et le péché originel est la privation de la vie divine. La matière ni le multiple n'ont rien à voir ici. »

Après une étude très étendue sur « *Pierre Teilhard de Chardin penseur religieux* » (*Nova et vetera*, octobre-décembre 1962), Mgr Charles Journet a récemment publié, – trop tard pour que j'aie pu l'utiliser dans mon texte, – un article plus bref mais admirablement éclairant (« La synthèse du Père Teilhard de Chardin est-elle dissociable? » *Nova et Vetera*, avril-juin 1966), où on trouvera d'autres remarques décisives sur l'effort théologique de Teilhard, et d'autres textes de celui-ci, aussi décisifs qu'affligeants. Je n'en citerai qu'un ici : « En impressions brusques, claires et vives, je distingue que ma force et ma joie tiennent à ce que je vois se réaliser pour moi, en quelque façon, la fusion de Dieu et du Monde, celui-ci donnant l'*Immédiateté* au Divin, celui-là spiritualisant le tangible » (1918 ; Journet, p. 147). (Le mot *Immédiateté* est souligné par Teilhard.)

Un tel texte me fait presque regretter d'avoir suggéré dans le chapitre v (p. 176) que dans l'expérience religieuse de Teilhard des touches de mystique surnaturelle aient sans doute passé. Pour quiconque y réfléchit en pesant le sens des mots, c'est en tout cas un texte d'une singulière portée. Dans les impressions brusques, claires et vives, du Père Teilhard, c'est par le Monde, *par le créé*, que le Divin lui était rendu « *immédiat* »! Le Père de Lubac nous assure que « le Père Teilhard fut un mystique. Un vrai ». Tout dépend de ce qu'on entend par « *un mystique, un vrai* » : à la manière d'Ibn 'Arabî et des maîtres de la mystique naturelle, qui, certes, peut coexister avec l'état de grâce? Alors, oui, Teilhard a été un vrai mystique *de cette mystique-là*. A la manière du disciple « que Jésus aimait » et de tous les maîtres de la mystique où l'âme est surnaturellement élevée à l'expérience des choses divines par la grâce des vertus théologales et des dons du Saint-Esprit, – autrement dit, au sens où le lecteur d'un théologien catholique entend, comme allant de soi, les mots « un mystique, un vrai »? Plus j'y pense, plus cela me paraît douteux.

Je citerai maintenant quelques passages de la conclusion du cardinal Journet : « Prenant paradoxalement la défense de Teilhard, écrit-il (pp. 180-181), nous tenons que sa doctrine est logique, que sa vision du monde est cohérente, qu'il faut ou l'accepter tout entière ou la rejeter tout entière. Mais le dilemme est grave.

» Si nous la refusons, c'est tout le christianisme traditionnel auquel nous sommes fidèles, c'est à la révélation chrétienne telle qu'elle s'est conservée et développée au cours des siècles par le magistère divinement assisté que nous acquiesçons. Et, bien sûr, dans cette perspective, la tâche de la pensée chrétienne sera d'être constamment ouverte et attentive aux prodigieux progrès des sciences de notre temps, et notamment d'*assumer* dans sa perspective propre tout ce qui pourra se rencontrer de vérités ou même de vraisemblances dans l'idée de l'évolution de l'univers entier de la matière et en particulier des organismes vivants...

» Si au contraire nous acceptons la vision teilhardienne du monde, nous savons dès le principe, – nous avons été dûment avertis, – quelles notions du christianisme traditionnel devront être *transposées*, et auxquelles il nous faudra dire adieu : 'Création, Esprit, Mal, Dieu (et, plus spécialement. Péché originel, Croix, Résurrection, Parousie, Charité...)' » (Journet, p. 150).

L'énumération est du Père Teilhard lui-même, dans un texte du 1ᵉʳ janvier 1951 (Journet, p. 146), où il déclare que « de la seule transposition » de la vision traditionnelle [1] « en *dimensions de Cosmogénèse* », « toutes ces notions, transportées en dimensions de 'genèse', s'éclaircissent et cohèrent d'une façon stupéfiante ». Mgr Journet a bien raison de noter qu'alors il faudrait leur dire adieu. Car ainsi transposées « en dimensions de Cosmogénèse », il ne reste en elles de chrétien que le nom, elles n'ont plus de sens que dans une cosmo-théogonie gnostique de type hégélien.

Je retourne au texte du Cardinal Journet, pour en citer encore un passage. « Cette vision intérieure de Teilhard, nous la tenons comme puissante et intrinsèquement cohérente. Dès lors, une apologétique qui, soucieuse d'opportunisme, fait état de la synthèse évolutionniste de Teilhard, devra constamment, sous peine de déboucher sur une 'Religion de l'Évolution', intervenir *du dehors* pour la redresser et l'infléchir dans le sens de l'orthodoxie [2]. Une telle apologétique aura peut-être des résultats partiellement heureux dans l'immédiat, mais non sans préparer de graves

---

[1]. Il décrit cette vision comme « traditionnellement exprimée en termes de *Cosmos* ». Singulièrement significative aberration d'une pseudo-théologie obsédée par la Physique : comme si la pensée traditionnellement chrétienne s'était jamais, à n'importe quel instant depuis la prédication évangélique, exprimé à elle-même les notions de l'Esprit, du Mal, du Péché originel, de la Croix, de la Résurrection, de la Parousie, de la Charité, de Dieu lui-même *en termes de Cosmos !* La foi chrétienne nous dit que Dieu est le créateur du ciel et de la terre, des choses visibles et des choses invisibles, – Créateur du Cosmos, oui ! Mais il est simplement absurde de prétendre que pour cela il est conçu *en termes de Cosmos*. Que le cosmos soit ou ne soit pas en genèse, Dieu en est le Créateur *au même titre* et sans qu'absolument *rien* soit changé à *sa notion* de Cause Première Transcendante ; et la Création reste *au même titre* création *ex nihilo*.

[2]. A mon humble avis, c'est là une besogne dont une telle apologétique est incapable (J. M.).

désillusions pour l'avenir. La question qui se pose ici est celle de la nature même de l'apologétique » (Journet, p. 151).

« Doit-elle, demande Mgr Journet, se préoccuper d'abord de l'opportunité, et se tourner vers les doctrines qui, au prix de graves malentendus..., ont le plus de prise sur notre temps?... Ou doit-elle se tourner vers les doctrines les plus vraies, qu'elles plaisent ou non à nos contemporains? » *(Ibid.)* Je dirai, moi, dans les termes un peu plus rudes propres au paysan de la Garonne : l'apologétique a-t-elle pour fonction de conduire à la Vérité en usant elle-même des séductions et des chemins de n'importe quelle erreur, à condition que celle-ci soit rentable, parce qu'elle ne doit avoir en vue que l'efficacité, et le rendement maximum dans la fabrication des baptisés? A-t-elle pour fonction de produire des chrétiens de combat dont, du moment qu'ils font nombre et qu'on les organisera, peu importe que des fables et des rêves alimentent l'espérance et soutiennent la foi? Ou l'apologétique a-t-elle pour fonction de conduire à la Vérité par la vérité, en montrant franchement la route à ceux qui, par quelque porte que la Providence ait ouverte en eux sur le ciel, fût-ce au prix d'illusions dont ils doivent se guérir, ont reçu le désir de la Vérité qui délivre? *Deus non eget meo mendacio,* disait saint Augustin, Dieu n'a pas besoin de mon mensonge.

Mais laissons le teilhardisme, et revenons, pour terminer cette Annexe, au Père Teilhard lui-même. Tout ce qui y a été rassemblé montre que son ardent souci métaphysique et théologique, pour peu éclairé qu'il ait été, a joué dans sa pensée un rôle absolument central. Ce sont les thèmes engendrés par ce constant souci (noble en lui-même, mais aberrant), qui font toute l'originalité, – et l'énorme prestige, – de sa synthèse cosmologique. Sur l'évolution du Monde et de la Vie, prise *dans sa réalité discernable à la raison,* il ne nous a rien appris qu'aujourd'hui tous les hommes de science ne sachent déjà. Si on démythise Teilhard, il ne reste guère de cette originalité qu'un puissant élan lyrique, qu'il a pris lui-même pour une sorte d'anticipation prophétique. Car il ne craignait pas de voir, dans son propre cas modestement attribué à la « pure chance (tempérament, éducation, milieu) » qui l'a favorisé, une « preuve nouvelle qu'il suffit, pour la Vérité, d'apparaître une seule fois, en un seul esprit, pour que rien ne puisse jamais plus l'empêcher de tout envahir et de tout enflammer » (*Le Christique*, mars 1955 ; Journet, p. 147). Il était décidément un grand imaginatif.

ANNEXE III

PETITE DIGRESSION ÉPISTÉMOLOGIQUE
(Cf. Chap. VI, p. 208)

J'ai insisté dans le texte sur l'irréductible distinction qu'il faut reconnaître entre l'approche, le mode de conceptualisation, le genre de relation au réel (autrement dit le genre de vérité) des sciences de la nature et ceux de la philosophie de la nature[1]. Pour revenir là-dessus d'une manière un peu plus détaillée, je voudrais indiquer d'abord pourquoi il a aussi été dit dans le texte que les sciences de la nature elles-mêmes sont loin de former un ensemble de même teneur au point de vue épistémologique.

Du fait qu'elles ont recours à l'intelligibilité mathématique comme mode privilégié d'interprétation des phénomènes, les sciences *complètement mathématisées,* comme la physique nucléaire, ou *les plus mathématisées,* comme la physique en général, se trouvent, sous le rapport de l'interprétation ou de l'explication, transférées, par participation, au degré d'intelligibilité propre aux mathématiques, qui relève du « deuxième

---

1. Disons, pour reprendre le vocabulaire des *Degrés du Savoir,* que les sciences de la nature et la philosophie de la nature relèvent semblablement du *premier degré d'abstraction,* mais les premières en vue d'un savoir *empiriologique,* et l'autre en vue d'un savoir *ontologique.*

degré d'abstraction » et qui a affaire, indifféremment, à des objets de pensée saisis par abstraction dans le réel ou postérieurement construits comme *entia rationis* ou entités purement idéales. En recourant à l'intelligibilité mathématique comme moyen privilégié d'interpréter les phénomènes, les sciences complètement mathématisées et les sciences les plus mathématisées traduisent donc, ou transposent, l'observé (le réel observé) en des signes ou symboles (soit systèmes particuliers d'équations, soit théories d'ensemble comme la relativité) qui sont propres au type d'intelligibilité mathématique et ne sont *intelligibles que mathématiquement ;* et c'est de cette façon, et de cette façon seulement, qu'elles connaissent, « comprennent » ou expliquent « les phénomènes », c'est-à-dire le réel observé en tant même et en tant seulement qu'observé[1]. Il suit de là qu'elles sont sans doute, *dans leurs divers résultats particuliers,* prégnantes d'un contenu ontologique, mais que celui-ci, étant transposé dans les symboles et les entités idéales de l'explication mathématique, reste indiscernable par l'intelligence philosophique. Le philosophe est donc fondé à dire que les sciences en question *maîtrisent* la matière (et de quelle formidable façon), mais comme une réalité *inconnue* sur laquelle on agit par le moyen de *signes,* ce qui apparente d'une certaine manière ces sciences hautement modernes à l'ancienne magie.

Elles-mêmes cependant n'en restent pas là. En vertu même de leur congénitale aspiration à saisir le réel, qu'elles ont en commun avec les autres sciences sauf les mathématiques, elles s'efforcent de retraduire leur traduction mathématique des phénomènes dans le langage ordinaire des hommes, et recourent pour cela à des tableaux du réel observé ou à des tableaux du monde, hypothétiquement construits, qui parlent à l'imagination, mais sont, comme tels, inutilisables

---

1. Connaissance « empirio-métrique » ou empirio-mathématique.

(sinon comme imagerie et cadre de représentation sans prétention ontologique) par l'intelligence philosophique. Du contenu ontologique dont ces sciences sont prégnantes ne sont discernables à l'intelligence philosophique que les données existentielles très générales, les faits très généraux qu'elles mettent en lumière comme faisant partie des *assises premières ou coordonnées premières de tout leur travail*. C'est seulement de ces faits très généraux que l'intelligence philosophique peut tirer parti, en leur donnant valeur ontologique [1].

S'agit-il maintenant des sciences de la nature qui, tout en employant, naturellement, la mesure, pourtant ne sont pas mathématisées (biologie, psychologie, sociologie, etc.), elles ne traduisent pas l'observé (le réel observé) en signes ou symboles relevant du type d'intelligibilité mathématique. Ce n'est pas par le mathématique qu'elles connaissent, « comprennent » ou expliquent « les phénomènes », c'est-à-dire le réel observé en tant même et en tant seulement qu'observé. C'est par l'observable qu'elles expliquent l'observable [2], autrement dit par les liaisons « causales » (le mot n'ayant qu'une communauté analogique avec la causalité ontologique) ou les liaisons de conditionnement entre phénomènes. (Et c'est justement pourquoi il arrive que le contenu ontologique dont elles sont prégnantes soit discernable à l'intelligence philosophique dans certains des *résultats particuliers* eux-mêmes de l'élaboration scientifique.)

Mais que l'on considère les sciences mathématisées ou les sciences non mathématisées, elles ont toutes en commun ce caractère essentiel de relever (soit primordialement, soit totalement) d'une intellection d'ordre empiriologique [3], qui

---

1. C'est bien ainsi, me semble-t-il, que procède M. Claude Tresmontant par rapport à l'astrophysique, dans son ouvrage sur *le problème de l'existence de Dieu* déjà cité.

2. Connaissance « empirio-schématique » ou simplement empiriologique.

3. Intellection « périnoétique ».

n'a prise sur le réel qu'en tant même et en tant seulement qu'*observable*. Empirio-mathématiques ou simplement empiriologiques, ce n'est pas leur affaire d'user des signes saisis dans l'expérience pour atteindre, par eux, le réel dans sa structure ontologique ou dans son être, par un type d'intellection[1] qui pénètre jusqu'à l'essence (non pas saisie par elle-même, certes, mais saisie par celles de ses propriétés qui tombent sous l'expérience, externe ou interne). Voilà pourquoi, comme j'y ai insisté dans le chapitre VI, il y a une différence absolument typique, essentielle, entre le savoir *philosophique* et le savoir *scientifique* (au sens moderne de ce mot), et, en particulier, entre la *philosophie de la nature* et les *sciences de la nature* généralement prises.

Cette distinction, les anciens ne l'ont pas connue, parce que leur science restait encore en continuité homogène avec leur philosophie de la nature et usait du même lexique conceptuel que celle-ci. Si la philosophie thomiste de la nature a besoin d'être refondue, ce n'est pas seulement parce que la science avec laquelle elle était en liaison ne vaut plus rien, c'est aussi (et d'abord) parce que cette liaison elle-même était d'un type qui ne vaut plus rien. Au cours des trois derniers siècles la science a en effet conquis sa complète autonomie à l'égard de la philosophie, et cela ne rend que plus criante l'urgence de la refonte en question.

Une telle refonte devra tenir compte avant tout de la donnée épistémologique sur laquelle j'essaye ici d'attirer l'attention : il y a sans doute continuité entre les sciences de la nature et la philosophie de la nature, mais cette continuité n'est pas une continuité *homogène*, comme (du fait même que leur science ne s'était pas encore affranchie) le croyaient les anciens, c'est une continuité *de connexion* entre savoirs de types spécifiquement différents. La philosophie de la nature n'a pas à réinterpréter à sa manière (ontologique) les divers

---

1. Intellection « dianoétique ».

tableaux du monde macroscopique ou microscopique proposés par la science (ce serait un joli gâchis, en particulier s'il s'agit des sciences mathématisées) ; elle a à juger de la valeur épistémologique de ces tableaux, et elle a surtout à dégager – là où c'est possible – des recherches et des découvertes de la science le contenu ontologique dont elles sont prégnantes, et auquel il n'est pas du domaine de la science de s'intéresser. Ce contenu peut être de haute valeur philosophique sans, pour autant, être fourni par la science avec grande abondance ; comme exemples de tels contenus je citerai, d'une part, le simple fait très général, ayant valeur de base pour l'astrophysique et la physique nucléaire, que le cosmos lui-même et tout ce qui est en lui, jusqu'aux structures élémentaires de la matière, est soumis à un devenir évolutif ; je citerai d'autre part le fait, engagé dans la trame des résultats particuliers de l'élaboration scientifique (mais il n'aurait pas étonné les anciens) qu'entre le chimique et le biologique (la plus simple cellule vivante) il y a un seuil infranchissable qui a été franchi. C'est l'affaire de la philosophie d'interpréter ces faits dans sa perspective à elle.

Bref, nous sommes en présence de deux claviers qui diffèrent quant au système fondamental lui-même de la musique pour laquelle ils ont été construits, et dont il faut user alternativement pour inventer une mélodie sans défaut : comparaison plus ou moins heureuse qui nous ramène aux deux claviers différents dont j'ai parlé (chap. VI, p. 208).

Ajoutons que les données expérimentales dont use l'intellection d'ordre ontologique et sur lesquelles se construit la philosophie de la nature ne sont pas seulement celles que fournissent les sciences de la nature et dont un contenu ontologique peut être parfois tiré. Il y a un vaste champ d'expérience et d'observation ouvert à l'intelligence naturelle de l'homme, et où le philosophe, s'il a assez de discernement, peut trouver, sans avoir besoin de recourir aux sciences de la nature, tout un matériel utilisable de données plus simples, et plus obvies, de l'expérience sensible. C'est pourquoi une philosophie thomiste de la nature dûment *refondue* aura, dans cette refonte même, à tenir compte de bien des principes et des notions fondamentales déjà mis en œuvre par saint Thomas (dans un contexte scientifique infortuné).

ANNEXE IV

SUR L'UNITÉ ET LA VISIBILITÉ DE L'ÉGLISE
(Cf. Chap. VII, p. 265)

Je prends la liberté de soumettre, dans cette Annexe, au jugement des théologiens, des idées que je crois vraies, mais que j'exprime à ma manière propre de philosophe.

On doit dire, me semble-t-il, que, – précisément parce que l'*Una Sancta* est l'*unique* Église du Christ, – son *unité organique intrinsèque*, qui est parfaite dans l'Église catholique et n'est parfaite que là, se dégrade à mesure qu'elle s'étend au delà de cette grande cité parfaitement une, et de la personnalité dont elle porte le sceau, pour embrasser tous les hommes (qu'ils appartiennent aux familles religieuses non-chrétiennes, ou qu'ils professent l'incroyance ou l'athéisme) qui vivent de la grâce du Christ et de la charité : en sorte que tous ceux-là sont, sous un mode imparfait sans doute, mais en acte, membres, invisiblement, de l'unique Église pleinement formée et pleinement visible, qui est l'Église catholique.

On doit dire aussi, me semble-t-il, que la visibilité de l'Église est fonction de l'unité qui joint entre eux les membres de son corps, animé par la charité qui est son âme : visibilité plénière quand l'unité du corps est plénière (c'est-à-dire dans l'Église catholique), diminuée, et de plus en plus diminuée, à mesure que l'unité du corps décroît de plus en

397

plus tandis qu'il s'étend au delà de la structure parfaitement une qui est celle de l'Église catholique.

Ici se pose la question du corps de l'Église, et de sa visibilité. Quand on parle du « corps » de l'Église comme contredistingué de son âme, le mot « corps » ne signifie pas le Corps mystique, car le Corps mystique comprend, évidemment, l'âme comme le « corps » de l'Église (il comprend même les anges, dit saint Thomas). Le corps de l'Église, c'est avant tout les sujets humains qui (lui appartenant ouvertement et normalement s'ils sont baptisés) reçoivent la grâce et la charité (âme créée de l'Église), – les hommes, êtres charnels et spirituels à la fois. Mais ce n'est pas précisément en raison de la visibilité de ces hommes que l'Église est visible, c'est en raison *de la visibilité des choses qu'ellemême accomplit quand elle possède son unité pleine et achevée* (sa profession de foi, son culte, ses sacrements, sa juridiction – et, de même, sa fécondité, manifeste tout le long des siècles, à engendrer des saints, – sont des choses qui apparaissent aux sens et sont manifestées au dehors) : les hommes qui sont ses membres sont naturellement visibles *en tant qu'hommes*, mais ils sont visibles *en tant même que membres de l'Église*, – autrement dit ils sont *visiblement* membres de l'Église visible – *parce qu'ils participent à ce que l'Église ellemême accomplit d'une manière visible ou manifestée au dehors*.

Il ne faut pas oublier, au surplus, que cette notion du corps de l'Église, comme contre-distingué de son âme, est une notion métaphorique, une image tirée de l'être humain, qu'on ne saurait appliquer rigidement à une réalité infiniment plus mystérieuse. On s'en rend mieux compte si on remarque que, d'une part, l'âme de l'Église est spirituelle comme l'âme humaine (et davantage), tandis que, d'autre part, le corps de l'Église n'est pas plus (et encore moins) séparable de son âme que le corps d'un animal non doué de raison n'est séparable de la sienne. Bien plus, le corps de l'Église défie toute comparaison avec le corps humain, en ceci que, complètement et parfaitement *formé* dans l'Église elle-même pleinement formée, dont l'unité organique est parfaite, et achevée par la personnalité (autrement dit dans l'Unique Église, l'Église catholique), il déborde cependant cet organisme parfaitement formé pour s'étendre, ainsi que l'âme de l'Église, d'une part à des formations encore organisées mais non intégrées à sa parfaite unité (les confessions chrétiennes non-catholiques), d'autre part à la grande diaspora des personnes humaines qui, dans les familles religieuses non-chrétiennes ou dans les familles spirituelles a-religieuses, s'ouvrent à la grâce du Christ et à la charité.

Comment pouvons-nous imaginer cela ? Il faudrait imaginer je ne sais quel grand oiseau de feu qui traînerait après soi un feu qui est encore son corps animé par son âme, mais sans la parfaite unité organique qu'ils ont dans l'oiseau lui-même : feu qui, pour autant qu'il y a encore en lui d'unité organique, est encore visible aux hommes (de moins en moins à mesure qu'il s'éloigne davantage de la parfaite unité organique qu'il a dans l'oiseau) ; mais feu qui peut aussi perdre toute unité organique, dans une vaste galaxie d'étoiles en chacune desquelles il luit d'une manière visible aux anges mais invisible aux hommes, car la seule unité qui joigne encore ici les étoiles en question aux autres membres du corps de l'Église est celle de la charité (laquelle se manifeste sans doute par un certain comportement, mais qui ne porte la marque de l'Église qu'aux yeux des anges[1]).

En d'autres termes, l'Église est essentiellement visible, mais cette visibilité n'est plénière que dans l'Église catholique, et c'est la gloire de celle-ci : elle est la seule qui porte le flambeau de Dieu dans son intégrité, comme elle est la seule qui soit l'Église du Verbe Incarné. La visibilité du corps de l'Église diminue à mesure qu'échappent davantage à la parfaite unité de celle-ci ceux qui lui appartiennent dans

---

1. Cf. plus haut, chap. VII, p. 264, note 2.

les autres familles spirituelles. Ceux-là font partie de l'Église parfaitement visible mais sans être intégrés à sa parfaite unité, ni donc à sa parfaite visibilité.

Est-il possible d'apporter là-dessus quelques précisions complémentaires ? A mon avis la réponse est dans la communion des saints (cf. *L'Église du Verbe Incarné*, t. II, pp. 662-667), – je dis dans la communion des saints prise *non pas* sous l'aspect où la charité nous unit à Dieu (sous cet aspect la communion des saints s'identifie à l'âme de l'Église), mais *sous l'aspect* (trop souvent négligé, sauf par de grands intuitifs comme Léon Bloy) où la charité unit par une mystérieuse interdépendance les *membres humains* de l'Église. Sous cet aspect-là ne s'identifie-t-elle pas au *corps* de l'Église ? C'est ce que je crois. La communion des saints est l'Église elle-même. Il convient donc de distinguer en elle un aspect qui répond à l'âme de l'Église et un aspect qui répond à son corps.

Considérons la multitude des « saints » (des hommes vivant dans la grâce et la charité) qui sont membres visibles de l'Église. La solidarité surnaturelle qui unit entre eux, dans une vaste famille humaine « dont les biens sont merveilleusement réversibles » (*op. cit.*, p. 662), et qui est bien plus qu'une « société » (elle est une « communion »), ces membres visibles du corps de l'Église, ne fait-elle pas partie, elle aussi, de même que ceux qu'elle relie les uns aux autres, du corps de l'Église ? Là cette solidarité surnaturelle est rendue manifeste, parce que ces membres visibles du corps de l'Église sont intégrés à sa parfaite unité. Mais elle n'est pas rendue manifeste aux yeux des hommes là où les justes ne sont pas intégrés à la parfaite unité de l'Église pleinement formée, et pleinement visible : car ces justes ont en eux la charité mais privée des trois notes (« cultuelle, sacramentelle, et orientée ») qu'elle a dans l'Église pleinement formée, et qui la mettent en état de recevoir le sceau de la personnalité de celle-ci ; et ils font partie du corps de l'Église mais à l'état de dispersion dans les personnes individuelles d'une vaste galaxie sans unité organique. La seule unité qui demeure entre eux et les autres membres du corps de l'Église est celle de la charité, celle de la solidarité surnaturelle qui les unit à eux dans la communion des saints, laquelle, cette fois, n'est pas rendue manifeste au dehors, et reste cachée dans son mystère.

Dès lors on comprend mieux qu'un juste non-chrétien fasse *invisiblement* partie de l'Église visible, en raison de la communion des saints à laquelle il participe, et qui elle-même, là où il n'y a pas intégration à la parfaite unité de l'Église pleinement formée, est encore, – sous l'aspect que j'ai indiqué, – le corps de l'Église, mais cette fois le corps de l'Église *sous un état invisible ou non manifesté aux yeux des hommes.*

Le corps de l'Église est aussi mystérieux qu'elle. Pleinement visible dans la multitude humaine intégrée à la parfaite unité organique de l'Église catholique, il est, dans la diaspora des justes qui vivent de la grâce du Christ en restant attachés à des familles spirituelles non-chrétiennes, invisible aux yeux des hommes, et de ces justes eux-mêmes. Ce qui ne veut pas dire que le corps de l'Église soit jamais, même là, absolument invisible, ou invisible « de soi ». Car même là il reste visible « de soi », et visible aux anges ; mais il n'est pas visible aux yeux des hommes (sinon peut-être, ajouterai-je, aux yeux de ceux des chrétiens qui, connaissant suffisamment bien les familles spirituelles et les justes en question, pourraient discerner en ceux-ci les signes qui, à l'insu de ces justes eux-mêmes, manifestent leur appartenance au Christ. Un tel discernement ne saurait être en général que plus ou moins probable, mais pourquoi ne pourrait-il pas, dans un cas donné, apparaître comme certain aux chrétiens dont je parle? Massignon souhaitait que l'Église canonisât Hallāj.)

TABLE DES MATIÈRES

Imprimé en Belgique